U0723677

KUWEI

酷威文化

图书 影视

汀南丝雨

Ting nan Si yu

狄戈 著

台海出版社

contents

目录

第一章

深夜食堂

安浔开了将近一天一夜的车才到汀南高速收费站，其间她只在车里眯了四五个小时，吃了两桶泡面。

继母一直教育安浔，女孩最重要的是活得精致。如果让继母知道自己这么糙地过了两天，她一定会十分受伤，会觉得自己的教育很失败，然后痛心疾首地逼安浔发誓以后再也不能这样。

安浔想到她的样子，不自觉地笑了起来，真是个单纯的女人，竟然一直觉得自己纯良贤淑似小白兔，估计这次自己逃婚，她会晕过去吧。

因为正值元旦假期，四季如夏的汀南迎来了游客人数上的一个小高峰。她已经在高速收费站龟速滑行了十五分钟，隔壁那车道的一位大哥焦躁得骂骂咧咧，说再晚下去订的酒店就要被取消了。

安浔摸了摸用一根细麻绳挂在后视镜上的钥匙，些微的锈迹让她意识到自己似乎很久没来汀南了，不知道那座海边别墅还是不是老样子，老管家长生伯有没有回家过元旦，自己曾经留下的画板还能不能找到……

她的目的地在莺歌湾，最早以前那边还是一片宁静祥和之地，后来政府大力开发，十里黄金海岸享誉中外，如今莺歌湾的游客一年四季就没见少过。

黄昏的沿海公路被夕阳的余晖铺了一地金黄，蜿蜒着在远处与海岸融成一色。安浔摘了墨镜降下车窗，温和的海风混着紫薇花的香气瞬间盈满了整个车厢。她将了下被风吹散的长发，深吸了一口气，这两天不太放松的心情终于得到了些许舒缓。

别墅坐落于黄金海岸西边一片平整的山丘上，出门就是沙滩与大海，温和的海风，细软的沙子，海鸥以及花香，都是她对这里最深的记忆。

　　这片别墅区有十多户人家，几乎都出租给了度假的游客，像她家这样常年空着的极少。安浔将车子拐了个弯转到别墅门前，熟悉的白色院墙和红色大门映入眼帘，大门一侧停了一辆红色越野车，火红的颜色就像汀南的天气一样，温暖热情。安浔觉得或许是哪个游客的车，并未太在意，仔细将车停到越野车旁边，下车拿了后备厢的行李，深一脚浅一脚地走向大门。

　　安浔决定逃婚的时候是订婚的前一夜，她正在试鞋子，打算离开也是那一瞬间的勇气，说走就走，连这双细高跟鞋都没来得及换下。这鞋走在沙子上绝对舒服不到哪儿去，她索性脱下来拎在手里。

　　大门微掩，她估摸着老管家在家，推开门便走了进去。

　　院子里的花草植物早已与她记忆里相差甚远，就连她当年亲手栽种的散尾葵都已经大得不像样子，百日红开满了庭院，而最让她意外的是，曾经那棵害她摔跤的椰子树下竟然坐了一个陌生人。

　　那是个非常年轻的男人，他正慵懒地靠坐在藤椅上，长腿搭在花台的岩石边，夕阳的光透过树叶间隙照在他白皙的脸庞上，斑驳晃动，忽明忽暗……

　　安浔微愣地站在那里，恍然间，空气中的花香味更盛。

　　男人戴着耳机闭着眼，不知道是不是睡着了。安浔回身将门关上，吱嘎的响声后，她回头再看向他时，他正睁眼看过来。

　　他似乎是真的睡了，那一双眼睛微眯着，漆黑的瞳仁慢慢聚焦到安浔身上。安浔一手扶着行李箱一手拎着高跟鞋，光着脚丫站在那儿，长裙摇曳下，她轻轻笑了下："你是长生伯的儿子吗？"

　　长生伯有个与她年龄相仿的儿子，小时候两人经常一起玩，不过男孩的样子她早已记不得了，只是电话中长生伯总是提到他，叫什么来着？安浔歪头想了下，太久远了，记不得了，只记得是个小话痨，很聒噪，有点烦人。

　　男人看到她说话这才摘了耳机，眼底也已经一片清明，他似乎没听到她说什么，只抱歉地笑笑："我以为自己在做梦。"

　　声音低沉，带着刚醒来的暗哑，却出奇的好听，像他的外貌一样——迷人。

安浔有点疑惑，虽然自己对长生伯的儿子记忆模糊，但印象中那孩子可没有这么好看的笑容，似乎也从来不会像他这样温柔地说话。她不动声色地暗道："长大了，竟然变得这么……好画，手痒。"

说话间，他已经站了起来，垂眸看了看她，犹豫了一下，还是伸手将她肩头不知何时落下的叶子摘了下去。他皱眉捻着叶茎，一副不知道扔哪里的样子。安浔这才发现叶子上有只小虫，心里那微微被冒犯的感觉变成了感激。她侧身露出门后的垃圾桶，他有些嫌弃地扔掉了虫子，回头看她，自然地道："他们一会儿就回来，你进去吧。"

安浔看着他，越发疑惑：为什么当年比自己还矮一截的男孩如今会变得这么高？为什么永远挂着两条鼻涕的脏娃如今会干净帅气成这样？"他们是谁？"最让她不解的是这个人对她的到来似乎丝毫没有惊讶。

那人挑挑眉梢看她，还没来得及再说什么，大门便再一次被人打开，门外走进来几个人，男女都有。其中一个穿着短裤凉拖的女孩欢快地跳到男人身边："司羽，你醒啦！我们刚刚买了牛肉，晚上做牛排怎么样？"女孩说着还不忘扭头打量安浔。在安浔看来，她的眼神可不像这个叫司羽的人那么温和。

"大川，这是你女朋友吗？"女孩的眼神从安浔身上移开，转头问其中一个拎着食材的高壮男人。

叫大川的男人一脸蒙地看着安浔："我女朋友不来了啊，北方风雪天，航班取消了。"

微风吹动了满院的百日红，散尾葵的大叶子随风沙沙作响，安浔的裙角也一同飞扬着。两方人全都诡异地沉默了一瞬，站在一侧的大川偷偷深吸一口气，没心没肺地开玩笑道："这仙女妹妹一来，整个院子都香起来了。"那短裤女孩撇撇嘴不知骂了他一句什么。

司羽从头到尾都没说话，似乎在思考为什么这女孩不是大川的女朋友却出现在这里。

同样一直没说话的安浔也在思考，为什么她家的私人别墅会出现这么多陌生人。

"司羽，这位？"大川以为安浔是司羽的朋友。

司羽摇了摇头，看向安浔。

安浔倒是镇定，居高临下地瞥了眼那女孩的凉拖后，抬脚将手中的高跟鞋穿上，整个人越发显得修长，气势上也似乎强了三分："我打个电话。"

安浔从包里掏出关机很久的手机，按了开机键，也不管嗡嗡直响的电话提示短信，直接拨了长生伯的电话号码。电话很快被人接起，听声音是个年轻男人。

"我找长生伯。"安浔说。

"我爸不在家。您哪位呀？有什么事可以和我说。"那边的人说。

安浔看了眼司羽，心想自己真是糊涂了才以为这人是长生伯的那个聒噪的小儿子。

"我是安浔，我到汀南了。"其实安浔大约猜到了现在是什么情况，只是她不太相信长生伯会是私自做这样事的人。

"安……安浔？"那边听到她的名字似乎很紧张，"你来汀南了？在别墅？"

"刚到。"

"那个……我……我可以解释的，我……我马上过去。"

安浔挂了电话看向几人："可以让我进去坐一会儿吗？我开了很久的车，有点累。"

那些人面面相觑，不知道这漂亮姑娘是怎么理所当然地在他们租住的房子里说出这话的。只有司羽，仿佛了然似的试探地问："你家？"

安浔点了下头。

其他人愣了片刻，也猜到了些许，大概就是看管别墅的人私自把房子出租给游客，而不巧主人竟然这时候回来住，于是……就变成了现在的情况。

有点尴尬。

"当然当然，妹妹您请便。"大川忙殷勤地帮安浔开门，边开门边说，"我们付了钱的，付了好几天呢。"

安浔确实累了。她何止是想进去坐一会儿，简直想立刻冲上二楼卧室睡个昏天暗地，所以听到这个大高个的话，并没有说什么。

安浔沉默不语地抬脚进去，司羽绅士地将她的行李箱拎起来。她低声道谢，他微颔首，是个话很少的人。

“我喜欢她的行李箱。”另一个女孩小声对那个短裤女孩说。

箱子看不出本来的颜色，上面满是手绘图案，色彩鲜艳、元素繁杂、天马行空，说不出什么风格，看起来很有个性。

短裤女孩看了眼，噘嘴不说话。

大川等大家都进去后关门跟上。他悄悄对走在最后的司羽说：“这房东看着人挺好的，没发火还礼貌地请求进去休息，我们应该不会被赶出去吧？”

司羽把视线从行李箱上收回，慢悠悠道：“不一定。”

长生伯的儿子叫阿伦，他骑了一辆两轮小电动车，来得很快。安浔看着这个拿着头盔满头大汗的男人，这样子终于和记忆里那个孩子重叠了——和小时候的样子很像，不修边幅，穿着肥大的背心短裤，红润的脸颊总是一副朝气蓬勃的样子，只是如今这种朝气蓬勃中带了些焦急和不安。

“安……小姐，我是阿伦。”阿伦似乎想叫安浔，又怕多年不见生疏了，硬生生改成安小姐，模样有些局促。

安浔坐在客厅的沙发上，有些疲惫，强打起精神：“我当然认得你。”

司羽转头看她，眼中闪过笑意，似乎诧异她怎么能将这句话说得如此理直气壮。安浔装作没看到他的揶揄，心想他竟然知道自己刚刚认错人了。

事情很简单，就如众人意料的一样，房子确实是阿伦租出去的，因为长生伯生了病急需用钱，阿伦瞒着父亲租了房子，没想到第一次做坏事就被主人逮到……

“安浔，你能不能别让我爸知道，不然他非扒了我的皮不可。”阿伦见安浔还记得他，又没有生气的样子，胆子也大了，称呼也改了。

“长生伯生了什么病？严重吗？”安浔想去看看他。

“前段时间恶心呕吐，心律失常，反反复复地进医院花了不少钱，怀疑是心脏的问题。汀南没有什么像样的甲级医院，所以前两天我姐把我爸接外市检查去了，走的时候……走的时候，我给了他们一万块钱。我一大老爷们，不能让我姐拿钱啊！你说是吧……"阿伦说到最后又有些不好意思地看看安浔，突然想到什么，跑到沙发角柜边，翻找出一个小笔记本，拿给安浔看。

阿伦急切地说："他们五天的房租是六千块，我记本子上了，这是欠你的，就是……就是可能晚一些才能还。"

安浔接过来看，上面写着——房租6000，欠安浔。

安浔抬头看向阿伦，见他又开始脸红，顿觉好笑："虽然听说警察的工资不高，但也不至于像你这样拮据吧？"

身为莺歌湾派出所民警的阿伦被说得脸更红了，磕磕巴巴地回答道："之前那什么……有点事。"

安浔不再说什么，伸手从包里拿出了一张卡给阿伦："你把租金还给他们，如果有违约金也一并付了，再出去帮他们找个别的住处。"

"啊？这……钱都是你付啊？"阿伦看了看坐在那边沙发上的几人，再看向安浔，为难道："成，这钱都算我的……等我攒够了一起还。"

"不用了，长生伯生病我也应该出份力的。"安浔说。

"那不行，这太多了……"

这边两人互相寒暄着，另一边那几人却都没动。大川看着司羽，准备等他拿主意，而司羽垂着眼眸不知道在想些什么。其余几个人虽然有些不情愿搬走，但又觉得租金还给他们，再重新租地方住也挺划算的，显然大川也这么想。他见司羽沉默，于是自己做了决定："走，收拾东西去。"

大川说着便站了起来，其余几人刚准备起身，这时司羽慢悠悠抬头看向大川："谁说我们要走？"

大川愣愣地看着他："……啊？"

司羽转头看向阿伦："租房 App 上写着，违约金五倍。"

阿伦愣住："啥？这么多？"他立刻看向安浔，欲哭无泪："安浔，我赔不起！"

安浔不以为意："没关系，算我的，给他们。"她不想再纠缠，拿了包准备上楼。

阿伦却一脸为难，觉得是自己让安浔赔付这么多钱，太过意不去，即使她不在意。于是，他可怜巴巴地求司羽："我出钱给你们租个附近的别墅好不？"

司羽看向准备离开的安浔，其余人也都不说话，等着司羽回答。片刻，待安浔疑惑看过来时，司羽才开口："这里房间很多，我们可以互不打扰，这样谁也不会有损失，不是吗？"

阿伦又一脸期待地看着安浔，毕竟这是最好的解决办法，但是他不确定安浔会不会嫌吵闹。

安浔没立刻回答，似乎在思考这个提议的可行性。

"算了吧司羽，人家都那么说了……"穿短裤的那女孩莫名对安浔带了些敌意，见安浔如此越发觉得面子上挂不住，昂着头起身上楼，准备收拾东西离开。

安浔看向那个要脾气的女孩，慢悠悠地垂眸看了下她的脚："别忘了把拖鞋留下，那是我的。"

阿伦见安浔不高兴了，眼珠一转，故意扬声："呀，这不是夫人生前亲手给你做的鞋子吗？被别人穿了她会不会很生气？"阿伦虽然是故意吓唬那女孩，但他说的却是事实。当年安浔的母亲跟着照顾她的少数民族阿姨学了好些天，然后一针一线绣出来的，那时候安浔喜欢得不得了。

女孩听他这么一说脸都吓白了，慌忙把鞋脱了，也不敢去拿，眼圈一红转身跑上了楼。

穿短裤的女孩叫赵静雅，和其余几个人一样，是大川大学时期的同学。趁着留学东京的大川回国度假，大家相约一起出来玩，没想到几年没见，赵静雅还是老样子，有些小脾气。大川有点尴尬，挠挠头："那啥……对不起啊，她……我们不知道她穿的是你的鞋。"

"没关系。"安浔淡淡道。

司羽突然问阿伦："这房子左右的两户租出去了吗？"

阿伦以为司羽想租，忙摇头："没有，刚过来时看到大门关着，还落了锁。"

"那她一个女孩子独自住这边不安全吧。"司羽说着，看向安浔。

阿伦愣了愣，原来是这个意思，立刻点头："确实是。"

安浔也想到了这茬，然后又想到了他们买的食材，于是看向了厨房那边："你们要是嫌麻烦，那就住下吧，租金免了，平时让我蹭个饭可以吗？"

大川高兴地说："当然可以！"

安浔对阿伦示意了一下："帮个忙。"说着她抬脚上了楼。

阿伦了然，伸手拎起箱子跟在她身后上楼，边走还边抱怨："我可是人民警察啊，公仆懂吗？可不是你私人的仆人，你怎么能这么理直气壮地使唤我？"

"欠我钱的人闭嘴。"安浔头也没回地说道。

阿伦乖乖闭嘴，并且预感到，这大小姐好像比小时候还难伺候。

楼下几人目送他们上楼后，大川最先舒了口气："这妹妹怎么想一出是一出的，说走说留都这么儿戏吗？"

"有钱任性。"另一个人说。

那个短发女孩看着安浔离开的方向若有所思："我总觉得她的名字好熟悉啊，不会是哪个明星吧？"

"那孙晴你赶快去要个签名啊，卖给她的小粉丝还能小赚一笔。"大川说。

"住人家家里就够不好意思的了，你还想着挣人家钱。"名叫孙晴的短发女孩瞪了大川一眼。

"江湖儿女不拘小节，四海之内皆朋友。"

几个人正打趣时，赵静雅拎着箱子气呼呼地从楼梯上走下来："你们干吗不去收拾东西啊？人家都撵我们了！"

"消气，消气，那女孩同意我们住这儿了。"孙晴走过去拉住赵静雅，悄悄在她耳边说，"司羽在那边。你不是喜欢他吗？别让他觉得你大小姐脾气！"

赵静雅看了眼司羽，半晌才不情愿地说了句："知道了，可是我不想住这儿。"

孙晴笑道："觉得那安小姐太漂亮了？"

赵静雅撇撇嘴："还行啊，一般呗。"

"我还不知道你？别气了，快去把握机会。"孙晴将赵静雅推向了司羽的方向，冲她眨了眨眼睛。

司羽正在看挂在墙上的画，认真又专注。赵静雅走到他身边，也跟着看了两眼。这房子里到处都挂着画，无非是些树木、河流、房子和花草，她觉得没什么好看的，和美术课本上的差不了多少。赵静雅见自己站了半天司羽也没注意到，便主动开口问道："这些叫什么？静物写生吗？"

司羽转头看她一眼："或者可以称作印象派。"

赵静雅立刻说："想不到你对画作也有研究！"

司羽盯着其中一幅肖像画出神，半晌才慢慢回答："只是了解一点儿。"

赵静雅感觉自己要迷失在司羽的这种状态中了——他悠悠然站在油画前，浑然天成的气质和让人无法忽略的俊美相貌。她十分确定，自己完全为他着迷了。

"大川说你是东京大学医学系的研究生。"赵静雅收回思绪，娇声问。

"嗯。"司羽已经走到下一幅画前。

"那你怎么会和搞东南亚文化研究的大川认识的？"赵静雅遇到司羽是没有丝毫防备的，在来汀南之前，她从没想过这趟旅行会让她心动如此。

"一起打过工，接触多了就成了朋友。"司羽冲她笑笑，笑容还没来得及收回，视线便被楼梯上的人吸引过去，是安浔和阿伦。

安浔跟在阿伦后面下来。她已经脱了高跟鞋，并且再次光了脚。不似阿伦走得虎虎生风，她踩在地毯上没有丝毫动静，长裙晃动下，只有白皙脚腕上细细的腕链发出细微的响动。一时间楼下的几个人都没有说话，全都仰头看着她。

众人想：或许真是明星，都说明星和素人有壁，这女孩亲身诠释了。

阿伦几步蹦到楼下，仔细地打量了一下司羽后嘟嘟囔囔道："中国就没有像样的医学院吗？跑日本学什么医，我爸最讨厌日本了。"

安浔在后面笑起来。

大川也是东京大学的，虽然学的专业不像司羽的那么牛气哄哄，但也是正经研究生。他忙辩解道："阿伦，现在已经是和平年代了，再说，学术无国界。"

司羽也笑，并没有因为阿伦的言论有所不满："阿伦，你可以让你父亲检查一下肾脏。"

"啊？"阿伦一愣。

"你不是说他恶心呕吐，心律失常吗？"

"啊……对。肾的原因吗？"

"或许是。"

"谢谢啊。"

在安浔一再表示绝对不会把阿伦私自出租别墅的事告诉长生伯后，他这才千恩万谢地离开。安浔关了门回来，对几人说："今晚不用叫我吃饭了，祝你们有个愉快的晚餐。"

安浔抬脚上楼，走了两步后慢慢停下，回头看向站在画前的司羽："你觉得这些画怎么样？"

司羽挑了挑眉梢，顿了一下说道："略显稚嫩。"

安浔无辜地眨眨眼。

司羽回头看画，继续说："我挺喜欢。"

"你不是说稚嫩吗？"大川奇怪地看他一眼，又看向画，没看出什么，只觉得是自己画不出的水平。

"但很有灵性。"司羽解释说。

大川更茫然了。

安浔勾了勾嘴角，什么也没说，飘飘然地上楼去了。

晚餐是大家一起做的，司羽没有参与，像下午一样戴着耳机坐到椰子树下闭目养神去了。这并没有让他们觉得司羽不合群，相反地，大川的这些同学都对这个刚认识一天的司羽印象非常好。

赵静雅自告奋勇地去叫司羽吃饭，其余几个人各自交流着眼神。上学那会儿很多男生追求漂亮的赵静雅，她高傲又眼高于顶，对别人都爱答不理的，谁能想到她也会有这么主动的时候。

饭桌上，大家热火朝天地胡侃，只有司羽安静地吃着东西，像是有着极好的餐桌礼仪。当聊到第二天要去森林公园的时候，大川才想起问司羽车子的事："你那越野车能载几个人？"

"五个。"司羽说。

他们一行六个人，正好多一个，而且还有两个女生，并不适合和男生挤在一起。大川想了想说："只能碰碰运气看能不能打到车。"

"司羽那车挺骚包啊。"有人说。

司羽用纸巾擦了擦手，抬眼看向那人，说道："我哥的车。他说跑远途那车会舒服些。"

"你还有哥哥呢？没听你说过呀。"大川说。

司羽拿起水杯喝水，没做任何回应。大川也不在意，转头又去和别人聊别的。车子和女人似乎是男人永恒的话题，聊完车子后不知道谁将话题引到安浔身上。大川对安浔印象很好，喝了些酒的他笑眯眯地说："我要是没女朋友就追她。"

"你就吹吧，那 level 的你驾驭不了。"有人立刻泼冷水。

大家哄笑，大川不服，梗着脖子说："我可是东京大学的高才生。"

"人家司羽也是啊。"赵静雅说。

他们总是很轻易地就能把话题扯司羽身上。司羽垂眸不知道在想什么，意识到大家都在看自己，才不慌不忙道："我没女朋友。"

大川立刻痛心疾首道："学校里喜欢你的女生从东京能排到北京，你正眼都没瞧过一下，你没女朋友你怪谁？"

赵静雅的眼睛亮晶晶地看着司羽。知道了他没有女朋友，她特别高兴，随即骄傲地说道："我上学那会儿也这样。"

大川直摇头："追你的男生顶多从教室前门排到后门，还是做广播体操那种站法。"

说完大家笑起来，赵静雅不开心地瞪了大川好几眼。在调笑声中，孙晴看了一眼司羽，女人的第六感让她觉得司羽那话很值得探究，甚至有一瞬间闪过赵静雅要单相思的念头……

安浔是被饿醒的。她已经两天没好好吃饭了，醒来的时候有瞬间的茫然，愣了半晌才想起来自己在哪儿。

卧室里并不黑，庭院的灯光透过窗边纱帘照射进来，映衬得房间色调朦胧暖黄。外面静悄悄的，估计大家都睡了，她开了手机，时间显示为1月2日2点30分。

安浔在家时不太喜欢穿鞋子。当年她母亲管不了她，索性让人用地毯铺满了房子的每个角落，这越发纵容她光着脚乱跑了。

安浔将手机放到睡裙口袋，光脚下床，打开卧室门，走廊和楼下大厅都静悄悄的。

院里有若隐若现的灯光和月光照射进来，所以她没有开灯。楼下厨房被收拾得很干净，安浔在翻找了半天一无所获后终于意识到，这些人是一粒饭也没剩，后悔自己睡前没有多交代一句。幸好最后在橱柜里发现了一桶泡面，安浔叹息，看来还得再对付一顿。

当熟悉的手机铃声在寂静的夜里突然响起时，安浔着实惊了一下。她以为这个时间不会有人再打电话了才敢开机，没想到有人会这么执着，半夜不睡也要打她手机。

安浔小心地拿出手机，见到屏幕上跳动着安非的那张笑脸时舒了口气，轻快地伸手按了接听键，点了扬声器，转身开始撕泡面桶。

那边的人似乎不太相信自己竟然打通了电话，嘀嘀咕咕道："通了？安浔？"

"我在，安非。"安浔正在用水壶接水，听到安非的声音从手机中传来，随意地应着。

"我去！安浔！"传来安非惊讶的声音。

"是我，安非。"安浔淡定地应道。

安非比安浔小一个月，是她异父异母的弟弟。

安浔的母亲身体一直不好，小时候每到入冬，她就要陪着母亲来到四季如夏的江南住到第二年北方春暖花开之时。即使这样，母亲还是在她十岁的时候便因病过世了。

安非原名程非，在安浔十四岁的时候随着他的母亲来到安家，重组的四口之家竟然十分和谐。十八岁那年，两人一起考上大学，安浔改口叫琴姨为妈妈，程非改名叫了安非。

"安浔，你还活着我真惊讶。我妈以为你被绑架了，差点哭晕，清醒后就要报警，幸好我还有一丝理智，拦住了她。"安非愤愤地说。

"哭晕？你是不是夸张了？"

"反正哭了，你就是一坑妈狂魔！"

"是你跟我说要勇于追求真爱的。"安浔一脸无辜地边撕着调料包边说。

安非一听她毫无悔过之意，怒道："我说的真爱是易白哥，我怕你有婚前恐惧症，我在鼓励。你那什么脑回路，竟然直接撒腿跑路！"

安非觉得自己真是晕了。

安浔依旧觉得无辜："可是我不喜欢他啊。"

"安浔，你跟我说，你是不是外面有相好的了？"安非的声音从电话中传来，在寂静的夜里听得格外清晰，"你可想清楚了，易白可是颜好腿长巨有钱的典型代表，你真就准备把他踹了？"

安浔撇嘴，心想自己今天可是随随便便就碰到颜更好腿更长的呢："想得明明白白的，踹了。还有，我外面的相好……不是你吗？"

安非在那边吓得差点把手机扔了："你小点声，让你爸听到非往死里揍我不可。不是我说，你妈真逗，什么年代了还和人指腹为婚；易白他妈更逗，说什么一诺千金；易白哥更逗，外面那么多妞……咳……我什么也没说，你什么也没听到。"

安浔并不在意易白的妞们，而是更担心家里："安非，易家有没有为难咱爸？"

"暂时还没说什么，易白哥也没说什么，总之大家脸色都很臭就是了。你都已经这么牛地撂摊子了就先别回来，避避风头。哎，对了，你在哪？"

"在汀南。"安浔继续和那怎么都撕不开的调料包作战，说完又觉得不放心，拿起手机恶狠狠地警告安非，"你要是告诉别人，我就说我是因为和你私订终身才逃婚的！"

"什么？"

"还怀孕了。"

"我去！安浔你做个人吧！"随即是嘟嘟嘟的一阵忙音。

安浔抿嘴笑起来，小屁孩还是这么不禁逗。

这时水已经烧开了，安浔转身拿水时才发现门口不知何时站了一个人，吓得差点把手里的面扔了。那人见她如此反应，竟轻轻笑起来。安浔认清来人，将面放到流理台上，歪头疑问："你是认床睡不着吗？"

司羽双臂环胸，靠在厨房门框上，似笑非笑地说："怎么不觉得是你们讲电话的声音太大了？"

安非的说话声确实有点大，安浔伸手将热水冲进面里，扭头问他："请你吃面补偿怎么样？"

司羽看着她，一时间没有说话。安浔依旧光着脚，穿着吊带睡裙，睡裙长度堪堪盖住腿根，算不上十分暴露但也绝谈不上保守；长发被她利落地缩在头顶，一张精致的脸素面朝天，在明晃晃的灯光下，肌肤白皙清透，眉眼盈盈炯炯。

安浔见他不说话，手指轻轻敲着面桶："嫌弃吗？"

司羽抬脚走进厨房，拿了流理台上安浔放弃的酱包，替她撕开："你是被饿醒的？"

安浔点头，接过酱包挤到面里："说实话，若不是快饿晕了，我真不想吃泡面。"

司羽看她蹙眉无奈的样子，伸手拿过泡面放到一边："等我一下。"说着他走了出去。

夜晚的汀南还是有些凉的，安浔披着毯子坐在厨房的高脚凳上。流理台上的泡面散发出阵阵香气，她有点忍不住了。她也不知道自己怎么想的，饿成这样竟然还能乖乖听话地等着他，虽然等什么她不知道，但想着应该不会比泡面差。

好在司羽没有让人失望。

当他拿着一小篮子菜回来的时候，安浔惊奇地问他："哪儿来的？"

"你家后院种了很多菜，你不知道吗？"司羽已经开始洗手了。

安浔经他提醒才想起来，长生伯确实喜欢自己种菜吃。

洗菜、切菜、翻炒这一系列动作他做得不紧不慢，安浔坐在流理台另一侧撑着下巴乖乖等着，侧脸看过去，眼前闪过的是他修长白皙的手指，心外科医学硕士灵活稳健的手指，在这样幽静的夜里竟然……

用来给她烧菜。

而他们认识还不到十个小时。

尤其他看起来像是十指不沾阳春水的人，感觉很奇妙。

她的逃婚就不在计划内，这之后的一切，都充满了变数，包括这莫名的缘分。也许相遇的时机太对了，所以她并没多少抗拒感。

因为食材有限，他只做了一盘蒜苗炒鸡蛋，一盘坚果炒西芹和一碗鸡蛋羹。坚果是他回房间拿的坚果零食包，他还拿了两小包类似饼干的东西，撕开包装拿出圆饼摆到了鸡蛋羹上。这么短的时间内，他竟然做到了色香味俱全。

安浔挑眉看着不紧不慢的男人，心道：学到了。

安浔手指有些痒，想把刚才那一幕画下来。她印象中的烧菜应该是火急火燎的，是胖大厨在烟雾中叮叮咣咣油星乱飞，可司羽，全程优雅从容，甚至安静。

原来烧菜也可以这样赏心悦目。

安浔将视线放到食物上，仔细看了下鸡蛋羹上的小圆饼，有些意外："佛卡恰？"

佛卡恰是意大利人比较喜欢的一种面包，他们经常用来当早餐。

司羽将菜端到餐厅，回头看她："很少有人认识。"

安浔端着那碗鸡蛋羹在后面跟着，边走边吃："我这顿早餐未免吃得有点太早了。"

司羽把菜放到餐桌上，摆好了筷子。安浔将目光从他手腕戴着的手表上移开，坐进他拉开的椅子中，抬头看他："谢谢。一起？"

司羽并没有坐下，只是居高临下似笑非笑地看着她。餐厅的灯没有全开，一束昏黄的光线让氛围有些温暖，背光的他面容不甚清晰，只余一双漆黑的眸子熠熠生辉，像是将汀南的星空都装了进去。

"如果你不打电话的话，我该回去睡觉了。"低沉温和的声音在万籁俱寂的夜晚响起，竟生出丝丝涟漪。安浔低着头，只"哦"了一声，听不出任何起伏。

随后她便听到渐渐远离的脚步声。

安浔扭头目送那道颀长的背影上楼，再次注意到他手上的那块手表，拿出手机发信息给安非："你眼馋的那款限量版手表，我看到有人戴。"

司羽的厨艺很好，两盘菜清香鲜嫩，鸡蛋羹也香润嫩滑。如果他没走开，她一定不会吝惜夸奖之词。

而他似乎并不在乎她的称赞。

安浔吃完饭慢悠悠地刷着盘子。美食果然容易让人满足，她早已睡意全无。

院子里的灯晚上是不关的。她坐到白天司羽坐的地方，掏出手机想给助理打个电话，发现安非回了自己信息。安非说："万表？ A货吧，那款国内就没几个。"

想想也是，安非和他那些富二代、三代的狐朋狗友们都没人搞到一个，安浔没再回他，拨通了助理的电话。

"大半夜扰人清梦有没有道德呀？"助理小姐哑着声音有气无力地说。

"我发现有人做菜比你做的好吃多了。窦苗，我预感你要失业了。"安浔说。

"谢天谢地，我终于不用忍受随时随地随心所欲打电话来的黑心老板了。"窦苗恶狠狠地说完似乎才完全醒过来，"等会儿，老板？哎呀祖宗，我这两天被媒体各种围追堵截你知道我有多痛苦吗？他们一直问我订婚典礼上逃婚甩了易和企业小开的是不是你。我说，我们家安浔单身狗一只，哪有那机会？再说也不是典礼上跑的啊，明明是典礼前一天突然被雷劈了一下就抽风了。安浔你做事之前能不能掂掂自己的身份，你还以为自己只是个普通大学生呢？"

安浔没打断她的喋喋不休，也知道她会做得很好。这些事情安浔都不需要担心，只是总归要让她发泄抱怨一下的。

窦苗说完才意识到安浔半天没说话了："人呢？谁比我做饭好吃？"

安浔像是没听到她之前的那些吐槽一样："窦苗，你说半夜三点多起床给你做饭的男人的心理是什么？"

窦苗听她这么一说再联想到之前那句，顿时明白了三分："老板，如果有男的这个时间起床做饭给你吃，不是想泡你就是想上你。"

安浔想笑，想来那人顶多是倒霉碰到了，再就是为留宿的事感谢自己吧。那边窦苗还在说："他可能还会深情款款地看你吃完，饭后还有什么小甜点之类的惊喜，享受你的喜悦感动之余提出一些非分的要求，而你已经在他的温柔贴心攻势下放下防备……哎？不是，这个时间你怎么和男人在一起？你爸还是你弟？他们俩那就另算了。"

"什么深情款款什么甜点都没有，他做完饭就转身上楼睡觉去了。"安浔觉得问错了人。

"啊？这不合常理啊！他大半夜起来做了顿饭给你，然后不等你的赞美感动投怀送抱就走了？这人有病吧……"

安浔不打算和她聊下去了："窦苗你说你阅男无数一定是骗我的。"

大川他们下楼来的时候是早晨七点，安浔正在院子里扯着一根管子给那些花草树木浇水，身上穿的还是凌晨起床时的那件睡裙，只是脚上多了双拖鞋，之前披着的毯子被她搭在不远处的藤椅上。

大川几人商量着出去吃个早餐然后就去森林公园，结果刚一出门就看到这样的画面：一个高挑纤细的美人儿站在弥漫的水雾后，阳光照射在她周身，露在外面的肌肤亮白细嫩；她一手举着喷水的管子，一手整理着额前碎发，姿态从容慵懒。

一时间几个人都顿在那里，赵静雅更是气得不行，转身气呼呼地对孙晴说："她这是勾引谁呢？"

孙晴使劲拽了一下赵静雅，看了眼落在众人后面的司羽，示意她小点声。

安浔也注意到了来人，没想到他们会起这么早。她还没反应过来，司羽已经拿了藤椅上的毯子披到她肩上，白皙的手臂、修长的双腿立刻被毯子遮挡住。那些人回过神，扭头轻咳。

安浔关了水阀，拢了拢身上的毯子对司羽道谢。

赵静雅大步走了过来，一脸不满，瞥了眼安浔后继续向门外走去，朝着司羽道："司羽，我们走吧。"

司羽没动，只是问安浔："我们要去吃早餐，一起吗？"安浔不饿，而且他们这么多人，于是摇头："不了。"

似乎她的回答早在司羽的预料之中，他们没再继续停留，陆续走出院子。

门口那辆红色牧马人一如昨天一样安静地停在了那里，只是旁边多出了一个大家伙。大川啧啧地说："之前以为是哪个游客临时停过来的车呢，现在看来是里面那姐的。"

有人感叹："好威武的大切诺基。"

赵静雅轻哼一声，嘀咕着："哪有女孩开这车，男人给的呗。"一时间没人接话，众人都安静下来。

过了一会儿，有人打破沉默："这边都是私家车，很难打到车吧，叫车的话估计要等上很久，不如借一下她的车子？"

"不好吧？才认识一天就借车子……"

"她看起来挺好说话的。"

"好说话不等于傻啊。"

"问问又不会少块肉。"

"那就司羽去，这么个大帅哥在美女那儿肯定好说话。"

司羽扭头看向他们。

赵静雅却急了："我和孙晴去，女生和女生更好说话。"说着她也不管别人，扯着孙晴又进了院子。

安浔已经收了管子进屋了，孙晴站在房门口，有些犹豫地对准备开门进去的赵静雅说："我觉得司羽来说更好，毕竟……"她心中纠结了一下用语，接着说："毕竟司羽看起来和安小姐稍微熟悉些。"

赵静雅皱眉："哪熟悉了？我怎么没看出来。"

孙晴犹豫着要不要把昨晚自己看到两人在厨房的事告诉赵静雅，只听赵静雅继续嘀咕："不借更好，省得他们几个鬼迷心窍似的张嘴闭嘴都是'女神'，正好让他们看看这女人有多高傲无礼。"

赵静雅确实挺讨厌安浔的，讨厌司羽和她说话的神情，讨厌她高人一等的模样，尤其讨厌那些男人总是偷瞄她的样子，原本自己应该是焦点是中心的，从小就这样。

孙晴不再说什么，随着赵静雅走了进去。

安浔正窝在沙发上打电话，姿态闲适，音调婉转："哪个大老板啊？也不问我愿不愿意卖。最讨厌这些满身铜臭味的老头子了，他们懂我吗？就买买买的。"

她没注意门口进来的两人，更看不到孙晴瞬间一脸的尴尬以及赵静雅鄙夷的冷笑："真不要脸，就差明码标价了！"

孙晴再次示意她小点声。安浔听到动静，回头看是她们，转头对着电话说了两句便挂断了。

两人说明了来意，孙晴还是客客气气的，只是赵静雅从进来后就一句话没说，似乎觉得多说一句就会降低自己的身份一样，一直昂着下巴，也不看人。

安浔当作没看到，赵静雅似乎比她还要大上几岁，却像个幼稚的小女孩。她并不和这人一般见识，只对孙晴说："如果你愿意等我一会儿，我可以送你们过去，正好我也想去那边转转。"

孙晴惊喜地点头，因为她本没抱什么希望的："当然可以，谢谢你。"

等安浔上楼后，赵静雅气呼呼地随着孙晴一起出去："她怎么这么积极？刚才问她吃不吃饭还端着说不去呢，这才问一句就立刻跟来了，她干吗呀？"

孙晴叹了口气："人家肯帮忙，我们应该谢谢她的。再说咱们这些人，不是刚毕业的就是穷学生，你觉得她这样的女孩能看上哪个？别担心啦。"

赵静雅撇了撇嘴："也是，她跟的都是大老板之类的……但也架不住司羽太帅，还是高才生，虽然现在看起来在半工半读，但绝对是潜力股！"

孙晴笑她："这是你心里的想法吧？我看你有点色迷心窍。"

安浔很快出来，换了件长裙，拿了个包，长发披肩，粉黛未施。

大川双眼放光，夸张地拽住旁边人的胳膊晃啊晃的，说："好美！我要分手。"

旁边人泼冷水："分手只会导致你少了一个女友而不会多一个。"大川气呼呼地骂人，司羽被逗笑，低笑一声。

安浔开了车门，利落地坐到驾驶座，看向他们："去哪儿吃饭？"

"这边你熟，你说去哪儿咱就去哪儿，你想吃什么我就请什么。"大川乐呵呵地回答。说着大川就要上她的车，其余两个男生抢先他一步，坐好后还锁了车门。大川不好太过明显，瞪了两人一眼，悻悻地随着赵静雅和孙晴上了司羽的那辆牧马人。

当安浔将车子停在沈洲酒店门口的时候，大川悔得差点没抽自己嘴巴，装什么大尾巴狼，夹尾巴了吧！

安浔将车钥匙交给泊车小弟，回头询问："这里可以吗？"

其他人都看好戏一样看着大川，大川硬着头皮颤着嗓音回答："可……以……啊……"

见他如此，安浔笑起来："我当你们是客人，所以我来请吧。"

大川还没说话，赵静雅已经满脸不高兴，嘀咕着对孙晴说："吃个早餐用得着这么浮夸吗？知道她有钱，炫耀什么啊！"

安浔侧头看着赵静雅："你可以不吃。"

"别，美女你别生气，我们这是惶恐啊！住你家，蹭你车，还让你请吃饭，这多不好啊，太不好意思了！"大川唯恐安浔不高兴，慌忙打圆场，还抓着间隙瞪了一眼赵静雅，让她别乱说话。

安浔"哦"了一声，特别无所谓地说："既然不好意思，那还是你来吧。"

大川的脸又垮掉了，心道：这女人怎么这么拜金？在这儿吃一顿，他钱包得瘪成什么样！而且她怎么就听不出自己是在客套呢！

"走吧，我请。"司羽拍了拍大川以示安慰，然后转头看向安浔，笑道，"说好管你饭的。"

安浔挑挑眉梢，率先走了进去。

大川忙跟上，对司羽说："兄弟，这可是沈洲啊，我们还这么多人，你钱带够了吗？要把咱扣下刷盘子可丢人丢大发了。"

"所以一会儿你少吃点。"司羽说。大川无语。

"和我家楼下的包子铺果然不一样。"大川吃着西多士和草莓松饼，完全忘了这顿饭是司羽请，刚还被告知要少吃点。

"沈洲果然是沈洲，"其中一个人感叹，"瞧这盘子碟子，都是镶金边的，不愧是江南沈家。"

"什么沈家？"孙晴对此不太了解。

那人见孙晴不知道，来了兴致："据说清朝时沈家在江南就是富甲一方的豪门大族，后来军阀混战，他们整个家族转移到了香港，还有一部分到了英美，直到二十世纪改革开放沈家才又回国。因为家底丰厚又在国外有一定的经济基础，所以沈家几乎没用几年时间，在沿海地区的产业就覆盖了房地产、酒店、海运和航空等行业。"

孙晴感叹道："感觉好厉害的样子。"

就连总是对别人不屑一顾的赵静雅都饶有兴趣地听着。

"这只是在国内，他们家族的一部分人在国外待了近百年，不比在国内差。"在中国，像这样没被历史洪流冲击散架的豪门大族真不多见了。

赵静雅忍不住问："怎么都没听说过？"

"沈家一直挺低调的，最近这些年触及房地产后才让人有所耳闻，前几年又新上任了一个年轻总裁，话题多了曝光也才多了点。"

"沈家有没有女儿？漂不漂亮？嫁没嫁人？你看我行吗？"大川把脸凑过去自荐。话音一落他就被人推了出来，懒得理他。

"沈家现在当家的好像只有一个儿子，叫沈什么南，据说才二十六岁，是个商业奇才，正是沈洲集团的新任总裁。"

众人惊诧：这么年轻就掌管这么大的商业帝国，带着脑子去投胎的吗？

"没女儿啊，儿子也行啊！"大川秀下限。众人嫌弃地将他撵到了另一个桌。沈家毕竟离他们太遥远，几人感慨一番命运便终止了这个话题。

有人见司羽和安浔始终没有加入聊天，打趣道："司羽的话本就少得可怜了，安小姐竟也不说话，你俩要在一起能闷死一头驴。"

两人同时抬头，视线在空中相撞。司羽眼神玩味，安浔淡定转头，说道："沈司南。"

"嗯？"众人不解。

"你们刚才说的，沈洲集团亚太区新任总裁，叫沈司南。"安浔说。

"你怎么知道？认识？"赵静雅话里有话，"安小姐果然只爱认识大老板。"

安浔转头看她，不明白她这满是嘲讽的语气是什么意思，道："你要是想认识，我可以帮你介绍。"

完了，火药味又起来了。赵静雅脸一红，觉得安浔在羞辱自己。

孙晴忙拽住要发作的赵静雅，有些尴尬又生硬地转移话题："如果大家吃完了我们就早点去吧，太晚的话恐怕会赶不上看节目表演。"

其他人嗯嗯啊啊地点头，也不敢说话，只觉得赵静雅这两天有点不正常，一身怨气。

司羽抬手招呼了服务生，递给他一张卡："买单。"服务生拿着卡毕恭毕敬地离开。

司羽用餐巾擦了擦嘴，抬眼看向安浔，状似无意地问道："你认识沈司南？"

安浔转转眼珠表情认真地道："如果我说认识，他们会不会打折？"

大川嘴里塞着食物呵呵呵地笑起来："有点意思。"

司羽也笑："首先你得让他们相信。"

安浔耸耸肩："那没办法了。"

司羽不再说话，只觉得这女孩心眼真多，绕来绕去结果还是没回答他的问题。

服务生不是自己回来的，而是诚惶诚恐地引着酒店经理走了过来，经理身后还跟了几个人。他们匆忙赶来，显得浩浩荡荡。一时间坐着的几个人都没敢动，以为出了什么问题。

司羽接过那经理双手递过来的卡和单子，签了名，递给他时礼貌地说道："早餐味道不错。"

经理点头如捣蒜，笑容满面地说："您喜欢就好。"

司羽不再说什么，转身要走。经理忙又说："不知道先生要不要住酒店，我好先让人准备着。"

"不用，我们只是路过进来吃个早餐。"司羽说完不等那经理再说什么，抬脚向外走去。

"欢迎下次光临。"经理边喊边低头鞠躬，他身后的人跟着一起鞠躬。

西装革履的人齐刷刷地弯腰低头，那场面还是挺隆重的。这莫名的热情搞得几个人一头雾水，出了大门大川才敢说话。他呼了口气小声道："五星级酒店果然不一样，吃完饭还这么大动干戈地欢送我们。"

"可能是为了让我们住酒店。"孙晴说。

"现在酒店都这样还是沈洲特有的？经理用得着这么屈尊降贵地挽留几个吃早餐的人？"有人提出质疑。

"可能为了业绩。唉，现在干什么都不容易啊！"大川摇头感叹道。

安浔看了眼沉默的司羽，心想：自己以前没少在这里吃饭，却连经理的影子都没见过，更别说被这么多人热情相送了。

司羽察觉到安浔的目光，看过去，问她："怎么了？"

安浔开玩笑道："我以为你的手表是高仿。"

司羽看了看自己的表，无辜挑眉，笑说："那多没意思。"

安浔心道：是我信了安非的邪。

第二章

碧波风起

　　从沈洲酒店到森林公园约有半个小时车程，全程沿海公路。蓝天白云，海天一线，漫无边际。安浔车里的两个人本来还一直找话聊天，后来见安浔话少，外面景色又美成这样，也就没心思搭讪了，降下车窗吹着海风，一时间好不惬意。

　　另一个车里就没这么安静了，赵静雅难得有机会距离司羽这么近，所以整个人都有点兴奋。她极尽可能地表现自己，先是一直扯着孙晴说这说那，后又拉着大川聊上学那会儿的趣事。她以为司羽总会参与几句，可全程他只安静地开车，对他们的话题或者说对她完全没兴致的样子。

　　赵静雅终于忍不住开口："司羽，你还有多久毕业？"

　　司羽轻微侧头回答道："半年。"

　　赵静雅眼睛一亮："那你毕业就回国吗？"

　　"对。"

　　"是不是要找医院实习？"

　　"对。"

　　"大川说你也是春江人，我爸爸认识市中心医院的领导，如果有需要，可以让他帮忙说说，安排一下。"赵静雅凑上前，眨巴眨巴眼睛怔怔地看着他的侧脸，那期待的样子好像求人办事的人是她。

　　可惜开车的人根本没侧头看一眼，只是听她说完忍不住笑了一下："暂时不需要。"

　　"为什么？"赵静雅见他笑了，心里一动，胆子也大了些，忙问，"不想去这个医院吗？这是三甲医院呢。"

　　司羽淡淡"嗯"了一声。

　　赵静雅期待地等了半天，结果他只回了一个字便不再说话。她尴尬地看了看孙晴，孙晴耸耸肩，一副没办法的样子。赵静雅感到无力，他如此冷淡，根本聊不下去。

大川坐在副驾驶座，听着他们的谈话，随即问道："司羽你不是没有计划的人，是不是已经定好了医院？"

司羽见前面大切诺基驾驶座的车窗开着，有几缕长发穿过车窗肆无忌惮地飘飞在风中，自由洒脱，一如它的主人。他也将车窗降下来，温和的海风吹着他额前的碎发，丝丝瘙痒像是要痒到心里。他收回视线，漫不经心地回答着大川的问题："准备去圣诺顿。"

中国的医疗市场是一个垄断的市场，公立医院一家独大，多少私立医院处境凄惨，而春江的圣诺顿心外科医院是极少数成功的私立医院。它不仅拥有世界上最先进的医疗设备，而且有多位中外著名的心外科专家坐镇，并且从不以药补医，获得了诸多医生和病人的信赖，其背后更有大财团的资助。这些年风风雨雨走来，圣诺顿心外科医院早已成为春江乃至整个沿海地区最权威的医院。

能进入圣诺顿的医生，都是万里挑一的。司羽说的是自己准备去圣诺顿，而不是想去圣诺顿。大川听出他话中意思，又是惊奇又是兴奋。他一直觉得司羽非池中物，果然没看走眼。圣诺顿这样的医院，若没有真才实学，拿多少钱走多少关系都是进不去的。

大川还想聊聊关于圣诺顿的事，突然注意到前面切诺基上的两个男同学正敞着车窗吹海风，恨铁不成钢地嘟囔着："那两人真是'暴殄天物'，有那么个大美人儿在身边竟然还有心思看风景……"

赵静雅一听立刻不乐意了："大川，你别忘了你有女朋友了。"她本来在沈洲就惹了一肚子气，没想到自己的朋友们不站在自己这边，却还个个鬼迷心窍地为那女人着迷。

大川摆摆手，无所谓地说："我又不能真怎么样。爱美之心人皆有之。"

"什么美啊？怎么就美了？你们男人就会看表面。你知道她干吗的吗？"赵静雅急了，也不管矜不矜持淑不淑女了，语气满是讥讽不屑，"刚才我和孙晴找她借车的时候她正在打电话，听起来像是在谈那种买卖，有人要出钱买她，她说最讨厌那些老头子。我看啊，她这种人的目标就是年轻有钱的，就像她刚才说的沈司南，知道这么清楚，想来她觊觎很久了。"

"啊？"大川愣了，虽然他能完全听懂繁复的硕士课程，但是他的脑子跟不上赵静雅说话的速度以及她要表达的意思。

"啊什么啊，你知道外围吗？一看她就是啊，经常参加富豪 Party 的那种。"赵静雅说得似乎她亲眼看到了一样。

"不能吧？不像啊？安浔看起来挺有气质的，不像那种拜金女……"大川实在无法将安浔和外围联系在一起。

"我看网上说，她们一晚上能挣几十万。"赵静雅说完才察觉到自己表现得太像背后嚼舌根的八卦女。她偷瞄了一下司羽，见他面无表情地开着车，心稍微放下了些，随即换了语气，补救道："本来我也没这么想，主要还是听到她打电话才确定的。"

"妈呀！"大川单纯，虽然他不太信安浔是那种人，但又觉得赵静雅虽然任性却不是胡乱编造这种话的人。他挠挠头，看向司羽："真是人不可貌相啊！是不是？"

司羽脸都没侧一下，说："应该是误会。"

赵静雅见他不信，心里一阵失望，却还争辩道："你刚才问她认不认识沈司南，她就没正面回答，因为她没办法合理解释她怎么认识沈司南的。"

司羽轻笑："你在以结论合理化过程，侦探小姐，前提是你并不确定你的结论是不是对的。"

赵静雅提高音量："我听得一清二楚，难道还能有错？孙晴也听到了。"

孙晴犹犹豫豫地小声说："好像是静雅说的那么回事……"

赵静雅一昂头："是吧，不是我乱说。"

司羽不再说话，赵静雅怔怔地看着他，似乎期待他表个态，但他对她的期待再次视而不见，并很有种与她话不投机半句多的意思。她见大家都不说话，后知后觉到自己刚才的表现实在过于急切，便有些不自在地伸手推了推大川："你干吗呢？"

大川正拿着手机嘀嘀嗒嗒地按着，头也不抬，道："我和前面那两人聊安浔呢。"

"他们怎么说？"

大川看了看手机："他们很惊讶，不太信。"

赵静雅心里冷哼：肤浅的男人们。

安浔看起来对路非常熟悉，车子开得很快，好在司羽车技不差，不然还真的跟不上她。

他们到的时候停车场还有很多空位，但售票处已经排起了队。

"大家坐，这种差事当然我来了，毕竟是陪我嘛。"大川招呼他们几个坐到不远处的凉亭下，自己颠颠跑去排队买票了。

要来汀南是大川的主意，因为他的假期作业是研究东南亚文化与中国文化的相互影响。汀南沿海，靠近东南亚各国，并且汀南的原始森林公园有很多来自东南亚的工作人员，这会给他提供很多宝贵的素材。

司羽没进凉亭，而是走到湖边打电话。赵静雅频频朝他的方向看去，只觉得他修长的身形和出众的气质太过耀眼，即使他没做什么，也实在是显得高调得厉害。

坐安浔车的两个男生从接到群消息后就一直神情复杂地偷看安浔。赵静雅还是那样，扬着下巴不说话，以行动表示自己不与安浔这种人为伍的决心。孙晴一时间也找不到什么话题，干巴巴地坐在那里。

凉亭内的氛围十分尴尬，安浔倒是淡定自若地坐在木椅上，不知道是没发现气氛不对还是无视他们四人，一只手悠闲地把玩着自己的发梢，一只手刷着手机。

这种氛围一直持续到大川火急火燎地跑回来："学生证半价呀！我忘了这事了。"

他胡乱翻找着自己的背包，扭头冲不远处打电话的司羽喊道："司羽，学生证给我。"

司羽挂了电话走了过来，将学生证递给大川。大川拿着刚要走，却突然发现另一边一只纤细的手指捏着同样标有 ISIC 的学生证伸到了自己眼前。

ISIC，国际学生证。

安浔举着学生证，见大川呆呆地看着也不知道接，问道："不是要学生证吗？"

"安浔，你也是留学生呀？"大川边问还边回头看赵静雅。赵静雅满脸惊讶，一副不敢置信的样子。

安浔看了眼学生证："不是，我花钱办的。"

大川"啊"了一声，愣愣地看着安浔，走也不是，不走也不是，为难地问："假的会不会被发现啊？"

安浔见他表情蠢萌，忍不住笑起来。司羽对大川说："去吧，她在和你开玩笑。"

大川"哦"了一声，虽然心里有疑问，但见排队的人越来越多，不再多说，拿了学生证便飞奔出去，期间还差点撞到正向凉亭走来的一个女孩。那女孩也不在意，看都没看别人一眼，只闪动着亮晶晶的眼睛盯着安浔。安浔察觉到，回视过去，女孩像得到鼓励一样，更加激动地直直走了过来。她站定到安浔面前，有些紧张地问："请问你是安浔吗？"

安浔倒是没多意外，点头："是我。"

"天啊！"女孩惊喜地捂住嘴，"刚才听到有人叫你的名字我还以为听错了呢，然后越看越像，真的是你！你是我的偶像啊！"

女孩很可爱，激动起来小脸红通通的。她见安浔友善，大着胆子问："能签名吗？照相可以吗？我还想要拥抱。都不行也没关系，我不脱粉。"

安浔笑。凉亭拥挤，她站起身，对女孩说："都可以，我们去那边拍。"

说着安浔率先走了出去，女孩高兴地对不远处的同伴做了个"V"的手势，蹦蹦跳跳跟着出了凉亭。

亭子里的气氛更诡异了。

四个人面面相觑，两个男生最先说话，他们问赵静雅："外围为什么有国际学生证？怎么还有人要和她签名、合照？"

"可能……是网红。"赵静雅还在硬挺。

"你们确定听清了她打电话的内容？我实在不太信安浔是出来卖的。"男生们本就抱有怀疑态度，如今更加不信。

"当然，听得一清二楚。"赵静雅肯定地点头，"她绝对不是什么正经女孩。"

赵静雅的话音一落，"砰"的一声，一个手机突然被不轻不重地扔到他们面前的木桌上。四个人同时吓了一跳，抬头看向手机的主人。

司羽没说话，双手插兜靠在柱子边，看着他们。

其中一个男生拿起还没暗掉的手机，低头一看，竟然是安浔的百科资料。四个脑袋凑在一起，随着屏幕滑动，他们才知道自己误会得有多离谱。

安浔，出身书香名门，祖父是著名国画大师，父亲是伯克商学院的经济学教授。而她本人，是世界排名第一的美术学院的优秀学生。

大二的时候，安浔的一幅画拍到二十二万欧元。她当时刚满十八岁。人们惊诧于她的年轻与美丽，更惊诧于她无与伦比的绘画天赋，国外媒体更是称她为"最具灵性的印象派新锐画家"，自此她便在西方艺术圈声名鹊起。

此事被国内媒体报道后，安浔也算一夜成名。但艺术圈终归不似娱乐圈那样备受关注，在认识她的人面前她是大神，在不认识她的人面前她就是个普通女生，所以他们不认识她也是理所当然的。

而赵静雅所谓的卖不卖的问题，终于也有了更合理的解释——安浔说的很可能是她的画作。

"我知道她了，我开始就说她的名字听起来很熟悉，就前年的时候，好多新闻报道，说她是二十一世纪不可多得的印象派画家。"孙晴终于想起来自己在哪儿听过安浔的名字。

那个男生将手机递给司羽，问道："司羽，你早知道安浔是个画家？"

司羽收起手机："猜到些。"

知道她叫安浔的时候，司羽并没有将她和那个天才画家联系在一起，直到帮她拎行李箱时注意到箱子上的手绘图案，再加上别墅一楼那个画室才让他有所联想。后来看了墙上挂着的那些油画后他才确定，这个安浔应该就是沈司南喜欢的那个"安大师"，只是他不曾料到，安浔竟然是个二十出头的小女孩。

赵静雅满脸通红，真是尴尬得要死。她之前那么信誓旦旦地说安浔不正经，结果人家的人生已达到了一个自己几乎永远无法企及的高度，自己却还一直觉得高安浔一等，打心眼里瞧不起安浔。

安浔是和大川一起回来的，那时亭子里的四人已经调整好了情绪，虽然大家看安浔的眼神依旧怪怪的，但本质已改变。几人陆续从入口进到园区。司羽双手插兜，慢悠悠地走在一侧，始终安静寡言。

大川看了看手中的学生证，意识到似乎真如司羽说的，这其中应该有所误会，想起之前几人还背后嚼舌根，心生愧疚。他将学生证还给安浔，问道："安浔，这上面写的 Academia di Belle Arti di Firenze 是什么学校？"

安浔接过学生证放进包里，回答道："佛罗伦萨国立美术学院。"

虽然听起来很高端的样子，但大川确实没听过，挠挠头："在意大利？"

安浔歪头看着他笑，似乎觉得他的问题很蠢："难道东京大学不在日本？"

"呃……"大川苦兮兮地回头看其他人，满脸的表情都在说"她一句话给我噎死，我该如何挽尊"？

没人理他，好像都等着看笑话，大川硬着头皮兀自打圆场："我不太了解你们艺术圈。哈哈，你们学校有没有什么知名校友？"

"达·芬奇、米开朗琪罗……"

安浔刚说了两个，大川便哈哈大笑起来："所以他们是你学长喽？"

"也可以这么说。"安浔看着笑得开心的大川，有些莫名其妙。

大川见安浔回答得认真，笑得更加开怀。司羽见他完全没有停下的意思，出声提醒："川儿，她不是在开玩笑。"

笑声戛然而止，大川挠头，一脸迷茫地看向安浔，随即又干笑两声："不是调节气氛的玩笑？"

安浔却问："东京大学……真是你自己考上的？"

大川哭丧着脸看向他的朋友们，嘟囔着："我不和她聊天了，她嘲笑我的智商！"不知道谁没忍住，"扑哧"笑出了声。

随后众人又寂静无声地走了一会儿，大川不死心地继续搭讪："安浔……那你的偶像是达·芬奇还是米开朗琪罗呢？"

"是提香。"

大川顿了顿，不知道该说什么，便再次满面愁容地回头。他脸部表情夸张，无声地对同伴说道："这……又……是……谁……啊？"

其他人终于哈哈大笑起来，连司羽都忍不住翘了嘴角，轻笑出声。有人劝道："大川，你就别说话了，根本不是一个频道的。"

大川备受打击地低声说："你让我说我都不知道说啥了！"

安浔并不和他们同路，她有自己想去的地方，约了归来的时间，便独自走了另一条小路。大川要去做采访，别人都不想与他一起，两个男生结伴去看演出先跑了，司羽没理会大川期待的眼神，只说了句"我要去看犀鸟"便走了。

孙晴见状，忙说："大川我陪你吧。静雅你要是不想一个人逛就和司羽搭个伴。"说完她对赵静雅眨了眨眼睛，低声提醒："这么好的机会别浪费了。"

赵静雅本来还因为安浔那事闷闷不乐，眨眼就发现自己竟然能和司羽单独相处，心中大喜，抬脚跟了上去。

犀鸟并不是很容易就能碰到，据说要到密林深处才有可能遇见。司羽按照公园路线指示走了缆道，赵静雅一直跟在他身边。

缆道由木板铺成，偶有晃动，赵静雅心思都在司羽身上，一时不察，差点摔倒。好在司羽绅士地伸手扶了一下，赵静雅当时脸就红了，害羞地低着头不敢看人，心怦怦得像要跳出来。司羽松开她的手臂，提醒她注意安全。赵静雅羞涩点头，暗暗高兴，高兴这个完全符合她所有幻想的男人就在自己身边，体贴关心她。

司羽并没有看到她小女生般娇俏的神情，或者说看到也并不在意。他注意到前面几个游客突然都拿出相机拍向缆道下方的河面，兴奋地交流着什么。

缆道搭建得并不高，木板之下茂密植物如两条巨龙舒展匍匐在河道两侧，随着长长的河道碧水荡漾，蜿蜒远去，没入密林深处。

汀南的绿比任何一种绿都更为葱郁更为晶莹，而这种浓绿之上，一排翠绿竹筏飘然入画，竹筏上一位戴着斗笠的老人划着水，他的旁边站着一位黑发长裙的女孩，如入世仙子，子然而立，风起裙动……竹筏缓慢悠然地从缆道下方的水面上漂过，司羽搭在缆绳上的手指微微一动，觉得似乎伸手就能触到竹筏上女孩的发尾，也能抚到她飘飞的裙角。

一旁经过了一位中年男子，垂眸看着飘然远去的竹筏，文绉绉道："美人若如斯……"

司羽再垂眸看去时，竹筏悠然下行，视线中只余纤纤背影。

中年男子不无遗憾地看着一片绿色之上那一抹飘飘若仙的白影离去，继续咬文嚼字："那女孩回过头该是怎样惊世的美丽。"

赵静雅早已从小兔乱撞的心情中平复下来，不太高兴地瞪了那略显做作的大叔一眼，再回头，见司羽目送那木筏远去的神情专注。她不安起来，即使手心都满是汗水了，依旧故作轻松地道："安浔竟然撇下我们自己偷偷坐竹筏去了。"

司羽收回视线，只说："走吧，前面就是索道。"

由索道滑行进入密林深处不过十多分钟，司羽走下缆车后询问工作人员犀鸟经常出现的地方。工作人员耐心解答："向南走五百米左右有棵十几人都抱不住的千年古树，它比周围所有树都大，枝叶繁茂，盘根错节，你到那儿就认得了，有两只犀鸟就在那里安家。"

遮天蔽日的原始森林里，到处是从未见过的巨叶植物。奇异板状根的巨树高耸不见其端，一晃而过的野生动物，不时传来的奇怪响动让赵静雅感到害怕，她脚步凌乱地跟着在前面走得很快的司羽。

"司羽，你为什么要找犀鸟？

"司羽，这里会不会有危险？

"司羽，你等等我。

"司羽，我跟不上你了。

"司羽，你慢一点儿，我有话要说。

"司羽……"

司羽修养好，不代表他脾气也好，大树已经近在眼前，聒噪的女孩依旧喋喋不休。他有些不耐烦地回头："为什么其他女孩都不能像安浔那样？"

赵静雅脸色一白，不敢置信地看着他："怎……怎样？"

司羽答："安静。"

赵静雅紧闭双唇，不敢说话。在她的认知里，司羽是温文儒雅、温柔和煦的，可刚刚他的语气冰冷不耐，眉头轻蹙，严肃起来，竟有些吓人。

司羽看了看她，虽很不耐烦，但还是微微缓和了一下语气："你刚才要说什么？"

赵静雅咬着唇紧张地看着他，心里默默鼓励自己：在这片原始森林中没有别人，只有他们两人，一定要把握住这个机会；他会答应的，他会的，或者会考虑一下，总会有机会的……孙晴说得对，没什么难的，成功了皆大欢喜，失败了再接再厉。她深吸一口气，眼神坚定地说："我……喜欢你，司羽，你可不可以……可不可以做我男朋友？"

听得她突然表白，司羽虽有些意外，但并没有多惊讶。不知是早有预感还是早已习惯，他处理起来仿佛也得心应手。他沉默地看了看她，半晌，挑唇一笑，一时间让人看不出是讽刺还是真诚发问："这就喜欢我了？"

他的话刚出口，赵静雅立刻回他："你不用立刻回答，没关系的。"

她觉得他的话是讽刺，所以给自己个台阶。

司羽确实没再说下去，静了半晌，随手在树杈上摘下一枚含苞待放的花骨朵："我将它回报给你怎么样？"

赵静雅心下一阵冰凉，眼眶微热，伸手接过花。虽然司羽拒绝了她，但绅士地维护了她的自尊。她鼓起勇气抬头看他，迈出了第一步，后面也就容易多了，她豁出去了似的："司羽，我比你拒绝我之前更喜欢你了。"

司羽挑眉，意料之外，看着这女生一脸坚毅的表情，觉得这次有点棘手。

赵静雅似乎也没指望他能回答什么，开口问道："司羽，你什么时候回春江？"

"或许毕业后。"司羽给出模棱两可的答案，显然不是很想与她再有交集。

赵静雅像是看不出，努力笑了一下："那我们来日方长。"

见她如此，司羽终于敛了表情，眼神也有了变化，微微仰头，居高临下斜睨着她："你喜欢我什么呢？"

"你的一切，你的一切都很完美。"赵静雅肯定地回答。

"是吗？"司羽勾唇一笑，突然向前走了两步。赵静雅一阵紧张，下意识地退后，靠到了身后的树干上。他接着问："你才认识我两天就了解我了？"

赵静雅看着近在咫尺的人，轻颤着嘴唇："对，我喜欢……你的外表、你的品位以及你的修养。我敢保证，我再不会遇到像你这样的一个人。"

司羽像是听到什么笑话，嗤笑一声："那内心呢？我要说我很阴暗，你信吗？"

"我……我不信。"

司羽的笑容不再温和，慢慢地变得满是嘲讽。他再向前一步，伸手覆上赵静雅的脸颊："知道我为什么拒绝你吗？"

她紧张地摇头。

司羽的手指从她脸颊滑至下巴，轻佻地抬起赵静雅的脸："因为这脸蛋不够漂亮。"

赵静雅脸色一变，谁知他还没完，手指如羽毛般擦在肌肤上继续下滑，那永远礼貌低沉的嗓音突然说着让人难堪的话："胸不够大。"

随即是腰际，眼神随着手指下移，他直言道："腰不够细。"

说完这几句话他便毫无留恋地收回手，慢悠悠地将手插进裤袋后退一步。

赵静雅已经脸色苍白。

他眼神轻佻地上下一扫，依旧给出最后一击："腿也不够长。"

赵静雅不可置信地看着他，良久不知道做何反应，从没有人这样说过她。即使自己不是完美的，但也是美丽的，她没想到在司羽眼里自己竟如此不堪。

终于，她捂住脸忍不住哭起来，哭着还不死心地说："你不是这么肤浅的人，你和别人不一样。"

"我当然是。"司羽漫不经心地站在她面前，"别人是，我为什么不是？"

毕竟是女孩，受此羞辱还怎么能待下去？她胡乱用手背擦掉眼泪，也不看司羽，转身朝着来路跑开了。

司羽收起脸上那嘲讽的笑，仿佛什么事情也没发生一样，转身继续向那棵大树走去，刚走两步便突然听到一个声音说："你吓到她了。"

司羽脚步一顿，说实话，在这种人迹罕至的地方突然听到说话声才吓人。他表面上倒是镇定自若，扫了眼四周，并没有发现人。

"在这儿呢。"说话的声音是从面前那棵巨树上传来的。

他抬头，发现巨树最低的那根粗树杈上坐着一个人，一身白裙，巧笑嫣然。不是安浔是谁？

司羽双手环胸仰头看她，有些不可思议："你是怎么突然从河里跑到树上的？"安浔晃荡着两条腿，想了想，问他："你看过《暮光之城》吗？"

司羽恍然大悟地点头："我打扰你狩猎了吗，吸血鬼小姐？"

安浔一本正经地回答："是啊。"

"那么你的猎物是谁？"司羽也一本正经地问。

安浔没有直接回答问题，垂眸看向他："其实我和赵静雅一样，觉得你这人……看起来还挺完美的。"

司羽笑："现在难道不是了吗？"

他说着抬脚向前走，结果却惹来了安浔的阻止："别过来，我穿的裙子！"

司羽微顿一下，轻笑一声，继续向前走。安浔瞪大了眼睛看着他："喂！"

他视若无睹，肆无忌惮地走到安浔斜下方。安浔忙向后挪了挪屁股，压紧裙子，紧皱眉头看他："我又没向你表白，你不用吓我。"

"吓你？"

"你刚才故意把赵静雅吓哭了。"

司羽笑道："对，这次也是故意的。"却不是在吓她。自己什么心理呢？也许是想逗她。

安浔觉得这样的他可能才是真正的他，不再像之前那样，礼貌却疏离，绅士却不真实。

现在的司羽，有点无赖。

司羽见她脸色微红抿着唇不说话，问道："你不会是下不来了吧？"

安浔立刻否认："不是，我是上不去了。"

司羽看了看树的高度和枝丫分布，肯定地说："上不去也下不来了。"

安浔被他说中，沉默半天才不情愿地"嗯"了一声。司羽轻笑出声："你是怎么爬上去的？"

"提了一口真气就上来了。"安浔居高临下地看着他，"你帮不帮忙啊？"

司羽扫了眼四周，见没有什么可用的工具。他抬头，对她伸出胳膊，说："跳吧。"

安浔紧盯着他："你可接住了。"

她倒是雷厉风行，话音一落就往下跳，一丝犹豫都没有。好在司羽反应快，将她抱了个满怀。

司羽虽然看起来高高瘦瘦的，手臂倒是很有力量，又稳又准地接住了她。只是两人都穿得少，没有衣服的缓冲，安浔猛然撞到他身上还是挺疼的，疼痛中还伴有柔软与坚硬碰撞中的淡淡尴尬……

但这些都可以忽略不计，最让人心惊的是随着安浔跳下来时她身后响起的刺啦声。声音在安静的丛林响起，仿佛接了扩音器一样清晰入耳。两人都是一愣，要不是安浔双手还抱着司羽腾不出空，她真要捂住脸蹲地上羞一会儿。

纱裙挂在了树杈上，强力撕扯下来的裙摆的大部分被强留在了树上。司羽仰头看着那风一吹飘飘荡荡的白纱，忍不住轻轻笑起来。安浔还被他抱在怀里，能清晰感受到他胸腔的振动。安浔在捂自己还是捂他之间选择了后者，伸手捂住他的眼睛："别看，非礼勿视。"

眼前手心的温热和清香一下占据了司羽所有感官，他微微屏息，一时没有说话。安浔后知后觉两人已经超越了安全距离，立刻缩回手，脚尖沾地，离开司羽的怀抱，后退了一大步，恼羞成怒地看着他。司羽回视，眉目含笑。

安浔低声道："别笑。"她从没这么丢脸过，就这么一次，还在他面前。

司羽收起笑意，询问："需要我帮你看看后面的情况吗？"

"不用！"安浔瞪大了眼睛，"你只要不笑就行。"

"好。"

安浔背手捂着裙子回头看了看树上的裙摆，好长一条，看来裙子一定惨不忍睹了。她正纠结怎么回去时，突然察觉到司羽的靠近，一扭头，才发现他已经离自己这么近了，近到她的嘴唇似乎能感受到他侧脸的温度。

司羽脱了衬衫系在安浔的腰间，系好后还帮她摆正了垂在腰前的两个袖口。他像是没注意刚刚两人的姿势有多暧昧，只后退一步，看了看满意地道："还不错。"

安浔后来想，他给她的安全感也许就是从这个森林开始的。

即使他前一刻还挺恶劣的，但绅士风度勉强还在。

司羽只余一件白背心，再配上牛仔裤，长腿细腰一览无余。安浔打量了一下，心想：他这个样子估计会吸引更多的小姑娘来表白。想到表白，她突然问他："你都是那样拒绝别人的表白吗？"

司羽挑挑眉梢，半晌慢悠悠地说："有时也许不会拒绝。"

见他又是那种意味深长的眼神，安浔不动声色地移开目光。

呵，情场浪子。

看到一旁的大树，她突然想起自己上树的目的："再帮我个忙？"

"乐意之至。"

安浔伸手将叠得整齐的书写纸递给司羽："帮我放到树上的槟榔盒子里好吗？"

司羽接过去，无奈轻笑："反悔还来得及吗？"

安浔被他逗笑。

司羽看着手里的书写纸："我只听过把秘密说给树洞听。"

"这是许愿树，我妈妈说把愿望放到上面那个盒子里就会实现。"安浔说这话的时候，眼睛亮闪闪的，神色温柔。

司羽见她表情认真又虔诚，问道："你还信吗？"

长大的你还信这种骗小孩子的谎话吗？

"信啊。"

即使已经知道根本不会有什么许愿树，但她依旧选择相信。

见惯了太多的世故，司羽突然觉得安浔保留的这份纯真很难得，突然就想快点帮她把纸条放到树上。他手撑着树杈，三下两下蹭了上去。

安浔说的槟榔盒就在横向伸出的第三个粗树杈上，六角形的盒子已经落满了灰尘，虽陈旧失色但不难看出曾经的精致。

他攥了攥手中的纸，突然犹豫了。

他早过了热血的年纪，但面对她，总是心血来潮。

安浔在树下仰着脖子，眨巴着眼睛看着。他低头凝视她，轻声说："不如你信我，我来实现你所有的愿望。"

大树阴影里的司羽，高高在上，说这话的时候宛如一个真能实现凡人愿望的神。巨叶晃动下，安浔仰起的脸庞在若隐若现间美得惊人。司羽静静地看着她，等着她的回答。

"所有的吗？"她问。

"所有的。"他说。

"好啊，那第一个愿望就在你手里。"

司羽微愣，随即轻笑。他们说得没错，安浔确实是个随性洒脱的人。

他打开了手中的纸，很简单的一句话："希望妈妈原谅我，以后我再也不逃婚了。"

什么叫"以后我再也不逃婚了"？司羽觉得最近自己的笑点有点奇怪，一句简单的话都能逗笑自己。他看了看槟榔盒，低头问安浔："我可以看看你以前的愿望吗？"

"可以，也好让你有个心理准备。"

司羽从槟榔盒中抽出一张："希望哈利和赫敏能在一起。"

下一张："我想成为糖果店的老板。"

"希望汤姆和杰瑞可以和睦相处。"

"我想成为大熊猫饲养员。"

司羽忍不住轻笑出声，她小时候一定非常可爱吧。还有这些，随便抽出来的愿望，应该没有一个是实现了的，她却还这么相信这棵树。

他接着抽出第五张，打开纸条，发现这上面的字迹和其他那些完全不同。他问安浔："安安是你的小名？"

安浔点头，有些疑惑："你怎么知道？只有我妈妈这样叫我。"

司羽没说话，在槟榔盒里又翻了几番后踩着树杈跳了下来。他站定到安浔面前，开口的第一句话便是"好在我的裤子没有刮坏，不然我们回去真说不清了"。

安浔再次被逗笑。司羽发觉，逗笑这女孩挺有成就感的。他轻咳一声："第一个愿望太简单了，其实你妈妈根本没怪你。"

"你怎么知道？"安浔看到他手中拿的几张纸条，"你把我的愿望拿下来了？"

"这不是你的。"司羽将纸条递给她，"原来天真是能遗传的。"

安浔没懂他的意思，伸手抽出一张纸条打开："希望安安健康快乐地长大。"

"希望安安成为一个开朗的人。"

"希望安安无忧无虑，自由自在。"

"希望安安遇到一个宠她爱她的男孩。"

这些都是一个母亲对女儿的最简单的愿望，这样的母亲不会随便把女儿嫁了的。司羽想当年那指腹为婚或许是玩笑话，他能想到这一点，安浔也一定会想到。

安浔一直低着头看那些纸条，好半晌也没有抬起头来的意思。他了然："需要我回避吗？"

她闷闷地"嗯"了一声，随即伸出食指做出一个让他转身的手势。司羽乖乖地转了过去，还没站定就听身后说："好啦。"

司羽诧异地回头，见她微笑着看着自己，完全没有他以为的动容神色。司羽转过身子："你刚才拿什么擦了眼泪？"

安浔一手抓了一只垂在腰间的袖子，冲他晃了晃，笑得奸诈。他就知道是这样。

"你觉得我逃婚对吗？"安浔突然问。

司羽看着她，思考该怎么回答。须臾，他说："对易家来说或许不对，对我来说……"说到这他顿了一下。

安浔无语，心道：又来。

她直接忽略最后一句，只说："电话内容你听去不少啊。"

"因为当时我正坐在客厅。"意思是他从头听到尾。

大半夜不睡觉在客厅坐着，安浔奇怪地看着他："失眠还是梦游？"

司羽沉默了一下，然后说："在想我哥哥。"安浔"哦"了一声，只当他们兄弟情深。

司羽接着又说："准备回去的时候见你下来，看你没穿衣服怕你尴尬才没打招呼。"

"……穿了。"

"胜似没穿。"

"……"

大树不远处就是河道，竹筏还停在岸边等安浔。

司羽和安浔一起乘坐竹筏回去的时候，大川和孙晴正在园区的餐厅安慰着赵静雅。虽然赵静雅回来什么也没说，但红肿的眼圈多少还是让他们猜到些，还没安慰几句，司羽和安浔就一起回来了。

大川见两人走进来奇怪地道："咦，你们怎么一起回来的？"

赵静雅听到声音抬头看了一眼，见两人一起走进来，眼中满是哀怨的神色。

"碰到的。"司羽言简意赅，说话间没看赵静雅一眼，神色坦然，毫无波澜。

"哎哟哟哟哟，这是怎么了？司羽你的衣服呢，她的裙子呢？"大川发现了两人不妥之处，暧昧的眼神在两人身上瞧来瞧去。

听大川这么一说，赵静雅的眼眶再次溢满泪水，看着好不可怜。

孙晴见状小声问："他俩怎么回事？你不是一直和司羽在一起吗？"赵静雅摇摇头，咬着嘴唇泪眼婆娑地看着什么也没有的地面，一句话也不说。

"大川，车子你开回去吧，我先送安浔回去。"司羽也觉得两人这形象不太适合继续待下去。他倒是还好，只是安浔的长裙烂得明显，衬衫并不能完全遮挡。

安浔全程没说一句话，随着司羽进来，随着司羽出去。

大川拿着刚接过的车钥匙挠挠头："一定发生了什么事，这两人之间的气氛整个都不对了。"

自然流露出的状态不用只言片语也能让人察觉到微妙。

安浔看着走在前面的司羽，心想：一条撕烂的裙子，一件来得及时的衬衫，一个可以随意许愿的承诺，似乎让自己与他亲近了许多。

回程是司羽开的车，安浔乖乖坐在副驾驶座。刚开始还好，后来她慢慢就有点坐立不安了，总是在动。司羽问她："你扭什么呢？"

"想把你的衬衫铺平，坐出褶子还要熨。"安浔说。司羽挑眉看她："难道你没打算洗完再还给我吗？"

安浔一脸"怎么可能"的神情："用来画画的手指怎么能洗衣服呢？！"

司羽无言以对，顿了良久才说："衣服送给你了。"

"我要它没用呀。"

"下次爬树的时候带着，说不定哪次还会用到。"

安浔看着他："你不是说我的许愿树不灵，让我信你吗？"

司羽愣了愣，意味深长地看了她一眼。

安浔说完，也察觉到这话充满了暗示，暗示她以后要向他许愿，暗示他要帮她实现愿望，这其中又是否包含了某种意义，司羽没问，安浔也没说。她并不是有意，但又不想主动去纠正解释，司羽轻轻一笑，就在这静默的瞬间，有些事在两人之间仿佛心照不宣。

车子又开出了一段距离，司羽看了她一眼，见她开着车窗，微微探头向外看，提醒："坐好，安全带系上。"

安浔应了一声，伸手扣好后随口问道："你大我几岁？"

"五岁。"

"哦。"

司羽见她突然提起年龄，问道："嫌我啰唆？"

"没有，"她倒是答得痛快，"就是想我爸了。"

和安浔聊天，真是步步陷阱。他转换了话题："其实许愿树只是对你不灵，你妈妈的愿望都实现了。"

安浔微愣，想了想说："还差一个。"

司羽知道她说的是哪个："会的。"

会的，他说得那么肯定。

安浔把玩着系在腰上的袖子，不知道司羽用的什么洗衣液，他的衣服有种清新的果香味儿。那味道淡淡的，慢慢地充盈在她的鼻尖，吸进肺里似有魔力般，竟然连心都有些柔软。

"你怎么没和家人一起过元旦？"安浔很少主动找话题与人闲谈，话一出口她才意识到自己已经开始要主动了解他了。

"本想一起的，但他们安排了我相亲，我就跟大川来汀南了。"司羽笑了笑又加了一句，"和你一样，偷跑的。"

安浔感叹一声："太叛逆了。"

司羽转头看她一眼，半认真半玩笑地说："幸好来了，不是吗？"

安浔低着头不说话，手里摩挲着看不出什么材质的黑色袖扣，过了良久才说："说不定相亲的女孩非常漂亮，错过了岂不可惜？"

这话说完安浔便有些后悔，试探的意味太过明显，而且是对一个刚认识一天，还被她贴上"多情浪子"标签的男人，只怪相遇和相处都太过浪漫，终究是大意了。

司羽不是大川，大川是只笨熊，司羽却是只聪明狡猾的狐狸。

果然，他嘴角无声地翘了起来。她的问题取悦了他，起码从她通常的沉默无声中他终于看出了些门道。如果说许愿树是好的开端，那这句话便是好的发展。

就在安浔想着自己要不要换话题的时候，猛然的刹车使得两人身体突然冲向前再重重弹回椅背。一切都发生在一瞬间，安浔整个人都是蒙的，巨大的刹车声似乎还响在耳边。此时的司羽也回过神，第一时间转头问她："有没有事？"

安浔摇头。司羽确定她并没有任何问题后，解开安全带下了车。

车子前方不远处的柏油马路上仰坐着一个满脸惊恐的小男孩，看起来有十来岁。司羽刚蹲到他旁边，马路一侧就冲过来一男一女。女人疯了一样一把抱住男孩，后怕地吼道："天宝，你瞎跑什么，过马路不知道看车吗？"跟着跑来的男人也一脸担忧，刚想上前查看，突然注意到司羽，还有打开车门下来的安浔。

"阿伦？"安浔走过来，看了眼地上的那对母子，"你朋友？"

阿伦惊讶后回过神，眼珠转转，胡乱地点了下头。

司羽还蹲在地上，安慰地拍了拍女人："让我检查一下他有没有受伤好吗？"

女人很年轻，看起来不像这么大孩子的母亲。她防备地看着眼前陌生的男人，犹豫不决。阿伦说："梅子，让他看看，他是医生。"叫梅子的女人看了看这位看起来过于年轻的医生，小心地放开叫天宝的男孩。

司羽伸手按了按男孩的脖子，摸了摸胳膊，再到脚腕，试着安慰他，让他站起来走走。男孩特别乖，听话地照做，虽然腿还有点抖，但确实没有受什么伤，只是吓坏了。司羽松了口气，摸了摸他的头，笑容温和："以后过马路一定要仔细看车，知道吗？"

男孩点点头。阿伦道谢。梅子拽过男孩批评了几句，看向司羽时，又道歉又道谢。司羽只说没关系，脾气素养都好得不行，他又变回了那个绅士。

一旁的安浔心道：装的。

梅子冲司羽腼腆一笑，转头问阿伦："你的朋友吗？"

阿伦依旧不敢正眼看安浔，眼神闪闪躲躲地"哦"了一声。

安浔见他如此，心下了然，问他："李佳伦，你什么时候有这么大儿子的？"

阿伦听她这么说，尴尬地看了梅子一眼，解释："不是，是……普通朋友。"

安浔的眼神在两人身上转了一转："长生伯知道吗？"

阿伦急得直"哎呀"，连连解释道："真没什么。"

安浔"哦"了一声："你们准备去哪儿？"

阿伦老老实实说："准备去吃午饭。"他觉得自己真是跟不上安大小姐的思路。

安浔再"哦"了一声："顺路，上车吧。"说着她就打开副驾驶车门坐进去。

司羽随着安浔上车，好笑地看着她："人不大，管的事倒是挺多。"

安浔理所当然地说："长生伯可就这么一个让他引以为傲的儿子，我得帮他好好打探一下。"

"你知道他们上哪儿吃饭吗，就顺路？"

"管他呢，弄上车再说。"

司羽轻笑，启动了车子，然后再次提醒道："你觉得我像你爸爸我也要说，系上安全带。"

安浔"扑哧"笑出声，见外面站着的阿伦犹豫不决的样子，立刻对他换上一副"你敢不上来就试试"的神情："上来。"

阿伦终于放弃抵抗，不情不愿地带着梅子母子坐到了后排。

餐厅是安浔选的，阿伦虽然拒绝了一路，但到了地方见餐厅高档，立刻开心起来，趁人不注意对有点拘谨的天宝说："天宝别怕，想吃什么吃什么，那位阿姨有钱。"

天宝看了看他说的有钱的阿姨，犹豫着说："阿伦叔，那个应该叫姐姐吧。"

阿伦瞪他："叫我叔叫她姐这不差辈了吗……"

他还没说完就被梅子拉了过去，梅子低低地说："我和天宝走吧，我们又不认识你的朋友，让人家请吃饭不好。"

"没事，他们人都挺好的。"阿伦尽量表现得自然。如果今天没碰到安浔，估计他们一辈子都不会上这儿来吃饭。

吃饭是次要的，安浔主要还是想了解一下阿伦和梅子到什么地步了。结果一顿饭下来，发现阿伦是一头热，那梅子很腼腆，话也非常少，对阿伦，似乎感激多于喜欢。

而令安浔惊讶的是，十岁的天宝真的是梅子的亲生儿子，而梅子今年二十八岁，仅比司羽大两岁，本是最好的时光。

吃过饭，他们送梅子母子回家。那是一片陈旧的违建房区，挨着工厂墙搭建的一排红砖房，与不远处的高楼大厦形成鲜明的对比。房门前道路狭窄泥泞，车子根本进不去，家家户户房门口不是收来的废旧破烂就是酒瓶子易拉罐。

安浔和司羽显然很少来这种地方，两人站在路口愣愣地看着，一时间不知道怎么下脚。

阿伦没让他们再向里走，他送梅子母子进了房子才回到路口。那时安浔和司羽两人靠在车上正聊什么，夕阳的余晖洒在两人身上，一片温馨暖意。

不知道安浔说了什么，司羽笑得眼睛都弯了，看向她的眼神既专注又温柔，也不似一般的喜欢。

阿伦像是才反应过来，他都没问他俩是怎么回事呢，倒是让安浔先下手为强了。看那裙子破的，要是让他爸看到，非得去安浔她妈妈坟头告状去。

阿伦大步走过去准备调侃几句报个小仇。安浔一见他过来，下巴一扬："李佳伦，你爸要是知道你娶个媳妇还给他带回来一个十岁的孙子非揍哭你。"

阿伦立刻蔫了。得，和小时候一样：李佳伦，你爸要是知道你把我裙子弄脏了非揍哭你；李佳伦，你爸要知道你踩坏他的蒜苗非揍哭你；李佳伦，你爸要是知道你偷偷给我写情书非揍哭你……

十多年前的公主大人已变成女王大人，他依旧不敢招惹。

阿伦说："梅子特别可怜，从小就跟着来汀南打工的父母住在厂区，后来和厂区的一个小青年好了，还未婚先孕。梅子父母觉得丢人回了老家，梅子就跟着那小青年做些小买卖凑合着过日子。谁知道前段时间她男人抢劫伤人后逃了。"阿伦本是办案的民警，多次走访他们家，觉得母子俩可怜就多关照了点，一来二去对这对母子就有了点感情。

"所以你才这么拮据的？"安浔觉得阿伦不适合当警察。刚毕业的小民警，钱还没挣着呢就往里搭钱了。

阿伦使劲点头："天宝身体不好，经常要跑医院，所以我欠你的钱能不能晚点还？等我攒得……"他说话的声音越来越小。

安浔挺无所谓的，说："就没想让你还。不过，阿伦你这恋爱谈得有点畸形啊……"

阿伦脸一红，刚想说什么，见靠在车上的司羽正看着他们，便向安浔那儿凑了凑，压低了声音说："还说我呢，你这怎么回事啊？刚来一天就和……房客好上了？像你这么大的小女孩就是眼界浅，看到个好看的就晕了。你知道他是什么来头、什么背景吗？万一是哪个大山里的，你还跟着嫁过去啊？"

安浔被他逗得笑个不停，左瞧右瞧，司羽也不像是大山里的人吧！而且从学识和气质来看，他也不是一般家庭能教育出来的。

阿伦说完也觉得自己有点夸张了："行，这些都不在考虑之中，但人品你得了解了解吧？"

"啰唆！"安浔觉得阿伦说话和她家长辈一样，"我和他没什么。上车，送你回家。"

阿伦晚上要值班，他们将他送到了派出所。

回程路上司羽接到大川电话，那边似乎说着哪里有夜场要继续玩，问他们要不要一起。司羽只说不去，连理由都没给。

于是，只剩他们两人的车厢，又安静起来了。

太阳已经落山，只余一片火红洒在西方的天空上，车子迎着余晖行驶着。安浔趴在车窗边，吹着暖暖的风，心情舒畅。她的头发依旧飞舞张扬着，司羽的鼻尖嘴唇被她几缕长发扫了数下，淡淡的清香，和她身上的味道一样，总能让人忍不住深呼吸。

安浔意识到自己的头发太不服管教，伸手将它们绑了身后，随即扭头看向安静开车的司羽："痒吗？"

他顿了一下，随即浅浅一笑："你这是在调情吗？"

安浔撇撇嘴，自己这话多正常，他偏偏听出别的意思来。安浔越发觉得这人应该纵横情场多年，对撩拨与试探都游刃有余。

于是，两人又是半晌无话。

太阳西沉，安浔伸手打开了车内的灯。扭头看他，见他不说话，她又对他生出几分好奇，没忍住，开了口："在想什么？"

司羽继续开着车，也没看她，淡淡地回答道："在想怎么和你有点什么。"

安浔怔住，半晌，反应过来他这是听到自己和阿伦的说话了。

他才是在调情吧。安浔再次沉默，转身继续趴在车窗上吹风，想着还是别和他说话了。

司羽的记忆力很好，走过一次的路便知道怎么回去。红色大门出现在安浔眼前的时候，夜幕已经降临。

安浔开门进去，奇怪地看了下院子里的灯，伸手按开了大门后面的开关："我开着灯走的呀，谁把灯给关了？"安浔以为长生伯回来了，屋里屋外看了一圈后发现并没有人。

司羽倒是镇定，已经拿了换洗的衣服进了一楼的浴室。关门前他见安浔四处溜达瞧着，问道："不换裙子吗？"

安浔这才放弃探究灯的事，回房间前对司羽说："我今天可能会在画室待一宿。"

"好。"司羽站在浴室门后，轻轻应着。

安浔镇定自若地开门进屋，心里却被弄得七上八下的，觉得两人刚刚的对话跟老夫老妻似的。

第三章

午夜画室

汀南的夜晚很静，沙滩上游玩的人们早早离去了，没有了船舶的轰鸣声和汽车的汽笛声，远离了一切现代化的噪声，只余下风鸣和海浪的翻滚声。

安浔打开画室的窗户，外面混着海洋味道的空气扑面而来，她深吸一口气，心满意足，但依旧没有创作灵感。

似乎自从易家提出订婚，她为了完成母亲的心愿违心同意后，就再也画不出东西来了。有了束缚感，失去了自在的心情，本以为汀南会让她有所好转，可画出来的东西她都不愿再看第二眼。

安浔鼓起勇气给父亲拨了电话，心想：过了两天，他或许已经气消了。

安教授毕竟是个儒雅的学者，总是能心平气和地处理事情。安浔将意外发现的母亲的愿望说给了父亲听，油嘴滑舌连蒙带骗地说得让人动容，差点惹得安教授落下泪来。安教授思念亡妻，又大受触动，也无心批评安浔毫无责任心的逃婚，匆匆将电话交给安非的妈妈便躲一边伤感去了。

安浔用了所有自己会的夸人的话又哄了安非妈妈一会儿，安非妈妈一高兴，张嘴就向她保证一定会劝两家和平地解除婚约，安浔这才放下心来。

一切都好起来了。

安浔刚挂断家里的电话，助手窦苗就打来了。她无非是来催画稿的：毕业作品需要慎重对待，三个月后还有个画展，需要大量的画作。可安浔不敢告诉窦苗，到现在自己一幅都没画出来，只说："越催越慢。"

窦苗果断挂了电话。

安浔又撕了两幅画后，决定去地窖碰碰运气，结果还真让她翻出了一坛长生伯藏的酒。想也没想地便闭着眼睛喝了几大口，呛得她眼泪都要出来了，满嘴的辣味，心被烧得火热，再尝几口，还是辣。

谁说酒是香的？

月上中天的时候，其他人还没有回来。司羽洗了澡后就一直坐在院子里看书，也不知道到几点钟，似乎看累了，满是外文的医学著作被随意地放到胸前，他安静地靠在躺椅上就睡着了。安浔过去的时候他就是这个样子，如两人第一次见面时一样。

她小心地走过去蹲到他身边，犹豫了一会儿，伸手戳了戳他的肩膀。她并没有用力，等了一下，伸出手指还要继续戳的时候，司羽慢悠悠地睁开了眼睛。安浔缩回手指，依旧保持着蹲立的姿势凝视着他，眼睛水润，脸色潮红地问："现在可以许愿吗？"

司羽拿起书放到一边的石台上，回身仔细打量安浔。安浔安静地等着他的回答，极有耐心似的。司羽在这样的眼神下败下阵来，轻轻笑着回答道："可以。"

安浔直视他，丝毫没有避讳，因为他的回答，她的眼眸更加闪亮："给我当模特怎么样？"

司羽坐起身，低头看她，两人的脸离得极近，安浔出乎意料地没有闪避。他问："需要我做什么？"

"坐着，"安浔睁着大眼睛，一脸诚恳地回答道，"只需要坐着就好。"

即使是夜晚，汀南的风也是温和的，不带丝毫凉意，伴随着空气中极淡的酒香轻轻柔柔地吹来。他并不嗜酒，此刻嗓子却有点干，她呼吸中若隐若现的酒香竟让他觉得——馋。

"喝的什么酒？"

安浔走在前面，随口答着："白酒。"说完她突然回头，做了个嘘的手势，狡黠调皮，不似平时的模样："长生伯的私藏，保密。"

酒不诱人，酒让她变得极其诱人，司羽眸色微变，面上却不动声色地跟她走进房子。

当进到画室的时候，他突然有种上了贼船的感觉，虽然不知道这种突如其来的感觉有什么依据。

画室很大：南面是大大的落地窗，散尾葵的叶子从敞开的窗门外伸了进来，和纱帘一起被风吹得晃晃悠悠；东边的墙面挂满了各种画作，大大小小，形状不一；北边摆了一排原木色的架子，上面放着一些书、画板和颜料；正中间是一个扔满了画笔、颜料、水盒的工作台。

安浔随意地将地上的纸团踢到废纸篓附近，径直走到工作台开始选择画纸和画笔。司羽弯腰捡起一个纸团打开，上面是画了一半的静物写生。虽然被扔了，但是在他看来，画得非常好。落地窗前有一个欧式复古的双人沙发，司羽走过去，问："坐这里？"

安浔正在将纸固定到画架上，听到他的问话后，半晌才慢悠悠地抬头，一双亮晶晶的眼睛盯着他。司羽回视，察觉到她极具深意的眼神："怎么了？"

喝了酒的她，喜欢盯着他的眼睛瞧，又专注又勾人，瞧得人心乱如麻。安浔的声音在安静的画室响起，那么清晰又那么让人惊讶，她说："可以脱掉衣服吗？"

他只穿了 T 恤和短裤，本想问她用不用换套正式点的衣服，没想到她并不需要衣服。司羽的神情立刻变得玩味起来，一双眼睛似笑非笑地看着安浔，他问："T 恤？"

安浔像是不知道害羞似的，一脸坦然地盯着他："全脱。"

这下着实让司羽愣了。他挑起眉梢看着她，似乎想从她脸上看出些情绪，可她很平静，只是眼睛睁得比平时还大，看人更加直接和专注。

画室越发安静了。

安浔极有耐心，站在画架一侧，等着他的决定。司羽凝视她良久，然后嘴角慢慢勾起，什么话也没说，伸手脱了身上的 T 恤。安浔眼神不自觉地下移：胸肌，有；腹肌，有；人鱼线，有。非常好！只是那颗早已习以为常的心不知怎么突地一跳，安浔一惊，忙垂目去拿笔，或者是想摆正画纸……

司羽随手将衣服扔到不远处的工作台上，然后双手懒懒散散地搭在腰间，修长的手指下意识地摩挲着短裤边缘。白炽灯下的他肤色更显白皙，一双漆黑瞳仁一动不动地看着安浔。不知道是不是因为半裸的缘故，司羽的声音听起来性感了些："你不觉得我唐突就好。"

安浔垂眸回答："不会。"

又是半晌无言后，他似笑非笑地道："你总是让我意想不到。"

"我自己也挺意外的。"安浔低声说着。

司羽轻笑，随即换了语调，似警告似玩笑："你要是敢把这幅画流传出去，我就……"

就怎么样？他一时不知道拿她如何。

想起他对阿伦说话的措辞，他立刻接着说："揍哭你。"

安浔的心微动，本想说什么，可司羽已经不给她机会了。他手指一转，拽着短裤和底裤一起脱了下来，挥手将裤子也扔到了工作台上，然后转身坐到沙发上，双手往扶手上一搭，这才又看向安浔。

安浔在他脱掉裤子的瞬间下意识地向下看去，一切都比想象中的还要完美——一双腿笔直修长，肌肉匀称。余下的地方她没敢细看，莫名的有些心慌。

司羽并没有因为一丝不挂而忸怩害羞，安浔的眼神却有些闪避。全裸的模特她在学校没少见也没少画，如今早已是百炼成钢，可对他，竟然完全无法肆无忌惮地观察。

看来灌下去的酒还是不够。

司羽坐得随意，微仰头，发丝稍显凌乱，眼神不再似白天的清澈明亮，在黑夜的映衬下更显漆黑神秘，似乎又带了些侵略性。安浔一边暗暗镇定心神一边构思着。说实话，她有些兴奋，心痒难耐，手指下意识地摩挲着，他全身的每一个细胞都能让她灵感爆棚，她想把他的每个姿态都画下来。

他是她最有感觉的模特，没有之一。

安浔动笔没一会儿，司羽突然开口问道："你要这么盯着我多久？"

"可能需要两夜。"安浔随意应着。

司羽顿了一下，继续说："安浔，我是正常的男人。"

安浔将视线从画板上移开，不太明白："嗯？"

司羽凝视着她，半晌，低哑的声音随着窗外的微风一起飘进安浔的耳朵中，他说："我可能会失礼。"

安浔微愣，眼波一转，脸颊的红慢慢晕染开，不知道是因为懂了他的意思还是喝下的酒开始上头，她解释："我……没看。"

暂时还没往下看。

司羽笑，声音带了些无奈："安浔，你在看我。"

不是看哪儿的问题，是她一直用那双眼睛极其专注地看着他，而他正全裸着，这很难不让他心猿意马、想入非非。他高估了自己的定力，以为自己会坚持到最后，谁知，才刚刚开始。

安浔咬着唇看着他，一脸无辜。司羽见她如此，眼眸一深，别过头看向了墙上的画作，像在欣赏，却分毫没看进眼中。他身后黑色纱帘悠然飘荡着，即便他说他可能要失礼，却依旧敬业地坐在那里，安静地等待着她的处理办法。

安浔脸颊的红晕一直消散不去，她伸出手指扫了下脸颊，微烫，不是错觉，抬头看他，有些为难，说实在的，何止是他，她也会——乱想。

司羽回头看她，安浔却看向他的身后，水润的双眸突地一亮。

另一边窗户的黑色纱帘被她摘了下来，就那样拽着一头从窗边拖到地板再拖到沙发上，绕过司羽的腰腹，搭在沙发扶手上。虽然那处在黑纱之下若隐若现，但总比刚才那样大剌剌地呈现在眼前强些。

安浔不得不承认自己的不专业，如果教授知道她画画时根本静不下心来直视模特，估计会气得胡子翘到天上。

再次看向司羽时，他似乎也调整了心态，这次比之前还要随意自然，神色慵懒，安浔稳了稳心神，心想，这幅画可能会卖得很贵。

凌晨四点钟的时候，安浔越画越精神，令她惊讶的是司羽的状态同样好得不行，竟丝毫没有睡意。

"不困吗？"

"对一个失眠症患者来说，这并不难熬。"司羽的声音由于长久的沉默有些暗哑，但听起来真是性感得一塌糊涂，就像他现在的样子。

安浔微讶，要知道，司羽平时看起来清爽又温柔，并不像长期失眠的人："多久了？你可以给自己治治。"

"半年。"他似乎并不想谈论这个话题，"你经常这样画画吗？"

"怎样？"

"这样。"

安浔探究地看着他，他没再说话，眸子微垂示意，再抬眸时她就懂了他的意思。不知道为什么，醉意已经退去，脸颊依旧发热，她如实回答："学校里有课，会经常请些模特来。"

司羽不再说话了。安浔等了一会儿才说："问这个干什么？"

"就想知道有多少人被你这样长达几个小时地看着。"他说完还加了两个字，"光着。"

"没多少。"安浔低头画得认真，回答得倒是随意。

"他们没爱上你吗？"

司羽问出这话的瞬间，安浔的画笔在纸上一顿，她没有抬头，只是状似无意地回答："没有。"

"是吗？"

安浔没接话，手中继续忙碌着，只是这几笔画得潦草。她心想，这个人最好别说话，自己可能有些招架不住。

太阳升起来的时候，安浔才再次开口说话："司羽，你要不要给我当模特，长期的？"

司羽简直是她见过的最敬业的人，从坐下就没再动一下，包括说话时，很多模特会趁此机会放松一下，安浔暗暗佩服他的定力。当然她提出这个要求最重要的原因是，他让人很有灵感。

半宿过去了，他依旧从容："我很贵的。"

"有多贵？"

他的眼神幽深，神情似笑非笑："也可以免费。"只是免费是有条件的，他猜她懂。

"不免费呢？"安浔问这话的时候，晨间的微风吹来，地上的纱帘被吹动得鼓起来。她忙放下画笔去整理，摆回之前的样子后确定没风了才起身。谁知前一刻还一动不动的司羽突然握住了她的手。

他就那样轻轻地握住，力道轻微，痒意却袭遍全身，安浔顿住，扭头看他。

司羽还是那副神情，让人摸不透也探究不得，说："安浔，我明天要走了。"安浔眼眸一闪，只"哦"了一声。

司羽似乎不满意她的反应，不再点到即止，直截了当问道："'哦'是什么意思？"安浔垂眸，静静的，似乎在思考如何将这个问题岔过去。

司羽失去了耐心，手腕用力将她拽到了眼前，拉近两人的距离，很近。

安浔有一瞬间的慌张，随即又恢复她惯有的镇定自若。她不去看他，只轻声说："司羽，你没穿衣服。"

"不用提醒，你已经盯着我的身体一夜了。"说完，他看了一眼手中握着的安浔纤细的手腕，白皙嫩滑，他紧了紧手指，不无暗示地说，"安浔，我可以当你的长期模特……"

他抬眼看着她微微闪动的眸子，安静的画室似乎连风声都消失了，只有两人轻微的呼吸声交融着。司羽没有接着说下去，试探性地将脸再凑近些，安浔没躲，氛围简直暧昧到了极点，然后，在最后一刹那，司羽微微偏了脸颊，将那个本想印在唇上的吻，扫到了她的嘴角上。

安浔微惊，伸手推他，他稍稍离开一些。见她失了自若的神色，意外又慌乱，却没有恼怒，司羽眼眸一深，再次低头，这次直奔目标，吻上她的唇。

安浔瞬间瞪大了眼睛，随即眉头一皱有些委屈，直接咬住了他的嘴唇，司羽猝不及防，疼了一下，嘶了一声，却没离开，须臾，没生气反倒轻笑一声。笑声未落，房门突然被敲响，"咚咚咚"三声在静谧的房间里响起，如敲击在心上，安浔又羞又怒，推开他。

他靠到沙发椅背上，用指尖拭了下被咬的唇上那处，抬眸看她，眼神充满了侵略性，有欲望，却又不显轻浮。安浔避开他的目光，站直，整理衣衫。司羽仰头看着，突然笑道："还是失礼了。"

敲门声还在继续，他却根本不理。

"安浔你在里面吗？外面有人找你。"大川的声音从门外传来，"安浔？"

安浔收回心神，轻咳一声，说："我在。"语调平缓，竟听不出丝毫不妥之处。司羽轻笑，不知道是笑安浔的慌乱还是笑她的故作镇定。

"你看到司羽了吗？我们找了一圈也没看到他。"大川的声音再次传来。

司羽微微挑眉，却不说话，察觉到唇上轻微刺痛，伸出舌尖舔掉下唇凝出的血珠。安浔也不看司羽，只问："谁找我？"

"几个男的，看着很像各种二代。"说话的是赵静雅，用词很刻意。

赵静雅的话音将落，突然又传来两声急促的敲门声："安浔，开门。"

安浔一愣，竟是安非的声音。

赵静雅说，来人是几个男的，有安非的话，或许也有易白。

安浔扭头看向司羽，见他已经站起身，没有任何闪避，就那样走到工作台边拿起衣服往身上套。安浔将视线移开，越过她昨晚架起的屏风，开门出去。

随着关门声传来的是外面不甚清晰的对话。

大川不放弃地再次问安浔："你不是和司羽一起回来的吗？他人呢？"

"在里面。"安浔并未准备隐瞒什么，也丝毫不避讳，坦荡得让司羽觉得，他们仿佛真的只是画了一宿的画，清白无辜。

再然后，司羽只听安浔唤了两个人的名字，像在打招呼，她说："安非、易白。"

司羽那只穿短裤的手一顿。易白，那晚他听到的那个名字。

"司羽，你在里面干什么呢？我进去了啊。"其实当安浔说司羽在画室的时候，门外的气氛已经开始变得诡异了，只有大川一根筋，没心没肺。

刚被关上的门再次被打开。司羽看了眼门口的大川和不远处的其他几个同伴，问道："才回来？"

大川随意点头，伸着脖子好奇地往里看："你们一大早在干什么？那是什么？画室吗？"

司羽没理他，扭头看向一边。安非很好认，白皙干净，长着一张正太脸，二十出头的男孩，还没脱去稚气，正可怜巴巴地跟安浔说着话："真不是我说你在这儿的，是我妈说的。当然我妈也不是故意的……你可别生气，别报复我啊。"

安浔根本没理他的喋喋不休，她面前正站着一个年轻男人，样貌清俊，高挑挺拔。安浔仰头看他，低声问："你怎么来了？"

易白面无表情地凝视着安浔，淡淡地道："你说呢？"

安浔没说话，转头看安非。安非刚平复下来的心情突然又慌张起来："真不是我说的，你冷静一下，你千万别乱说话。"他对安浔的警告记忆犹新，甚至留下了心理阴影。

安浔忍住翻白眼的冲动："你先冷静一下。"

安非立刻闭嘴。

易白将视线从安浔身上移开，越过中间的几个人，直直地看向司羽。司羽神色从容淡定，嘴角微翘，给了他一个极寡淡的笑容。

"司羽，你嘴唇怎么破了？磕哪里了？"赵静雅秉着关心他的目的问出这话，问完惊觉不对，再想收回已经晚了，众人视线全都移到了司羽的嘴唇上。

看起来还是新的伤口，泛着嫩红色，渗出了血珠。司羽转身走到一旁的五斗柜边，抽出放在上面的纸巾擦了一下，说："没事。"

赵静雅盯着那伤口看了一会儿，突然就一声不吭地转头看向安浔，下意识地看她的唇，眼神中有说不出的诧异与敌视。安浔向那边看了一眼，与司羽饱含深意的眼神撞到一起。她淡淡地移开了视线，脸颊又有点热了。

易白在两人眼神的一来二去中察觉到了些什么，皱了下眉头，对安浔说："我们谈谈？"

"好。"安浔应着，转身看到门口靠在门框边的两人——两个纨绔子弟，易白和安非的狐朋狗友。

他们见安浔看过来，忙站直身子，嬉皮笑脸地打着招呼："嫂子好。"

一时间屋子里又静了。

安浔应也没应，就当没看到，抬脚走了出去。

两人离开后，安非最先打破了沉默。他一双大眼睛滴溜溜地在司羽和大川几人身上转了个遍，问："你们是安浔的朋友？"

大川挠挠头："算是……吧。"

安非嘀咕着："我妹妹的朋友我都认识啊，难道你们都是她的大学同学？"

司羽一挑眉梢："你妹妹？"

安非点头："安浔啊，我妹妹。"

司羽好笑地看着他："是吗？"

安非揣摩了下司羽的神情，鼓了鼓腮帮："好吧，我姐。"

赵静雅"扑哧"笑出来："你比你姐姐可爱多了。"

安非无语地看向这个陌生女人，满脸不赞同："安浔不可爱吗？"说完他也不等人回答，自己嘀咕着："什么眼光，喊。"

赵静雅有点尴尬，门口那两人极不赞同地嗤笑："那女人天天拿鼻孔蔑视我们，她跟可爱有毛线关系？"

安非不搭理他们，似乎对司羽很有兴趣，一双大眼睛毫不避嫌地盯着他瞧："安浔从来不让人进她的画室，为什么你可以进去？"

这话取悦了司羽，他却依旧是似笑非笑的表情，反问："你觉得呢？"

安非觉得，这个人可能就是安浔逃婚的原因，可是他不敢说。门口那两人已经如入无人之境一般坐到了客厅沙发上，还伸手招呼着安非过去，跟到自个儿家似的。

司羽看了他们一眼，走过去将昨晚放在茶几上的医学书拿了起来，刚要离开，却听那个发型奇特的男人说："你挡到我看电视了。"

电视根本没开，这人明显找碴，安非忙说："他是我姐的朋友。"

"我又不认识你姐的朋友。"那人故意将"朋友"二字说成重音。刚才安浔和这人一前一后从画室出来，他们可都看在了眼里。

司羽瞥了他一眼，满是冷漠轻蔑。他理也不理那人，甚至连正眼也没看一下，像当他们是空气一样，拿了书便走上了楼。

那人嚣张跋扈惯了，见司羽这般，心下生气，狠狠踢了茶几一脚，气得安非要踹他："这安浔家的，你再踢一下试试！"

"怎么着？踢坏了给她赔十个。"

安非瞪他："信不信我踢你？"

屋内吵吵闹闹，院子里倒是安静。百日红这两天开得更加鲜艳，易白很少见到这么多热带植物，似乎很感兴趣，他摸着花瓣："这里空气真好。"

安浔将浇花专用的水龙头打开，洗着手上沾染的油彩，突然开口："对不起。"

虽然水声哗啦，但她的道歉，易白还是听到了。

"没什么对不起，是我家操之过急，你还太年轻。"易白拿了石台上的毛巾递给她，"不用担心，我不是来兴师问罪的。"

安浔接过毛巾，抬眼看他，有点意外。

"我一直都知道自己会娶一个家里安排的女人，"易白突然说，"第一次见你的时候，我觉得还挺……满意，比我想象中的要好。"

他们从来都没这样开诚布公地谈过。

"漂亮、温柔、安静，我以为我们可以相敬如宾、互不干涉。"易白很少笑，说到这儿带了些笑意，"可我错了，你还挺叛逆，聪明又独立，你可能不会是我想要的那种妻子。"

安浔来了些兴趣："哪种？任由你在外面花天酒地视而不见的那种？"

易白耸耸肩："开始时确实这样想，我不否认。"

安浔笑，心情愉悦了很多："正好你也不是我喜欢的，那我们这婚约就地解了吧。"

就地解了？易白皱眉，什么用词？随即他摇头，转过身子正对她，突然郑重起来："不解。"

安浔敛了笑容："不解？你这样我确实很不解。"

"安浔，如果你想等到毕业，订婚可以延期。"易白用商量、哄人的语气，不似他平时端着架子高高在上的样子。

安浔有些意外："对不起易白，我不想延期，我想解除。"

易白不说话，沉默地看了她一会儿，像是想要看穿她。安浔解除婚约的意思很坚定，并没有退让与闪躲，静静等他的回答。

易白看向门口，问："因为里面那个叫司羽的人吗？"

安浔还没说话，敞着的红色院门外突然站定了一个人，四十来岁的中年男人，西装革履，站得笔直挺拔。见到两人看过来，他微微鞠躬："打扰了先生、小姐，请问沈司羽先生是否在这儿？"

安浔一愣："谁？"

"沈司羽先生。"那人头发梳得一丝不苟，皮鞋一尘不染，即使重复上一句话也是面带微笑，从容大度。

安浔这才知道，原来司羽，姓沈。"他在里面，您请进。"安浔说。

"谢谢，打扰了。"那人说一句话就要鞠一下躬。安浔心中腹诽：这是哪儿来的这么守规矩的人？

安浔没再理会易白，似是没听到刚刚那话，转身带着那人进了别墅。

厅里只有安非和易白那两个朋友，三人叽叽喳喳地抢夺着遥控器。见安浔进去，安非忙喊安浔帮忙。

安浔不见其他人，问安非："司羽呢？"

"谁？"

"高高瘦瘦的那个。"她其实想说，很帅的那个。

"拿着书上楼了，去书房了吧。"安非边回答边抢着遥控器。

安浔径自带那位很有礼貌的中年人上楼。那人似乎觉得声音刺耳，终是忍不住嘟囔了句："大声喧哗，成何体统。"

司羽确实在书房看书，安浔敲门进去的时候，他正坐在椅子上研读昨晚那本一般人看不懂的医学著作。他从书后抬头看向安浔，暖洋洋的阳光透过窗户打在他的周身，好看得不像样子。

安浔想，如果不是这些人打扰，她的画应该完成大半部分了。

司羽见到安浔身后的人，并没有多大的惊讶，也没有起身，只是放下书，问道："郭秘书，你怎么来了？"

郭秘书上前两步鞠了一躬，然后看了眼安浔，似乎有所避讳，措辞了一下才说："先生让我请您回去。"

安浔漆黑的眼珠在两人身上转了一圈，转身走了出去。

郭秘书等安浔关了门后，忙说："羽少爷，先生命我订了今晚的机票，让您马上回英国。"

"不去。"司羽想也没想就拒绝了，拿起桌上的书继续看起来。

"机票已经订好了。"郭秘书温声说。

司羽头也不抬:"告诉他,我不会像哥哥一样接受家族联姻的。"

郭秘书嘀咕:"南少爷自己也愿意。"

司羽挑眉看他,郭秘书叹了口气:"是老夫人一直吵着要见南少爷。"

司羽拿书的手一顿,半晌才道:"我明天回去。"

郭秘书显然还想说什么,可外面突如其来的吵闹声让他皱紧了眉头:"羽少爷,您的朋友似乎太没规矩了。"

司羽没理他,这么大的声音一定是有什么事了。司羽站起身,刚想开门看看外面怎么回事,大川便破门而入,人还没看清便听到他急吼吼的声音:"司羽啊,我们的贵重物品都不见了!"

丢的何止是贵重的东西,还有包里的身份证和护照之类的证件。

赵静雅哭得眼睛都肿了,坐在一楼的沙发上搂着孙晴抽抽搭搭地说:"我所有的钱还有新买的卡地亚的手镯都在行李箱里……"

安非几人被她哭得烦躁,事不关己地跑去沙滩玩了。

司羽从自己房间出来,面色少有的凝重,问:"报警了吗?"

"报了。"说话的是安浔,她站在窗边,回视他,眼中有着说不出的困惑。

赵静雅听到安浔说话便气不打一处来:"安小姐,我之前是得罪过你,但你也不至于这么报复啊。"

安浔双臂环胸看着她,淡淡地道:"我没动你们的东西。"

"昨晚就你和司羽在家,不是你难道是司羽偷的吗?他的护照也丢了。"赵静雅怒视着安浔。

这要是平时,其他人早就打圆场了,可这次,大家似乎都因为丢了东西而失了判断,几双眼睛同时看向安浔,想探究这是不是她报复性的恶作剧。

司羽看了看众人的神情,皱眉道:"不是她。"

"你怎么知道不是她?这屋里还有其他人吗?"见司羽替安浔说话,赵静雅便更加生气。

司羽看着赵静雅,一字一句地说:"我确定不是她。因为昨天晚上我们一直在一起。"

客厅里沉默的氛围没持续几秒钟，易白就带着两个民警走了进来，其中一个是阿伦。

"安浔，怎么回事？进小偷了？"阿伦忙问。

安浔的卧室锁了门，她并没有丢什么东西，刚才又不太高兴赵静雅的态度，索性也不想管了："不知道。"

另一个民警给每个人做了登记，最后是司羽，当他说自己叫沈司羽时，其他几个人的反应和安浔一样，都恍然道原来司羽不姓司啊，大川还一副"你们不知道吗，难道我没说吗"的无辜模样。

那民警见郭秘书拿着公文包在司羽身后，站得笔直，招呼他："这位先生怎么一直站着？你坐下来说吧，你丢了什么东西？"

郭秘书看了眼司羽，礼貌地道："谢谢，我站着就好。我是来找沈先生的，刚到，所以什么都没丢。"

大川几人这才打量起郭秘书，他的存在感太低了，还以为是安浔的朋友也就没多加注意，没想竟然是来找司羽的。

做了失物登记后，民警例行公事地询问昨天晚上每个人都做了什么。其他人一起出去玩，直到早上才回来，没什么好问的，所以主要询问对象还是安浔和司羽。

"喂，你们不是怀疑安浔吧？"安非从门外挤进来，满脸不乐意。

"随便问问，看看有什么线索，你先别急。"阿伦安抚他。

"没什么好说的，我们七点钟回来的，然后我一直待在画室。"安浔说。

"我洗完澡就去院子里看书了，十一点多的时候去了安浔的画室。"司羽说完，看了眼安浔，加了句，"直到今天早上大家回来。"

一圈人用眼神无声地交流着，那民警看着阿伦，眼神里带着询问，似乎想说还要不要接着问下去。阿伦难得有这种"收拾"安浔的机会，心想事后如果安浔生气，自己只推脱说例行公事不就行了，于是煞有介事地问道："你们在画室待了一宿？在做什么？"

安浔瞥他一眼："跟丢东西有关吗？"

阿伦见安浔面色不悦，立刻心下发怵眼神闪躲地不敢再看她，也不敢问什么了。那民警心下好笑，咳了一声："那倒是没什么关系。你们昨晚上有没有觉得哪里不对劲？"

安浔想了一下："院子里的灯我走时是开着的，回来发现被关掉了。"

"这么说，小偷是在他们回来之前就偷了东西？"阿伦与那民警分析，随即又问司羽，"你回来没发现东西丢了吗？"

"没有，我没注意。"

大川无语："你昨晚到底干吗了？"

司羽没搭理他。

民警又问安浔："还有别的吗？"

安浔接着说："后半夜一点多的时候，外面似乎有点动静，我以为大川他们回来了。"

"你没出去看看？"阿伦忙问。

安浔瞪阿伦，理所当然地说："我害怕。"

阿伦"哦"了一声，也不敢嘲笑她，只转头问司羽："你为什么没出去看看？"

安浔手指轻轻刮着沙发垫子上的花纹，心里思忖着：李佳伦这是公报私仇，虽然小时候自己没少欺负他，但谁还没个年少轻狂，这人还真是小心眼儿。

司羽全程几乎没怎么说话，听到阿伦问他，看了眼安浔，安浔一副看热闹的样子，想着看他怎么圆。没承想，沈司羽这个男人异于常人，竟然直截了当毫不遮掩道："我当时没穿衣服。"

安浔刮着花纹的手指微一用力，猛地顿住。

他还真敢！

楼梯右侧靠墙的大落地时钟滴答滴答地走着，声音在寂静无声的厅里十分清脆，紧接着就是整点报时的钟声。伴随着易白离去的巨大关门声，一时间整个别墅似乎都震了几震，然后，所有的声音戛然而止。

阿伦和那个民警离开了，只说会尽快帮着找回失物，走的时候阿伦还一副"安浔你变了，你再也不是我认识的那个单纯的小女孩了"

的神情。

安浔懒得理他。

赵静雅眼圈比刚才还红，哑着嗓子对准备上楼补觉的安浔说："你都有未婚夫了为什么还要招惹司羽？"

司羽正在和郭秘书说话，听到声音扭头看了过来。

安浔一夜没睡，一早又闹了这么一出，赵静雅还一副咄咄逼人誓不罢休的架势，她已经十分不耐烦，语气不善地道："关你屁事。"一句话噎得赵静雅满脸通红。

安非向赵静雅投去一个同情的眼神，心道：这人去得罪安浔，不是没事找抽吗？

安浔光着脚，寂静无声地走上楼梯，到达二楼后才又低头看向赵静雅，因居高临下，黑色头发如瀑布般从身后滑下来。她眼角带着说不出的风情，语调轻转道："谁告诉你是我招惹的他？"说完顺便瞥了眼楼下站着的那人，一双熠熠生辉的眼睛好像在说：你的烂桃花真烦人。

司羽眸子幽深，像在回味她那风情万种的一瞥，突然翘起嘴角笑起来，微微侧身对郭秘书交代了两句，长腿一迈也上了楼梯。

大川忙问："你干吗去啊？"

司羽边上楼边慢悠悠答了一句："招她去。"

安浔拿了换洗的衣服准备去浴室洗澡之际听到了敲门声，转身看过去，却不料来人是司羽。

司羽站在敞开着的门外轻声询问："可以进去吗？"

安浔示意了一下自己怀里的衣服，说："我要洗澡了。"

她把头发绾到了头顶，一张素白的脸和白皙修长的脖颈没头发的遮挡更显精致。他挑眉淡淡地"哦"了一声，但并没有离开的意思。

安浔犹豫了一下，问道："找我有事？"

司羽双臂环胸靠在门框上，似笑非笑地看着她："你刚才为什么不解释？"

安浔却问："你又为什么故意那么说？"

司羽笑，眉眼突然带了丝狡黠和挑衅："我就是说给他听的。"

窗边的手工贝壳风铃噼里啪啦地响着，安浔背光站在司羽面前，良久才勾唇一笑："我知道。"

司羽眼眸深意更浓，压低了声音："别这么笑。"

"嗯？"安浔疑惑地瞥了他一眼。

司羽上前一步，手抚上她的脸颊，像是已经熟练，头一低就要吻上来。安浔一急，忙将手里的衣服蒙到他脸上。司羽闷哼一声，伸手扯下衣服。安浔见他发丝凌乱，一脸无奈地看着自己，忍不住笑起来。

笑声和窗边风铃声一样，清脆悦耳，司羽想，这是自己听过最好听的声音了。他抬手准备将衣服还给安浔，却突然发现了什么，食指微屈将衣物中的内衣挑起来，拇指摩挲着边缘的蕾丝抬眼看她："不让你这么笑你还来劲了。"

安浔敛了笑容，抢过衣服，也不看他，说："我要洗澡，出去！"

司羽点头，轻声说："好。"但他没转身离去，而是在她面前摊开了手。黑色蕾丝内裤，在他手心团成一个团。他的手指修长洁白，和那一团形成鲜明对比。他低着头看看，有些疑惑："为什么它这么小？"

饶是安浔在安非、阿伦面前再傲娇强势，但此刻，她的脸还是因为这句话而红了个彻底，伸手抢过内裤，咬牙切齿地瞪着他："沈——司——羽——"

司羽笑起来，像是故意惹她恼怒，笑声开怀。安浔伸手推他出去，他举起双手，说："好，立刻就出去，别生气。"

安浔"砰"地把门关上。

司羽摸摸差点被撞到的鼻头，心情大好地转身离开。

安浔泡了个热水澡，要睡着时才懒洋洋从浴缸中出来，准备吹个头发补个觉，突然听到急促的敲门声，接着是安非的声音："安浔，门口停的越野车是谁的？"

安浔开门出去，司羽也正从书房走出来，率先开口："我的，怎么了？"

易白的那两个朋友，嚣张跋扈，无法无天。他们开着一辆改装过的巴博斯把郭秘书的车剐了，司机下来理论却让两人打得眼圈发青，随后他们又把司羽的车推进了海里。

司羽几人出去的时候，牧马人已经陷进了浅滩，在海浪吹打下，晃晃悠悠。

"易白哥开车先走了。向阳他俩本来是跟去的，不知道怎么又回来了，知道大切诺基是安浔的没敢动，所以就把气撒在那牧马人身上了。"安非为司羽感到担忧，却又隐隐透露出想看热闹的心思，"向阳是出了名横惯了的，你说你碰安浔干什么？"

"横惯了？"司羽看着走过来的两人，轻轻"呵"了一声，"有多横？"

那个叫向阳的走在前面，盯着司羽笑得不怀好意："你的车啊？那巧了，哦，那不好意思啊，我的车不听话撞了你的车。这么的吧，给你点钱咱们私了？"

司羽看着他，一言不发，像在等他接着说下去。

向阳以为司羽不说话是默认。他嘲讽一笑，从兜里掏出二百块钱，一掌拍在司羽胸前："不用太感激。"说完，他看了眼安浔，似乎想说什么但又有所顾忌，到嘴边的话愣是憋了回去，半晌只从鼻孔里挤出一个"哼"。

司羽没动，二百块钱随着那只手的离开飘飘荡荡掉落在沙地上。大川觉得自己人受到了侮辱，骂了句脏话，怒火冲天地就要动手。司羽伸手拦了他一下，其余跟来的几人劝大川冷静。他们不想得罪这两个人，觉得司羽应该也是。

司羽看着向阳，半晌才慢慢开口，一字一句清晰地说道："郭秘书，报警，再把律师叫过来。"

"好的，叫几个？"郭秘书掏出手机。

"有能力告到他倾家荡产的律师，全叫过来。"司羽说话时眼神也没从向阳身上移开分毫。

向阳和另一个人对视一眼，轻蔑一笑："吓死我了，别雷声大雨点小，能动得了我的人可不多。"

司羽像是看两个幼稚的小孩一样，淡淡地道："是吗？"

随着尖锐的刹车声传来，易白从不远处公路上找了个岔口跳了下来，走过来便问："你们俩干了什么？"果然是在一起混久了，他只看一眼就知道他们惹祸了。

"没什么，帮你出口气，把他车推海里了。看到没，车在那儿漂着呢。"向阳自豪地指了指那红色越野车。

易白看了看，不满地皱眉，但也没说什么。这事对他们来说，就像家常便饭，和小孩子们小打小闹的恶作剧差不多，无伤大雅，所以他云淡风轻地对安浔说："走保险，理赔的事我和你联系。"

安浔"哦"了一声，却说："我不管。"

易白愣了一下，还没说话就听司羽说道："你知道那是谁的车吗？"这话是对那个向阳说的。

向阳无所谓地一笑："我管谁的车，天王老子的又如何？一破越野车，就算十个，爷爷我也买得起。"

他的话音一落，谁知一直按兵不动的司羽突然伸手扯过向阳的衣领，用手将他摔到地上，用克制却又冷到人骨子里的语气说："你给我滚到海里把车捞上来，它不上来你也别上来。"

谁都没预料到司羽会突然动手，也被气势震慑住，一时间都愣住了。躺在地上的向阳和他那个站着的同伴反应过来，刚想冲上去，就听到不远处有人喊："你们又怎么了？我刚走到半道就给我叫回来了，斗殴啊？"

阿伦站在公路边看着下面沙滩上的人，气呼呼道："全上来，局子里谈。"

向阳到了派出所后矢口否认自己是故意的，说："撞郭秘书的车是因为脚滑没踩住刹车，然后人慌了，就又撞了不远处的越野车。多亏了牧马人从前面挡着，不然我会一脚油门开进海里，事可就大了，说真的，是那车救了我的命。"向阳进了派出所后一副嬉皮笑脸、油嘴滑舌的样子，和之前那张扬跋扈的样子判若两人。

来之前易白对他说，这里不是春江，把事闹大了不好收拾。

司羽从头至尾都没再说话，全权由郭秘书一人负责。郭秘书表达得简洁明确，意思清晰明了：这并不是单纯的交通事故，需要相关部门去检查痕迹，下午他们的律师来了会要求看报告，还有司机的验伤结果，医院很快就会送来。

他措辞礼貌，逻辑清晰，要求合理，虽没拍桌子横眉冷对，但态度坚决强硬，看起来并不那么好对付。

派出所走廊里有哭天抢地的阿姨说女婿不孝借钱不还，有醉酒的大叔在地上打滚怎么也不跟前来领人的妻子回家，有找不到妈妈号啕大哭的小女孩……总之，乱成了一锅粥。

面对郭秘书的两个民警面面相觑了半天，心想：要是每天都遇到这样的人，工作该多轻松，不用多费口舌，公事公办。

"那位沈先生，他们说你动手打人了。"之前和阿伦去安浔家的小民警对不远处坐着的司羽说。

司羽抬眼看了眼那边坐着的三个人，"哦"了一声："手滑了。"

手滑了……

"你胡说！"向阳一听这话火气就上来了。

"坐下，喊什么！"阿伦一嗓子吼过去，向阳铁青着脸坐了下去。

司羽看都没看向阳，嘴角难得地带了丝嘲讽，漫不经心地说着："想帮他整理衣领，结果手滑了把他摔到了地上。"

整理衣领，谁信？

既然他们能脚滑，那司羽为什么不能手滑？那个民警和阿伦用眼神无声地交流着：可信。

易白看了眼向阳，知道他的脾气，被人掀翻在地的耻辱，他肯定忍不了，但还是低声劝他说："忍忍。"

笔录做得很快，没有什么其他要说的，讲来讲去也只是沈司羽和向阳的私人恩怨。

阿伦站起身伸了个懒腰："大家回去吧，折腾了这么半天，有什么情况我找郭秘书。"他说的"大家"，并不包括向阳。

大川几人陆续起身。司羽下意识地看向安浔，整个过程都很安静的女孩，不知道什么时候已经睡着了。窗边角落隐蔽，她双臂环胸低着头呼吸均匀，看起来睡得正香甜。也不知道她从哪儿找来了一个鸭舌帽套在了头上，帽檐压得低低的用来遮挡刺眼的阳光，穿着短裤的腿搭在矮桌上，让人不自觉地就会顺着脚踝看上去，一直到短裤边缘。

司羽眉头一锁，走近她几步转身挡住别人的视线："你们先走吧。"

赵静雅连看都不想看他们一眼，踹了门第一个走出去。大川挠挠头，和其余几个人陆续离开。

向阳见他们走了，问阿伦："喂，我们呢？"

阿伦斜眼瞥他，语气不善："跟谁喂呢？"

向阳像个炮仗一样，遇到一点儿火星就炸，见阿伦对自己如此态度，骂骂咧咧地站起来，踹了一脚边上的椅子，梗着脖子怒道："你什么东西，敢这么跟我说话？！"

向阳忘了这里是汀南的派出所，这里没人认识他，也没有人惯着他。他刚一吼完，几个民警都跟着站了起来。此时稍年长的组长推门进来，他被走廊里的人闹得头疼，进屋发现向阳也不老实，立刻呵斥："要闹事啊，知道这是哪儿吗？坐下！"

阿伦走到向阳面前，伸手推着他靠到墙角："故意损害他人财物以及危害公共安全两项罪名，你还想走？边上蹲着好好想想。"

向阳气得脸都绿了，但还算有一丝理智没动手袭警，只心里愤恨想着这要是在春江，自己势必要闹个天翻地覆。

"你们俩可以走了。"其他民警示意易白和另一个人离开。

易白倒是沉得住气，慢悠悠地站起身，对向阳说："你先待着，没事。"

向阳咬牙"嗯"了一声。

易白面无表情地和另一个人向外走去，手搭上门把手时突然回头看向站在安浔身边的司羽。司羽抬眸回视，易白轻笑一下，笑容并不那么友好，似暗含警告，似在宣战。

司羽不以为意，收回视线看向安浔，见她依旧是那个睡姿，这么大动静连动都没动，想来是困坏了。

身边有人来来回回走着，电话铃声接二连三地响起，其他人知道他们是阿伦的朋友，并没有人来撵人。司羽在安浔旁边蹲下，歪头看着帽檐下的睡颜：那双总是亮晶晶的眼睛安静地闭着，睫毛黑长浓密，弯弯翘翘的，小巧的鼻头有层薄汗，嘴唇粉嫩嫩地嘟着……

司羽突然就开始心猿意马起来，想到了早上亲她时那湿软的感觉，躲避的舌尖以及她紧张得满是汗的手心就那样覆在他腰间胸前推拒着他，那时候他整片的皮肤又烫又痒……他的手指微动，还没进行下一步动作突然感觉到身旁的动静。

阿伦察觉到司羽在看他，伸在半空中的手一僵，一脸无辜地说："我……我拿水杯。"说着，他小心地拿起桌上的保温杯目不斜视地走了。

司羽伸手轻推了下安浔："回家睡。"

她一动不动，司羽以为她没醒，再次伸手过去，还没碰到人就听她低低地道："不。"

她除了嘴动哪儿也没动，懒洋洋的样子。司羽失笑，再次注意到她鼻尖上的薄汗，起身走到窗边将窗户全部打开。还好，没有风，空气温暖。

安浔迷迷糊糊醒来的时候，外面天阴得十分厉害，似乎要下雨。派出所就剩一个大叔和一个年轻女警员坐镇，其他人都不在，她都不知道大川他们什么时候走的。

司羽没离开，坐在她身旁的椅子上，安静地趴在桌子上，脸冲着她的方向睡得沉沉的。安浔看了他一眼，对倒水给她的女警员说了声"谢谢"，随即若无其事地看向其他地方，视线绕了一圈，又不自觉地回到了熟睡的司羽身上。

女警员还没走，偷偷瞄着安浔。安浔察觉到她的视线，轻笑一下："怎么了？"

女警员有些不好意思，觉得自己失礼了，解释道："就觉得你们这对儿太养眼了。"

安浔疑惑地挑眉，"这对儿"？

女警员笑得甜甜蜜蜜，看了眼司羽，小声说："你睡觉的时候太阳偏过来照在你身上，正好这边的百叶窗坏了，他就一直站在窗边替你挡阳光，太阳走到哪儿他就移到哪儿。刚刚天变阴了他才坐了会儿，估计累坏了，坐下就睡着了。"女警员见安浔不作声地低头凝视司羽，继续道："他衬衫上的汗还没干透呢，刚坐下的时候湿了大片。"

不远处看报纸的大叔"呵呵"一笑，对女警员说："你也赶紧找个男朋友吧，也不用羡慕别人谈恋爱了。"

　　女警员脸红，让他别取笑自己。安浔始终没说话，只是看着司羽。有凉风顺着窗户吹进来，安浔起身把所有的窗户都关上了。

　　大川打电话给司羽的时候，安浔正捧着手机在发邮件。司羽被手机振动吵醒，抬头看了眼安浔，随即视线又被屏幕上的字吸引。

　　收件人：沈司南。

　　司羽的视线顿在了那里，手机不知疲倦地嗡嗡嗡振动着，半晌，他才站起身走到窗边接起电话。

　　安浔把邮件内容编辑完发送出去，见司羽已经挂断电话，背靠窗边把玩着手机边看着自己，问他："怎么了？"

　　司羽将手机收进兜里，说："大川说海边来了很多人，车子弄上来了，让我们去看看。"

　　出租车上安浔一直拿着手机等邮件，通常沈司南回信会很快，这次却一直没动静。

　　司羽付了钱示意她下车，同时看了眼安浔手里的手机，随口问道："想问沈司南是不是有个弟弟叫沈司羽？"

　　安浔惊讶地看向他。

　　司羽笑笑："为什么不问我是不是有个哥哥叫沈司南？"

　　安浔怔愣后反应过来，瞪他一眼："偷看？"

　　"你们很熟吗？"这是司羽第二次问起她和沈司南。

　　"还好。"安浔开门下车，回答得很随意。

　　他没再问什么，两人一起走向海滩。确实如大川说的，海边的人多得不得了，很多游客在围观，还有警察维持秩序，保险公司的工作人员以及沈家叫来的几个律师也在，阵仗非常大。知道的是看打捞车子，不知道的还以为是出了凶杀案。

　　郭秘书看到司羽走过来，恭恭敬敬地弯腰行礼。其他几个律师热情地称呼他为"小沈先生"。安浔在一旁听着，默默回味了一下这个称呼，觉得还挺好听。

　　保险公司的人仔细地查看着车子做着损失金额估价。大川和赵静雅他们走到司羽身边，几人只是偷偷打量他，只有大川明目张胆地拉着他左瞧右瞧："你还是当初那个和我在日本一起打工的司羽吗？"

"怎么了？"司羽的视线从车子上移开，转头看向大川。

"郭秘书说，那些都是你家的律师。你家开律师事务所的？"大川瞪大眼睛盯着司羽，见司羽并没有答话的意思，他不放弃地继续问，"你跟我一起打工是不是在体验生活？"

司羽依旧理都没理他，而是突然抬脚向车子那边走去，速度极快。别人以为出了什么事情，忙看去，只见他走到后备厢旁，伸手接过工作人员手中的一幅画，面色凝重地看了两眼后突然看向安浔那边。

工作人员继续从后备厢拿出画卷，一卷，两卷，三卷，四卷……

每一卷都滴着水……

安浔虽然离得远，但还是模糊地看到了展开的画卷上的画作。她沉默半晌，突然说了句："那是我的画。"

声音喑哑，低沉。

大川"哦"了一声，反应过来后惊叫："什么？！"他还记得百科上说的，她的一幅画曾经拍到了二十多万欧元。

"为什么你的画会在司羽车上？"大川说完，又嘟囔道，"应该是司羽哥哥的车。"

"这是司羽哥哥的车？"安浔问完，也没等大川回答便走了过去。

司羽显然不知道后备厢放了那么多的画。他一张张摊开，眉头逐渐紧锁，见安浔过去，想收起来，但注意到她那沉重的神色，便又什么也没做。

他手里拿着的正是她当年的那幅成名作——《犀鸟》。画因为喷了上光油，所以即使泡了水，表面上看也并没有什么大碍。

安浔目不转睛地看着画，司羽目不转睛地看着安浔。半晌，他才轻声问："还能补救吗？"

安浔小心翼翼地伸手抚了抚那只犀鸟色彩艳丽的长嘴，声音微颤："画布干了会缩水，油彩就会开裂。"

救不回来了！安浔垂眸深呼一口气，心疼，真的心疼！

司羽看着她，须臾，小心地合上了画交给工作人员，对郭秘书说："把这些都装起来，找人修复，多少钱都可以。"

郭秘书点头："南少爷买画的票据都在，修复不了的话我们会让向阳一分不差地赔回来。"

"想办法修，"司羽看着他，言简意赅，态度明确，"修到它们能修的程度。"

郭秘书一愣，司羽如此强硬不可商量的样子并不多见。

画卷一卷一卷地被捧出来装进了透明袋子里封好，一共七卷。

安浔见司羽神色凝重，以为他回去没办法交代，于是慢慢开口："没事，我再画几幅送你……哥哥。"

两年多前，安浔在意大利佛罗伦萨完成了《犀鸟》这幅作品，让一个画廊帮着代卖。画廊老板将它传到了一个小拍卖网站拍售，本是没抱希望能卖个多好的价钱，可谁知道，有两个买家因为这幅画杠上了。在两人你来我往的加价中，这幅画最终卖出了二十二万欧元的价格。

于是，很多人知道了《犀鸟》，也知道了安浔。后来，在教授的撰稿推荐、媒体的推波助澜下，安浔一夜成名。而那个以二十二万欧元拍得此画的买主，正是沈司南。

那之后，安浔的画陆陆续续地卖出，哪里的买家都有，欧洲的、美洲的、亚洲的，但最忠诚的买家始终是沈司南。他对她的画，情有独钟。一年多前他越过助理，直接和她邮件联系，两人如老友般，偶尔问候，偶尔闲谈。

原来，沈司羽的哥哥，真的是沈司南。

司羽的心情并没有因为安浔的话而有所好转，他说："修复画并不全因为司南。"

"嗯？"安浔不解。

他伸手摸了摸她的头发，语调温柔："你心疼得眼圈都红了。"

安浔怔住。

不全因为沈司南，还因为安浔。她心疼画，他心疼她。

天气有点不正常，突然阴天又突然下雨，那边刚把画装好雨就淅淅沥沥地下起来，司羽双手抬起挡在安浔头上："去那边。"

两人向立在沙滩上的大太阳伞疾步走去，这一路，司羽双手一直撑在她的头顶。细雨中安浔抬头看他，他的头发湿了大片，丝丝缕缕贴在额前，雨水顺着鬓角滑到下巴，越过喉结……察觉到她看自己，司羽低头，轻道："看路。"

安浔恍然调转视线，心想：少女思春了，竟然想到了他的吻。

大川几人已经到了伞下，安浔和司羽挤进去后，大川贱兮兮地凑过来："司羽，原来你暗恋安浔。"

安浔心脏突地跳了一下。

大川继续说："竟然在车里偷偷藏了人家那么多的画。"

司羽正低头用手掸头发上的水，听他这么一说，顿了顿，又继续掸。

安浔因为疾走，小脸红扑扑的，见司羽不说话，大川又一副探究的模样，她解释道："那些画，都是他哥哥从我这儿买的。"

大川恍然大悟："这样啊，不过司羽你哥也够大意的了，这么贵的画，就那么卷着放在车里。"

这正是安浔疑惑的，难道沈司南喜欢到走到哪儿带到哪儿吗？

司羽用 T 恤擦了擦脖子上的水珠，对安浔解释："这些画之前一直放在英国，后来我哥准备长期留在国内就让人寄了回来，放在车里估计是准备送去装裱。"

"后来你不知道就把车子开来了，然后好巧不巧地让那神经病泡海里了。我怎么突然就不心疼车了呢！"大川嘟嘟囔囔补齐了后面的事情，气愤握拳，"这么多画，这得多少钱？"

见没人理他，他凑近安浔："安浔，多少钱？"

"……一百多万吧。"安浔轻声回道，"折扣价。"

大川长舒一口气，想说：还行，不贵。

司羽侧头，薄唇轻启，吐出两个字："欧元。"

大川一口气憋了回去。伞下的众人视线交错着，沉寂良久，大川顺完气，说出众人心声："我竟然和两个千万富翁站在同一把伞下。"

他还没感叹完，那边郭秘书就拿了伞和手帕过来，递到司羽面前，说："快擦擦水，您要是感冒了，我回去可没法交代。"司羽接过去就将手帕给了安浔，动作自然得不能再自然了。

郭秘书扭头冲进雨里："我再去找一个。"

"小沈先生，那些画有很大的升值空间，如果修复不好，我们有信心告到他们倾家荡产。"这边郭秘书刚走，伞下又来了几个律师。

"你们再想别的办法。"就是说，画是要想尽办法修复的，这个没商量。安浔在一旁，默默地卷着刚被塞进手里的手帕。

"其实事后可以找那位画家再画几幅，想必都用不着先生您出面……"其中一个律师还想再劝，毕竟从画入手的话解决这件事简直易如反掌，结果他还没说完就发现司羽沉了脸，于是不敢再说。几个律师心道：有捷径不走非绕弯路，这是要考验他们还是怎么的。但大家都是人精，虽心有腹诽面上还恭敬地说着"好的，一定办妥"。

其余人瞧这架势，才终于顿悟：这沈司羽家一定是非富即贵，随便一个电话就来了一堆律师，随便一辆车里面就堆着上千万的名画。

大川在他后面委屈地嘀嘀咕咕："司羽我看错你了，司羽你欺骗我，司羽你是怕我跟你借钱吗你跟我装穷……"

司羽心绪不宁，似没听见一样，头都没回。

赵静雅在司羽身后盯着他看啊看的，看得眼睛都有点酸了，好半天才恋恋不舍地转头对孙晴说："我怎么就没追上他呢？！"

孙晴不知道该如何回答。又过了半晌，赵静雅突然想到什么，惊呼："我是不是还说要帮他找工作来着？"

众人："……"

雨虽然慢慢小了，但一直没有停的迹象。郭秘书送来几把伞，众人三三两两打着走回别墅。走到门口的时候，斜坡上突然拐下来一辆车。

开车的是易白，副驾驶座坐着向阳，笑得不可一世。大川怒道："他怎么这么快就出来了？！"

因为下着雨，易白没下车，降下车窗，对站在门檐下的安浔说："我先回春江，咱们的事以后再谈。"

安浔见到向阳就生气，毁了她那么多画还敢笑，索性对易白也不理了，转身开门准备进院子，却见安非急吼吼开门出来。

安非环视一圈，奇怪道："这么多人，干吗呢？"说着他也不等别人回答，三两步跳上易白的车子："安浔我先撤了。"

然后他还不忘看了眼站在郭秘书伞下的司羽，瞧这玉树临风的模样，怪不得安浔甩了易白。他笑眯眯地对安浔眨眨眼，做了个守口如瓶的动作。

安浔没理，转身进了院子，进去后还下意识地看了眼灯，开着的，放心了。上午阿伦给她分析，说她回来的时候灯关了，说明小偷已经来了，心虚怕亮关了灯，半夜一点多她听到的动静，很可能是小偷离开，所以中间这么长时间，小偷也许一直在房子里。安浔当时听得毛骨悚然，然后认真地思考阿伦有什么把柄在自己手里，自己一定要报复回去。

易白调转车头准备离开，向阳所坐的副驾驶座正好对着司羽，他降下车窗，耸耸肩笑着，神情满是挑衅："没办法，就是这么轻易出来了。再见啊，我要走了。"

司羽看着他，淡淡地说："会回来的。"

向阳像听笑话一样，"呵呵"笑了两声："那你等着吧。"

晚饭是赵静雅和孙晴做的，还邀请了安浔。安浔也没客气，毕竟实在太饿了。

下午围绕在众人之中的静默气氛一直持续到餐桌上，最能说的大川话也变少了，眼珠子一直在司羽身上转。其他人也是，虽然在用餐，眼神却不住地打量着司羽。司羽像是没什么胃口，也没什么心情，吃得极少，早早放下筷子下了桌，全程对他们探究的眼神视而不见。

吃完饭，众人正互相推着洗碗的工作时门铃响了起来。安浔坐在沙发上看着电视，司羽端了杯水走进客厅，他看了眼大川："开门。"

大川眨眨眼，看了眼房子的主人安浔，见安浔事不关己地看着电视，哼哼两声，嘬嘴去开门。

"我们又不认识这边的人，肯定是找安浔的呀。"赵静雅瞥了眼安浔，对她不去开门的行为很是不满。

安浔看了她一眼："我也不认识。"

赵静雅最受不了安浔漫不经心的态度，非常生气但又被噎得半晌说不出话来。

大川很快回来，径直走到司羽面前，小声嘀咕："外面一个年轻女人领着个男孩，竟然是找你的！不会是你留下的风流债吧？"

司羽和安浔对视一眼，两人立刻心有灵犀想到一起，安浔说："让他们进来。"

来人果然是梅子和天宝。梅子怯生生地站在门口也不进来，远远看着他们："安小姐、沈先生。"

"哟，你们俩都认识？"大川大感意外。

梅子将一个用塑料袋缠了几圈的东西给了司羽，说："我从路边捡的，认出来这照片上是你，就送来了。"不只是司羽的，其他几人的也都在，丢失的证件整整齐齐地装在最普通的塑料袋里。

安浔让他们进来喝水，梅子直摇头，没做停留，带着天宝匆匆走了。几个人大大舒了口气，兴冲冲地研究第二天回去的航班，七嘴八舌抱怨着多请了一天假，回去要看老板脸色了。

司羽坐在沙发上，手里把玩着护照，一圈一圈转着，一下一下磕在茶几上。轻微的咚咚声，神奇的和安浔心跳的频率保持着同步。

他的视线一直停留在拿着遥控器乱调台的安浔身上，安浔终于无法再忽略他的注视，扭头看他，问道："想看什么节目？"

电视上正播着巧克力广告，一对情侣热情对视着，广告词是：纵享丝滑。安浔脑中突然闪现黑纱下性感的他。

司羽将护照放到桌子上，倚向沙发，说："随便。"

安浔察觉到别人探寻的目光，看了眼司羽，将遥控器放到离他近的地方，站起身走向了画室。

众人的视线随着关上的门被挡在了外面，司羽并没像其他人一样看过去，而是拿起遥控器，关了电视，然后起身走到了画室门口，众目睽睽之下，开门，进去，关门，上锁。

最吵的电视机被关掉了，叽叽喳喳的大川也消了声音，安静的空间里，落锁的声音，清晰干脆。

氛围太微妙，大川轻咳，忙招呼："吃饭，吃饭，来来。"

赵静雅怒道："你有病吧，碗都收了还吃啥啊！"说完转身噔噔噔地上楼了。

大川一撇嘴十分委屈:"关我什么事啊,进安浔画室的又不是我,锁门的也不是我。"

"你进去她就不生气了。"有人说。

"我也不敢啊。"

"怕安浔?"

"怕司羽!"

安浔在看昨晚的画,司羽跟进来她丝毫不觉得意外,头也没抬地问:"锁门干什么?"他没说话,向她走去。安浔伸手将画板转了过去,歪头冲他笑。

司羽挑眉:"不给看?"

"没画完。"

司羽点头,伸手开始解衬衫扣子,一颗、两颗、三颗……

安浔没想到他竟然如此主动献身,水润润的眼睛左看右看,然后低头看画,问:"昨天到现在你只睡了一会儿,还可以吗?"

"安浔,我明天就走了。"司羽将衬衫搭在画板前的椅背上,然后伸手去解皮带,因为下了雨,天气凉了很多,冲过澡后他便换了长裤,剪裁合身的裤子衬得腿又长了一大截。

"啪嗒"一声脆响,皮带搭扣被解开,和刚刚门被上锁的声音一样,震得人心弦乱颤……安浔再次扭头看画:"没关系,我不是很着急。"

"不是怕你画不完,我只是想在走的前一天,"他将长裤褪下,见安浔始终低着头,他温柔了眉眼看向她,轻声道,"和你待在一起。"

安浔转身去拿油彩,也不接话,过了好半天才平复心绪抬头看去,他已经坐到了沙发上——一丝不挂。她若无其事地走过去把落地窗关上。看着窗外郁郁葱葱的植物,想着应该没有人会穿过这些植被逛过来,除非吃饱了撑的,那司羽可就成艳星了,想到这儿安浔忍不住笑了一下。

"安浔,以后你若求人办事,不用说话,"司羽的声音突然从一旁的沙发上传来,"只要对他笑就行。"

安浔正在帮他摆正黑色纱帘,顿了顿,终于忍不住问:"沈司羽,你有过多少个女朋友?"

司羽意外她的这个问题，黑色的眼眸闪着幽幽的光亮看着她："如果你介意，我可以一个都没有过。"

安浔转身往回走："我不介意呢？"

"确实一个没有。"带了丝笑意的声音从她身后传来。她撇撇嘴，一点儿都不信。

"不信？"他像是能洞察人心一样，挑眉问道，"司南没提起过我吗？"

安浔坐到画板后面，回答："我们只是泛泛之交，而且已经很久不联系了。"

"我记得他去年订婚，他说他有邀请你。"

他不提，安浔都快忘了还有这回事。窦苗确实给过她一个请帖，不过那时候她忙着期末考试，便写了个邮件恭喜他。

"你那时候要是去了，"司羽意味深长地看着她，"或许我现在也用不着这么拼。"

"拼什么？"

"用不着……脱光了来诱惑你。"

这人……这人……安浔使劲戳了戳颜料，心想：谁会信他没有过女朋友？

时间一分一秒地过去，外面渐渐没了动静。时至午夜，大家似乎都睡了，可司羽依旧没表现出困倦之意。随着夜色深重，他凝视安浔的那双眼睛也越发幽深。安浔不太敢看他的那双眸子。

见她刻意闪避，他语气真诚地问道："安浔，我是不是太急切了？"他的声音在寂静的夜里，如清风般温和地吹进安浔的耳中。

听到他突然说话，安浔一时没反应过来："嗯？"

他坐在她对面不远处，明亮的灯光照射在睫毛上，留下小片阴影，说话间只有嘴唇微动："我只对你这样。"

安浔："……"

"这样费尽心思，撩拨。"

安浔垂眸看着画，静默半晌，慢慢"哦"了一声。

她一画起画来就会慢半拍，这个反应让司羽无奈地轻笑："没关系，慢慢来。"

安浔边清洗画笔边"嗯"了一声。真是遇到对手了，司羽心想，为什么她不能像其他女孩一样，对他喋喋不休呢，那样他会很高兴的。想到这里，司羽心下又觉得好笑，他好像最讨厌女人说个不停。

凌晨一点多钟，画室的温度随着外面的气温慢慢降低。安浔察觉到有点冷的时候，司羽依旧光裸着身子安静地坐在窗边的沙发上一动不动。

"你冷吗？"安浔本想问他需不需要开暖风，但见他比之前红润了不少的脸色，不免想歪，下意识地低头去看纱帘下的胯部，想知道他是不是"失礼"了，"或者……热？"

"都还好。"但声音比之前沙哑了不少，他自己也挺意外，低头轻咳一声，声音闷闷的，"应该不太好。"

安浔放下画笔，走过去探他的额头，有点热。两夜没睡好，白天又淋了雨，当然会生病，安浔不免有些自责。她拿下放在他额头上的手，刚想离开，不料却被他伸手环腰抱住，脸顺势就埋在了她怀中，轻声说："安浔，我感冒了。"

"嗯。"安浔怔怔地站着，不知道手该放到哪里。

"安浔，让我传染你吧。"抱着安浔腰的手臂收紧了些，声音本来就闷闷的，脸藏在她怀中更加闷了。安浔继续怔怔地，什么叫传染给她，难道这种时候不应该说"你离我远点，别让我传染你"吗？

安浔伸手轻轻拍了拍他的背，似安抚地说："我去给你找药。"

司羽点头，松开她。安浔刚舒了口气，他突然伸出手指勾住她围在身前的围裙，微一用力将她拽了过去，另一只手压下她的脖颈。他微一抬头，便亲到她的唇。

安浔蒙了半天才能思考，刚刚，他不是还说要慢慢来吗？

他的力气很大，安浔被他拽进了怀里抵抗不得。她轻轻挣扎着，他却愈发放肆，手顺着衣服下摆伸进去……安浔惊醒，手忙脚乱地想要从他怀里抽身，却不小心一下摔坐到了地毯上。司羽起身去扶，安浔突然低低轻呼一声，随即一手捂住眼睛，一手指着他："你……光着……别靠我这么近。"

随即是沉沉的轻笑声传来，还有沙哑到几不可闻的一句抱歉。

然后，画室内又恢复了之前的安静。窗外院子里有风的声音，还有下起来没完没了的细雨声，再然后，是近在耳边簌簌的布料摩擦的动静。

须臾，有微热的手心覆上她的手背，她的手被攥紧，从眼睛上拿了下来。安浔睁开眼，见司羽穿上了长裤，正蹲在她身前。他轻吻她的手背，再次说："我很抱歉。"

他的眼睛里藏有星辰。

安浔移开视线，轻轻抽回手，站起来说了句"我去给你找药"便走了。

司羽看着她离开的背影，似乎在考虑着该如何对她，但终是觉得头痛无力，便又坐回到沙发上，想不到什么奏效的方法，在内心对她的定位是一位比《神经解剖学》还让人伤脑筋的女人。

安浔回来得很快。别墅很久没人住，药也早已经过期，她只好端了杯热水。可此时的司羽已经安静地靠在沙发上睡着了，看起来十分疲惫。她拿了软垫垫到他脑后，将他的腿搭在脚踏上，这样他睡起来会舒服很多。

随后安浔又换洗着凉毛巾搭在他的额头帮他物理降温。就这样摆弄了他这么久，他也没有醒的迹象，依旧睡得沉沉的。安浔看着他，戳了戳他带着红晕的脸颊，心想：明明很困，却还硬撑。

司羽这一觉睡得很不舒服，发了汗，醒来的时候感觉浑身湿腻腻的，而安浔，正坐在沙发边的矮凳上，单手撑着下巴瞪着红红的眼睛看着他。

"哭了？"他坐起身摸了摸她的脸，哑着嗓子，不知是不是故意调侃，"别担心，只是小感冒。"

安浔揉揉眼睛说："熬的。"说着她站起身把不远处的画板转了过来正对他，神情有点小骄傲："画完了。"

司羽轻笑："难道改画睡颜了？"说着他扫了一眼画，瞬间，目光便被那幅画全部吸引过去。

画上的人，如王者一般坐在花纹烦琐的复古沙发中，额前几缕不羁的碎发，一双眼睛漆黑深邃，似笑非笑，似乎带着攻击性又似乎带了些说不清道不明的深情缠绕；黑纱下，若隐若现的人鱼线顺着精瘦的腰腹隐没在漆黑一片的胯中，一双笔直修长的腿从黑纱下伸出，随意地敞开踩在地毯上；身后是大大的落地窗，窗外的黑夜中有着影影绰绰的绿植隐匿其中，仔细看还有丝丝细雨滑落，窗边透明的黑色纱帘飘荡在空中……

画中人，俊美、神秘又撩人。什么都没露，却让人意乱情迷。

司羽良久之后才将视线移开。他看向安浔的眼神，闪着幽光。良久，他说："司南说得对，安浔，你是个天才。"

安浔听多了这样的夸赞，早已习以为常，但他的赞美，和别人说的不一样，感觉完全不一样。这种喜悦，比让挑剔的教授满意、被严格的祖父表扬还要强烈很多。安浔有点飘飘然，该怎么控制要起飞的心情呢？

"取名字了吗？"司羽问。

安浔点头，指了指右下角："那里。"

很不明显的小字，有画的名字——《丝雨》，也有作者的签名——安浔。

他喜欢这个画的名字，更喜欢这两个名字放在一起。

"安浔，这幅画可以给我吗？随便你开价。"司羽转头看他，似乎是睡饱了，在晨光下，眼睛熠熠生辉。

安浔娇俏一笑，他喜欢这幅画的样子让她很满足："不，这是我的私人藏品。"

司羽难得见她神情调皮，不自觉地也跟着笑起来："好吧，你会展出它吗？"

"还没想好，"安浔眨眨眼睛看向他，问道，"你会介意展出吗？"她对它的满意程度甚至超过了《犀鸟》，它应该惊艳于世，但她又有点舍不得将它公之于众。

"全权由你支配，安浔。"他并没有表态。他不希望自己的态度让她有任何的为难。

"我觉得，这画要是展出，应该会火，那么，你可能会受到追捧，"安浔手指轻抚着画板边缘，抬眼看他，"这会对你造成困扰。"

　　司羽为难地皱了皱眉头："哦，这样啊，这样安浔就会有很多情敌了。"

　　安浔："……"

第四章

寸寸相思

太阳悄悄从海的那一边露出了头，安浔用布将画遮起来后，两人各自回房。

司羽的病来得快去得也快，发了汗后体温就恢复正常了。他冲完澡再下楼时，大川几人已经准备好了早餐。

司羽坐到餐椅上，接过大川递过来的筷子，随口问道："安浔呢？"

大川一脸夸张的表情，啧啧道："这还是我家人见人爱花见花开的沈司羽大校草吗？一会儿看不到就找？"

司羽抬眼看他："邵川，下午去机场不如你自己走？"

大川最会看人脸色了，也能屈能伸，立刻道："安浔开车出去了，说很快回来，这都老半天了，估计这会儿也快了。如果您着急，我可以帮您打个电话问问；如果您不放心，我可以去门口迎接。小沈先生，我的回答您可否满意？"

大川说话本就利索，一着急，语速更快了，听得众人笑作一团。司羽嘴角噙笑："行，去吧。"

"去哪儿？"

司羽："门口迎接。"

大川尬笑："这用不着吧，这边她比我熟。"说着他凑到司羽旁边："对了，昨天来找你的那个特别讲规矩的大哥呢？是不是他接我们去机场？"

"回春江了，有些事要处理。"他吃着吐司，说话间眼睛再次瞟向门的方向。

大川见他如此，又要开口调侃，别墅门突然被打开，只见安浔换了一身海蓝色长裙，长发绑了起来，干净利落的丸子头，整个人看起来十分清爽。她进门就踢掉了鞋子，白皙的脚踩在深色地毯上，轻盈地绕过客厅，见众人在餐厅便走了过来。

她坐到司羽对面，隔着餐桌对他说："向阳又回来了，说找你。"

司羽并不意外，问安浔："你干吗去了？"

安浔没回答，只说："你要是见，就让他们进来。"

司羽本想挫挫向阳的锐气，让他在外面候着，可是安浔说，他爸跟他来的。

向阳一改之前嚣张跋扈的模样，也不再是挑衅滋事的态度，乖乖地跟在他父亲身后走进来。

向阳的父亲笑容和蔼，见到司羽，忙走过去，热络亲切地伸出手："小沈先生，久仰大名。"

司羽站起身与伸过来的手握了一下，轻笑："是吗？"

司羽从不参与家族生意，大学毕业后父亲本是有意让他进公司，但他又自作主张考去东京大学，所以，沈家的二儿子，很少有人见过。

"是的，是的，听沈总提起过您。"

"向先生认识我哥？"司羽倒是没听说过他们。

向阳的父亲点头："有幸见过，您和沈总还是……有点像的。"

"有点？"司羽挑眉。

"有点，有点。"

司羽突然笑了，倒是稀奇，第一次听到别人说他和他哥有点像。顾及长辈的面子，司羽没有拆穿他的谎言，任由他继续套近乎和尬聊："哎哟，忘了，来来来，这是犬子。"他把后面低头耷脑的向阳拉过来。向阳对于父亲的拉扯有点不情愿，觉得有点丢面子。

"听说这小子在汀南和小沈先生有点冲突，犬子顽劣，有眼不识泰山。您看咱们都是自家人，您大人大量……"

"车子倒是不值几个钱。"司羽说话间已经坐下了，将面前的一杯牛奶推到对面坐着的安浔面前，示意她喝，继续说，"只是车上的画全毁了。"

"知道，知道，郭秘书已经知会我了。"说着向父搂了下向阳，"我昨天已经把这个瞎眼的东西抽坏了。小沈先生放心，您的损失，我们向家全部承担。您看之前我和沈洲集团签的那个合同……"

安浔不爱喝牛奶，若无其事地把牛奶推回去，没想到刚推过半就被司羽发现，结果又被推到了她面前。

"哦，也在车里，估计被海水冲走了。"司羽说得云淡风轻，向阳的父亲听得心惊胆战。

其实他根本不知道什么合同，沈洲每天出的合同不计其数，估计也不是什么大的项目，因为根本没听过什么向家。

司羽抬眼看了看向家父子的脸色，接着说："应该就在昨天车子漂着的那片浅滩，向阳去找找看？"

早就签好的合同怎么会放在车里？沈洲集团对待合同，定是要严加保护，假若真被冲到海里，两天过去，合同也早被海水冲得无影无踪或者泡烂了。

大家对此都心知肚明，司羽不过是想收拾下向阳。

没办法，若是沈洲换了供货商，向家的损失那可不是一星半点。向阳也不是不顾全大局的人，只能铁青着脸一步步走到推车下海的地方，挽起裤腿，蹚水到浅滩那处，弯下腰还真像模像样地开始摸。他不是没脾气，只是怕真出了什么问题，他们全家都跟着喝西北风。就像他爸说的，和沈洲比，自家就是个小虾米。

而别墅内，又是一阵不可置信的窃窃私语声。

"那大叔刚才说什么了？说沈总？沈洲集团？"大川挠挠耳朵，偷瞄一眼坐在沙发上打电话的司羽。

赵静雅突然恍然大悟："所以我们在沈洲吃饭那次，人家经理是出来迎接少主子啊。"

大川想起这事，被自己逗笑："我还以为经理在拉业务。"

"沈司南、沈司羽，多明显啊，你们怎么就没看出来啊？"一位同伴放马后炮。

"说得像你猜出来了似的。"大川不服。

"那也比你强，跟人同学那么久，身家背景都没摸清。"

大川委屈，咬牙切齿道："沈司羽太不够意思了，我要跟他绝交。"

"你哪来的勇气。"同伴调侃他，大家哄笑起来。突然有人"哎"了两声，眼神示意大家看向另一边。

　　安浔从厨房走了出来，端了杯热水放到司羽面前，一同放下的还有两盒药。司羽见她过来便挂了电话，拿起药看了看："哪儿来的？"

　　"刚才出去买的。"安浔说着就想离开，没想他极其自然地握住她的手，摩挲了下手心，另一只手拍了拍沙发，"坐会儿，告诉我怎么吃。"

　　安浔顺势坐下，像模像样地拿起药解释："消炎的，一次四片，一天三次。感冒药，一次一片，一天两次。饭后半个小时，温水送服。"安浔说得认真，似乎怕他吃错，还从茶几抽屉里拿了支笔标注在了药盒上。一转头，发现他正静静地看着她，眼中带着暖暖的笑意，安浔一顿，立刻反应过来："沈医生，您还有什么不清楚的吗？"

　　他倒是厚脸皮地点了下头："有，想知道这么一大早就开门的药店在哪里？"

　　安浔并不想说她开车跑了七八公里才找到的一家开着门的医院，排了很久的队才取到药。

　　见她没回答，他又问："远吗？"

　　"不远。"

　　他摸摸她的头："辛苦了。"

　　餐桌方向的众人收回视线继续低头吃饭，心里却腹诽着这两人旁若无人成这样，真够可以的了。随即传来的是他们再熟悉不过的赵静雅噔噔噔上楼的声音，习以为常，也就没人理会了。

　　孙晴顺着窗看向外面大海的方向："那向阳真下去捞了？"

　　"真下去了呗。不知道捞到什么时候能让他上来。"其中一个同伴说着，回头看了眼司羽，低声道，"这司羽平时看着温温和和的，狠起来真不手软啊。"

　　另一个点头："是啊，那大叔要是这么说好话求我，我是不好意思拒绝的。"

　　"所以你们成不了事啊，妇人之仁，这就能看出我家司羽绝非池中之物。"大川总结道。

　　"对了，你刚说要和他绝交来着？"

　　"有吗？"

　　订了中午航班的其中两个人先离开了，那时候太阳偏南，晴空万里，而向阳依旧在海里捞着合同。郭秘书从春江赶了回来，午饭之前到的，带了两辆车来接人。

安浔吃过早饭后就回了房间睡觉，一睡便是一上午。大川收拾好了箱子去和她道别，她睡眼惺忪地打开门便听到他中气十足的声音："安浔，我们走了啊。"

"嗯。"安浔应着就要关门。

"喂，你不送送我们啊？"大川抵住门，有点伤心。

安浔将他撑住门的手拽下去："你下次放假再来，房子免费给你住。"说完她便毫不留情地关上门，准备继续睡觉。结果，她还没走到床边，敲门声再次响起。

安浔实在太困，被敲门声烦得有了起床气，猛地拽开门："不熟，不送！"

不能再熟悉的轻笑声响在她耳边："不熟吗？"他裸着面对她两夜了，亲也亲了，摸也摸了，还要怎么熟。

不过……似乎，还可以更熟点。

安浔终于清醒了点，睁开眼睛，瓮声瓮气地问："你不是三点多的航班吗？"

"现在已经中午了，你睡了很久。"司羽敲了敲手表。

安浔又清醒了些，怎么觉得他这话说得有点哀怨呢……

司羽见她不说话，慢慢上前一步，靠在门框边，低头看着呆呆的似乎还在梦中的她，说："安浔，你现在可以许愿。"

她还是很困，眼睛涩涩的："我现在没愿望啊。"

"你有，你可以要求我……"他停顿了一下，轻轻地说，"不走。"

大川还没走，静静地站在旁边努力地减少存在感。他觉得自己若是安浔，非扑上去狠狠亲司羽一顿不可。他挺佩服安浔这小丫头，真沉得住气，要是一般的姑娘，谁能招架得住司羽这模样的？

安浔非但没被迷得七荤八素，竟还轻声说着拒绝的话："司羽，你还是走吧。"这话说完，司羽蹙了蹙眉，站直了身子。

安浔只管低着头软软地继续说："你给我点时间，让我好好想想。"

司羽稍微舒了口气。

"司羽，你在这儿让我的心很乱。"

别说司羽了，就连一旁偷听的大川，心都跟坐过山车似的，忽上忽下。

司羽伸手摸了摸她披散的长发，无奈地笑道："安浔，以后说话快点，一口气说完。"

"啊？"

大川在一旁也忍不住抱怨："心脏不好的能被你玩死。"话音一落，本是满眼只关注安浔的司羽，突然将视线转移到他身上。大川愣怔："怎么了？"

司羽看了大川一眼："别拿这话开玩笑。"说完司羽也不管他，扭头问安浔："会一直待在汀南吗？"

"快开学了，过两天要回学校。"安浔回答。

"真不巧，我过几天也要回东京。"他说完，又静静地看了她半晌，"安浔，我等你的电话。"

她终是没送他们离开，只托着下巴趴在卧室窗台，看着两辆黑色的车子从门前石板路驶上蜿蜒的沿海公路，一前一后，倏然远去。

第一辆车子后座只坐了司羽一人。他自从出了那座别墅，便一直面无表情地沉默着。

"羽少爷，您要是实在舍不得安小姐，等老夫人过完寿您找个理由再回来。"副驾驶座的郭秘书见他如此，轻声建议着。

郭家人世代在沈家工作，后来清朝灭亡，军阀混战，沈家举家南迁，从香港到英国，郭秘书的曾祖父、祖父便都一路跟着。他比司羽、司南兄弟俩大了十几岁，算是看着这两个孩子长大的。虽然多年来他严格遵循父亲"不逾矩分毫"的嘱咐，但感情上经常不自觉地把自己当成他们的兄长，遇到事，难免心疼他们。

司羽静默良久，轻道："她自由散漫惯了，似乎并不太想与我们这样的家庭扯上关系，规矩太多。"

郭秘书像是听到什么不得了的事情，惊讶道："怎么会有人不满意沈家？她真这么说？"

他的表情逗笑了司羽。司羽说："激动什么，她没说。"他自己猜的。

敢违背过世母亲的意愿逃婚就足以说明，她并不是一个能轻易为谁驻足的女人。

郭秘书为同行的几人在沈洲酒店安排了午餐，大川趁人不注意将菜品拍下来发到群里，故意气先走的那两人，见他们发来的愤怒表情，便捧着手机在一旁笑得前仰后合，惹得郭秘书直摇头。

赵静雅在孙晴的鼓励下，重拾了和司羽说话的勇气："司羽，我以后……可以联系你吗？"

司羽放下刀叉，用餐巾擦了擦嘴，说了句"可以"。

赵静雅欣喜，忙又问："那我如果去东京玩，你会招待吗？"

司羽像是有点心不在焉，将餐巾折好放到桌上，头也不抬地说："会的。"

"司羽，我什么时候去东京比较合适呢？"赵静雅高兴之情溢于言表，都已经开始考虑自己要不要回去后继续请假，然后去日本找他。司羽似乎在思考什么，并没有立刻回答她的问题，于是她又耐心地问了一遍。

其实司羽很少如此心不在焉，通常都会认真倾听别人的话，即使话题多么无聊无趣，他都会礼貌地给予回应。

"司羽？"赵静雅轻轻唤道。

"羽少爷。"身后的郭秘书俯身提醒，就差把"注意修养"说出来了。

司羽抬头，"嗯"了一声，非常敷衍，显然根本没听到别人的问话。

羽少爷太没礼貌了，即使再不想理那个一直讲话的赵小姐，也不应该以如此不尊重人的方式结束话题。郭秘书心里考虑着，回去要不要告诉先生，让他罚羽少爷抄写《礼记》。

"您要是太想安小姐了，我派人去接她过来吃个饭怎么样？我们还有时间。"郭秘书看了看表，再次认真建议道。

赵静雅还没高兴几分钟，郭秘书这话无疑一盆冷水兜头泼下。她脸色僵了僵，终是没忍住嘟囔道："她当这是旅途中的一场艳遇，你却当回事了。"

司羽看都没看她一眼，站起身对郭秘书说："让人送我回去。"

安浔本是无聊地趴在窗台看海，突然那辆早就消失在公路尽头的黑色商务车又出现在了眼帘，它并没有像她以为的只是路过，而是拐了个弯停在了红色大门外。

她忙走出卧室，下了楼。大门紧闭着，没有丝毫动静。她放慢了脚步，停在门边，半晌才试探着问："司羽？"

"是我，安浔。"门外，他特有的嗓音随着海风吹来，不像是真实的。

安浔开了门，见他笔直地站在门口，身后不远处还站着郭秘书。郭秘书见到她，微笑着鞠躬行礼。

"安浔。"司羽凝视着她，叫着她的名字。

"嗯？"安浔看着他，"是忘了什么东西了吗？"

"安浔，"司羽又叫了一声，似乎很喜欢喊她的名字，"跟我去英国。"

安浔愣在门口，同时愣怔住的还有郭秘书。安浔顿了半天，有点为难道："你给我的时间太短了，我还没开始想。"

他笑："我不是来要答案的，只是你一个人在这儿我不放心。"

"我成年了。"安浔好笑地说，"这是我家。"

司羽点头，看了看不高的院墙和红色木门："是啊，小偷能随便进来的家。"安浔这才猛然意识到，只有自己一个人的夜晚会很恐怖……

司羽很满意她的反应，瞅准时机再次问："所以，跟我一起去英国怎么样？"

郭秘书在他身后站着，心里腹诽着：羽少爷这坠入爱河坠得有点狠啊，非得把安小姐贴身带着才安心吗？

安浔最终决定离开汀南，随便收拾了行李便和司羽一起去了机场。她在开学之前需要处理好春江的事，总归要去易家道歉的。回春江去退婚这个理由，让司羽欣然接受，放她离去也痛快了不少。安浔本是想开车回去，可是她前一晚没睡，司羽怕她疲劳驾驶便吩咐人给她订了和大川他们一趟的航班。

汀南到春江的航班要比司羽的早一个小时。走的时候，赵静雅恋恋不舍，那神情哀怨凄婉得像是要与司羽生离死别，关键是另一个当事人像是没看见一样。安浔从安检到进入登机通道这期间，只回头对司羽说了声"再见"，便神色自若地走了。

郭秘书再看了眼一步三回头的赵小姐，觉得这姑娘也还行吧，起码比安小姐对羽少爷热情很多，只是这羽少爷不吃她那套，竟然喜欢对自己爱答不理的安小姐。

春江的天气一点儿都不像它的名字一样听起来温暖，汀南可以穿短裤背心之际，春江还在下着雪。

安非眼神也是毒辣，安浔用大衣围巾将自己包裹得只剩下两只眼睛他也能立刻认出来。

大川把安浔送上安非的车，立刻拿出手机给司羽汇报任务完成情况。

回到家后，安妈妈一见安浔便拉过来左瞧右瞧着仔细检查一番，生怕有点损伤。安妈妈一看安浔还是那个如花似玉完好无损的安浔终于放下了心："小安浔，下次再离家出走，带着我，路上还能给你做个饭啥的。折腾这几天看着瘦了些。"

"妈，那我怎么办？"安非在一旁问道。

"小女朋友那么多，哪个不能给你做饭？"安妈妈说完，安非便在安爸爸扫过来的冷厉眼神中跑开了。

安爸爸摇头："少年人，胡闹。"

第二天下午的时候，安浔跟着爸妈去了易家道歉。易白父母虽还有些生气，但他们与安家这么多年的交情也不好说什么重话，何况易妈妈本就喜欢安浔，顺势安家就把解除婚约的事谈了。闹成这样易家早有心理准备，同意得也算果断。

直到他们准备离去，易妈妈忍不住说道："安浔啊，虽然我非常不理解你为什么会看不上我如此优秀的儿子，但我依旧尊重你的决定。"

安爸爸忙说："是安浔没福气。"

安浔撇撇嘴，刚准备说话，易白回来了。安浔一行三人都已经穿好衣服走到门口了，易白见到他们很意外，忙欠身对安浔父母打招呼。

他随即看向安浔，表情冷冷淡淡的："舍得回来了？那个司羽呢？哦，应该说沈洲的小沈先生。"

安浔没说话，易妈妈先生气了："这孩子怎么说话呢？什么语气？"

安教授看向安浔："小沈先生是谁？"

"一个朋友。"安浔将围巾围好开门准备离开。

易白伸手拦了下:"安浔,谈谈。"

书房里阿姨正拿着鸡毛掸子扫灰,见易白带着安浔进来,忙开门离开。

"你是来解除婚约的?"易白开门见山。

安浔轻点了下头。

"听说有别的女孩找过你?"易白突然说。

安浔没懂,反应半晌才明白他说的是订婚前他前女友或者前前女友找她的事。她都快忘了,那女孩说自己是易白的未婚妻,因为易家、安家的家族联姻易白没办法娶她,哭哭啼啼地说自己怀了易白的孩子请安浔成全。

易白见她默认,解释道:"我和她只是逢场作戏,年轻人的游戏罢了,你要是不高兴,我不会再和她联系。"

安浔诧异地看着他,觉得他没有解释的必要,此事与自己无关,自己解除婚约也不是威胁他与那女孩分手。安浔顿感头疼,和他说不通,两个人在一些事情的认识上不在一个频道上。

她尽量心平气和地说道:"我并没有不高兴,只是当时觉得自己有点可笑,而让我变得可笑的是你混乱的行为。当然最重要的是,我并没有伤心或者生气之类的情绪,丝毫没有,所以我走了。不知道我表达明白了没有?"

易白面无表情地看着她,当然明白了,意思就是她对自己没有丝毫的喜欢。好半晌两人都没有再说话,安浔以为谈完了:"他们还在等我,我走了。"

"我听说了,向阳推海里的那辆车上全是沈家收藏的你的画。"易白斜靠在书架上,看向已经走到门口的安浔。

安浔嘴上随意"嗯"着,心里想着不知道那向阳有没有回来,会不会现在还在海里捞合同呢?

易白接着说:"向阳跟我说,沈家索赔两千多万。"

安浔点头,理所当然地道:"差不多值这个钱。"

易白看着安浔,慢慢开口,意味深长:"向阳还说,沈家那边让把钱直接给你。"安浔微愣。易白看着她的神情，压低了声音："所以你逃婚的主要原因不是陈音儿，而是沈司羽？你们早就认识？"

易白觉得自己头上有点绿，这感觉极差，很恼人。

安浔想说当然不是因为沈司羽，但或许，这场逃婚最大的收获，是沈司羽，脑中百转千回，嘴上却言简意赅："不认识，刚认识。"

易白细细观察着安浔的表情，信了她的说辞，没被绿，但也无法再用自己只是来晚了来安慰自己，沈司羽来得更晚。

回程路上，安妈妈见安浔一直不说话，担心易白在书房和她说了什么不好听的话，犹豫地问道："安浔，你这想什么呢？跟我说说？"

安浔抬眼看向安妈妈，见她满脸关切，便将脑袋抵在她肩膀上，蹭了蹭，撒娇道："他故意的！"

故意让两人有钱财上的牵扯，故意逼她打电话给他。

安妈妈愣在旁边，什么故意的？谁故意的？这孩子怎么突然撒起娇来了？

向家来人的时候，安教授刚从学校回来，看到自家小区门口停的一辆豪车时嘟囔了句"怎么乱停车"。

因为是高档小区，门口保安尽责又热情，见他立刻说道："安教授，你家里来客人了，前面那几个人就是找你家安浔的。"

安教授顺着他指的方向看过去，只见一位和自己年龄差不多的中年男人在楼门口按着门铃，身后还跟着两个拿公文包的人。安教授走过去问他们找谁，为首的向阳父亲说来找二楼的安浔。安教授猜想或许是求画的："你们有什么事？我是她的父亲。"

向父一听，立刻拿出包里的支票递给他，嘴里客气地说着"请收下"，什么"多有得罪，请多担待"之类的话。安教授看了眼支票上的数目，吓了一跳，忙推回去："这么多钱是什么意思？"

向父哪里肯接："安教授，您千万别还回来，以后还请您在沈家面前多替我美言几句。沈家有了您这样的得力干将也是如虎添翼，希望我和沈洲能一直合作下去。"

安教授根本没有说话的机会，也听不太懂这人在说什么，只是一直想把支票还回去。向父觉得这是花钱消灾，说什么也不要，说了句"告辞"就带着人转头就走。

于是，安教授莫名其妙地拿着两千多万的现金支票上了楼。这已经是他第二次听到别人在他面前提到沈洲了。

"姑娘，刚才在楼下有人给了我一张支票，怎么回事？"安教授将支票放到安浔面前的茶几上。

"说明爸您受贿了呗！"安浔看都没看。

"谁能为了当我的博士生给我两千多万？"安教授点了点支票上的额度。

安浔笑，以为他看错了："您戴上老花镜再仔细瞧瞧。"话音一落，安浔突然想起易白的话，她"哦"了一声，道："有人欠我一个朋友的钱，他让我帮忙代收一下。"

"姓沈的朋友吗？"安教授问。

"您怎么知道？"安浔说着看向一旁的安非。

安非一脸无辜，为表清白，赶紧跟了一句："对呀，您怎么知道？"

安教授"老奸巨猾"地"哼"了一声："什么时候带回家看看啊？"什么朋友会让人代收两千多万的支票？这么多钱，亲人之间都会想一想呢。

"带谁啊？"安浔又瞪向安非。

安非继续委屈，再次为表清白，说道："爸，带谁回家看看啊？"

"你这次去汀南没见到他吗？就是你姐逃婚去找的那个人。"安教授继续挖坑，果不其然安非中招了。

"沈司羽啊？"安非顺口说了出来，说完才惊觉自己说漏了嘴，连忙捂住，惊慌地看向安浔。安浔"呵呵"两声，对安非的智商深表担忧。

安非在安浔报复之前撒丫子就跑。

安浔耐心地诚恳地一遍一遍地对安教授解释，她没劈腿没出轨，最终，安教授勉勉强强信了她。

安浔在学校开学前给教授写了封邮件，说自己要出去写生准备毕业作品，教授欣然应允她不用回学校报道。然而安浔所谓的写生，就是窝在沙发上把那张支票看穿，看了两天。

安教授都怕安浔看成斗鸡眼了，说："安浔啊，我听安非说了。"这话一说完，不用安浔瞪他，安非便飞一般地开门跑出去了。

"之前觉得易家就够大门大户的了，没承想，你却相中了豪门大户。咱家世代都是学者，家风淳朴，不比沈家，商贾之家，人心复杂。"安浔"嗯"了一声，这些她不是没想过。

谁知安教授话锋一转："那些富庶人家的子弟通常都很纨绔难训，但沈家的家教，我也是有所耳闻的，把你交给沈家的孩子我想我会放心。"

安浔笑道："爸，您这说得像我要嫁人似的。"

安教授也笑道："有感而发。"

安浔犹豫着说："沈司羽好像很喜欢我。"

安教授一副理所当然的样子，内心觉得没人不喜欢他闺女。

安浔继续道："但是我不确定他的喜欢会维持多久，他看起来……"经验十足，一双桃花眼含情脉脉，乱人心绪的话说来就来，追人的手段高超得让人不安。

安教授摆摆手："年轻人嘛，别考虑太多，你这个年龄就应该随心所欲些。成固然好，不成也是一段经历。"

安浔无语地看着他爸："人都怕自己家女儿被渣男坑了，您是恐怕没渣男坑我是不是？"

安教授瞪她："我这是相信你的眼光。你又不是安非那个没头脑的，你也会保护自己，爸爸对你很放心。"

躲在门口的安非，听到最后几句话，下意识地捂住胸口：亲生的和陪嫁过来的果然不一样。

安浔点头，随即又问："爸您其实是想让我嫁入豪门吧？从此光宗耀祖，庇佑子孙。"

安教授真想打她："你赶紧走吧，回学校、去汀南去哪儿都行，离我远点就行。"

"日本呢？"

"行。"

谈话至此，安浔如释重负地笑了。她决定，大胆些，也觉得，沈司羽可信。

第二天安非送她到机场，送她登机时还不忘调侃："祝你追爱成功。"

安浔瞥他一眼，不满道："请不要用'追爱'这个词，我只是去那边逛一逛。"

安非才不信："人家追你的时候你端着，结果还不是屁颠屁颠地送上门。折腾个什么劲儿啊。"

"我乐意。"安浔不再理他，转身走进通道。

安浔到达东京成田机场的时候刚到晌午，可一等行李就等到了午后。最终，机场工作人员来告知她，行李暂时找不到了，要她留个电话号码等电话。安浔这才发现自己连手机都没有了，手机关机后直接让她塞到了行李箱里，身上的背包只有证件和银行卡。于是她只好临时在机场买了新手机，换了日本号码留给他们。

司羽暂时联系不上，安浔有点后悔当时没加个微信。出师不利，好在身上有银行卡不至于走投无路，安浔打车到达东京大学赤门的时候，天已黄昏。安浔向一位东京大学的学生询问医学部的方位，那同学很热心，直接把她带到了医学部大楼门前。然而，楼太大了，安浔根本不知道上哪儿去找，而且没有门卡她也进不去。

东京比春江还要冷上几分，在汀南待了几天后，她便有点不太适应这种冷硬的天气了，刚站了一会儿就觉得冷得透心凉。好在没多久就有个女生从楼里出来，安浔迎上去，用英语问她认不认识一个叫沈司羽的心外科研究生。

那女生双手插在大衣口袋里，一头利落的短发，眉宇间有种女性少有的英气，偏偏又长了张秀气的脸，只是冷冷淡淡没什么表情。她上下打量了一下安浔，用英语回答："认识。"

安浔其实没抱多大希望，听她这么说心中惊喜了一下："能否帮我找一下他？谢谢。"

"我不知道他在哪儿。"那女生一直很冷淡，谈不上没礼貌，可能是性格使然。

"那你知道他的电话号码吗？"安浔觉得自己挺诚恳的，应该不像不怀好意之人。

那女生刚才还不太确定安浔是不是那些追求司羽的女同学，当她要电话的这一刻，便确定了，认识的人怎么会没有手机号？她态度变得更加冷淡："不好意思，我也没有。"

安浔看出她的厌烦，点了下头："OK，请稍等一下。"

女生显然不太想等，但安浔很快拿出随行那个小包里的纸笔写了一行号码，在下面签了名字后递给她："见到他让他给我打电话好吗？"

那女生看了眼被塞到手里的纸条，皱眉，抬头刚想说话，只见安浔已经走远。女生心道：莫名其妙的女人！她看了看手中对折的纸条，忍不住打开看了一下，上面是一行电话号码，下面是中文的签名——安浔。

竟然是中国人。

"嗨，欣然学姐，我来找司羽，他下课了吗？"突然一只大手拍在她的肩膀上。

陆欣然被吓了一跳，回头见是大川，说道："今天怎么都找司羽，他没在。"

"干吗去了？"

"不是说回英国了吗？听教授说有事请了假，明天能到。"陆欣然说着，将安浔的纸条随手夹到书里。

"你刚才说谁还找司羽了？"大川看了看越走越远的一个女生背影，觉得有点像安浔。

"女人。"

"那正常，找他的女人就没少过。"说着他再次看向远处，已经不见了那个背影。他觉得自己可能是看错了，安浔怎么可能会来？

安浔在东京大学附近找了间酒店办理了入住，随后吃饭、洗澡、睡觉，几个小时过去了，新买的手机没有一点儿响动。

她躺在床上举着手机："短发的姐姐，你靠不靠谱呀……"没想话音一落手机便是猛然一振，安浔也跟着一震，点开一看，是安非发来的信息。

"收到。"是回复之前安浔发信息说换号的事。安浔无语，想给他拉黑。

第二天，做了攻略后，安浔在现代美术馆和西洋美术馆两个场馆逛了一天，期间电话只响过一次，是家里打过来询问她日本之行的情况的。安浔说什么都好，还没找到沈司羽的事压根没敢告诉他们。

黄昏的时候，安浔接到了机场的电话，他们道歉说行李确实丢了，让安浔去办理赔偿。安浔很生气，因为这样她的情况完全处于被动了，如果司羽一直不打电话来，她这趟岂不是白来了。

安浔从机场回到酒店，手机依旧安安静静的，没有丝毫动静。如果这是在她画画时，她会很喜欢它的安静。睡前，安浔决定，如果明天他还不来电话，她就去看富士山。

司羽回来这天正好是周末，大川组织了留学生元旦归校后的第一次聚会，在根津的乐翠餐厅，一家中华料理店，这里几乎快成了中国留学生的大本营。

司羽一下飞机就被大川的连环 call 给叫了来，他还大言不惭地说这是为司羽接风洗尘。七八个人，男生居多，包下二楼围栏后的大桌。这是他们的老位置，空间宽敞，视野开阔。

司羽最后一个到，进门与老板打招呼之际，依稀想起老板好像是江南人，便停在柜台前，破天荒主动闲聊起来："华老板，我前两天去江南了。"

"哟，旅游去了？还是老样子吗？"老板说完自己便笑了，"你瞧我，你以前又没去过，怎么知道变没变样。"

"很美，"司羽笑说，"特别特别美。"

"是啊，江南风景确实挺美。"老板感叹着，"我也该回去看看了。"

"人也很美。"司羽接了一句。

老板还想与他聊一会儿，可是楼上的同学看到了司羽，招呼他赶紧上去。司羽抱歉地对老板笑笑，上了楼。

大川见到他，调侃道："每次见你，每次都帅我一脸。"

司羽不理他，礼貌地与别人打着招呼，然后坐到陆欣然旁边唯一的一个空座上。

"怎么才回来？"大川递给他一杯水。

"有点事。"私事，他并不想多谈。

陆欣然倒了杯水给他，轻声说道："你刚下飞机挺累的，我说今天就别聚了，大川不听，非说你们年轻，铁打的身体不怕折腾。"

几个同学意味深长地交换着眼神，随即调侃："也就沈司羽能让欣然学姐说这么多话。"

众人起哄，陆欣然笑骂他们之时，偷偷瞥了司羽几眼。他像是没听到似的，对这种玩笑从来没任何表态，让她探究不得丝毫。

一顿饭吃得热火朝天，异国他乡里同胞见面都显得特别亲。众人天南地北地聊着，只有司羽，一如既往的话少，甚至比以前还沉默。

大川坐在他另一边，忍不住推了推他，抱怨道："怎么老看手机啊？"

对面的人立刻拿起司羽放到桌边的手机，大声说："没收，没收了啊，大家好不容易聚一次，怎么还没手机来得吸引人？"说话间无意触亮屏幕，这一看不打紧，那人诧异地看了看司羽："沈司羽你还追星？没听说过啊。"

这么一说，一圈的人全好奇地凑过去，都想看看到底是哪个女明星能让医学部男神沈司羽刮目相看，还拿来当手机屏保。

屏幕上的人是一位穿着蓝色长裙的长发女生，她一手挡着阳光，一手抓着胡乱飞舞的头发，看过来的眸子微微弯着，嘴角噙着一丝清淡的笑意。女孩头顶是湛蓝的天空，万里无云，身后是红色大门，颜色艳丽，脚踩金黄沙地。这图片的构图和色彩搭配都非常美，再加上漂亮的主角，谁都以为是哪个女明星的写真，或者是哪位女网红。

众人好奇，交换了一下信息，确实都不认识，手机突然传到陆欣然面前："学姐你认识吗？"

陆欣然完全不感兴趣，没去接手机，只说："说不定是哪个软件带的屏保。"认识司羽几年了，她还是挺了解他的。他从不去关注什么女明星女网红，他也绝对不是一个肤浅的只注重外表的男人。

听她这么说，司羽笑笑，也不说话。大家见他的反应，都是一阵失望，还以为沈公子开窍了，原来是自带屏保。

"拿来我看看，我从小就追星，肯定认识。"大川往嘴里塞了口肉后，从别人手里抢过手机，一看，立刻说，"咦？这不是安浔吗？"

众人一听他真的认识，再次七嘴八舌地问起来。大川的神情突然变得意味深长，故意撞了撞司羽的胳膊。司羽抬眼看他，大川立刻做出决不乱说的手势。他俩越是这样，众人越是好奇。要知道，他们认识的女生，大多数都暗恋着司羽，小部分明恋。所以对于沈司羽的归属问题，每个人都好奇得要死。而陆欣然，听到这个名字时便愣了愣，出人意料地从大川手里抢过手机，低头看去。

是她——那个给她纸条的女孩！

"哎哟，学姐，这干吗呀？"大川惊讶高冷的陆欣然怎么突然这么激动，而让他更惊讶的是她接下去说的话。

她看了半晌，突然说："我前天见过她，在医学部楼前。"

司羽猛然看向她，神情诧异，或者也可以说是满脸的不可置信。

大川大手一摆："怎么可能，她在佛罗伦萨，佛罗伦萨知道吗？意大利，天南海北的，学姐你一定看错了，我之前也看错过。"

陆欣然见沈司羽的神色，心下一沉，也希望自己弄错了。

司羽紧盯着她，他确定他从陆欣然脸上没有发现任何玩笑的成分。再开口时，嗓音都有些紧，他说："你确定见到的是她？"

陆欣然还是第一次见沈司羽这么郑重其事，这么紧张，似乎这也是他第一次这么认真地看自己——目不转睛。她扯了扯嘴角，尽量让自己笑得自然些："应该没错。"顿了顿，她继续说："她来找你，似乎在门前等了很久。"

司羽当时的表情，陆欣然记了很多年，那种说不上是欣喜还是心疼的神情，或者二者都有。他连说话的声音都不自觉的温柔了许多，轻声问："她说了什么？"

陆欣然在回答他问话的这一瞬间犹豫了，虽然她一直觉得自己是个正直的问心无愧的人，但那犹豫的一秒，足以让她羞愧很久。她轻咳一声，回答："她留了电话号码给你，说让你联系她，我以为她是那些……"她没说大家也都明白了，她以为安浔是那些经常给司羽造成困扰的女孩。

"纸条我放在了宿舍，晚上回去拿给你。"陆欣然觉得她完全可以说弄丢了，但是她的骄傲不允许她这样做，即使她心里十分不情愿给他。

没想司羽却说："现在回去拿好吗？我跟你一起去。"陆欣然一愣，诧异地看向他。

"安浔的电话？我有啊，你怎么会没有？"大川不理解他们怎么为了一个手机号就要离席，说着就去翻找手机。

"打过了，一直关机。"司羽说，"打了两天了。"

"啊？"大川看着自己翻出来的号码，"关机了？"

"学姐……"司羽看向陆欣然。

他刚一开口，还没说完，便见陆欣然猛然站起身，对司羽说："我回去找，是我的错，我应该给你带来的。"实际上，她压根没把这事当回事，因为司羽收到那些女同学的电话号码、E-mail 或者各种社交账号时，看都不看一眼的。

气氛有点尴尬了，见此情形，有人圆场："别啊，也不差这一会儿，是吧司羽？怎么也得让学姐吃完饭，吃完再找。"

其他人附和："是啊是啊，学姐早早从研究室过来等你，到现在饭都没吃几口呢。"

司羽并没有像他们以为的那样点头应允。他站起身，说道："我很抱歉，欣然学姐，过后我再请你吃饭如何？"虽然他的用词像是在商量，可他的姿态神情完全是不可商量的样子。

陆欣然一句话没说，拿起大衣和包起身就走。她并不是生气，若别人有这样的要求她不会有丝毫不快，毕竟是自己的失误。可是司羽，他有多在意那个电话号码，她就有多介意他的在意。

司羽从座位上走出来："抱歉各位，我需要先走，这次我请。"

"去吧去吧，快去快回，我们先打会儿扑克，等你们来了再一起吃。"大川笑呵呵地缓和着稍显冷淡的氛围。

留下的人目送他们走下楼梯，心里不免都偷偷想着，司羽这么在意一件事还是头一遭。而就在此时，餐厅大门被人从外面推开，门上的铃铛叮当响起十分悦耳，一个穿着咖啡色大衣的长发女孩走了进来，门口穿着旗袍的服务生用日语和中文各说了遍欢迎光临。

"哟，美女。"楼上不知道谁看到后嘟囔了句。

"哪儿呢？"大川扭头去找。

楼下的女孩对那服务员笑笑："说中文就好。"

服务生引着女孩向里面走，问她几位，有什么想吃的，她说只要不是寿司什么都行。服务生被她逗笑："我也吃够了寿司。"

"近期我都不想听到这个词。"安浔哭笑着摇头。

"好的，我不会再提寿司了。"

"你刚刚又说了一遍。"安浔说着跟上服务生准备走上楼梯，结果，窄小的楼梯，一上一下，狭路相逢。

二楼的大川此时也顺着同伴指的方向看过来，认清来人，猛然喊道："安浔！"

走在前面的陆欣然最先发现安浔，她顿在楼梯上。引着安浔上楼的服务生看到有人下来，忙后退下去闪到一边。安浔面前没了阻挡，一眼便看到了楼梯上的人。

那个短发秀气的姐姐胳膊上搭着大衣，停在楼梯中间有点惊讶地看着安浔，她的身后是跟着下来的司羽。

他见陆欣然停住，开口想询问时，便看到了楼梯尽头站着的安浔。

恍惚间，他觉得她竟不像是真实的。就像第一次在江南见面，她站在开满百日红的庭院中，迎着夕阳光着脚冲他笑。那时候，他以为自己是在梦中，现在亦是如此。

安浔见到司羽，神色如常，没有陆欣然以为的欣喜若狂，她就那样神态自若地站在那儿，微微勾起一丝淡淡的笑意，声音也是清淡的，说："好巧啊，沈司羽。"

而司羽，微不可察地愣怔后忙从陆欣然与楼梯扶手之间的缝隙中挤过去。陆欣然被他撞得轻晃了一下，恍惚看着他三两步走下楼梯，站定在那个见到他还能若无其事的女人面前。

楼梯上方的陆欣然看不清司羽的神情，只是好半晌才听到他的声音传来，那样缓慢、温和又小心翼翼，仿佛稍微大声就能惊醒这场美梦似的。他说："是啊，安浔，好巧。"

然后两人一时都没再说话，安浔看着他，表情逐渐变得委屈，又稍纵即逝。司羽动了动手指，想牵她的手，或者拥抱，这时听她说："我来这里写生。"

司羽没再下一步动作："只是写生？"

安浔没回答他的问话，而是抬头对一直冲她挥手的大川笑了笑。司羽回头看了眼大川，发现二楼的同伴全都瞪大了眼睛看着两人。大川招呼他们："你们别站着了，上来啊。安浔，你还没吃饭吧？一起啊一起啊。"

司羽询问似的看向安浔，安浔似有犹豫。但楼上的人已经招呼服务生加椅子了，她又见大川满脸的期待，拒绝的话没说出来。

椅子加在了司羽和大川之间，刚向服务生要来的扑克也没人玩了，全都大眼瞪小眼地看着安浔。安浔觉得他们的表情整齐又好笑，忍不住轻扯了一下嘴角。

其中一个男同学回过神，说道："刚才还在手机里，转眼就到眼前了，沈司羽，介绍一下啊。"

司羽拿了筷子摆在安浔面前的碟子上，看了看她，这才转头介绍道："这是安浔。安浔，他们是我的同学。"

"你们好。"安浔打招呼，然后歪头看向陆欣然，"又见面了。"

陆欣然没想到她还记得自己，冲她笑笑："我非常抱歉，还没有把你的号码带给司羽。"

安浔看了下司羽，随口说了句："这样啊。"

其他人见他们开始闲聊，不高兴了，忙说："别啊，这就介绍完了？普通朋友介绍也没这么敷衍的。"

"对啊对啊。"就连大川都跟着附和。

司羽噙着笑意，扫了圈周围这些满脸好奇的人："不然呢？"他似乎心情极好，跟刚才下楼之前相比简直判若两人。

"你说呢？你知道我们要听什么。"有人急道。

手机里存着人家姑娘的照片，为了要电话号码都不让陆欣然把饭吃完，见到她整个眼神都不对了，他们觉得，两人的关系绝对不简单。

"就……普通朋友啊。"一直没怎么说话的女主角突然开口。

不只是别人，就连司羽也怔了一下，他挑挑眉梢看向她，她却端着杯子慢悠悠地喝着水，连个眼神也没回应。

众人见从他们那里问不出什么，全都看向大川，大川用嘴形无声地说："不要信他们是普通朋友。"

见此情形，其中一个男同学故意大声道："安小姐，请问我可以追求你吗？"

安浔没说话，知道他在开玩笑，其实也不觉得好笑，这人挺……冒犯人的，司羽不满地看向那个男同学，代安浔回答："不可以。"

"为什么？"

司羽把手中的水杯轻轻一放，不爽的样子再明显不过："我在追。"

这话无疑就是他们想听到的。有人起哄，有人夸张地捂住心口。只有当事人最镇定，她竟然问："什么时候？"

司羽气笑："你不知道？"

安浔一脸无辜地道："你没说啊。"

"我以为自己表现得足够明显了。"司羽无奈。

"哦，我以为我想多了。"安浔无辜。

旁边听他们说话的人刚开始还是安安静静的，结果越听越觉得有意思，一个，两个，三个……全都忍不住笑起来，不免感叹，沈司羽竟然也有今天。

"哎，不是，不是，能听我说一句吗？"大川举手，满脸疑问，"那啥，你俩不是早好了吗？"

服务生送菜过来，司羽接过服务生递过来的甜点放到安浔面前，安浔接过别人递过来的勺子，两人很有默契地谁都没看大川一眼，看起来并不准备理他。

大川挠挠头嘀咕说："汀南那会儿你们成宿成宿待一起，难道是在谈心聊天……"

司羽忽略因为大川的那句话而变得有点暧昧的气氛，低着头夹了块鱼细心地挑着鱼刺。安浔看了眼沉默的司羽，对大川解释道："那是在画画。"

"那锁门干什么？"大川说完，觉得自己说得有点多，在众人期待的眼神下尴尬一笑，对安浔使了使眼色，意思是：我懂我懂，我不说。

安浔觉得大川应该能和安非成为好朋友，因为他们有着一样的属性——有种自作聪明的笨。

司羽继续剔着鱼刺，并不对此做任何解释。

陆欣然隔着司羽，看向安浔，看她小口吃着东西，看她轻轻地和大川说话，看她微微勾起的嘴角，看着看着，似乎懂了，懂了这么多女孩为什么最终是她。

气质干净，笑容柔和，话不多，但每次说话时莹亮的眼睛都特别美，有种说不上来的风情，很勾人。司羽似乎也发现了这点，每次她说话，他都会抬头细细地看着她。

安浔察觉到陆欣然的目光，再次歪头看向她。安浔还没说话，就见司羽将挑好刺的鱼肉放到她的盘子里，双手摆正了她歪着的脑袋："吃点鱼。"

安浔似乎不太想理他，坐下之后也没和他说什么话，此刻看了眼鱼，冷冷淡淡地说："不爱吃。"

司羽并没有任何的不高兴，问她："安浔，你是因为找不到我在生我的气吗？"安浔没说话，戳了下那块白白净净的鱼肉，发现剔得特别干净。

司羽将盘子撤开些："不喜欢吃就不吃了。"说着，他一手拽起安浔，一手拿了大衣："你想吃什么我陪你去好不好？"

安浔被他牵出座位。她倒是没拒绝，还不忘礼貌地致歉："抱歉，打扰你们了。"

"没事没事。"众人嘴上说着没事，其实对没热闹可看还挺失望的。

"先走了。"司羽丝毫没有停顿地拽着安浔下了楼梯走出乐翠餐厅。

关门的叮当声未落，众人就讨论开了。大川成了焦点，被威胁着把知道的速速道来。陆欣然坐在那里看着他们的笑闹，觉得孤独又难过。

外面已是日暮黄昏，安浔还记得她来找司羽的那天，东京大学也是笼罩在这样的天色下，天气也是一样的，冷得生硬。

"你想吃什么？"司羽拢了拢她的大衣。

安浔摇摇头，说道："我在山梨县订了酒店，今天晚上就要过去，再去吃东西可能来不及了。"

似乎觉察到气温太低了，他伸手将她敞着的大衣扣子一颗一颗地扣上，问："要去看富士山？"

"嗯。"安浔乖乖等他扣好后，伸手又把扣子解开，这个款式的系扣太老土了。

"然后呢？"司羽站在她面前，居高临下地看着她。

"然后回意大利。"安浔说。

司羽也不急，其实他挺高兴，因为安浔会跟他要脾气了，不再对自己疏离又防备。他想继续给她系扣子："听说你留电话给我了。"

安浔顿了顿："……哦，我那是要给你钱，向阳他爸送到我那儿了。"

司羽没再说话，沉了眸子看了她一会儿，随后掏出手机拨了个电话："学长，车借我一下……嗯，对，陪安浔……用两天吧，去富士山。"

安浔问道："你明天不上课吗？"

"我可以继续请假。"司羽说完，抬手摸了摸她的头发，"可以陪你吗？"

明明已经打完了电话，现在又问可不可以。安浔想要探究他那句"可以继续请假"是什么意思时，司羽再次开口道："其实我也在生自己的气，安浔，我生气自己竟然没找到你。"

安浔心想，是该生气的，自己一直在等他的电话，若不是这次碰到，自己会不会白跑一趟日本。当然她最主要的还是怪自己，为什么会把电话号码给一个女生，她忘了沈司羽有多勾女孩子喜欢，虽然陆欣然已经极力克制和掩饰，但女孩了解女孩，陆欣然的心思一目了然。

司羽打电话的那个学长就是刚刚在乐翠餐厅的其中一位。他不是自己一个人过来的，可能因为司羽和安浔的提早离席，众人也早早散场，一行人一起从餐厅走了出来，那个学长将车钥匙递给司羽："玩得开心些。"

"司羽，明天有课。"大川凑过来提醒。

司羽随口应着大川："会尽快回来的。"

"还要继续请假吗？"陆欣然突然问。

司羽点了下头，还没说话，安浔先开口："我订了车子，可以自己去。"说着她也不等司羽说什么便与众人道别，然后转身朝着另一方向走去。

几人看向司羽，心想：这就完了？各走各的？

司羽晃了下钥匙对学长说："谢了。"随即几步追上安浔，将她转了过来正对着自己，再次伸手将她的大衣扣子扣上，警告道："安浔你再解开试试。"

安浔看着他，没动。

他转头对陆欣然说："我会给教授打电话。"说完，他也不管安浔愿不愿意，牵起她的手带着她走进一旁的小道，安浔不太情愿地被他拉着离开众人的视线。

有人啧啧称奇："原来沈司羽喜欢这个调调的。"

"什么调调？"

"对他爱答不理的呗。"

"沈司羽有点黏人啊。"要不是亲眼见到还真不敢相信。

某个男同学抬脚离开，摆摆手："狗粮真好吃。"

另一个跟上他："你都吃什么牌子的？"

"走啦，欣然学姐。"

第五章

时光若止

司羽极其熟悉这边的地形，窄小的街道两边有几家居酒屋，人不多，也很安静，后来又拐了个弯，安浔被他带进人烟稀少又昏暗的一条小道。

他停在一家关着门的店面门口，转手将安浔拽到灭掉的灯箱后。安浔全程一句话没说，背靠在寿司店的木墙上，看着司羽将手抵在她耳侧的墙上，将她困在他的范围内。

司羽居高临下地微低头看着她，在寒冷的东京街头小巷，他的声音低沉："终于没有人了，安浔。"

安浔始终一动不动地被他圈在这一方小天地中。

"你来了，真好。"他说话间呼出的白气在路灯下汇聚，慢慢消散。

安浔看清他眼中闪动的光芒，心下微动，只听他又说："你知道本想等一个电话，却等来整个人的感觉吗？"

安浔的心跳因为他的这句话加速，变得激烈，还是轻易能被他影响。安浔不再回避他的视线，她无法对这种眼神这样的话语无动于衷，天寒地冻中那放在身侧的手心竟然生出了薄汗。

"欣喜若狂。"他将脸埋在安浔的肩头，把剩下的话说完，然后深吸一口气，闻着她身上的味道，似乎笑了一下，"我无法相信自己会变成这样。"

安浔伸手轻轻推着他。他岿然不动，见她还是不太想理自己的样子，聪明如他，试探地问："你不喜欢我和陆欣然说话是吗？"

安浔被猜中心思，第一反应是否认："你想多了，我就是来给你送钱的，向阳他爸把支票送到我家了。"

因为天色昏沉，街边的路灯早早亮了起来。即使这样，司羽的神色也依旧是模糊不清的，安浔只觉得他沉默一下后便抓起了她的手，拇指在她的手背上摩挲着，黑眸深深地看着她，像有惊涛骇浪划过，又似幽深的湖面宁静一片。又静了半晌，他才道："你来日本干什么？你再说一遍。"

"送钱。"安浔的声音低了很多。

"呵……"司羽突然笑了一下。安浔刚想要开口问他笑什么，便感觉到他突然压过来，有些凉的手捧住她的脸，有些凉的唇吻住她的唇。他比以往任何一次都要肆无忌惮，安浔想侧头却无法摆脱他的钳制。

唇是凉的，舌却是热的，安浔的防守太弱，他很容易长驱直入，道路尽头街边有人走过他都没有停下的意思。气温随着夜幕降临骤然降低许多，但两人之间的纠缠却是火热的，冷热交替中，竟有种别样的刺激。

安浔被放开时，气息都有些不稳了，但她依旧第一时间开口："就不能好好说话吗？"明明前一刻还在说话，却突然就亲了过来。

司羽将手收回裤袋里，退后了一步："为什么来日本？想好了再说。"

安浔那句"还钱"硬生生憋在嗓子眼里，最后也没有说出来。司羽见安浔沉默不语，终是有些无奈道："让你承认喜欢我有这么难吗？"

这个时间根津街头有很多学生，大多是东京大学的，安浔被司羽带离昏暗的小道回到了之前的繁华主街，默默地跟在他身后，只是这会儿不再像刚才那么被动。刚走上主街就有认识司羽的人远远和他打招呼，见到司羽牵着安浔，难免好奇地多看上几眼。

看起来，他在这里很有名，就像小时候篮球打得好的或者学习好的帅气男同学一般。

两人沉默地走了一段路，天色越来越暗。安浔发现路上的行人越来越少，直到看到不远处已经关门的根津美术馆。那是她之前来逛的地方，下午的时候，就在那个门前，她搜索了附近的中华餐厅，看到很多人推荐了刚才的乐翠餐厅，她就那样见到了他。

安浔正想着，突然就发现司羽不走了："怎么了？"

司羽没说话，将她的手从自己兜里拿出来，双手握住，像是给她暖手。他低头看着她，一双眼睛在昏暗的路灯下愈显漆黑。安浔笑问："迷路了？"

刚刚的问话安浔没回答，但司羽似乎不准备放过她："我以为你来日本是因为做了决定。"

他以为的都对，只是她等了他两天，又见到他和别的女生在一起，她突然就别扭了。她虽然知道不能怪他，但又觉得太招女孩喜欢这事，还得怪他。

"陆欣然是我同院的学姐，不是很熟。"司羽很聪明，分析过后就找出关键所在，安浔没问，他便主动解释。

安浔不想承认，但又觉得无法否认，最终只说了句："哦。"

司羽被气笑，掐了掐她的手指："安浔你很烦人。"

第一次说一个女孩子烦人，竟然是对自己喜欢的女孩说的。

山梨县还是要去的，不过两个多钟头的路程。车上安浔昏昏欲睡，脸颊不知道是不是冻的，一直带着红晕。司羽不太想让她睡觉，觉得随便说些什么都好，反正就是忍不住想撩撩她："安浔，你订了几个房间？"

"一个啊。"她睡眼惺忪地回答完突然反应过来，立刻瞪大了眼睛，"到了再开一间。"

司羽看她一眼："浪费钱。"

"不是有两千多万吗？"安浔瞥他一眼，"你让向家送那么多钱到我那儿，吓到我的家人了。"

司羽却没任何歉意，甚至有些得意："可是这个方法很有用不是吗？"非常有用，最直接的效果就是，安浔来了日本。

安浔不想说话。

能看到富士山的酒店本就非常难订，安浔和司羽去的时间又晚，结果真如司羽期盼的一样，没有房间了。

安浔并不担心和他孤男寡女共处一室，毕竟这不是第一次了。

"航空公司把我的行李弄丢了，"提到这事安浔便有些不高兴，前天跑超市刚配齐的日用品又都落在了东京的酒店，安浔轻叹口气，"我要去买东西。"

下午碰到司羽，一切计划就都乱了。酒店没退行李没拿，她头脑发热地就这样随他到了富士山。

司羽掏出钱包，说："让酒店的人去吧，你列个清单。"说着他抽出几张日币递给一位服务生，用日语说了几句话。

那服务生立刻拿出了纸笔交给了安浔，安浔接过，眼神却一直留在司羽刚合上的钱包上。司羽问她："怎么了？"

安浔眸光微闪，试探地问："你去了意大利？"

司羽手指慢慢摩挲了几下钱夹的锁扣，回答道："去了。"

去了佛罗伦萨，去了她的学校，可她的同学说，安浔请了假，不知道跑到哪个奇奇怪怪的地方写生去了。她经常这样，一去很久，不用找她，到时候她自然会回来。当时他再给她打电话，便打不通了。

他怎么能忍住不找她呢？说好给她时间，等她电话，结果还是不行。所以就算开学了，他也要飞去意大利看她一眼，没想到得到的却是她"人间蒸发"的消息。

拿钱的时候，安浔注意到他钱包里机票的票根，始发地佛罗伦萨这几个字母她再熟悉不过了。所以，这两天她找他时，他其实也在找她。

安浔突然就觉得自己挺坏的，好不容易见到了却故意不理他。安浔旋开笔尖低头去写所需要的物品清单，却写得心不在焉："今天回来的？"

"嗯，碰到你时刚下飞机没多久。"

司羽等她写完后，接过笔又在每一项的后面用日文标注了一遍。

安浔认真地看着他写字，虽看不懂，但也没移开视线，不知道是不是因为他写的，一个个日文看起来都那么可爱。

"我的那幅画在行李中吗？"司羽突然问。

安浔微愣，然后笑起来。司羽停下了笔，侧头看她，见她笑了，心里偷偷舒了口气，今天，她一直没怎么笑过。

安浔说："还在汀南的画室，难道我会带着随时随地看——吗？"

"现在有 3D 的，随你看，"司羽将写完的清单递给服务生，指了指自己，"摸也可以。"

服务生恭敬地拿着清单走了，另一位服务生拿了房卡送两人进了电梯。电梯关门时，安浔嘀咕："你就仗着他们听不懂中文。"

酒店房间很大，安浔进去后的第一件事就是看沙发柔不柔软。她拍着沙发对司羽道："你的床挺大的。"

司羽环臂轻笑，并不说话。

大大的落地窗映衬着外面街区闪烁的霓虹灯，但天气昏暗，无法看清远处的富士山。安浔趴在玻璃窗上，左右换着位置，一会儿跑这儿一会儿趴那儿："富士山在哪儿呢？我怎么看不到？"

"明天早上醒来你会看得一清二楚。"司羽将外套脱下来挂进柜子里，又走到窗边，帮安浔脱掉大衣。大衣上有她身上馨香的味道，司羽看着难得露出如此活泼一面的安浔，突然低声道："安浔，其实，床也很大。"

安浔背对着他，像是没听到一样，过了一会儿，突然说："司羽，从这里能看到你的车子。"

车子停在酒店门前，当然能看到。

"应该是你学长的车。"说着她回头看他，眼中满是戏谑，"真是可怜，落魄的留学生。"

司羽轻笑挑眉："落魄？"

"听说你之前在打工，体验生活吗？"安浔问。

"之前和家里闹僵被停了卡。"他言简意赅地解释。当时他也是有了脾气，把所有的卡都扔在国内，对父亲说没有他们自己一样可以活得很好。

即使那样，他也没有可怜，没有落魄，沈家的人，不会亏待自己。

安浔还是挺意外的，在她眼中，司羽应该是父母非常喜爱的那种孩子，有礼貌学习又好，于是疑惑地问："为什么？"

司羽说："大学本来学的是金融，上了两年改学了医学，家里不同意，不过见我坚持也就随我去了，只说就算学医毕业了也得回公司帮哥哥。但毕业后我又继续读了研究生，父亲便大发雷霆，停了我的卡，逼我回去。"

"为什么非要学医？"安浔很意外，她觉得像司羽这样的性格是不会有叛逆期的。

司羽坐在沙发上，用遥控器打开了电视，沉默了一会儿才说："为了给人治病。"

一时间让人挑不出毛病的回答，但又跟没说一样，安浔看着他："你这算是叛逆吗？"

司羽反问："你没叛逆过吗？书香世家的小女孩，不会从小就循规蹈矩吧？接过吻吗？"

本来很和谐的谈话，他却三两句给带偏了。他就是个在别人面前彬彬有礼没人的时候暴露本性的人，问话如此大胆，为人这样的"道貌岸然"。安浔本不想理他，又咽不下这口气，翻着眼皮看他："你以为谁都像你一样，随随便便就亲人。"

就他会撩，谁还不会反抗咋地。

司羽反倒听出话里另一层意思，眉眼一弯，难得笑得如此灿烂："那就是没有过。"

安浔转头不说话，心下生闷气，还是别反抗了。

司羽慢慢收了笑意，语气郑重了些："安浔，今天你生我的气，我很高兴。"

他没再说什么，他想安浔懂。

安浔看着窗外的景色，没有回头，玻璃上却映照出女孩偷偷翘起的嘴角。

突兀的敲门声让室内陡然上升的暧昧气氛消散了些，是服务生来送东西。换洗的内衣裤和护肤水乳，安浔检查了一下道了谢。

司羽给服务生小费之际，安浔拿了东西进了浴室。

服务生知趣地离开。司羽关了门，回身时，就听到浴室里传来了水声，声音不大，哗哗啦啦的。司羽停了脚步，靠在浴室门外的墙上，仰着头看着不远处泛着暖黄色光芒的灯，想着，应该换酒店的，换有房间的酒店，一人一间，那样也不会这样让人心痒难耐。

安浔没看时间，就觉得自己似乎洗了很久，也是有意磨蹭。这晚不像画画那两晚——司羽的态度，两人的关系，又是酒店，这一切都让她有些心绪不宁。

安浔出来的时候，窗外的天色已经是漆黑一片，司羽正靠在沙发上看电视。房间的色调更加昏暗，电视中散发出的白色光线照得他周身通亮，穿着黑色工装裤的长腿舒展地搭在脚垫上，衬衫扣子解开了两颗，再加上酒店这个环境的衬托，有种说不出的性感。

见安浔出来，司羽开玩笑道："好久不见。"

安浔擦着头发走过去，装作若无其事："你去吧。"

"喜欢吗？"他突然问。

"什么？"安浔不解。

沈司羽敲了敲放在茶几上的清单，安浔低头去看，他指的地方，她中文写着内裤，后面一串是他标注的日文。司羽指着两个字："这两个字意思是蕾丝。"

安浔的脸腾地红了，不想和他说话了。

司羽起身，走近她，慢慢挑起她身前的几缕发丝，放到鼻尖轻嗅，看着她却一句话不说。安浔避开他的眼神说要看电视，顺势坐到沙发上，拿了茶几上的遥控器想问他怎么用，抬眼便看到他正背对着自己解衬衫扣子。

安浔"喂"了一声，他边将衬衫脱下边回身："嗯？"

"干吗在这儿脱？"安浔问他。

司羽挑眉，手上的动作也不见停，扯下黑色的工装裤，随意道："又不是没见过。"

说话间安浔见他手指已经勾住底裤边缘，忙扭头去看电视。她发现他有个小动作，喜欢用手指勾东西，以前脱衣服的时候也是那样，指头勾住，弯曲手指就扯下了裤子，奇怪又迷人的小动作。

他故意在逗她，其实只脱了衬衫和长裤。安浔假装自己在认真看电视，看得目不转睛，余光注意到他去浴室的身形，撇撇嘴，嘀咕："无聊。"

男人和女人在一些事情的速度上，永远不能同日而语，比如出门，比如洗澡。司羽洗完的时候，安浔觉得他可能只洗了脸。他没吹干头发，湿漉漉的任由发丝凌乱地垂在额前，踩着拖鞋穿着浴袍走近安浔，居高临下地看着窝在沙发上的她，上下打量一番："你要出门吗？"

安浔摇头："不啊。"

"那你穿这么整齐干什么？"司羽说着坐到她旁边。

安浔趁他洗澡的空当套上了衬衫和牛仔裤。听他这么问，安浔一脸认真地说："这是我的睡衣。"

司羽笑，不和她在这个问题上纠缠，伸手拿起桌上的杯子喝水："看的什么？"

"不知道，一个日本电影，听不懂说什么。"

司羽跟着看了两眼，很有和她闲聊的兴致："喜欢日本电影吗？"

"有几个挺喜欢的。"

他额前一缕头发的发梢处慢慢聚集了水滴，水滴摇摇欲坠，最终落到他的浴袍上，小小的一块氲氲地染开。安浔的视线随着水滴落到他的浴袍上，纠结着要不要去帮他拿个毛巾擦头发。

"比如？"

"《情书》《千与千寻》，"安浔还是去拿了毛巾，不过司羽没接，那架势似乎是等她动手，安浔犹豫了一下将毛巾搭在他头上，轻轻帮他擦着头发，继续说，"《小森林》。"

"确实是小女孩喜欢的。"司羽说完，又淡淡道，"我从来不让别人碰我的头发。"

安浔停住，思考该怎么帅气又潇洒地将毛巾扔掉。他突然又说："除了你。"

真是……瞬间就被哄到了，安浔弯着嘴角仔细地擦了一会儿，觉得不会再滴水了便将毛巾放到一边坐回到沙发上："除了我？"

司羽竟还认真思考了一下，然后才一本正经地对她说："可能因为喜欢你。"

他说得随意又自然，这似乎是他第一次明确表白，不再是刻意的撩拨与模棱两可的暗示与明示，安浔心突地一跳，有雀跃有心动……

跟他比，自己的道行还是浅。

安浔最拿手的就是故作镇定，如果再放任这段暧昧的谈话继续下去很容易朝不可预期的方向发展。于是，她问："你饿吗？"

司羽深深地看了她一眼，她转移话题的方式很拙劣，他不点破，拿起话筒拨了前台的电话，问她："想吃什么？"

"面。"

日本的面条还是很好吃的，安浔自己就吃了一碗。她吃东西很斯文，没有声音，但看着就觉得很香。司羽没怎么吃，待她吃完将自己的那碗推给她："饿坏了吧，是我的疏忽。"

安浔摇头："吃不下了。你怎么不吃？"

"我不怎么吃面，"司羽无奈地说，"因为我不会发出声音。"

如果没有声音，日本人会觉得面不好吃或者觉得他不礼貌，所以他干脆不吃了。安浔被逗笑，想问垃圾怎么处理，手机突然响了起来。

是家里打来的视频。司羽拿了让服务生送来的运动衣，示意安浔自己去健身房锻炼，安浔眨了下眼睛表示收到。

"你那边有人？"躲在安教授身后的安非仿佛戴了显微镜看人。

"没有。"安浔矢口否认。

"哈，才怪，沈司羽吧，"安非笃定，"你把镜头转一下。"

镜头外的安浔对司羽打手势让他快走，司羽本来要走，但见如此，不乘人之危就不是沈司羽了。他站定，指了指自己，指了指床，意思是要睡床。安浔不敢说话做表情，暗暗咬牙比了个 OK 的手势，司羽便乖乖闪身出门。

那边安非还在要求转镜头，安教授和安妈妈已经措辞怎么把"女孩子要自爱"说得好听些。门无声关上的那一刻，安浔立刻调转镜头："一目了然，看看洗手间吗？"

"看！"安非不死心。

安浔一语双关地威胁他："你等着。"

打发了安非，安抚了父母，安浔便窝在沙发上继续看电视，但因为实在听不懂，加上又累了一天，关了电视准备爬上床睡觉。爬了一半想起来这床让给沈司羽了，安浔看了看沙发，觉得应该不会舒服到哪里去，索性跟他耍赖，先把床霸占了再说。

第二天醒来的时候，房间很明亮，她一时间无法适应。昨晚的昏暧暧昧昧在阳光下烟消云散，大大的落地窗外天空蓝得透亮。

这么美的天，她只在汀南见过。

不知道司羽什么时候回来的，也不知道他什么时候醒来的，他穿着整齐地站在落地窗前打电话，声音低低的听不太清。安浔立刻看向沙发，没有被子，没有被睡过的痕迹，再看一侧的单人被，确定沈司羽昨晚睡在了床上，她的旁边，果然……是沈司羽能干出来的事。

安浔觉得自己理亏，就不准备理论了，起身下床准备去洗漱，刚站好整个人就顿住了。

富士山！

它就那样毫无防备地出现在了她的眼前，毫不遮掩地向她展示着它最美的样子——壮美，高耸入云，山顶的雪终年不化，不管春夏秋冬，仿佛与天相接，被云染成了白，因此日本人又称它为"不二的高岭"。

杂志上或者电视上看到的富士山远没有眼前的景象震撼，这种直观的视觉冲击让安浔不自觉地慢慢走近落地窗。这时她才发现外面被雪覆盖了，整个世界都变成了白色。

司羽始终背对着她在讲着电话。他换了一套衣服，估计又是麻烦了服务生替他跑腿，精致讲究的男人。黑色长裤和暗色毛衣下的他，依旧笔直修长，安浔看着他的背影，忘记了自己本来想去窗边看雪景。

似乎有所察觉，司羽突然回过头来。

安浔站在他身后不远处的地毯上，一张素白的小脸，一头凌乱的长发，迎着朝阳，冲他笑笑："司羽，外面好美，我们出去吧。"

司羽笑着说"好"，随即微侧头对着电话说："对，我这儿有人，妈妈。"安浔愣了一下，他竟然在和他妈妈打电话……

"嗯，是个女孩……对，非常认真……No，不要调查她，不要做那种事……好，我会带回家，如果她愿意……"他依旧背对着她，声音低低的，空出来的手对她打着手势示意她过去。安浔犹豫了一下，转身走向了洗手间。

他的电话结束得很快，安浔刚擦完脸他就开门走了进去。以为他要用洗手间，安浔往外走："你用吧。"

司羽靠在门边看着她，手里还拿着手机把玩着，对她说："我说的是你。"

刚刚电话里，他向他的妈妈承认了自己有了喜欢的女孩，在她还没给他答复前，就告知了家里。

安浔低头，"哦"了一声。

司羽伸手揉了揉她刚梳顺的头发："走吧，去看富士山。"

安浔瞪他："我也不喜欢别人碰我头发。"

司羽转身往外走，嘴角带着轻笑，道："嗯，除了我。"

在酒店吃了早餐后，司羽开车带她到富士山下游览湖泊，没有安浔以为的人山人海。这个季节是日本旅游淡季，很多人都选择在樱花怒放的时候来。人们常说，没有樱花的日本，是黯淡呆板的。

安浔站在河口湖边搭建的木板桥上，看着远处几棵掉光叶子的枯树，湖面两只游远的天鹅，还有水中倒映的富士山奇景。呆板黯淡的感觉倒是没有，她只觉得这一切都那么宁静与灵动。

司羽双手插在夹克兜里，静静地站在另一侧看着富士山，似乎也十分享受这样的安静。

安浔看他，心微动，转身朝岸边走去。司羽听到木板的咯吱声，回头看向她。安浔突然说："别动。"

司羽真就不动了，问："怎么了？"

安浔沿着河岸走着，越走越远，约行了五十米："你这样站一会儿，我要把这个画面记下来。"

他了然："你带画笔了吗？"

他刚问完便见她拿出手机对着他拍了一张照片。

"虽然这样画画感觉上差点，但我会画好的。"安浔看着自己拍下来的照片，有些高兴，抬头对他说，"司羽，我要让整座富士山给你当背景。"

富士山一直是别人镜头中的绝对主角，也有很多画家会花费极大的精力来描绘它的雄壮，但只有她"口出狂言"，要让整座富士山给他当背景。司羽长这么大，很少有人有事能让他内心不受控制地产生极大的震动，刚刚安浔做到了。

他静默了半晌，压下想过去亲吻她的冲动，只站在那里静静凝视着她，一字一句道："安浔，你敢说你不喜欢我？"

安浔站在河岸的那边，笑得阳光灿烂，轻轻地说："不敢。"

两人离得远，不过早晨的山脚下人烟稀少，空旷又安静，那两个字就那样随着湿冷的空气传入他耳中。安浔说完也不去看司羽眼神的变化，转身就走。

司羽大步走过去，顺势牵起她的手，眼中满是笑意："我是不是说过请我当模特很贵的？"

安浔没抽回手，问道："有多贵？"

"可能得需要你以身相许。"

通常司羽说这种话的时候，安浔都回以沉默。这次她不闪不避，有些为难："确实有点贵呢。"

司羽慢慢地将她的手又握紧了些，商量着："先考核一下也行。"

两人沿着河岸走着，期间碰到在河边烧火的几个年轻人，被他们邀请过去取暖；后来又遇到一对牵着秋田犬散步的老夫妇。司羽似乎很喜欢狗，蹲下来逗着它，还不时和老夫妇聊上两句。

等两人走远，安浔问司羽和他们说了什么，司羽说老夫妇的女儿要生孩子了，他们要去岛上的神社参拜，求神明保佑母子平安。

安浔一听有神社，便起了兴致。

想要上岛，必须先去关所坐船，两人到关所的时候，等船的人并不多，但有三辆十分显眼的车子停在售票口附近，一样的颜色和车型，整整齐齐停成一条线。周围的人不免多有猜测，大多数人认为是哪个社长的娇妻要生孩子了，所以赶来参拜。

司羽让安浔原地等着，他去买船票。

安浔刚坐到长椅上，就见黑色的车子里下来一位四五十岁的大叔，很健壮，但是脸色铁青，似乎正处于暴怒的状态中。他将车门狠狠地摔上，后又不甘心地打开，对后座坐着的年轻男人怒斥着什么。安浔的座椅离车子很近，虽听得见他说的话，却听不懂。

车里的年轻人长得很像那个大叔，应该是大叔的儿子。他从车子里冲出来，竟和他的父亲顶起嘴来。两人越说越大声，情绪也越来越激动。另外两辆车子上下来几个西装革履的人，站在大叔身后，谁也不敢上前劝说。

大叔的脸色越来越难看，又怒骂了那年轻人两句后抬脚便走，但苍白的脸色显示着他很不好。他自己像是意识到了，忙转了方向朝安浔坐着的长椅走来，似乎想坐一下缓缓，不料刚走了没几步便捂着胸口停住不动了。身后的人并未发觉他的不妥，年轻人嘴里还在叽里咕噜说着什么，紧接着那位大叔脸色变得惨白，呼吸也开始困难。安浔正对着他，当意识到不对时，那位大叔便已经晃悠着要倒下去了。

然后他就倒在了安浔的脚边。安浔反应很快，站起身扶了他一下，但他的重量她完全扶不住，只能尽量让他平躺。那年轻人嘴里喊着"哦都桑"冲了过来，附近那几个西装革履的人也一拥而上，全都极度紧张，其中几人眼神毒辣地在围观群众中搜寻着什么。

安浔用英语问大叔的儿子他父亲是不是有心脏病，那人听懂了，点了下头。他见混乱的环境中，只有这个小姑娘最镇定，突然就心生了信任，扭头对那些人喊着什么，有人立刻拿了手机打电话。

那人急切地看着安浔，用英文问："你是医生吗？"

安浔摇头，那人立刻准备自己动手。大叔的部下让周围的人都散开些保持空气流通，那人解开大叔的领带、皮带和衬衫扣子。

安浔努力回忆着上学那会儿老师讲过的急救步骤，立刻拿起自己的包垫到大叔脑后使大叔脖子后仰。她伸手摸了摸大叔的颈动脉，发现已经没有了脉搏，立刻说："需要进行心肺复苏。"

大叔的儿子已经脱了外衣挽了袖子准备按压了。心肺复苏需要快速地按压，需要很大的力量，很耗费体力，那人不过几下就满头大汗。安浔见他速度慢下来，心下着急，想着真是个养尊处优的公子哥，但自己的小细胳膊也根本做不了几个。

见那位大叔一直没反应，安浔突然想到司羽，猛地起身冲出人群去找他。司羽买了票正往这边走，优越的身高和气质让他十分显眼。安浔很容易就找到了他，急急抓着他的手就往回跑："司羽，那边一位叔叔晕倒了，你快去看看。"

　　司羽本想调侃安浔两句，听她这么说也不敢耽搁，跟着跑进了围观人群内。司羽拍了拍没了力气的大叔的儿子，替换了他的位置，迅速、有力地进行胸外按压，做得和教科书一样标准。救护人员赶到时都没有打断他，他的频率从头至尾一点儿都没乱，即使额头上已经满是汗珠，手上的力量也丝毫没有松懈，一下一下揪着人心。

　　见大叔一直没有好转，安浔有点急，蹲下身："做人工呼吸吧。"

　　司羽边按压边抬头扫了眼大叔的儿子，说了句日语，大叔的儿子立刻跪下来，捏着他父亲的鼻子往嘴里渡气。

　　围观群众也是出奇的安静。短短的十多分钟，像过去一个世纪那么久……直到那位大叔缓慢地恢复了呼吸，人群中有人鼓了掌，还有人用手机在拍照。

　　司羽站起身让开了地方，示意救护人员过来。医护人员将那位大叔抬上车，大叔的儿子跟着上了车，留下一堆眼巴巴的部下。救护车车门关上的时候，那位大叔突然扭头看了眼安浔，随即叫了一个部下过去，低声吩咐了什么。

　　安浔所有的注意力都在司羽身上，看他站起身，看他走向自己。除了额头细微的汗珠，他一切如常，宠辱不惊的样子，好像刚刚救了一条人命的不是他。

　　安浔的眼前还全是他救人时候的画面：严肃又认真的神情，没有手忙脚乱，没有慌乱无助，每个动作都迅速而沉稳，做得坚定又专业。安浔突然就懂了那些有英雄情结的人的心理，真的会让人热血沸腾，想拥抱他或者吻他。

　　"安浔你做得很好。"司羽走到她身边，将从地上拾起的包递给她，顺势牵起了她的手，发现是冰凉的，搓了搓，"害怕吗？"

　　没有炫耀，没有邀功，他甚至都不如围观群众兴奋。

　　"司羽，你应该骄傲的。"安浔眼睛闪闪发光地看着他。

　　他轻笑，只道："这是我的专业。"所以，并没有什么值得他骄傲的。

　　"我刚才担心得手都发抖了。"安浔翻过手来给他看手心里的汗，"你却看不出来有任何紧张。"

　　司羽将她手心的汗擦掉，牵着她向人少的方向走去："我也会紧张。"毕竟是条人命。

"什么时候？"安浔一点儿没看出来。

司羽想了想："你准备给那位先生做人工呼吸的时候。"

安浔："……"

不出三句，他就要不正经。

两人沿着河边朝来时的方向走，安浔想问他是不是不去岛上了，却听他突然问："安浔，鞋子舒服吗？"

"嗯？"安浔不明所以。

"可以走快吗？"

"可以。"

"那我们快些走。"他冲她眨了眨眼睛，说着便牵着她大步流星地向前走去。安浔忙小跑跟上，疑惑地问："怎么了？"

那个大叔的部下正在人群中找着他们，安浔回头看时正和其中一个人的视线相遇。那人发现了他们，忙喊着其他人追过来。

他们的车子就停在路边一排水杉旁边。虽然觉得那些人不是坏人，找他们很有可能是为了感谢，但坐进车里的那一刻，安浔还是生出一股安全了的感觉。

司羽启动了车子，直到离那些人越来越远才对安浔说："刚才那位先生身上的文身看到了吗？"

安浔点头。她并没有机会仔细看，只在解开衬衫扣子的时候瞥了两眼，好像全身都是。

"这种有通体文身的基本上是帮派大哥。"司羽说着看了看安浔，"系上安全带。"

安浔扯开安全带乖乖扣上，有些惊讶："帮派？"

"你知道黑社会在日本是合法的吧？这里有很多帮派社团。"

"他们是黑社会？"安浔故作镇定地回头看了看已经小成几个黑点的人。穿西装打领带看起来规规矩矩的那帮人，竟然是黑社会！

"你以为黑社会像古惑仔一样，一眼就会被认出来？日本的黑社会对平民还算友好，团拜日会给小朋友发糖的那种友好。"司羽打了转向，车子上了跨湖大桥，"他们比意大利黑手党温柔些。"

"那我们跑什么？"日本黑社会听起来简直人畜无害。

"因为私下他们还会做很多黑社会做的事——贩卖毒品、情色交易、暴力犯罪，所以我们不能与他们有任何交集。"

黑社会就是黑社会，不管他们穿得光鲜还是为人礼貌，本质却是不变的。

于是，富士山之旅就在这样说来就来说走就走中结束了。

中午的时候，两人回到东京。司羽让安浔去退酒店，安浔拒绝："退了我住哪儿？"

"我的公寓。"司羽给了非常肯定的回答。

见安浔眼珠转啊转的，小心思都摆在脸上，司羽失笑："安浔，我想你不用担心什么，我们单独过夜很多次了，你很安全，不是吗？"

后来，安浔想，如果时间能回到这一刻，她一定狠狠回他两个字——放屁！

司羽住在学校附近的一所公寓，很多留学生都住在那里，包括大川。

公寓的环境比安浔想象得好很多，清新精致的日式单身公寓，原木色地板、桌子、柜子，白色的窗帘，灰色的墙壁，阳台上还种了些绿萝。

单人床，白色床单和被子，干净工整得不像男人的房间。

双人沙发，他睡绝对不够长。

安浔扫视了一周后转头看他，皱眉："怎么睡？"

她现在回酒店还来得及吗？

司羽脱了外套挂到落地衣架上，嘴角噙着笑意："能睡下我们，只是需要挨得紧点。怕吗？"

"让我退酒店的时候你可不是这么说的。"安浔双手环胸看他。想到小说里那些带女友回家过夜的男人不管保证得多好，多少都会上下其手占点便宜，犹豫半晌，她声音低低地问："你会摸我吗？"

司羽愣怔后突然笑出了声："我如果能忍住。"

"你能忍住吗？"她严重怀疑。

"不能。"

她就知道。

因为司羽也很久没回来了，所以冰箱里什么东西都没有。为了解决晚餐，两人去了附近的超市买了些食材。

司羽说给她做天妇罗和乌冬面，安浔说他又要用美食收买自己了。

她坐在餐桌边撑着脑袋看着他做菜，觉得这是一种享受，享受他从容不迫、优雅至极的动作，享受期待美食的心情。看着他不急不慢将面下锅，闲散叉腰等待，安浔便坐不住了，心里叹息着自己这么轻易被诱惑了，边这样想着边起身走过去。

"饿了？"司羽侧头轻声问。

"没有。"安浔说着拿起冰箱一侧挂着的围裙，示意他低头。司羽低头，伸手，安浔绕到他身后，仔细地帮他系了个蝴蝶结，系得有点紧，显得司羽的腰很细。她站在他身后，没立刻离开，手指从系带移开到他的腰际，下意识地摩挲着围裙上工整的手工缝线。她也不知道自己在想什么，手就那样不受控制了。

司羽没说话，关了火，把煮面的汤水倒掉。做完这些后，他转身，拦腰抱起安浔就朝床那边走："这是你先招我的。"

安浔惊呼一声，这才意识到自己刚刚的动作满是撩拨与暗示。她的脸微红，却还不忘狡辩："我没有。"

接着，她就被他压进那个柔软的单人床里。司羽的手撑在她身体两侧，居高临下地看着她。她抬腿想抵开他，却被他用腿压住动弹不得。安浔有点恼："沈司羽你就是一流氓。"

司羽笑，也不否认，低头便堵住她的嘴。没几下安浔就被他亲得手脚发软，他开始得寸进尺。安浔轻微的反抗根本对他起不了任何作用，于是忙伸手去捂他的眼睛不让他看。他笑着躲开，去咬她的手，痒得她缩了回去。安浔觉得脑袋似乎在发胀，明明前一刻还在做饭呀。

突然有音乐声急促地传来，好半晌她才意识到那是电话铃声。理智回来一点点，抵在他胸前的手用力推开他一些，安浔侧头躲开他的亲吻，轻咳一声，说："你的手机响了。"

显然，他并不在意。

"司羽……"安浔的视线慢慢聚焦在天花板的吊灯上，"司羽，它一直在响。"

手机还在炉台那边，响动虽不大，却让安浔心慌意乱。也许，这种情绪是因为身上的这个人也说不定。

上方的人低低说了句什么，低头亲了她一下才离开。安浔半晌才反应过来他刚刚骂了句脏话。

司羽讲完电话回来时，安浔已经整理好了衣服，见司羽过来，手指挑着身上系不上扣子的衬衫道："小沈先生，你得赔我件衬衫了。"

"我可以把整个店的衬衫都包下来，不过安浔，我现在得出去一趟，学长说他那儿有几个人找我。"他有点抱歉地俯身亲吻她的额头。

安浔一点儿不觉得他应该抱歉，松了口气："那你快去……"看看他有点不满的神色，她勉强加了两个字："快回。"

司羽套上毛衣，失笑："你的语气可以不用这么雀跃。"

"抱歉，我下次会控制好。"安浔从床上找到了一颗扣子，"你这里有针线吗？"

司羽边向外走边说："你觉得呢？"

安浔不再问，从他柜子里翻出一件深色衬衫换上，腹诽他的粗鲁，明知道她的行李丢了没衣服穿……

或许他就是故意的？！

呵，男人。

安浔无事，帮他浇了花，拖了地，擦了柜子，铺好了有点褶皱的床单……

没做完的饭还是要继续做下去，她查了菜谱，准备自己动手做，想着等他回来可以直接吃了。

安浔一边鄙视自己还是用画画的手来做家务了，一边拿起围裙准备做饭，突然听到钥匙开门的声音。安浔套上围裙，背对大门，轻道："帮我系上，饭我来做。"

门口的人没动也没说话，安浔等了一下有些奇怪，回头看去却发现来人根本不是司羽，而是陆欣然。

陆欣然见到安浔也十分意外，好半晌才说道："对不起，我以为你们会在富士山玩上两天。"

安浔把围裙脱了下来，瞥了她手中的钥匙一眼："没关系，进来坐。"

陆欣然摇头："我只是来浇花的。既然你们回来了，那就用不到我了。"说着她对安浔轻笑一下，转身便走。

"等一下。"安浔喊她。

陆欣然回头，奇怪地看着安浔，在她看来自己和安浔应该没什么话说。

"学姐，你有针线吗？"安浔和其他人一样，叫她学姐。

陆欣然这才打量起安浔的穿着：家居拖鞋，紧身牛仔裤，宽大的男式衬衫——司羽的衬衫。她见他穿过，因为觉得做工特别好，布料看起来也十分高档，她曾问过他在哪里买的，想着买几件送给国内的父亲。司羽怎么回答的呢？他说定制的。那时她觉得他在开玩笑，一笑置之后，就再没想起来问。她的视线从安浔最上面敞开的两颗纽扣上慢慢移到脸上，半晌，说了句："有。"

因为都在公寓的同一层，陆欣然很快带来一盒针线："不知道你要用什么颜色的线，所以都拿来了。"

安浔接过来道了谢，见陆欣然要走，轻咳一声，有点不好意思地问道："学姐，你会钉扣子吗？"

陆欣然觉得自己真是脑袋坏了，竟然有闲工夫帮安浔钉扣子。研究室还没去，课题还没做，还要给教授回邮件，结果，她却进了司羽的公寓坐在沙发上帮他喜欢的女人一颗一颗缝上那些明显是被他拽坏的扣子！

因为两人都不是太热情的人，相对默默无语一会儿，安浔系了围裙去做饭："学姐，我请你吃天妇罗。"

安浔的想法很简单，拖到司羽回来，当面问问钥匙的事。

陆欣然抬头看她，只见她拿着手机看着菜谱走到炉台那边，一脸认真的模样；头发绾了一个结懒懒散散垂在脑后，几缕碎发垂下来挡在脸侧，她抬手别到耳后，露出优美下颌线和细细的脖颈。

陆欣然停止了钉扣子的动作，看着安浔的侧脸：眼睛是黑亮的，嘴唇红润饱满，皮肤细致白皙，整个人清纯又精致，偏偏又多了丝说不上来的性感，一举一动尽是迷人的风情。

似乎男人都喜欢这款，就连司羽也是。

想到这儿，她回过神，猛然低头，继续钉扣子。

安浔那边刚将大虾放进油里就听到有人来敲门，说："是不是隔壁的大川闻到香味来蹭饭？"

陆欣然说："大川跑出去打球了。"

安浔没有立刻开门，陆欣然先用日语询问了是谁，回答的也是日语。安浔听不懂，回头一脸茫然地看向陆欣然。陆欣然见她手上都是面粉，主动走过去开门，边走边说："他们说找沈司羽。"

门外站了三个年轻男人，不像是学生。这楼里住的都是学生，基本上没什么社会上的人出入，陆欣然问他们是谁，他们指了指安浔，说找她。安浔认出了来人，他们是早上遇到的那个大叔的部下。为首的那个人还算有礼貌，打了招呼后叽里咕噜说了几句什么，安浔转身再次看向陆欣然。

陆欣然翻译说："他说他们社长已经醒了，并且已经转到东京的医院。社长非常感谢你和沈司羽先生，想见见你们两人。"

安浔问他们怎么找来的，陆欣然帮着翻译。他们说顺着车牌号找到沈司羽的学长，学长说车子借给了同学，就这样找来了，而且司羽已经去了医院，他们是来接安浔的。

司羽说过，他们是黑社会。虽然他们衣冠楚楚又礼貌谦逊，但依旧做着违法的事，不应该与他们有所牵扯。安浔摘了围裙进房间拿了手机准备打给司羽，不料手机不知道何时没电关机了。

她开口向陆欣然借，陆欣然的手机却放在自己房间没带来，于是打电话的主意便作罢。

安浔犹豫："我可以不去吗？"

那人突然急切起来，叽里咕噜说了一通。陆欣然翻译："他说你不去他回去会受到惩罚。他们社长非常想见你和司羽，你们是社长的救命恩人。"

陆欣然翻译完，那三人都把身份证件拿出来给安浔看，还说可以让陆欣然给拍照片，出问题了可以报警。

安浔见三人如此诚恳，无奈地答应了，询问哪所医院。他们说了个名字，陆欣然告诉她这家医院确实不远。锅里的大虾还在炸着，安浔让陆欣然帮她做完，说她很快回来，然后一起用晚餐。

给司羽打电话的人确实是之前借车子给司羽的那个学长，中国留日博士生，住在另一座离司羽不算太远的公寓。

司羽到他那儿之后发现屋子里站了几个西装革履的人，穿着和早上见到的那群人很像，但不是那几位。学长很关切地问是不是惹了什么麻烦，司羽摇头。

那几人将带来的两份点心礼品盒放到桌子上，说是社长送来表示感谢的，司羽说不用客气。他们便没再说什么，轻易告辞了，似乎也不太想与外国留学生打交道，来这里只是为了完成一项任务。

司羽把点心都留给了学长，回去的路上，遇到一位捧着一大束鲜花的女孩，她正眉飞色舞地跑进公寓大门。

似乎女孩子都喜欢鲜花或者玩偶。

陆欣然实在想不通到底自己怎么就自然而然地帮安浔钉了纽扣又答应帮她炸大虾的。她明明是自己的情敌不是吗？自己应该讨厌她的。

听到钥匙旋转的声音时，她以为是安浔，毕竟那个医院离这里确实不远。

可没想到看向门口时满门框只见一只巨型毛绒熊，看不到人，低头看熊腿中间的鞋子和裤子，她才确定了来人应该是司羽。

"如果你喜欢它，就过来吻我。"显然门口的人也无法看到她，属于司羽的那好听的嗓音从大熊的背后传来，不似平时那漫不经心的说话声，这句话是带了独特的感情的。

陆欣然明知道这话不是对她说的，可心跳还是不受控制地加速。司羽已经抱着熊走了进来，陆欣然由心跳加速变成心口发酸，却始终没说一句话。他没等到应有的反应，伸手将熊脑袋按下去看向房间，随即看到炉台边陆欣然站在那儿，神色复杂地看着自己。

司羽把熊扔到沙发上，又恢复了那一贯的疏离模样，问："安浔呢？"

陆欣然恍然回神地"哦"了一声，边扭头看锅边随意答道："不是说和你一起去医院见那个社长了吗？"

司羽脸色一变："什么社长？"

陆欣然疑惑地回头，见到他的神情，她的脸色也变了。

安浔随那些人上了车，车子在闹市区行驶了不过十分钟就到了医院。那个他们称之为社长的人住在顶楼，房门口有几个人在站岗，神情严肃。

司羽说过日本的帮派有二十几个，当利益上、地盘上有冲突的时候会互相进行暗杀，这样想着安浔走向那间病房的脚步有点迟疑了。

那位全身文身的大叔叫安藤雅人，这是他递过来的名片上写的。安浔惊叹日本的黑社会竟然都混到有名片的地步了。

安藤雅人的儿子也在，他叫安藤川，主要负责翻译。他见到安浔，笑得十分友好和善，甚至还和她寒暄了几句。

安浔问："司羽在哪儿？"

他说："应该在路上。"

安藤雅人倚靠在床上一脸慈爱地看着安浔，说："就今天出门没带药，结果差点葬身在富士山下。手下那些人都是早早混社会的孩子，见我捂着心口倒下还以为是被装了消音器的枪击中了，一时间乱作了一团，幸好你反应及时做出了正确判断。"

安浔嘴里说："您正倒在我面前，我看得一清二楚。"她心里却想着，他们真的是黑社会，而且还不避讳地告诉了自己。

安藤雅人问安浔："需要我怎么感谢？"

安浔说："不用谢，真正救你的是我的朋友，我们都觉得这是举手之劳。"

安藤雅人这才又询问了一遍司羽到哪儿了，安藤川随口说可能堵车了，随即又劝他少说话多休息。两人的关系看起来缓和了很多。安藤川对安浔解释，他的继母要生孩子了，父亲非让他去神社祈福，他不是很喜欢年轻的继母，于是和父亲发生了一些冲突。

安浔对他们家的事并不感兴趣，敷衍地笑笑。安藤雅人精神状态还不错，和安浔闲聊了一会儿。后来医生要求他休息时，安浔也没等来堵车的司羽，她有点不安。安藤川主动请缨送安浔回去，安浔拒绝，安藤雅人却说必须要送。

陆欣然记得他们说的是哪家医院，她开车送司羽过来的时候，天已经暗了下来。见安藤雅人并不是那么容易，他们几经询问再加上利用了教授的人脉才打听到病房的位置。

病房门口看守的人认出司羽，对他还算客气。司羽说自己找安浔，那人却说她已经回去了。于是，司羽又马不停蹄地赶回公寓。

从发现安浔被接走到现在，司羽一直冷着一张脸，异常沉默。陆欣然不敢耽误，路上还差点闯了红灯。而回到公寓也没见到安浔的那一刻，司羽的眼神开始变得吓人。陆欣然甚至有点不敢看他，只轻声问："报警吗？"

安浔发现这不是回公寓的路的时候，安藤川已经卸下伪装："对不起，安浔小姐，我擅自做决定要请你吃饭。"

"我要回去。"即使他说话很有礼貌，但是安浔还是有些害怕。她看着安藤川，告诫自己镇定，眼神不要闪躲，要镇定、强势表达出自己的意思。

这时她已经确定，被接来的只有自己。

"安浔，我为你着迷。"他看着她，眼神变得热烈，"当你毫不犹豫来救人时，我觉得你美极了。"

安浔面上不动声色，心里暗骂一句：变态！

"在想什么？我们说说话，你应该多了解我一些。"他说话的时候，眼睛没从安浔身上移开分毫。前面的司机头也不回地开着车，不知道是听不懂还是已经习惯了。

安浔决定先威胁："我来的时候告诉我的朋友，如果六点前回不去就报警，她知道我被你们带走了。"

"我只是想请你去餐厅吃个饭，再说，你以为我会怕警察？"安藤川摇头轻笑，似乎觉得安浔太天真。

"我和我的男朋友约好一起吃饭了。"安浔看着前面的椅背，一字一句地说，"他找不到我会把事情闹大的。"

"别紧张，你好像在害怕，我是一个很绅士的人。"安藤川看起来确实很绅士，可安浔还是很怕。

她还是把事情想简单了。

不是说他们不伤害平民吗？不是说他们还给小孩子发糖吗？日本黑社会不是最讲究"道"吗？他们就这样对待救命恩人吗？安浔这样想着的时候，车子也慢慢停了下来，外面还真的是一间餐厅。

司羽没让陆欣然报警，而是拿出手机打了个国际长途。电话响了两声就被接起，低沉清晰的中年男人的声音从听筒中传来："想通了？"

"我需要您的帮助，父亲。"司羽连问候都省了，直截了当，"我在日本遇到了点麻烦……好，您之前的要求我都答应，请您尽快帮我。"

餐厅是典型的日式料理店，穿着和服的服务生似乎认识安藤川，恭敬地问好后直接带他们去了一个包厢。店里熏香的气味弥漫，有传统的日本音乐低低地传来，进出的客人不多，看起来都是有身份的。

服务生跪着打开包厢的拉门，安藤川脱了鞋子进去。安浔回头看了看跟在两人身边寸步不离的西装青年，跟着坐了进去，好在不用她跪着。

当陆欣然再次开车将司羽送到医院的时候，她还有点茫然，自己原本只是来浇个花的不是吗？

司羽并没有急着下车，车厢内安静的氛围让陆欣然有点不适应："不上去吗？"

"等个人。"他的脸隐在阴影里，神色看不太清，但从声音判断绝对好不到哪儿去。

等了也就一刻钟，来的不是一个人，而是浩浩荡荡的一群人。为首的是个拄着拐杖的严肃老人，头发花白，精神矍铄，猜不出什么身份，只是看起来并不一般。

司羽走过去，不卑不亢地弯腰行礼。老人拍了拍他的胳膊，道："具体发生了什么事你父亲没和我说明白，是安藤雅人扣下了一个女孩？"

司羽在他身侧引着他走进医院，解释道："我们上午在富士山救了心脏病突发的安藤雅人。他说要感谢我们，却只接走了我女朋友，到现在她也没回来，我也无法联系上她。"

安浔低头认真地吃着东西，她确实饿了，对面安藤川说什么她都不理，只一副"我的家教不允许我吃饭的时候侃侃而谈"的姿态。

安藤川觉得她冷漠的模样非常迷人，见多了甜美爱笑的日本女孩，这款倒是很吸引人。他像是看不出安浔的拒绝，再次邀请："用完餐跟我去新宿歌舞伎厅瞧瞧如何？"

据说那是东京最大的红灯区，建有电玩、舞厅、酒吧等娱乐设施，从深夜到黎明都不停歇，是个标准的不夜城。

安浔抬眼看他，非常坚定地说："我没兴趣，我要回家。"

"回那个小公寓吗？"安藤川摇头轻笑，"如果你愿意，我可以为你在港区麻布买房子。"

她对那里倒是没什么概念。既然他故意拿出来说估计是挺贵的地段，安浔真是连眼神都懒得给他一个。

安藤雅人实在想不通为什么吉泽先生会带一群人出现在自己的病房内，而且还是一副找自己麻烦的样子。思前想后他也没想出来，他们帮派什么时候得罪了这位位高权重的吉泽先生。

吉泽先生身边有位个子很高的漂亮男孩，看起来并不怕他，印象中这样大的男孩都非常怕他。男孩不仅不怕他，甚至沉着那双漆黑的眸子一直盯着他，竟然让他忽视不得，感觉是个人物。很快，这个男孩说话了："安藤先生，我是沈司羽。"

安藤雅人回忆了一下这个名字，随即露出感激的表情，说："我儿子说你堵在了路上，还以为见不到你了，谢谢你救了我。"

司羽盯紧他，想从他脸上看出什么蛛丝马迹来判断他和安浔的失踪有没有关系。安藤雅人终于意识到司羽神色不对，奇怪道："怎么了？"

"我并没有被邀请，怎么又会堵在路上？"司羽说，"你不就送我几盒点心感谢了一下吗？"

安藤雅人诧异道："怎么会？我邀请你和你的女朋友一起过来，你的女朋友已经来了，我们说了会儿话，一直等不来你，我便让人将她送了回去。"

司羽冷笑："这就是我来的目的。安藤先生，请问您将她送到哪里去了？"

吉泽先生适时地用拐杖狠狠地敲了敲地板，神色不屑："如此对待救命恩人，安藤，你的人品太让人失望了。"

安藤雅人因为生病而苍白的脸色突然变得通红，似乎这话对他打击极大。他有些激动："吉泽先生，我并不知情啊！安藤川呢？叫他过来，快！"

安藤川几乎没吃什么，一直不紧不慢地和安浔说这说那。安浔并不答话，安安静静地吃了七八分饱。她放下筷子擦了擦嘴，也不理会他吃没吃完，说："走吧。"

安藤川有些意外地看着她。安浔站起身接过服务生递来的大衣："不是说去新宿吗？"

安藤川听她这样说，更意外了，但更多的是高兴。

两人出去的时候，两辆车子已经停在了门口，一辆是安藤川跟班的那辆，一辆是他们来时坐的那辆。

安浔坐进后一辆车，安藤川也跟着坐了进来，挨着她，令人心生厌恶的距离。

随后他的那些跟班回到第一辆车，也就这个空当，安浔一手开安全锁一手开车门，抬脚就下车。安藤川反应快，伸手去拽她。安浔回手关门，只听身后惨叫一声，她看也没看，从车流中穿梭到马路对面，坐进停在那里等客的出租车。

安藤川接到安藤雅人电话的时候，正疼得满头大汗。

安藤雅人似乎在发怒的边缘，安藤川感觉到了父亲压抑的情绪，只敢提醒他小心心脏。安藤雅人问他："安浔呢？"

他这才意识到问题出在这上面，立刻舒了口气，女人的事情，父亲通常是不管的。他放松了心情，随便扯谎："请她吃了个饭后她自己回家了。"

司羽在那边听着，只冷冷地说了两个字："撒谎。"安浔不会和他去吃饭，如果她要去也会先打电话回来。

安藤川被安藤雅人找回了医院，连他去包扎已经泛紫的手的时间都不给，只要求他立刻出现。他见到司羽的时候很意外。在他看来，无权无势的小留学生在这里只有挨欺负的命，怎么可能会找到父亲的病房，竟然还有吉泽先生作陪？

司羽并没有给安藤雅人留面子，安藤川一进来就狠狠挨了一拳。司羽下了狠手，安藤川鼻子嘴里都出了血，狼狈极了。他身边的人反应过来想动手的时候，吉泽一声喝止，结果那边的人都不敢动了，全都看向安藤雅人，似乎在等他的命令。安藤雅人扭头，只当没看到。

安藤川都快气炸了，手被那女孩挤了一下还没算账，脸又被这男人打歪了，心想就算他们是父亲的救命恩人，他也要让他们付出代价。可偏偏，有吉泽给沈司羽做主，他父亲不敢说话，他自己却连头都不敢抬了。

对于安藤川之前的说辞，沈司羽一个字都不信。安藤川身边人的话司羽并不能全信，现在的形势安藤川只能实话实说。

"我挺喜欢那女孩，要请她吃饭，她不太想去但又怕我们，所以还是去了。后来我想带她去新宿玩，她表面答应着，实际上想趁机溜掉。"安藤川说着伸出手给他们看，"这是她用车门把我夹的，真的下了狠手，我的手都要断了。"

安藤川后几句话是说给安藤雅人听的，有点苦肉计的意思，以免吉泽他们走后父亲将他打个半死。

吉泽先生站起了身，让司羽回家瞧瞧。

有吉泽先生在，相信安藤川也不敢再说谎。司羽点头，临走那刻瞥了眼安藤川那青紫肿胀的手背，停住脚步，回身看向安藤雅人："听说你们社团讲究规矩，犯了错的人要在老大和成员面前切下小指？"

安藤雅人没想到这个年轻人竟然敢做到这一地步，毕竟那女孩并没有受到任何伤害，连吉泽先生都有意放自己儿子一马。安藤川脸色惨白，慌张地看向安藤雅人。

已经站起身的吉泽先生慢慢"嗯"了一声："确实有这规矩。"

安藤雅人听吉泽先生这么说，顿了半晌才咬牙说道："我知道了，吉泽先生。"

司羽看向惊慌的安藤川，沉声道："如果让我知道你碰了她一下，我会回来剁了你整只手。"

陆欣然一直等在病房门口，见他们出去，默默抬脚跟上。刚才里面的对话她听得一清二楚，尤其是司羽最后说的几句，听得她心惊胆战的。她跟在众人身后，抬头看了看侧前方的司羽，觉得有点陌生，和印象中那个温文儒雅的学弟一点儿都不一样。这一刻她才意识到，暗恋了这么多年的男人，自己从来都没了解过。

司羽在医院门口和吉泽告别，吉泽微微一笑："如果不是你父亲打电话给我，我都不知道你在日本上学。"

"是我的错，吉泽先生，我应该早点去看您。"司羽说。

吉泽摆摆手："没关系，你家的生意都是你哥哥在管，我还是和他比较熟。要是他来日本不找我，我确实要生气。"

司羽脸上的笑容敛了些，沉默了一下："不会。"

与吉泽先生道别后，司羽一路无话。

陆欣然开车，司羽安静地坐在副驾驶座看着车窗外的街景，看不出丝毫情绪。如果这次回去，还是见不到安浔，他会怎么样？这样想着她又有点紧张了。

等电梯的时候电梯卡在了六楼，司羽本来是双手插兜静静地站在一旁等着的，见迟迟不下来，突然就狠狠踢了电梯门一脚，动静极大。陆欣然下意识地往旁边闪躲，司羽见吓到了她，说了句"抱歉"。

好在，电梯下来了。

电梯内气氛太安静，陆欣然犹豫了一会儿，开口道："你别担心，安浔应该已经回家了。"

"嗯。"

电梯门打开的那刻，两人同时看到好端端站在他公寓门口的安浔。安浔看到司羽从电梯里出来，轻轻一笑："司羽，你得给我一把你这儿的钥匙。"

司羽走过去抱她，没说话。安浔乖乖地被他抱在怀里，鼻头一酸差点哭出来。司羽说："给你，什么都给你。"

听他这么说，安浔突然想到什么，伸手推他："沈司羽，陆欣然为什么有你公寓的钥匙？"

司羽没有回答，却说："下次不要随便出去了好吗？"

"是你给她的吗？"安浔看着他，特别想从他那里得到否定的答案。

"回来多久了？"他打量着她，想看她是否有什么不妥。

安浔后退一步，歪头看他："沈司羽，你这样会让我误会你们俩很亲密。"

"先回答我的问题。"他一副不可商量的样子。

安浔的眸子微微闪着，却说起了别的："我考虑好了，你提出的报酬，可以支付。"

司羽愣怔了一下："虽然这是我想听到的，但不是我现在问的，安浔。"

"去见安藤雅人了，就是那个我们早上救的先生。他儿子为了感谢我带我去吃饭，吃完我就回来了。"安浔说得轻巧，说完还故意严肃了一下，"该你回答我的问题了。"

这个回答，是司羽没有预料到的。他以为她会吓坏，可能还会哭，看她现在的样子，她显然以为他什么都不知道。

他定了定神："你问的什么？"

陆欣然走过去帮他们开了公寓门，将钥匙放到了玄关的鞋柜上，然后看了看手表："我浇花竟然用了三个小时。"

司羽和安浔都看向她，她说："你们可以进屋聊，安浔，天妇罗下次再吃吧。"

安浔这时候才发现司羽后面的陆欣然，她回忆着自己刚才是不是叫人家全名了……

似乎有点尴尬。

陆欣然倒是大大方方，对两人摆手说再见："都在自说自话，我都听不懂你们一人一句的在说什么。"

安浔和司羽失笑。

告别了陆欣然，司羽带安浔进了房间，边帮她脱大衣边说："我经常不在日本，钥匙给大川让他每天来给绿萝浇水。估计他犯懒了，把活推给了学姐。"

"哦。"安浔脱了鞋子走进去，状似无意地道，"对了，你干吗去了？"

"我也被安藤雅人邀请去了，只是路上堵车。"司羽随意地说着，"我到的时候你已经走了，所以我就赶回来了。"

"真可怜。"安浔说，"他们父子挺友好的。"

"是啊。"

司羽挂好了外套，回头看安浔："你刚才说……"

"我什么都没说。"安浔立刻打断。

司羽轻笑："你是不是吃醋了？"

"没有的事。"

他走到她身边，摸了摸她的脸颊，眼中满是笑意："安浔你其实很容易害羞的。"

安浔脸微红，刚要说话，司羽手指便放到她唇上。他靠近她，在她耳边说："安浔你答应我了，我听到了。"

他说话的热气喷在安浔的脖子上，痒遍全身，安浔一动不动。半响，她伸手轻轻搂住他。感受到她的动作，他侧头轻吻她的脸颊，一下一下，羽毛般轻抚。

她怎么可能不心动，因为他，一颗心早已经软得一塌糊涂了。

她就这样抱着他，突然就生出这些年自己一直在等他的念头。

餐桌上还放着已经炸好的大虾，司羽挽了袖子，准备完成他的美食。安浔有些抱歉地看向他："完蛋了，我好撑，吃不下你的天妇罗和乌冬面了。"

司羽轻叹："那你真是太没口福了。"

他刚说完，就见安浔突然站定在茶几边指向沙发，问他："那只熊哪儿来的？"

司羽看了眼那只被他随手扔到沙发上的熊，问道："你不是应该扑上去抱着它说好可爱吗？"

安浔看着那个巨熊："还行。"司羽想，自己或许不应该以别的女孩的喜好来定义安浔，她的审美，通常都有点超脱，大概艺术家都这样？

即使安浔努力地表现出若无其事的样子，但司羽还是感觉到她情绪的低落。

她洗完澡出来赖着他让他帮着吹头发，说不喜欢那只大熊，却抱着熊窝在沙发上看电视，一句话听不懂竟还看得全神贯注。电视里的人笑得打滚，她却一点儿笑意也没有。

"在想什么？"司羽将吹风机收起来，摸了摸她暖暖的头发，第一次感觉自己的洗发水竟然会这么好闻。

"这些恶搞路人的节目，真的太……"她想了想，"太丧心病狂了。"

司羽赞同："这是大川最喜欢的电视节目，每次看都会笑到掀翻房顶，隔壁的人要经常去踹他的门，他才能消停。"

"隔壁是谁？"

"是我。"

安浔"哦"了一声后发现他并没有接着说下去的意思，还一脸认真地盯着自己，疑惑道："你在等我笑？"

"难道不好笑？"司羽问。

"你的幽默和你的调情比起来，根本不是一个档次。"安浔如实说。

司羽轻笑："还是大川比较捧我的场。"

说着他坐进沙发，从身后搂住她。安浔在他怀里乖乖地蹭了蹭。他抚着她的长发，手指慢慢下滑直到握住她的手腕，指尖轻勾着将她手腕上的皮筋扯下来，抬手绾起她披散的长发，绾成不太圆的丸子头。

"虽然我很喜欢你的头发，但是它有时候会耽误我吻你。"他低沉暗哑的声音在她耳边响起，说着说着，温热的气息便喷洒在她脖颈，接着就是他舌尖的温度，濡湿的感觉。

安浔躲闪，轻轻撒开，问他："司羽，你吻过多少女孩？"

其实这话，她一直想问，而且还想问得更深入——想问他，在她之前，他有没有过别的女人，或者有过多少女人。

司羽微微松开她一点儿，有点郑重地慢慢说道："安浔，你知道学医的人，通常都会有些洁癖。"

安浔歪头："那没学医之前呢？有洁癖吗？"

"也有。"司羽笑说。

洁癖有时候，真是个可爱的癖好。

两人说话间，见安浔胡乱地换着电视频道，司羽问道："除了那几个，还有喜欢的日本电影吗？"

"其实我最初对日本电影的印象并不好。"安浔说。

电视镜头转换色调暗了下来，司羽的笑容在昏暗的灯光下朦胧又迷人："我恰恰和你相反。"

安浔："……"

这人！

安浔瞪着他，终于忍不住开口："司羽，你的礼貌你的教养都是用来骗别人的，你其实就是一个道貌岸然的衣冠禽兽。"

司羽听她说完，微微一愣，随即沉声笑起来，笑得肩膀都耸个不停，然后伸手转过她，让她跨坐在自己腿上："好吧，一本正经的小安浔，我们这次好好聊天。"

安浔将头抵在他的肩膀上，"喊"了一声："你才一本正经。"说完之后，她顿了顿又道："你一点儿都不正经。"

"那和我说说，你做过什么坏事？"他轻笑着将她的手握进掌中，心想，安非的女王大人其实就是个小女生，他喜欢这种落差。

安浔忽略他故意加重的"坏事"两个字，坐直身子看着他："我和安非一起偷偷抽过烟。"

司羽轻笑："坏女孩。还有呢？"

应该是氛围太容易让她放松，安浔想了想又说："他问我好不好奇接吻的感觉。"

司羽皱眉："然后呢？"

"我踢了他一脚，然后出去告诉我爸安非在卧室抽烟呢，结果我爸把他叫到书房教育了两个多小时，妈妈停了他一个月零用钱。"

司羽满眼笑意："干得漂亮！"

"所以他一直很怕我。"安浔有点小得意。

司羽静静地看着她笑得那么得意，半晌没说话。安浔问道："怎么了？"

他像是故意引诱她，慢慢地低低地问："还想不想抽烟？"

安浔眨巴眨巴眼睛，还没说话，便见他伸手将茶几抽屉拉开，从里面掏出一盒香烟，银色盒子上面印着 Treasurer。他熟练地弹开盒盖，从中抽了一支含进嘴里，又摸了打火机出来，侧头点燃。

安浔一眼不眨地看着他，心咚咚地跳着。她觉得，自己对司羽的了解一直受第一印象左右，他的阳光、他的绅士都是表面的，真实的他性感、神秘又撩人。

平时的司羽让人喜欢，现在的司羽让人上瘾。

"从不知道你抽烟。"安浔说。

"不在女士面前抽。"他随口解释着，然后将那支烟从口中拿开，抬眼看向安浔，随即手托着她的后颈拉近，低头便吻上了她的唇。

他嘴中含着的烟气全都一下一下渡给了她。

安浔推拒他的唇舌，扭头轻咳一声，眼睛水润润的像要咳出泪，模样看起来有点可怜："你要教坏我。"

他笑，烟雾缭绕中，说："还有更坏的。"

安浔感觉到他微微前倾，将烟摁进茶几上的烟灰缸里，然后手腕就被他精准地抓住，无法动弹，她也并不太想动。转眼他再次低头吻了过来，濡湿温热的唇舌带着浓浓的烟草香，让人不自觉沉醉其中。

安浔微仰着头，发丝散落，垂到他手臂上，有几缕从毛衣中穿过，随着她的晃动一下一下刺激着他肌肤的感官。

痒到了心尖上。

安浔感觉到他放开了自己的手腕，手掌隔着衣物在自己身上游走。她浑身无力，也不知道自己是在推拒还是更像邀请，有些意乱情迷。

再然后他又慢慢将造次的手移到她的腰部，想要从衬衫下摆钻进去，一下、两下……都没成功。伸手一摸，他发现她的衬衫塞进了高腰铅笔裤中，因为裤子太紧身，他无法将衬衫完全抽出。

司羽有点傻眼。

坐在他身上的安浔笑了起来。司羽无奈，伸手抱紧了她，哑着嗓子在她耳边说："让我摸摸。"

安浔摇头。

"那你摸我好不好，宝宝？"他再次握住了她的手腕。

安浔看也不看他，想抽回手，他也并不强求，只一下一下亲吻她的脸颊。

电视"啪"的一声关掉了，安浔感觉好像是自己乱动的腿压到了遥控器。突然的安静，让他在自己耳边的轻微喘息声更加明显，似乎还伴有压抑的停顿，她突然就心软了。

窗外有隐约的汽笛声，还有听不太清晰的欢呼声，安浔扭头看去，恍然间看到了大片雪花。

下雪了。

室内的温度像是要达到沸点，安浔感觉自己仿佛又回到了那个炎热的夜晚——她和安非窝在他房间的阳台上偷偷抽烟，那种有点慌张、有点兴奋的感觉在此刻被无限放大，甚至还生出些不管不顾的放纵。

一旁抵在她脖颈中的人喘息声变得更大，还有他一声一声轻轻地叫着安浔，叫着宝宝的声音，那样欢喜。

良久，司羽笑得像只狐狸一样，抬头凑近她耳边说着让她脸红的话。安浔依旧一动不动，一脸不知所措。

他终于良心发现，有些歉意地看着她惊慌的模样，说出的话却更加欠揍："真麻烦，这么可爱，让我非常想继续吻你。"

安浔忙从他身上下去，不回应他的话，也不抬头看他。司羽知道她在恼自己，不敢再逗她："去睡吧，我去洗洗。"

床不大，却很软，安浔坐在床沿稍微犹豫了一下，想到司羽洗澡快，她没敢磨蹭，将自己裹进被子中闭眼就睡，不然一会儿醒着再遇到，难免尴尬羞涩。

司羽洗完澡出来，安浔已经睡沉了，而且是抱着那只大熊睡的。他站在床边看着她和那只熊，心想：不是不太喜欢吗？怎么还抱着睡？抱他都没这么紧。

为什么自己会心血来潮跑那么远买这么个东西回来？司羽人生少有的失策，这只熊可以算一次。

看到丝毫没有自己地方的床，司羽不自觉地笑起来，反思了一下，觉得自己是有点急，吓到了她。

还只是一个二十出头的小姑娘，偷偷抽支烟就觉得是天大的坏事。

不过刚刚，她还真是……

纯真又迷人。

可能是睡得太早，安浔半夜突然醒来，见房间开着壁灯，昏黄昏黄的，让人觉得安心又温暖，身旁是那只又大又胖的泰迪熊玩偶，并没有司羽。

安浔下床，在房间找了一圈，看到阳台上明明暗暗的光点，便走了过去。

门后烟雾弥漫中，司羽正一手给花浇水，一手夹着烟。听到开门声，他回头看去，见安浔进来，他伸手把阳台的灯打开了。

安浔背着光，神情有些关切："你又失眠了？"她还记得他失眠的事。

"在想事情。"司羽随口答道，见安浔穿得单薄，将一旁椅子上的毛毯披到她身上，"怎么醒了？"

安浔看了看他手中的烟，说道："花再浇就要淹死了，还有你为什么要用烟熏它们？"

说着安浔又走近了他两步，伸手搂住他的腰，将脸颊贴在他胸前找了个最舒服的位置："小沈先生，又想许愿了。"

他伸手将烟摁进花架上的烟灰缸里，回抱她，亲吻她的额头："好。"

"跟我回国好不好？"她仰头看他，"明天一早就走。"

司羽也正低头看她，她的眸子在灯光照射下闪闪发光。他噙着笑："好。"

安浔想问他怎么不问为什么，想问他那只大熊什么时候抱回来的，想问他今天找不到她的时候是不是很着急，可心思百转千回，还是什么都没问。

安浔早上醒来的时候，司羽已经在厨房煎蛋了，她揉着头发进了洗手间。没一会儿，司羽就走进来，安浔正在刷牙，被他从后面环腰抱住。他看向镜子中的她："早安，安浔。"

安浔"嗯"了一声，漱了口，也从镜子中看他。放在她腰腹上的一只手挪了上来轻抚她的下巴，随后稍稍用力让她微微侧脸，歪头便又吻住她。

两人口中全都是牙膏的薄荷香，清新微凉却又火热。

第六章

归国疑云

大川对于司羽刚来就回国表示很不理解："果然是有钱人，坐飞机跟坐公交车一样，真舍得。"

司羽把钥匙给他，叮嘱道："别忘了浇花。"

大川拿着刚送走又回来的钥匙，头疼地想：又得求欣然学姐了。

"别把钥匙给学姐。"司羽像是能看穿他的想法，回头补上一句。

大川"嗯嗯啊啊"半天，鼓起勇气问："为什么呀？"

"安浔不乐意。"司羽的理由让大川痛心疾首。司羽以前是多高傲一人，多给他们男生长脸，多少女生专攻不下的男神，结果让安浔那小姑娘吃得死死的。

司羽离开大川的房间便碰到了刚从电梯出来的陆欣然，陆欣然问他："今天回去？"

司羽点头："和教授申请了回国内实习，论文方面会用电子邮件联系。"

陆欣然"嗯"了一声，犹豫半晌又问道："虽然不知道你答应了你父亲什么，但想来也不是什么好事，没问题吗？"

那天的接触后便多少猜到他的家庭不一般，陆欣然觉得，要是家族联姻什么的……

她更希望最后的人是安浔。

司羽看了看斜后方的门，看起来不想让房间里的安浔听到什么。他微微压下了声音，说得轻描淡写："我爸总不会让我去杀人放火，只是家里的一点儿事情。"

陆欣然稍微放下心来："这就好。"

司羽和安浔回春江坐的是国航，机组人员是清一色的中国人，热情周到，只是不知道为什么那些空姐看到司羽后会躲在一起窃窃私语。

司羽不知道是习惯了还是并不在意，依旧如常。安浔索性也不再探究，套了眼罩准备睡觉，然后就听到司羽向空姐要了毯子。毯子很快就被送来，他仔细地给安浔盖上。安浔虽没睡着，但已有了困意，便动也没动地让他给自己包了个严实。

后来，空姐的话让她本来浓重的睡意一下全无。

一个轻柔礼貌的女声道："先生，请问一会儿下机的时候可不可以和我们合个影？"

司羽没有立刻回答，似乎诧异了一下，随后只听他说道："我想你应该认错人了，我不是明星。"

"我知道，我知道，只是我在网上看了你的视频，正好今天又碰到了，所以……"空姐说他在富士山下救人的视频已经在国内的社交网络中火了，昨天上午被人传上了网，今天播放量已经上千万次了。

一是因为救人视频太激动人心，大家眼睁睁看着那脸色泛青昏迷不醒的大叔在他的不间断的胸外按压下恢复呼吸；二是因为救人的人颜好腿长，英雄本就容易让人崇拜，如果再加上能令人着迷的皮相和身材，不火才怪。很多人求视频里男主角的信息，一些留学生看到后留言说是东京大学医学系的学长，男神级人物，为了尊重个人隐私，大家都没有再多透露。

司羽很意外，安浔将眼罩推上了头顶，转头问他："一会儿下飞机要不要戴个墨镜和口罩？"

司羽笑："不至于，过两天大家就忘了。"

现如今网络发达，新鲜事频发，不管是好的还是坏的，很容易就会被遗忘。司羽说得没错，但是让安浔没想到的是，这件事只是司羽朝着网红的康庄大道越走越远的试水事件。

最终，司羽拒绝了空姐想要的签名和合影，还在安浔的要求下戴了墨镜，突然就有了男明星那味儿了。安浔让他走路低着头，大步流星。司羽搂过她来："戏真多。"

"简直不要太帅！"安浔说，"真的像明星，一会儿出去会不会有粉丝接机呀？"

"以后可能还会有人打投做数据呢。"司羽边走边说。

安浔惊奇："这你都懂？"

司羽失笑："我又不是原始人。"

郭秘书来机场接他们，见到安浔也没有意外，依旧像以前一样规规矩矩打招呼。回市区的路上，司羽和安浔坐在后排，安浔乖乖靠着司羽闭目养神。

郭秘书见安浔睡觉也不好意思说话，几经忍耐，终于还是说道："羽少爷，先生让您回去解释一下视频的事。"

司羽靠在椅背上，轻声说："没什么好解释的，只是碰巧救了个人。"

郭秘书"哦"了一声，半晌又说道："先生说，如果您想进娱乐圈，除非他……"郭秘书觉得这话大不敬，自动跳过，"先生还说，他宁愿你去当医生。"

司羽笑："这倒是个不错的主意。"

郭秘书提到了视频，安浔便想想看看。她的手机在国内暂时不能用，借了郭秘书的手机，找到了那个据说占据各大社交网站头条的救人视频。视频明显是围观路人的视角，好在视频中并没有她出镜，只一个模糊的侧脸，这让安浔免了很多不必要的麻烦。

司羽和安浔两家在春江的一南一北，司羽先让司机送安浔回家。安浔问司羽："你在春江上过学吗？"

司羽答："高中在这里读的，城北那边。"

安浔好奇："那离我家好远，怪不得我不认识你。"

"离得近的你都认识吗？"

安浔摇头："那倒不是。"不过长得帅的多少会听说，女同学们平时最喜欢谈论校草、男神之类的。

沈司羽的脑子也不知道怎么长的，安浔觉得自己根本没透露什么，他倒是懂了她的潜台词。他笑笑，回道："我当你在夸我。"

安浔抿唇不答。

到了安浔家楼下，他皱眉："来找你有点远，我希望我想见你的时候能很快见到。"

安浔看了眼前面的司机和郭秘书，觉得有点难为情，拉着车门没有说话。她将一直放在包里的那张银行卡塞进司羽衣兜里，下了车，站定在门边，手撑在车沿上弯腰看他，说："没密码。"

司羽挑眉，觉得她这霸道总裁范儿倒是学得很像："向阳家给的那钱？"

安浔点头，冲他眨眼："以后乖乖的，这些钱都是你的。"

前排的司机和郭秘书一脸震惊，心里直呼这两人相处的模式很是诡异！

司羽轻笑，伸手拿出卡来，两指夹着递还给她："你拿着吧，就当聘礼。"

安浔一愣，反应过来他说的什么后，瞥他一眼："想得美。"说完她又看了看郭秘书，似乎想道别，但被司羽这么一逗，有点害羞，索性直接走了。

郭秘书见安浔如此，忍不住笑了，笑着笑着突然叹了口气："南少爷可不会像您这样哄女孩子，可郑小姐偏偏对他……这可真不太好办。"

"别告诉她我回来了。"司羽说。

郭秘书为难地道："先生已经对郑家说了。"

司羽皱紧了眉头，似乎已经开始不耐烦，良久，只道："回去吧。"

"羽少爷，既然答应了先生，您就忍一段时间吧。"郭秘书说。

折腾了一天，司羽也有些疲惫，揉着眉心靠在椅背上，没再说话。

安浔临时决定回来，并没有通知家人，按了门铃后，就听到安妈妈的叫声："安非，去开门。"

"我打游戏呢，妈，你去。"安非的嗓门更大。

"你喝多了吐你爸那翡翠白菜上的事还想不想让我帮你隐瞒？"

"妈！"安非吼了一嗓子。

这俩活宝！

安浔和父亲都是话少的人，安非母子没来之前，这个家从来都是安静的。安浔特别理解父亲为什么会爱上安妈妈，就像他说的：善良、喜庆。

开门的是安教授，他见到安浔有点意外，又有点惊喜："回来了，姑娘。"

安妈妈拿着鸡毛掸子从书房走出来，见到安浔眉间一喜："哎哟，小安浔回来了，快进来，让我沈女婿也进来。"

"沈女婿？"安浔刚脱掉一只鞋，听到这个称呼，抬头看安妈妈。

安妈妈点头："就呼呼按两下就把人救活的那个小帅哥，不是你男朋友吗？没来吗？"

安浔"哦"了一声，去看沙发上拿手机打游戏的安非，他正缩着脖子假装自己是透明的。

"还是安浔有眼光，那孩子真是又帅气又善良，比易白好，你说是不是，安教授？"安妈妈说完，扭头找了下安教授，发现他正拿着电视柜旁的翡翠白菜看得仔细。

安非见状索性游戏也不打了，翻身从沙发上跳下去，悄悄地想要跑开。结果他还没走两步就被安教授出手拦住："安非，跟我去书房，咱们谈谈这棵白菜怎么回事。"

安非平生最怕去安教授的书房，一进去没两个小时绝对出不来。他立刻露出一副生无可恋的模样："妈，我能承受得住，你实话告诉我，我是不是你亲生的？"结果，安教授还没教育他，他就先被安妈妈的鸡毛掸子抽了。

安浔睡了长长的一觉，她是个很爱睡觉的人，缺了的觉一定要补回来。醒来时她觉得不舒服，以为饿了，起床才发现肚子胀痛，结果是月事提前了一周。安浔有点郁闷，觉得一定是让那安藤川吓的。

安妈妈敲门进去喊她吃晚饭时一副神神秘秘的样子，满眼都在说：出来瞧瞧，有惊喜哟。

安浔躺在床上不愿意动，撒娇道："妈，我肚子疼。"

安妈妈"哎哟"一声："是不是我大姐来了？你先别动，我给你煮生姜红糖水去。"

安妈妈端着姜糖水回来时一直念叨着安浔是不是在日本冻到了。

安浔无力说话，乖乖喝完，嘴里全是又甜又辣的味道，若不是肚子太疼，安浔根本不会喝这东西，一股怪味道。

安妈妈满意地出去了，可没一分钟又拿了一个白色盒子进来，放到安浔的枕头边，笑得一脸甜蜜："同城闪送，发件人写的是沈司羽。"

是一个新手机，还有一张手机卡。

安妈妈太容易甜蜜了，神秘兮兮的模样让安浔差点以为是求婚戒指。

安浔喜滋滋地把手机卡装好，刚开机没一会儿便接到了一个陌生号码打来的电话。她接了电话，那边没有立刻说话，听筒里有风的声音，还有汽车的鸣笛声。

"司羽？"

"你再不开机，我就要举报那个闪送了。"他的声音伴着风声一起传来，低低的，很好听。

安浔打了个哈欠："蛮不讲理，我只是刚睡醒。"

"猜到了。"他说。

电话中传来长长的一声汽车鸣笛声，安浔问他："你在外面？"

他"嗯"了一声，然后慢慢说道："安浔，出来。"

"嗯？"她随口应着，随即又反应过来，忙坐起身，"你在我家？"

"楼下。"他说。

吓死她了，还以为他在客厅。

安浔忙下床，却忘了刚造访的大姨妈，一落地肚子便绞痛起来，她忍痛套了厚棉服准备出门。安妈妈从餐厅出来，见她不吃饭还往外跑，问她干吗去。安浔说跑步，吓得安妈妈差点追出去。安教授拦住安妈妈："年轻人是该多运动运动。"

安妈妈瞪他：你懂什么！随即她冲安浔喊道："你那身体，跑什么跑！"

安浔忙改口："说错了，散步。"

门口只有一辆银灰色轿车，里面并没有人，安浔环顾四周，看到司羽从街对面拎了两杯咖啡走了过来。对街那家咖啡店的咖啡很好喝，隔着街安浔似乎都闻到了那浓香的味道；而等他走近，安浔这才注意到，他穿了一身西装打了领带，不太和谐的是还戴了一个黑色口罩。

第一次见他穿得这么正式，这么显身材。安浔打算着，以后一定让他穿西装给自己当一次模特，因为穿西装的人大街小巷哪里都是，只有他有种说不上来的禁欲感。

司羽站定在她面前，伸手将口罩拽下来些，还没说话，安浔便好笑地看着他说："被认出来了？"

"嗯，有点麻烦。"他皱着眉点了点头，似乎犯了愁，还想说什么，在不甚明亮的街灯下一下注意到安浔神色恹恹、没有精神的样子，"脸色怎么有点白？冷吗？"

安浔肚子疼，感觉直不起腰来了。她将额头抵在他的肩膀上，只摇了摇头。司羽一手搂住她，一手开了车门："坐进来。"

她确实不想站在寒风中，车里没开暖风，不比外面暖到哪里去。安浔也不顾害羞了，刚坐进车里就缠着他窝到他怀里。司羽愣了愣，将咖啡放进杯槽，回手搂住她。

她变得黏人，很讨人喜欢。

"哪里不舒服？"他低头轻问。

安浔脸颊贴在他的白衬衫上，呼吸喷在他的锁骨上，让他又热又痒。

"你身上好凉。来多久了？"安浔问。

"没多久。"他拿了杯咖啡放到她手中，想让她喝些暖暖。

安浔还在纠结这么冷的天他等了多久的问题："你可以上去找我的。"

反正家里没少调侃她去日本这事，也默认她和沈司羽的关系匪浅，不怕他们知道得更多了。司羽打开了另一杯咖啡盖，车里面立刻香气四溢，他喝了一口："来得匆忙，什么也没准备。"

第一次见她父母，一定要做到完美。

安浔拿着咖啡暖手，司羽几下将咖啡喝完，将空掉的咖啡杯顺着车窗扔到路边的垃圾桶里，一击即中。安浔看着那杯子飞跃的弧线，挑眉："你以前是不是校篮球队的，一打球就会让女同学激动得晕倒的那种选手。"

司羽摇头:"我不打篮球。"

安浔感到意外,照理说,他这个身高,完全可以在校队打前锋。司羽看出她的疑惑,解释道:"司南不喜欢……运动。"

"这样啊。"兄弟俩感情看起来很好,可是她却从没见过两人通电话。

司羽见她只拿着咖啡却并不喝:"为什么不喝?"

安浔为难,措辞一下:"最近我不宜饮用咖啡。"

司羽疑惑了一下,立刻明白了,拿走她手中的杯子再次放进杯槽,手摸向她腹部:"肚子疼?"

安浔意外他竟然明白她的意思,随即转念一想,他是医生呀,当然懂。

司羽的手还留有咖啡的热度。他拉开她棉服的拉链,手钻进毛衣底下,抚上她的小腹,轻轻地揉着。安浔舒服地窝在他怀里一动不动。

"从家里宴会上出来,到你这里,用了四十分钟。"司羽的声音在寂静的车厢中,低沉性感,"我在想,四十分钟的路程我竟然都忍不了,要是你回意大利上学,从春江飞佛罗伦萨要十个小时,我会怎么样?"

他这段话说完,安浔感觉自己热的不仅是他手下的小腹,还有心脏。

"安浔,"他将下巴抵在她的头顶,轻轻地蹭了蹭,低笑一声,似嘲笑又似叹息,"原来这就是热恋啊。"

安浔的心脏在他说完这句话后就开始不受控制,跳动不再稳定,还酥麻得要命。安浔想用深呼吸平复一下,发现并不起效果。她索性刺激到底,伸手去搂他的脖子,微微起身抬头吻向他。他意外她的主动,同时也享受其中。安浔感觉到他放在自己腹部的手还在轻轻揉着,小腹那里火热一片,不知不觉间就不觉得疼了,似有一股暖流,让她周身都热乎乎的。

车厢内和外面仿佛形成了两个世界,那个世界离他们越来越远,听不清也感受不到,只有满心满眼的彼此。安浔感官中全是司羽,司羽长长的睫毛,司羽热烫的手……

"宝宝……"他这样在她耳边叫她,喑哑又迷人的嗓音,让安浔心动得无以复加。

外面有车过去，一闪而逝。轿车的车窗贴了暗色的玻璃膜，路人路过或许会扭头看一下不太常见的豪车，却不会看清车内的人。

直到外面有口哨声响起，有人大声调笑："那车里是不是有人？"安浔听到声音还没来得及思考，一个人的脸就贴上了前面的挡风玻璃，嘴里还喝了一声，似乎是故意吓人。

车内昏暗，两人又是在后座，外面看不清什么，估计就是别人的恶作剧。司羽放开安浔，让她坐到一旁。他倒是干什么都不紧不慢，竟慢慢系上衬衫扣子理了理西装袖口才开门出去。安浔看他从容不迫地站定在车门外，双手插在西装裤袋中，对着前方喊道："向阳，滚回来！"

向阳已经走到了小区大门的另一边，那儿停了两辆车，车边几个年轻人闲聊着，他们听到司羽的声音，都转头看过来。只有向阳，像是被吓了一跳，猛地抬头，待看清轿车车边的人，愣了一下，半晌才对身旁的易白嘟囔了句："我真是倒了八辈子霉了！"

看到司羽他就想起在海水里泡了一天的自己，回家后还被老头子抽了几鞭子。不知道是不是心理作用，向阳觉得后背又有点隐隐作痛。这简直是他有生以来的奇耻大辱，偏偏有气没地方撒，碰不得，招不得，骂不得。

其他几人不知道两人之间的恩怨，问易白这人是谁。易白没说话，只是看向车子后座，像是能看穿一样，脸色突然变得难看。

向阳走了过去，站定在司羽五米开外。他举了举手，一脸无辜地说："这次我可没碰你的车。"

司羽看着他，慢悠悠地道："是吗？"

向阳摸不透他的表情猜不准他的心思，心下愤恨，觉得这下在哥们儿面前丢人丢大发了，一时间走也不是留也不是，犹豫半天咬牙说道："得，是我嘴欠，沈先生您大人不记小人过……"

向阳正不太情愿地嘟嘟囔囔道歉，小区里出来了一辆车，车子停在他身侧，安非从驾驶座探出脑袋："向阳你站这儿干吗呢？"

安非说着便顺着向阳的视线看去，见到司羽，下意识地唤道："唉，姐夫？"这句姐夫刚喊完，安非便发现另一侧的易白，神情一顿，转了转眼珠干咳道："向阳，快上车，我爸今天不让我出门，我这是偷跑出来的。"

说完安非又咳了一声，也不看易白，只觉得真尴尬啊！说起来这都怪他妈，天天在家"你姐夫多大，你姐夫多高，你姐夫性格如何"，搞得他看到司羽就不自觉地喊了出来。

向阳没动，转头看司羽。司羽已经不似刚才看他时冷冰冰的样子，此时神情柔和许多，嘴角也翘了起来，对安非说："走吧。"

"好的，姐……"安非咧嘴笑，瞥了眼易白，"咳，夫。"

司羽不再与他们说话，转身上了车。向阳还有点反应不过来，心想他这次就这么轻易放过自己了？想归想，以免他反悔，向阳特别利索地蹿上了安非的车。

安非拐了个弯驶上马路，没走多远突然又降下速度："沈司羽是不是来找我姐的？哎哟，我忘了告诉他我姐跑步去了。"

向阳像看白痴一样看他："你姐说她跑步去了？"

安非点头："是啊。"

"你信？"

"信啊，怎么了？"安非恍然，"也可能不是跑步。"

向阳点头："肯定不是啊。"

安非："她是去散步。"

向阳："……"

向阳心道：你姐在车里跟沈司羽一起呢，你个蠢货！

司羽坐进车里的时候，安浔正拿着手机打电话。

"爸，安非刚和他那些狐朋狗友出去了，你快把你的翡翠白菜、翡翠弥勒什么的收起来，小心回家他又给你吐上……对，我散步时看到的……是，必须好好教育……嗯，我一会儿就回去。"安浔说完把电话收进棉衣兜里，转头看司羽。

司羽轻笑："散步？"

安浔笑得有点俏皮，也许是使坏之后的小得意："不说散步难道说沈司羽欺负我的时候被安非的朋友们发现了？"

司羽的眸子在昏暗的车厢中沉了沉，随即伸手抬起她的下巴，在她的唇上咬了一口："再这么笑，就让你知道什么才是欺负。"

没留多久，司羽接了个电话就走了。他似乎很忙，安浔并没有问他在忙什么，只是告诉他不用怕冷落自己，因为她明天开始要闭关画画。

司羽听后，觉得被冷落的那个人是自己。

安浔回家后发现客厅摆的那翡翠白菜和翡翠弥勒都没了，语重心长地对安教授说："爸，你得揍安非一顿他才长记性。"

安教授深表赞同。

司羽走时问她为什么总是欺负安非，安浔说安非大嘴巴，什么都和安妈妈说，惹得安妈妈最近这几天每天跟着她问沈女婿的事。安浔一说完司羽就笑了，他说你的家人有点讨人喜欢，说他喜欢他们对他的称呼，还问了安教授怎么称呼他的。

安浔正想着，就听安教授说："姑娘，你妈说沈家那小子送了你一个手机？你明天买个赶紧还回去，别让人觉得咱小气。"

沈家那小子——安浔当然不会告诉司羽她爸都是这么称呼他的。

窦苗找上门的时候已经是晚上八点多了，安教授早已回了书房，安妈妈在看电视剧。安妈妈见窦苗进来，夸她又胖了不少，说这姑娘真好，瞧她家安浔瘦的。

窦苗哭丧着脸跑去安浔房间，问她："安妈妈是不是阴阳人，太会阴阳了？"

安浔笑："我妈就喜欢胖胖的，那是她的心里话。"

"所以你也觉得我胖？"窦苗怒道。

"……确实胖了不少。"安浔说。

窦苗先是数落安浔失踪那么久联系不上，又要看她最近的作品，说手里已经接了好几个单子了。安浔以作品都在汀南没拿来为借口搪塞过去。

"沈司南还跟你联系吗？"窦苗突然问她。

上次发的邮件还静静地躺在发件箱里，并没有任何回复，安浔摇头："已经很久不联系了。"

窦苗感叹："也不来找我买你的画了，真是的，少了这么个大主顾。"

安浔见她愁眉苦脸，安慰她："别担心，我让人打听下他是不是有了'新欢'，怎么样？"

"你认识认识沈司南的人？"

安浔笑，觉得她的问话很有意思，顺着她说："我认识认识沈司南的人。"

"谁？"窦苗眼睛都亮了，有种神秘的沈司南要曝光了的感觉。

安浔想了想，形容道："一个做菜好吃能当模特当抱枕，颜好腿长巨有钱的人。"

"呵！"窦苗显然不信，"真有这种人？你最近不好好画画看小说去了吧？"

窦苗主要是来送邀请函的，之前她把安浔的一幅画委托给了一个拍卖行，拍卖行送了张请柬想让原作者去坐镇。安浔看了看时间，后天晚上七点，沈洲酒店。

安浔原计划这两天是要把富士山那幅画画了，结果第二天一早窦苗就来喊安浔上街，说自己受了刺激，要买些显瘦的衣服。因为临近年关，商场里的人不少，窦苗要买衣服的呼声虽然高，但无奈钱包羞涩，最后买的竟然不及安浔的三分之一。

"这是最后一家店了，我不行了。"窦苗拎着的大多是安浔的东西，她瘫软地坐到店里的长凳上，一动不动。

安浔看了她一眼："窦苗你缺乏锻炼，没事多跑跑步。"

说到跑步又想到了昨天晚上的事，安浔有片刻走神。而就在这走神之际，身边的一位女士指着安浔手里的鞋子问导购员："这双鞋36码的还有吗？"

导购员立刻热情地说："有的，郑小姐您稍等。"

看起来像是店里的VIP，安浔回头看郑小姐，发现这个郑小姐是个年轻漂亮的女人，眉目柔美清秀，有种娴静温雅的气质。

郑小姐见安浔看自己，对她笑笑，很亲切："我们的眼光一样。"

那位郑小姐拎着鞋子走了，最后安浔也买下了那双鞋子，刷卡的时候窦苗一直在一旁念叨保佑自己也发大财。

司羽忙了两天不见踪影，早晚两个电话，偶尔发个微信闲聊两句后他总是要问一句"宝宝想我没有"。每次他问这句话的时候，安浔都能肯定他确实陷入了热恋。

他家里的事他不主动说安浔也不主动问，知道他原来的专业是金融，所以他回公司帮忙也无可厚非。只是有次安浔打电话过去，他似乎在开会，那边安静异常，只听到有人在用麦克风做报告，还有人在近处问他："沈总，是否继续？"

他回答"稍等"，后来就是一阵寂静无声，随着开门关门声，猜想他出了会议室。他说："安浔，我之前不想进公司是觉得哥哥做得足够好，现在不想，是因为根本没时间见你。"不知道从什么时候起，安浔总是会因为他随意的一句话就心动得一塌糊涂。

第三天晚上，窦苗开车接安浔去拍卖会。窦苗作为助理，一整晚要跟着她。能有这种认识上流人士的机会让窦苗兴奋了很久，但当她见到安浔穿得正式又略带性感地走出来时，她便特别不想跟安浔去了。

窦苗想，艳压群芳估计说的就是安浔这种人吧。有才华就丑点，或者漂亮就无脑点，这也公平。安浔这种，真挺讨人厌的。

这晚的拍卖会的拍品主要是字画，安浔意外看到她祖父的一幅水墨画，那是九岁那年，她亲眼看着祖父画的菊花。

安浔的油画被第一排的一位女士拍走，开始还有人和她抢了几轮，到最后见她势在必得的样子，慢慢地便只剩她自己了。

一个意想不到的价钱，安浔有点意外，轻声问窦苗："我身价又涨了？"

窦苗特别高兴："拍卖会谁说得准？有两个人看上就能顶到天价，今儿要是沈司南在，你这画不定让他俩拍到多高呢。"

一旁站着的一位工作人员听到她们的对话忍不住笑起来，觉得大画家和她的小助理还挺有意思，忍不住插嘴道："拍到油画的那位是威马控股董事长的女儿，也是沈洲集团总裁沈司南的未婚妻。"

窦苗惊讶地张大了嘴巴，忙对安浔说："他们全家都喜欢你啊！"

安浔还是那副镇定自若的模样，淡淡地道："是啊，他们全家都喜欢我啊。"

窦苗啧啧摇头感叹。

"他们家有个人特别喜欢我。"安浔又说。

"谁啊？"窦苗问。

"我也挺喜欢他的。"安浔又说。

"听不懂你说什么。"窦苗不愿意再和她说话，转身继续和那工作人员聊天，想探听沈司南的事情。

工作人员说："郑小姐旁边的空位是给沈司南留的，可是不知道他为什么没来。沈司南太神秘了，我还想看看长什么样呢。"

安浔回头看了他一眼，一男人这么八卦？

拍卖会结束后，窦苗去准备委托合同，还要和拍卖行核算佣金，忙得焦头烂额。安浔倒是悠闲地在休息室等着。期间司羽打来电话问她在哪儿，她说在沈洲酒店参加一个拍卖会。

司羽惊讶："你竟然在那儿？"

"哦，来你家酒店忘了通知你了。"

司羽失笑："结束了吗？"

"刚结束。"

"在那儿等我，我一会儿就到。"

安浔刚挂了电话就有工作人员来敲门，说是拍得画的郑小姐想见见原作者。安浔想起拍画时这位郑小姐丝毫不见犹豫的模样，便觉得她不一定是喜欢自己的画，而一定是特别喜欢沈司南。

郑小姐在工作人员身后进来，安浔没见到人，首先注意到的是她的鞋子。

好样的，撞鞋了。

工作人员热情为她们做介绍，安浔这才发现这个郑小姐竟然就是昨天买鞋时遇到的那位。

"这就是安浔小姐。安小姐，这位是郑希瑞小姐。"

郑希瑞也很惊讶，但她似乎不是惊讶两人昨天的偶遇。她问："你是安浔？"

安浔点头："你好,我是安浔。"

郑希瑞这才礼貌地伸出手："太抱歉了,我竟然一直以为你是……额,年龄比较大的姐姐。"

要知道,很少会有这么年轻的女孩有如此成就。

安浔可以完全确定,这位郑小姐确实是替沈司南买画："没关系,经常会有人这样认为。"

工作人员为两人送来了茶水后就出去了。郑希瑞直截了当地问安浔:"你手里还有没有画?我想要看看。"

"我助理那儿还有几幅,你可以直接和她联系。"安浔通常不直接谈这些事,不过她倒是有点好奇,"是沈司南让您帮忙买的吗?他怎么没有来?"

郑希瑞听她这么说,突然沉默了一下,才笑道:"其实是我想送给他,有次在他家见到很多你的画,想来是挺喜欢你……"说到这,她突然顿住,看向安浔的目光慢慢变得复杂。

安浔本是没多想,但见她突然不说了,又这副神情,心下了然:"我和他……不太熟,我有男友。"

发觉面前的女孩察觉到自己的心思,郑希瑞有些抱歉地说:"对不起,我只是没想到你这么年轻漂亮,司南又把你的画当宝贝,我……"

安浔确定郑希瑞是个单纯又诚恳的人,心里想什么都不会遮掩,于是,忙向她解释道:"他应该只是单纯地喜欢我的画。"

郑希瑞不是很爱笑,但是笑起来温温柔柔的,很好看,说:"如果他知道你今天在,应该会来的。我记得上次订婚宴他对司羽说有邀请你,哦,司羽是他的弟弟。"

这样从别人口中听到司羽的名字,安浔竟觉得心生荡漾,虽然只是一个名字。安浔想,陷入热恋中的人何止是他。

郑希瑞付清了尾款留了地址,拍卖行的人承诺很快送画过去。窦苗把电话留给了郑希瑞,心里虽然心花怒放,但表面上还要做足范儿:"郑小姐,如果有需要可以直接打电话给我。"

郑希瑞应着,说:"我想把安浔所有现有的画都买了。"

窦苗感叹道:"您对沈司南先生真好。"

郑希瑞笑笑："我想把一切他喜欢的都给他。"

几人说着话一起走到了沈洲酒店大堂。

窦苗准备先行离去："安浔，你先和郑小姐聊着，我去开车。"

安浔却说："我先不走。"

"干吗？等人？"

安浔抿唇点头。

窦苗看她这表情就不对，眼睛滴溜溜地转，脑子里想着她和易白和好了，接着就补办订婚宴，最好直接办婚礼，届时媒体肯定报道，这样安浔的名气又能大些，画作便更是千金难求。

安浔没理她，侧身和郑希瑞道别。

郑希瑞说自己也等人。窦苗立刻戳了戳安浔，凑过去小声说："她等的人不会是沈司南吧？"

这边刚说完，不远处电梯里就下来三四个人，为首的是个矮个的中年人，郑希瑞走过去挽住他的胳膊："爸爸您谈完啦？"

那人是郑希瑞的父亲。

当发现只有郑希瑞一人的时候，他立刻拉下了脸："沈司南呢？又没来陪你？"

"他忙嘛。"两人说着向外走去，酒店的经理和服务生跟着送到门口。

"她爸？那威什么的董事长？我还以为她等沈司南呢。"窦苗努力想着之前拍卖行工作人员说的那个公司名字。

"威马控股，郑世强。"安浔站在玻璃门后，边说着边看了看手机，司羽还没有来电话。

窦苗"哦"了一声，问道："你怎么知道？"

"他去过我家，请我爸去他家的公司工作，不过我爸拒绝了。"安浔说得云淡风轻，窦苗却不由得对他们全家生出一股崇拜之情。

经理将郑家父女送到门外，刚准备回来，就看到一辆黑色的车子停到了酒店门口。那经理对身旁的服务生说道："沈总来了，站直点。"

沈总说的应该是沈司南，安浔听向阳父亲这样称呼过他，不过安浔也听过别人这样称呼沈司羽。

刚走到门口的郑希瑞见到车子后，立刻几步跑下了楼梯，声音满是雀跃："司南。"

司南？

安浔看过去，被人遮挡住，看不到沈司南的人，犹豫着要不要出去打个招呼，毕竟互相发了那么久的邮件也算认识，但想到两人半生不熟的关系，便收回了推门的手。

"你怎么在这儿？"声音低低沉沉的。

"我来参加拍卖会啊。下午我打电话邀请你的时候，郭秘书说你在开会，我就给你发了个信息。"郑希瑞站在楼梯最后几个阶梯上，声音有点委屈，"还以为你是来接我的呢。"

郑世强走过去，拍了拍女儿的肩膀，对楼梯下方的沈司南说："正好我找你有项目要谈。你父亲在家吗？我们去你家谈怎么样？"

"郑伯父，我们可以约别的时间。"又低又沉的声音，安浔听不太清晰。

"有事？"郑世强点着头，"如果你是陪我女儿，我可以放你走。"

"我有别的事。"

"推了，我给你父亲打电话。"郑世强说着就拿出了电话。

安浔不再好奇，正准备给司羽打电话，一旁的窦苗突然拉住她的胳膊说："哎，你看这沈司南像不像前两天网上特别火的那帅哥？"

前两天网上特别火的那帅哥？不就是沈司羽吗？安浔觉得像也正常，毕竟是兄弟俩，向阳他爸也说过，沈司羽和沈司南有点像。安浔想着抬起头顺着玻璃门看出去，见那些人已经陆续上车，一直被别人挡住窥不见真容的沈司南终于露出面目。

应该是拒绝不了郑世强，他绕回到驾驶座那边，一手烦躁地松了松领带，一手开车门，似乎还向这边看了一眼，然后才坐进了车子中。

窦苗还在犯花痴，说他松领带这个小动作能迷死人，安浔却愣在那里半晌没动。直到那车子走远，安浔才慢慢转头问窦苗："那是沈司南？"

窦苗奇怪她的反应，使劲点着头："对呀，把你帅傻了？没听郑家父女俩这么叫他吗？"

安浔皱了眉头："那明明是沈司羽。"

刚从外面进来的酒店经理听到安浔的话，轻笑一下："这位小姐认错人也不能怪你，毕竟我们沈总和小沈先生是双胞胎，他们长得太像了，我们见过那么多次都很难分清。"

安浔诧异地看向经理，自己从来没听司羽说过，他和司南是双胞胎。

酒店经理见安浔认识小沈先生，多问了两句，安浔只说是朋友。经理以为是泛泛之交也懒得应酬，刚想带人走就听她突然问："沈司羽现在在哪儿？"

"在日本，小沈先生还在上学。"经理说。

"他不是已经回来了？"

"回来了？不可能，昨天还听董事们说董事会要请小沈先生参加，沈总说他学业太忙没空回国。"

经理带着人离开了，安浔只觉得脑袋里乱七八糟的。她下意识地低头看向手机，没有电话，没有信息。

"所以救人的是沈司羽？这个是沈司南？一个就帅哭我了，两个一模一样的可是要死人的，也不知道沈司羽便宜给哪个女人了。"窦苗还在一旁嘟嘟囔囔的，安浔却仍皱着眉头不说话，不知道在想什么。

"你说的认识沈司南的那个人不会就是沈司羽吧？"窦苗想到她刚才打听沈司羽，往她眼前凑了凑，"他们俩真这么像？"

安浔脸色少有的凝重，半晌才说道："窦苗，刚刚那个人，就是沈司羽。"

"啊？这么肯定？"窦苗见安浔笃定，便开始脑补一出豪门大戏。

安浔拿着手机，犹豫着要不要拨通电话，拿起又放下，眉头紧皱："可是万一真是司羽可怎么办？"

窦苗一头雾水，不知道她到底在说什么，随口应着："是就是喽。"

安浔似乎很快就做了决定，随手将手机扔进包里，率先走出了酒店："窦苗，送我回家。"

"不是等人吗？"窦苗忙跟出去。

从酒店回城郊沈家宅子的路上，驾驶座的男人一遍一遍按着拨号键，可不管他打几次，始终都是无人接听状态。

"司南，我爸爸虽然有点强势，但是他这么做只是想让你多陪陪我。"郑希瑞坐在副驾驶座，有点不安。回答她的是一侧那人继续拨号的声音和无人接听的提示音。

"你是约了人吗？"郑希瑞忍不住问。

"过了这个信号灯你就下车。"驾驶座的人说了自她上车后的第一句话。

郑希瑞愣了愣，似乎是老半天才回过神来："司南，我爸爸还在后面的车里，你这样把我撵下车是逼他解除婚约吗？"

"可以。"淡淡的两个字，将副驾驶座上的人伤得体无完肤。

信号灯过去了，他慢慢降下了车速。郑希瑞见他似乎真要让自己下车，慌忙地在车子停下之前拿出手机拨打了一个电话："爸爸，我和司南要出去，你们的事情改天再谈吧。"

郑世强那边当然是满口答应。

郑希瑞挂了电话，似乎刚刚的不开心全都没发生过，笑着对一旁的人说："司南，你去哪里？我陪你去。"

驾驶座的人没说话，只是踩下了油门，从前面的路拐了回去。酒店经理听人说沈总又回来了，忙去大堂迎接。

去而复返的沈总见到经理，直截了当地问："今天参加拍卖会的人都走了吗？"

"走了，沈总，他们早走了。"

听经理这么说，他没再停留，转身就走，两步后又突然站定，回身问道："今天有等司羽的人吗？"

经理先是一顿，随即反应过来："您说找小沈先生的人？这倒是没有，不过今天有个女孩错把您认成小沈先生了，就在您接郑小姐走的时候。"

然后，酒店经理第一次见到他们沈总的脸色变了又变，下一秒便见他转身离去，像是有什么十万火急的事。

郑希瑞还坐在副驾驶座，他像是没看到她一样，上车便发动车子，油门一踩到底。郑希瑞一路一句话都没说，安静得不行，似乎并不在平他会把她带到哪里去。

也就二十多分钟的路程，和沈家宅子完全相反的方向。最后，他将车子停在了一个小区门口。几栋精致的中式小楼，一栋楼只有两三户，这里住的多是一些退休的政府官员或国家干部。

郑希瑞看着他一遍一遍拨打着那个就是不接电话的号码，电话不接，语音、视频也不接，但他还是极有耐心，没有任何焦躁愤怒。

后来，他拨了郭秘书的电话，言简意赅："查安非的电话。"

那边郭秘书似乎还询问了什么，他只利落地说："快点。"

郭秘书效率一直极高，很快一个号码就发了过来。这次倒是打通了，是个男人接的。

"安非，你姐呢？"

"哎？姐夫？"他倒是一下就听了出来，"在家……在没在呢？"

"让她接电话。"

"没——在家呀。"安非拖着长音说。

"你让她出来，我在小区门口，"他顿了顿，又加了句，"不出来我就上去敲门。"

过了三四秒，安非那边才说话："我姐说你上来吧，让我爸妈见见你这个劈腿的负心汉。"

劈腿的负心汉？画家原来都是这么有想象力的吗？

司羽慢悠悠地一字一句地说："好，我马上上去。告诉她，我会当着你爸妈的面吻她。"

"我的妈呀，这么劲爆？那你快上……"安非刚说了一半就没声音了，只听电话中传来"呜呜"两声。

"你不许上来！"安浔接过了电话，说完，不情愿地道，"我下去。"

他将电话收起，转头看郑希瑞，发现她低着头一动不动。终是没什么耐心了，他说："下车。"

"司南……"郑希瑞抬头，眼圈通红，紧盯着他，"你这次消失这么久是因为有了别的情人了吗？我们在一起这么久，你说不要我就不要我了吗？"

沈司羽准备拉开车门的手顿了一下，很快低低地说了句"对不起"，然后开门下车，伸手拦了一辆路边的出租车，回身打开郑希瑞那侧的车门，依旧还是那句话："下车。"

再怎么说她也是个从小娇生惯养的大家闺秀，都如此低声下气了，对方还是不为所动，她没办法再待下去了。她下了车看都没看他一眼，抬脚上了一旁的出租车："我等你的解释。"

"解除婚约，找个喜欢你的人。"在关门前他对她这样说。

安浔磨磨蹭蹭的，老半天才下来，头发利落地绾着，穿着毛绒棉靴，双手插在身上那件蓝色棉服兜里，别别扭扭地走到小区铁门边上，也不开门出来，一副有话快说的模样。

司羽看着她，没说话。

安浔先沉不住气，隔着铁栏杆问他："干吗呀？"

司羽伸手解开了西装扣子，似乎很讨厌领带的束缚，扯下领带："你准备这样和我说话？"

安浔依旧冷冷淡淡的："嗯。"

司羽笑，看了眼一旁值班室的保安，对安浔说："你这样让我觉得自己像在探监。"

保安"扑哧"笑了出来，安浔扭头瞪他，保安又生生把笑憋了回去。她看向司羽："探监时间到，你可以走了。"

司羽没动，只是声音温和又带有一丝诱哄地问："没有话要问我吗？"

"我不想和你说话，"安浔低着头踢了踢地上的石子，"我要想想。"

太多疑问，沈司南和沈司羽，双胞胎？可是现在的沈司南却是沈司羽，沈司南哪儿去了？沈司羽什么时候开始成为沈司南的？还是一直都是？买画的是谁？和她发邮件的是谁？订婚的那个又是谁？最重要的是，订婚的那个是谁？

司羽了然："又让我给你点时间？"

安浔点头。

"多久？"

"两三天吧。"她得想想怎么问他，再想想每一种可能的处理办法。

司羽抬手看了看手表："十分钟，现在开始。"

"你这是哄人的样子吗？"安浔不乐意了，自己这是生气呢，他怎么就不温柔点。司羽微顿，放下手臂，瞥了眼一直默默偷听的保安小哥，转身走到车辆进出的栏杆那儿，手撑着挡栏就那样跳进了小区里。安浔吓了一跳，连那保安都老半天没反应过来，这是明目张胆地在他面前硬闯？

司羽三两步走到安浔那儿，见安浔还愣着，就将她搂进怀里，低低地说："没有劈腿，没有背叛，停止你脑中的所有想象。"

他看到安浔皱了眉头，提高了音调。他是有点慌了，所以才这么急切。

安浔被他抱着，手却一直插在棉服兜里，并没有不让抱却也没给任何回应，但闻着熟悉的味道，听着他这样说，她还是有点心软的，心里思忖着要不先听他解释一下。司羽扯出她放在衣兜里的手握住，刚要说什么时外面突然传来一阵刺耳的汽车鸣笛声。

两人扭头看去，只见那辆本应该走远的出租车停在了小区门口，郑希瑞坐在车子后排，透过降下的车窗看着他们。她眼圈还是红的，但依旧努力笑了一下，哑着嗓子说："安小姐，又见面了。"

安浔看着她，什么话也没说，有点搞不清楚自己和郑希瑞的关系了。算情敌吗？郑希瑞似乎并没有期待安浔有什么反应，微笑着对安浔身旁的男人说："司南，爸爸还在等我们吃饭。"

郑希瑞这话刚一说完，安浔便要抽回自己的手。司羽反应更快，一把握紧："不许走。"

安浔哪里理他，抬起手想也不想便一口咬住他的手背。司羽吃痛，下意识地松了手。安浔将手插回兜里转身就走，走了两步回头看向保安："你怎么随便放人进来，当着你的面这么跳进来都不管吗？"

保安一脸蒙，见过小情侣吵架折腾保安的吗？

"安浔。"司羽沉声叫她。

"沈总，您慢走。"安浔头也没回。

司羽眸光一闪，沉声道："你叫我什么？"

这时他的手机响了起来，音乐声在夜晚安静的小区里格外清晰。

走远的人停下脚步，回头看他，特别认真的样子："沈总啊，别人不都这样叫您吗？沈司南先生。"

被按掉的手机铃声再次锲而不舍地响起，恼人的铃声！

司羽再次按掉，对远去的安浔说："安浔，我明天来找你。"

安浔没理他，开门进了楼道。

司羽接了电话，是他父亲，他让司羽带郑希瑞回大宅吃饭。

司羽挂了电话出去的时候，出租车已经离开了，而郑希瑞，正站在他的车边等他。他开门上车，她便跟着上去。

郑希瑞刚坐定，就听驾驶座上的人说："以后我和你没任何关系，你去跟别人谈恋爱、订婚、结婚，干吗都行。"

"司南，别闹了好不好？"郑希瑞软了语气，看起来可怜兮兮的，"我当没看到，我什么都不知道，我们和以前一样。"

"我不属于你，你知道的。"司羽并不为所动。

郑希瑞笑："你一直属于我呀。"

司羽看她，想看她到底真不懂还是假不懂。郑希瑞本想再说些什么，结果，在他这种眼神下，她什么都说不出来了，只怔怔地看着他握着方向盘的手，那冒着血丝的牙印，很刺眼。

"为什么嘴没肿呢？"安浔刚进屋就被安非拦住看了半天，发现她和走的时候一样便有点失望。

"让开。"安浔现在不想理人。

"没哄好啊？"安非嘟囔着，"一定是没亲的缘故，女人壁咚一下，低头猛亲一顿，保准乖得像小猫。"

安浔喊安教授："爸，您过来听听安非放什么厥词呢。"

"你就会这招。"安非个子高，居高临下地伸手拽着安浔绾成一团的发髻，晃了晃，"安浔你改名叫老巫婆得了。"

安浔抬脚踢他，他一蹦老高跑远了。她没再理他，只扬声说道："爸妈，我明天回意大利。"

郑家父女在沈家大宅吃过饭后，没立刻离开，他们和司羽父母坐在客厅熟络地聊着天。司羽不参与这种场合，实际上晚上的饭他都没吃，回来后就一直靠坐在花园旁边的椅子上。

有用人问郭秘书羽少爷这是在干什么，郭秘书说，可能在看星星，也可能在看花，不过应该是在想人。用人听不懂，转身走了。

郭秘书走过去想和司羽说话，但走近了发现他搭在腿上的手背有两排清晰的牙印，红红的，看起来咬得很深："羽少爷，这……您的手……"郭秘书想不出谁能这么大胆把司羽咬成这样！

"没事。"司羽低头看了眼，竟然扯嘴笑了下。他觉得自己可能魔怔了，看到这排牙印想到的竟然不是当时尖锐的疼痛，而是疼痛之前她柔软的舌尖扫过手背上的酥麻感。

郭秘书见他如此神色，立刻猜到怎么回事。把司羽咬成这样还能让他笑着说没事的人，除了安小姐还能有谁。

"羽少爷，您……干了什么？"郭秘书问完有点脸红。

"她看到我和郑家父女在一起。"司羽说。

郭秘书懂了，无所谓地说："您就说您是南少爷啊，反正现在所有人都认为您是南少爷。"

司羽摇头："骗不了她，她好像一眼就认出了我。"

郭秘书对哄女孩没什么经验，索性不再出主意，想起自己来的目的："明天的董事会，您有把握吗？"

"差不多了，只要郑世强站在父亲这边，别的董事就知道怎么做了。二伯那里我们会放些权力稳住他们，父亲当上总裁后有的是机会慢慢拿回来。"

郭秘书放心了。他早就知道，沈司羽的能力从不在沈司南之下。

庭院安静，夜色正浓，司羽拿出电话想打给安浔，犹豫一下又放了下去。不远处父母送郑家父女离开，客套寒暄，他起身从另一边绕回了房间。

第二天早上，司羽终于还是忍不住，在去公司的路上给安浔打了个电话。关机。他无奈，却还是有点担心，便又打了安非的电话。

安非接电话很快："姐夫，我姐今天早上九点飞意大利。"连寒暄都省了，安非直入主题，智商第一次在线。

司羽本是已经一条腿迈出了车子，听到安非的话，突地又收了回来。

"怎么了？"郭秘书奇怪，觉得司羽怎么也不是怯场的人。

"去机场。"他言简意赅。

外面站了一排等着沈总下车的人，他们齐刷刷地瞪大了眼睛，没听错吧？这么关键的董事会，沈总要去机场？郭秘书眼珠一转，立刻猜到症结所在："安小姐要走？沈总，您要以大局为重。"

司羽没说话，却也没下车。

郭秘书心中叹了口气，继续劝道："安小姐要去哪儿？我给您订今天下午的机票。"

司羽不说话，修长的手指轻敲着车门把手，一下一下，似乎在权衡利弊。外面的人和车里的人都寂静无声地等着，直到他再次抬脚下了车，众人才松了口气。他边系着西装扣子边走上楼梯："郭秘书，她要去佛罗伦萨，你帮我订中午十二点半的那趟航班。"

"十二点半？时间会不会急了点？"郭秘书说完发现司羽没给任何回应，叹口气，羽少爷任性起来也是不管不顾的。

安浔没想到能在机场碰到郭秘书，显然他是火急火燎赶来的，因为平时他那总是梳得一丝不苟的头发有一丝丝的凌乱。

"赶上了，还好还好。"郭秘书先鞠躬，"您好，安小姐，我们可以找个地方谈谈吗？"

安浔有点心疼这位大哥，总是在替司羽奔波。她看了眼时间，点头道："可以的，不过只能有二十分钟。"

郭秘书低头看了看手表，道："我不会耽误您太久。"

"没关系，不耽误登机就行。"

郭秘书尴尬地轻咳，好半晌才犹豫道："说实话，我就是来阻止您登机的。"

安浔："……"

两人在机场找了一间生意看起来并没有那么好的咖啡厅。

"可能我需要从头说，别嫌我啰唆。"郭秘书觉得应该先打个预防针。

"不会，您请说。"安浔搅动着那不太好喝的咖啡，觉得有点像速溶的。郭秘书逻辑清晰，声音温和，是个很好的讲述者。

"大家族的事，通常都有点复杂。司羽的大伯去世得早，二伯想要当家，司羽的父亲是沈老先生最小的儿子，也最得宠。两个人明争暗斗多少年。后来沈老先生过世，老夫人却直接越过他们，让司南掌权。"

安浔安静地听着。

"司南和司羽是双胞胎，是那种长得特别像的双胞胎。"

安浔溜号地想，向阳父亲竟然说沈司羽和沈司南有点像，所以那时候司羽才那么笑，她也忍不住笑了下。

郭秘书询问似的看着安浔。

安浔忙说："抱歉，您继续。"

"我接下来说的这件事很重要，请您务必保密，我相信安小姐的为人。"见郭秘书如此郑重，安浔也郑重点头。

郭秘书说："但是，司羽是健康的，而司南，患有法洛氏四联症，也就是先天性心脏病。"

安浔讶异，随后又有点难过。那位被她称为半生不熟的朋友的人，司羽的亲哥哥，竟患有这么痛苦的病。

"家里人都宠着司南，对他的关爱相对就比对司羽的多了些，所以哥哥就被惯得骄纵任性。"郭秘书叹了口气，"其实刚开始要和郑小姐订婚的是司羽，司南一直喜欢郑小姐，即使司羽拒绝了订婚，司南为此还是说了些伤人的话。于是，司南喜欢什么司羽便报复似的和他抢什么，丝毫不相让，两人就这样打打闹闹了这么多年。"

听到司南喜欢什么司羽便抢什么的时候，安浔眸光闪了闪，深深地看了眼郭秘书。郭秘书说到动情，没注意安浔的神情，继续回忆："表面上看，他们关系并不亲厚，其实两个孩子很在乎对方。"

"相爱相杀吗？"安浔问。

郭秘书笑了笑："有点那个意思。其实沈家注重培养的是司羽，毕竟司南因为身体的原因，并不适合继承沈家家业。但司羽一心学医，司南又展现出商业方面的天赋，先生便随两个孩子去了。"

"司羽学医……是因为司南？"安浔想起司羽说自己学医的理由，他就那样简简单单地说是为了给人治病。

"他没说过，我猜会有这方面的原因。其实拥有最好的医疗团队和设施的圣诺顿医院就是先生为司南建立的。"郭秘书说到这突然叹了口气，"司南之前做过两次手术，都很成功，直到半年前那次……"

听到这儿安浔突然屏住呼吸："很严重吗？现在怎么样？"

郭秘书静静地看着安浔，眼中突生出无法言说的悲伤。他动了动嘴唇，良久才发出声音："引起了肝脏等器官的并发症，去世了。"

安浔倒抽一口气，伸手捂住了嘴，瞬间而来的窒息的感觉让她说不出话，不可置信地看着郭秘书。

她以为，最坏的结果，也只是病得严重些，根本不敢想也没办法去想竟是这样。

司羽该有多伤心！

郭秘书见安浔眼圈通红强忍泪意，递给她一个手帕，叹着气说道："安小姐，谢谢您。"

谢她什么，不用言表。

他喝了几口咖啡，似乎心情平复了不少，便继续说："因为涉及沈洲亚太区的管理权，司南的事被先生隐瞒了下来，对外称在国外养病。对此司羽很生气，和先生大吵了一架。司羽在这次回来之前他们很久没说话了，后来二伯那边有所察觉，先生便让司羽回来顶一下。"

安浔低头搅动着那杯早已经凉掉的咖啡："所以司羽成了司南，成为沈洲的总裁、郑希瑞的未婚夫。"

郭秘书摇了下头："当时司羽拒绝了。"

安浔意外，抬头看他。郭秘书见她如此反应，才知道她并不知情："后来，安小姐在日本被安藤家请去，司羽找不到你。"

安浔更加意外，不知道竟然还牵扯了那件事，问："后来呢？"

她紧张得嗓子都发紧了。她以为自己瞒得很好，怕安藤报复，第二天就把司羽一起带回了国。

"司羽答应了先生回来帮他，条件是先生找人去救安小姐。"

咖啡厅的人渐渐多了起来，有人出去有人进来。安浔坐在靠近过道的位置上，服务生不小心碰到她对她说抱歉，她连回应都没有。她觉得自己挺可笑的，还天真地认为是自己摆平了那件事。

"安小姐，其实这些本不该我来说，但是司羽他……"

良久，安浔才慢慢说道："他要司羽怎么帮他，永远成为司南吗？"

郭秘书笑着摇头："这样对司羽不公平，先生和夫人也不会这样要求他，毕竟也是他们疼爱的小儿子。"

安浔的神情缓和了些。

郭秘书看了看表："距离这场董事会结束还有一个小时，先生会成为沈洲亚太区新任总裁，司南的死讯会公布，司羽会去圣诺顿当医生。"

最好的结果，可是……

"郑希瑞呢？"安浔忍不住问道。

"郑小姐？司南已经不在了。"郭秘书不觉得她是个问题，但也确实是个可怜人，叹了口气，"郑小姐用情很深。"

春江飞佛罗伦萨的登机广播已经播放第二次了，安浔起身："对不起，郭秘书，我要走了。"

郭秘书挑眉，竟然还要走？

"我明天必须要去学校报到，教授已经和别人签了邀请展，不能缺席。"

"其实，司羽是让我买中午飞意大利的机票的，是我自作主张跑来找您的。"郭秘书叹口气，"本以为会省些钱，现在看来还是要买票。"

安浔笑："让您破费了。"

董事会如预期的一样，丝毫没有偏差。

司羽从公司出来后，回家换了衣服收拾了行李，随即直奔机场。郭秘书觉得自己一天跑两趟机场也是挺闲的，但是他不敢抱怨，私自去找安小姐的事还是隐瞒不报比较好。换了登机牌，送他进了安检，郭秘书才放心地离开，心下不由得感叹时光飞逝，一眨眼，司羽都到了追女孩的年纪。

网络上视频的热度还没过，司羽被人询问了两次后终是不耐烦，拿出了墨镜和口罩戴上。这下倒是没人来询问了，周围的人反而开始不停地看他，探究他是不是哪个私服出游的明星。这种情况持续到他坐到了位置上才好些。

"请问……"

"不是。"

司羽翻着杂志，有人刚一出声询问，他便头也不抬地打断。因为是头等舱，人少又安静，他如此态度，其他乘客都扭头看过去。空姐也立刻走来，笑容满面地问："怎么了，小姐，有什么需要帮助吗？"

"没关系，我的男朋友在闹小别扭。"女孩说着坐到了司羽旁边。

司羽讶异地抬头，见到身旁的人愣了半天，然后笑起来，说："我喜欢这个惊喜。"

安浔看着他，一时没有说话，虽然她很想让两人之间的氛围活跃点，但突然就觉得很心疼。司羽合上杂志将它放到一边，问她："闹小别扭？"

安浔没说话，突然毫无防备地抬起头，隔着他黑色的口罩，吻上他。司羽意外，刚要伸手搂住她，她便撤回身子在自己位置上坐直。他将口罩摘下来，看着她的眼睛里盛满了光亮，闪烁着："可以再来一次吗？"

安浔看了一眼机舱里的其他人，轻轻掐他的胳膊。

"告诉我，发生了什么？我以为自己要花些工夫的。"司羽抓过她的手，一下一下捏着。

"登机前见了郭秘书，然后我就改签了机票。"安浔说着，突然低下头，忍住那莫名又冒出来的难过，"很抱歉，司羽，我什么都不知道。"

他挑眉，没想到她竟会有如此多愁善感的一面，低头亲吻她的手，说："安浔，你什么都不知道，不用抱歉。"

一切都不需要言语，她的眼睛已经说明了一切——她在为司南难过，为司羽心疼。

十个小时的行程，司羽让安浔睡会儿，安浔却不愿意，她想和他聊聊天，聊聊日本的事，或者聊聊司南也行，如果他愿意。

"家里所有人都让着他，只有我，喜欢和他对着干，他总是被我气得暴跳如雷。"司羽主动说起司南的事，不再是仅仅提一个名字。

暴跳如雷的司南，很难想象。安浔想到郭秘书的话，问："听说他喜欢什么你都要跟他抢？"

司羽不知道想到什么，轻轻笑着："呵，无聊逗他罢了，没想到却让人意外蹿红。"

"嗯?"

"《犀鸟》。"司羽提醒。

安浔顿了良久,突然瞪大了眼睛:"天!你们真无聊。"

当初《犀鸟》能拍到那个价格,不只是安浔,拍卖行和网站都很意外。两个人同时看上一幅画,还抢得不可开交,价格破了网站新人画作的纪录不说,直到现在还未被超越。

谁会想到,这两人其实是兄弟俩。只是因为弟弟的恶趣味,哥哥便多花了二十多万欧元。

因为时差的原因,他们坐了十个小时的飞机后,到意大利才下午五点,天还亮着。

安浔的室友在机场等安浔,见到司羽时,眼睛都瞪成了心形,悄声对她说:"告诉我,他不是你的男朋友。"女孩是东南亚人,美术学院雕塑系的学生。

"让你失望了,他是。"安浔说。

室友说的是意大利语,问安浔司羽是否能听懂,见安浔摇头,立刻放开了,大声问:"他介意多一个女友吗?"

"我介意。"安浔说着和司羽一起坐进车子后座。

室友失望地摇头,想要和司羽说话却又无法沟通,不太情愿地问安浔:"他是你们中国的明星吗?"

安浔转头看他,心想他不当明星确实有点可惜了。

室友的车子很小,司羽腿长,坐进去有些拥挤,很不舒服。他调整了坐姿后发现安浔正看他,便问道:"我们去哪儿?"

"去我的公寓。"安浔说完发觉他的样子有点滑稽,"要不你去副驾驶座?"

他摇头:"我想和你挨在一起。"

安浔靠到他肩膀上:"司羽,跟我说说,你这么会说好听的话是从哪个女人那里练就的?"

"攒了二十几年,都说给你听了。"他一本正经地说。

她笑着抬头看他:"你那里绝对有《情话大全》那种书。"

　　他没回答，就着她仰起的脸低头吻她。她忙推开他，偷偷瞥了眼前面的室友。

　　室友从后视镜中冲安浔笑，还是挺意外平时冷冷淡淡的人现在变得这么小女人，又看了看另一侧的司羽，感叹这男人太迷人，也不知道安浔从哪儿弄来这么个极品。

　　"安浔，想借一下你的男朋友行不行？"

　　安浔拿出手机准备给家里打电话报个平安，听到室友的问话，想也不想地回答："不行。"

　　"我可以付报酬。"室友急道。

　　"你找他肯定没好事。"想着父母应该睡了，她只给安非发了个信息。

　　"给我当模特呀，说不定雕完我会一炮而红，从此放到我们学校大卫身边展览。"

　　安浔没想到她这样要求，笑着瞥了眼司羽，昂着头道："当然不行，他是我的专属模特。"

　　室友再次失望："小气。"

　　安浔见司羽一直看着自己不说话，意识到他已经安静很久了："在想什么？"

　　"在考虑学意大利语的事，"他说，"总觉得你们是在说我。"

　　安浔指了下室友，说道："她想让你给她当模特。"

　　他耸了耸肩，兴趣缺缺："我对别人可没什么耐心，也不想在她面前脱光衣服。"

　　安浔见室友一直偷瞄他们，便学司羽的样子冲她耸耸肩："他说没兴趣。"

　　安浔的公寓在靠近市中心的地方，两室两厅，比司羽在日本的公寓大了很多，但让司羽不满的是，她是和人合租的。他看着那位拿钥匙开门进去的室友，问安浔："为什么不是你自己住？"明明刚才在机场介绍时说的是同学，同学兼室友吗？

　　"因为我害怕。"在汀南的时候她也这样说过，她从不避讳自己胆小。

司羽轻笑，觉得她有时候像个十几岁的小女孩，非常可爱。可在随她进去看到那位坐在长沙发上的半裸男人时，司羽便笑不出来了。那是个意大利男人，浑身上下只穿了条内裤。他见几人进来，非常热情地站起来打招呼，并没有任何不自然。沙发前的茶几被推到了远远的一侧，正中间摆了个雕了一半的泥塑，看样子模特正是这个意大利人，而雕刻停止的部位，竟然是——胯部？！

安浔看到忍不住笑起来，对室友说："很抱歉让你停在这里。"

室友摆摆手："没关系，那时候他正好有了反应，我也没办法雕了，索性就去机场接你。"

意大利人听她如此描述哈哈大笑起来："亲爱的，你直白得让我心动。"

安浔早就习惯室友异于常人的表达方式，只是瞪了她一眼，转身拿了行李推着司羽进了自己的卧室。一离开两人视线，司羽便将她扯进怀里，用脚勾上卧室的门，问："她说了什么你突然脸红？"

安浔眼珠转了几转，摇头说："没说什么。"她可不和他说那种话，又因为他听不懂而有些小得意地笑了，想着他终于也体会到自己在日本时的无奈了。

司羽觉得学意大利语的事情必须尽快提上日程。

"她经常带男人回来？就那样裸着在客厅？"虽说司羽理解她们这些搞艺术的，但亲眼见到还是有些不是滋味。

安浔点头，抬眼看了下他的脸色："我不乱看的。"

"你有没有带回来过？"他又问。

安浔摇头："以前画的时候都是和同学一起，第一次单独画就是在江南那次。"

还喝了酒壮胆。

这话取悦了司羽。他松开被他禁锢在怀里的安浔，捏了捏她的脸颊："真想给你换个室友。"

在中国通常这个时间他们早就应该入睡了，再加上坐了十多个小时的飞机，所以都很疲累。安浔让司羽先去洗了澡，自己把房间收拾了一遍又换了新的床单。他洗完的时候她也正好忙完，一身是汗地进了浴室。

司羽正在浴室吹头发，见她进来也没有出去的意思。安浔等在他旁边，有点着急："你头发这么短一会儿就干啦，快出去，我要困死了。"

司羽关了吹风机，说："你洗你的，我吹我的。"

她生气地推他到门口："信你才怪。"要关门的时候安浔发现浴巾被他围在了腰间，她就这一条浴巾，于是伸手："浴巾还我。"

他低头看了眼，突然勾起嘴角，手摸到腰间，转眼就将浴巾扯下来。安浔没有防备，当意识到他在干什么时，躲避已经来不及了。他将浴巾递到她手里，还没说话，安浔"咣当"一声把浴室门关上了。

好半晌，门外还有他低低的笑声若有若无地传来。

确实是累了，再加上在中国形成的生物钟，天还没大黑两人就相拥睡去，结果导致凌晨两点多钟醒来后，再也睡不着。司羽看了看时间，发现距离天亮还有一段时间，感觉到身旁的人平稳的呼吸，小心起身将窗帘拉开让月光照射进来，转身回去的时候，发现安浔也睁开了眼睛。

"看来我们的生物钟一时半会儿调不过来了。"司羽站在床边，居高临下地看着她。

安浔其实醒了一会儿了，怕打扰他睡觉便一直眯着眼睛。她揉了揉眼睛，问他："睡得怎么样？"

"很久没睡这么好了。"他俯身吻她。

外面客厅静悄悄的，室友应该已经睡了。安浔打开了吊灯，那双因为打了个哈欠而氤氲蒙眬的眼睛水润润的。她轻声问他："画画怎么样？"

司羽双手环胸站在窗边："好。这次要我脱光吗？"

她本是没想好，但抬头看他时，感觉瞬间迸发，说："就这样，我喜欢你随意的样子。"他自然流露的姿态非常有魅力。

"不过需要把上衣脱了。"她说。

他非常配合地脱了上衣，全身只余一条浅灰色的家居长裤。安浔看了看，说："把裤子向下拽点，不用太多，不要露内裤。"

他"嗯"了一声，但是没有动，似笑非笑地看着她："你来帮我。"

安浔知道是他故意的，也不生气，瞥了他一眼："这样也行。"

虽然佛罗伦萨的凌晨没有像江南那样静谧得好似全世界只有他们两人，但在这种满是异国风情的夜里也足以让他控制不住思绪，想入非非。她认真安静的样子，十分迷人。她时不时地抬头与他对视，搅乱一池春水后便又若无其事地低头画画，留下他心痒难耐。

而房子的隔音不太好，此时此刻，隔壁房间传来的声响绝对是火上浇油。那个意大利人貌似没走，因为司羽清晰地听到了隔壁的动静，显然安浔也听到了。她的画笔顿在画纸上，良久都不能动一下。隔壁还在继续，而且动静有越来越大的趋势，安浔终于坐不下去了，脸红红地起身敲了敲墙。

"对不起亲爱的，很快结束。"室友竟然只是道歉，完全没有收敛的意思。

安浔尴尬地看向司羽。司羽依旧是那个姿势，只是看着安浔的眼睛幽幽泛着光亮。

"她……平时不这样。"她坐回画板前，轻声对司羽解释。没想她刚说完，隔壁又传来一些更让人尴尬的声音，两人顿时都沉默了。随即，司羽沉沉地笑了几声。安浔一脸无辜地看着他，想着说些什么能拯救一下气氛，结果还没想好，便见他抬步走了过来。

"我还没画完。"她咳了下，尽量让自己显得自然。

司羽没理她，弯腰熟练地抱起她，几步走到床边，轻轻把她放到床上，不待她起身便立刻俯身压到她身上。他亲吻她的耳侧，哑着嗓子说："宝宝，没办法忍耐了。"

"那怎么办？"安浔愣愣地问。

司羽一下一下吻着她："你说呢？"

安浔将手抵在他胸前，特别特别小声地说："我大姨妈还没走。"

亲吻她的人微顿后立刻泄气地趴到她身上，粗粗地喘着气，半晌无奈地道："你这个……妖精！"

安浔拍了拍他的后背以示安抚，随即又调皮地咯咯笑起来。她很少这么开怀。司羽去亲她，额头、脸颊、嘴唇。安浔躲，他追，闹腾了好一会儿，不知何时，两人相拥着渐渐入眠。安浔一觉醒来发现竟然已到七点多，司羽坐在窗边的工作台前，正用着她的笔记本电脑。

她光脚走过去从后面搂住他："在干吗？"

他停下手，微微侧头："写论文。介意我用你的电脑吗？"

她摇摇头，电脑里面就一些画稿，她连密码都没设置。

"你的微博一直有弹窗跳出来提示新消息。"他拽她坐进自己怀里，"要看看吗？"

她继续摇头："助理在打理，不用管。"

"那我关掉了。"司羽说着抬眼看她，笑道，"人气还挺高。"

"我偶尔上一次网看到的都是日本救人帅哥的讨论，如果你开微博，关注量肯定特别高。"阳光透过彩色玻璃照射进来，光影在安浔脸上晃动，司羽凑过去送上一个早安吻。

安浔嘟嘴："没刷牙。"说着她从他身上跳了下去，边走向洗手间边说："我八点要去学校，下午还有个邀请展，估计今天一天都不在家。"

"嗯，"他应着，随即问道，"邀请展在哪儿举行？"

"米开朗琪罗广场那边。"

洗漱完两人一起出了房间，安浔说楼下一间早餐店的食物非常棒，司羽开玩笑说："尝尝他们的意大利面正不正宗。"

室友还没走，正顶着一头乱七八糟的头发坐在椅子上刻着昨晚那没完成的泥塑。客厅被她弄得没有下脚的地方，满地干干湿湿的泥屑。安浔绕开一堆还没兑水的石膏粉，刚想和她说话，余光就瞄到那意大利人端着咖啡从厨房出来。安浔下意识地看过去时，眼前突然一黑，司羽用手捂住了她的眼睛，只听他在她耳边说："别乱看。"

安浔意识到他如此反应一定是因为意大利人正一丝不挂，低头闷笑着跟着他走向门口。关门那一刻，她似乎还听到了室友和那意大利男人的笑声，一定在笑她和司羽。

司羽走到电梯口按了键，回头看她，很认真的样子："我可以在意大利给你买个房子，你要是害怕，请个阿姨或者找一个安静正常的室友都可以。"

"这话听起来像是要包养我。"安浔说。

他牵起她的手，十指紧扣："你怎么说都行，只要离这个室友远点。"

很难想象她平时生活在这种环境下，明明看起来纯情得不得了，稍微过分一点儿她就脸红，可涉及艺术方面，她又大方自然得不行。

"不会在这儿待太久，马上毕业了。"安浔挺喜欢他如此在意的样子。

班里的同学都在准备作品，大多都不在学校，教授见到安浔，立刻询问四处写生后有没有灵感迸发，会不会交上一个非常惊艳的毕业作品。

灵感确实有，安浔非常犹豫要不要把《丝雨》交上去，她有信心自己会得一个前所未有的高分。安浔不自觉地又想起了司羽，想他有没有因为室友和裸露的意大利人而不自在，想他是不是一直在写论文，想他有没有在想自己，还想起昨晚那幅没画完的画。

她拿出手机，上了微博，注册了一个叫"沈司羽"的新号，第一件事是关注安浔工作室，第二件事是发了第一条微博，没有任何文字，只用了一张司羽站在富士山下湖边的配图。

一件小小的关于他的事，都会让她高兴。

下午邀请展的时候，很多同学都回来了。展览在艾盖普艺术酒店举行，展出的作品都是教授从他们以前交的作业中选出来的。展览吸引了很多意大利的艺术爱好者来参观，他们极有礼貌和素质，整个展厅只有工作人员低低的讲解声，其余人都在静静地欣赏着画作。安浔非常享受这种氛围。

展会结束时已日落黄昏，整个酒店在薄暮下显得十分幽静。因为是别墅式酒店，所以楼外就是庄园，喷泉、池塘和修剪得整齐的树木，美得像画一样。

大家一起出了酒店大门，有人看到池塘旁的长椅上坐了个人，是位年轻漂亮的东方男人。他见众人出来，站起了身，气质温文尔雅，风度翩翩。

不知道谁感叹了一句什么，安浔抬头看去，便见到了司羽。他站在白色长椅旁，池塘里倒映着他的影子，他远远地看着她，对她笑。其余人了然，这个东方男人和他们班级里的这个东方女孩是一对儿。

班里有位中国同学，见到司羽十分惊讶，忙问安浔："他……他是不是网上那个……"

安浔没想到过了这么久还有人记得司羽，并且一下子就认了出来，对那个同学眨了眨眼睛："嘘。"

那人点头，做了个守口如瓶的手势后依旧忍不住又问了句："所以那幅画是你画的？真的太漂亮了，安浔！"

安浔不明所以，想要再问两句时，司羽已经走到她身边。众人陆续与安浔道别，安浔与众人说再见，然后扭头看向司羽："怎么找来的？来了很久吗？"

他浅浅地笑着："在这附近问问就知道了，找个会英语的并不难。"

安浔点头，随即拿出两张球赛门票："别人送的，意甲，佛罗伦萨对阵罗马，我们主场。有没有兴趣？"

他接过去看了看，有点意外："想不到你还喜欢球赛。"

"说实话并不太喜欢，我想你可能会有兴趣。"

"兴趣是有，但我是英超球迷，"司羽说着将球票收了起来，再看向她时，严肃了些许，"球赛我们恐怕去不了了。"

安浔意外："怎么？"

当安浔看到网上被转发了上万次的《丝雨》时，脑袋蒙蒙的，半天没反应过来。她看着那些火爆的评论，以及大家叫嚣着求模特信息的留言，这下终于确定，沈司羽，火了。

"你火了？"

"貌似是的。"司羽已经开始关注鸭舌帽、墨镜和口罩的牌子了。

第七章

风雨倾城

下午家里打电话来的时候，司羽正在改论文。父亲压着火气问他网上是怎么回事，他以为还是之前的视频，并不太在意，后来才知道是《丝雨》流传了出去，网络上铺天盖地的都是这幅画。

这要放到以前，也许并不能引起这么多关注，巧就巧在刚出了救人的视频，大家都在挖他出来，越是查不到越是好奇，然后《丝雨》就出现了。

发这张照片的人微博标注是"画廊老板娘"，其余信息一概不知。她已经把画装裱上了，文字描述是：早上有人拿画来卖，看到一瞬间就惊艳了，四千块买了下来，作者不详。

随后有人认出司羽，转发问是不是富士山救人帅哥。就这样，一发不可收拾。

"我确定走的时候这幅画在画室的画板上，我用布蒙上了。"安浔皱紧了眉头。她并不想怀疑阿伦，但是他之前有过偷偷出租房子的前科，她也不敢确定了。

阿伦的电话可以打通，但是一直没人接。

司羽说："那边已经是半夜，他或许睡了。"

"他……我觉得不可能是阿伦。"安浔虽嘴上这么说，但心里不禁怀疑，毕竟阿伦一直在接济梅子母子，手头紧了难免做傻事。

"嗯，过去看看再说。"司羽也相信阿伦不会如此，见安浔心事重重的样子，笑道，"你在因为情敌变多了而生气吗？"

安浔说："一直也没少过呀。"

她其实是怕给他带来困扰，怕沈家的人为此会不喜欢她。

"当初我是自愿的，与你无关。"他知道她担心的是什么，伸手搂她入怀，"我们回汀南吧。"

当晚两人连夜飞回了汀南，下飞机的时候汀南那边正是中午最炎热的时候。安浔开机后发现阿伦给她回了几个电话，刚准备回拨时他的电话再次进来。

"安浔，你找我？"还是那熟悉的声音，满是活力，像是汀南的阳光一样，非常热情。

"我在汀南机场，你来接我。"安浔说。

阿伦高兴地应着，说一会儿就到。安浔留在汀南的大切诺基一直被阿伦开着，因此他来得很快，还是那宽大背心短裤的标配。他以为只有安浔自己，见到司羽后，了然地冲他们嬉皮笑脸半天。安浔见他这样子，放心不少。

"你最近去过别墅吗？"安浔问他。

"没有，我爸回来了，我一直在家照顾他。"他说着突然想到什么，"对了，要谢谢司羽呢，我爸果然是肾的问题，叫什么肾小球肾炎。"

安浔立刻询问起长生伯的病。

阿伦说："不是太大的毛病，他过一阵又可以接着去照看别墅了。"

说到别墅，一直没说话的司羽，突然对阿伦说："别墅那里，应该又遭小偷了。"

阿伦一愣："啊？丢什么了？上次那个小偷还没抓到呢，这又丢东西了？"

"丢了一幅画。"安浔说。

"什么画？你的画？"阿伦反应过来，惊诧，"这是大案啊！"

"我们就是回来报案的。"

阿伦挠挠头："安浔你家不会被贼盯上了吧？"

"是啊，汀南的警察就是摆设，所以他们越来越猖狂。"安浔说着挑眉看向阿伦。

阿伦的脸腾地红了，气急："上次那是没有目击者，你们俩……也没给出有力的供述。谁叫你们那天偷偷摸摸在房间里不出来，准没干好事！"

安浔没想到他会扯上那天的事，生气地想用高跟鞋踩他。他反应极快地躲开："说不过就动手，你是不是心虚了？"

安浔停住，看着离自己八丈远的阿伦，微扬着下巴，说道："李佳伦，你爸是不是说让你帮他看别墅？"

"啊？"

"现在别墅被盗你是不是要负主要责任？"

"啊？"

安浔扯起嘴角轻轻笑着，阿伦见她这表情便心惊胆战起来。他刚想说几句好话哄哄，就听她又说："除非你将功补过，不然等着赔钱吧。"

她的画那么值钱，他卖身都赔不起。阿伦立刻哭丧着脸求司羽："这关我什么事啊？司羽，你跟她说，这事跟我没关系！"

司羽拿出口罩戴上，淡淡地瞥了眼阿伦："我从来不干好事。"

阿伦尴尬了，得，一下得罪了两个人。

走出机场后，阿伦看了看明晃晃的大太阳，又看了看戴着黑色口罩只露出一双漆黑眸子的男人，奇怪道："这么热的天儿，戴口罩干什么？"

"阿伦，作为年轻人，还是应该适当地上上网的。"安浔说着便和司羽并排坐进车子后座，升起车窗挡住那几道来自路人的探寻目光。

到别墅的时候，阿伦的几个警察同事已经等在了门口。直到他们派出所的小女警春风满面地盯着司羽瞧时，阿伦才知道，司羽是个网红。

安浔检查了一遍别墅的东西，发现丢的全是画。她对做记录的小女警说："楼上楼下加起来六幅画全被摘走了，这些都是我小时候随便画的，应该不值钱；画室丢了一幅，那幅请务必帮我找回。"

"画室的那个就是……"女警偷瞄了一眼司羽，脸红红的，"就是他的那幅吗？"

"对。"安浔说着侧头瞥了眼司羽，瞧他把人家小姑娘迷成啥样了。

司羽无辜地笑。见警察都在认真检查着别墅，一时也不需要他们，他侧头对安浔轻声说："去换长裙好不好？"

因为来得突然，没有准备夏天的衣服，她随意穿了件T恤和薄牛仔裤，很舒服的打扮。听到他的要求，安浔歪头询问："这样不好看吗？"

他笑，凑近她耳边低声说："好看，但是你穿长裙更迷人。"

一旁的小女警顶着一张红艳艳的脸跑远了。

　　阿伦说小偷应该是个惯犯，因为别墅的门锁没有被破坏，应该是有熟练的开锁技能，他们会从附近的开锁公司查起，并且不排除这次的失窃和别墅第一次失窃是同一人所为。

　　所里的同事打电话过来，说找到了那个画廊。

　　画廊就在书画市场街口的第一家。可能因为天气太热，这个时间店里没有客人。他们去的时候，老板娘正喜滋滋地坐在电脑后面看网友留言。老板娘约莫三十多岁，穿着打扮偏文艺，也有些用力过猛，看起来稍微另类些。

　　听到门口的动静，她头也不抬地说："如果想买那小帅哥的画，今晚九点来我直播间……"

　　后面的话她没说下去，因为她发现，来的并不是什么买家，而是警察叔叔们。他们身后跟了一男一女，女孩穿着一条漂亮的海蓝色长裙，美得不像样子。她身边的男人戴着口罩，个子很高，有着一双漆黑迷人的眼睛，让她忍不住地多看了两眼，莫名生出一些熟悉感。经常和顾客打交道的老板娘早练就了八面玲珑心，笑着走出来，说："几位阿Sir，我这里的画都是正规渠道来的，而且绝对没有偷税漏税。"

　　"电视看多了？叫什么阿Sir。"阿伦看她一眼，对她亮了亮证件，"而且我们也不是税务局的，查什么偷税漏税。"

　　老板娘哈哈一笑，丝毫不见尴尬："那您几位是要买画？"

　　"昨天你发网上的那幅画在哪儿？"阿伦问。

　　老板娘一听，脸上的笑容僵了一下："扫黄？那画可什么都没露。"就是画上的男人性感了点，诱人了点，总觉得他在温柔地看你，满满的深情，看得人心动，舍不得移开眼，画得好，模特也好。

　　"就是还没卖，是吗？"安浔走过去，问道。

　　"没呢。"老板娘看了看眼前这漂亮的小姑娘，"你想要？晚上来直播间竞拍吧，现在我不能卖。"

　　听到她说没卖安浔就放了大半的心。

　　"多少钱都不卖？"司羽好奇地问。

　　老板娘想了想："低于二十万我都不卖。"

　　司羽笑了下，没说话。老板娘见他笑得意味深长，觉得自己可能要少了，正后悔，只见安浔对她轻轻一笑："这画，少于二百万都不能卖。"

"啊？"老板娘一时间反应不过来，见安浔的神情并不像开玩笑，立刻心下大喜，声音都颤抖了，"你说真的？"

"真的。"安浔笑得温和无害，"你把画拿出来让我看看。"

有警察在，老板娘也不怕什么，应着就跑到后厅把画搬了出来。安浔看了看画框，觉得装裱得还真不错。几个男警察看到赤裸的男人倒是没觉得多不好意思，只是轻轻咳了两声瞄了瞄站在旁边一直不说话的司羽。小女警看了实物之后脸慢慢变得红通通的，有点不好意思地嘟囔道："这画像有魔力。"

感觉画中人在向她求爱，当然，这话她没敢说。

安浔向老板娘要了块布将画盖上后，随即拿出了自己的印章和这幅画留存的照片，将东西放到桌子上，道："我是这幅画的原作者，这画我并未出售，而是被人偷了。你拿放大镜看一下，右下角有我的印和签名，还有这幅画的名字。"

老板娘当时就蒙了："你说我买的是赃物？"

"对，经核实这位小姐确实是画的原作者。你买画的时候都不看买卖证书吗？"阿伦走过去帮安浔把画包好，"一会儿做个笔录，把你知道的卖画人的信息都告诉我们。"

老板娘完全不能接受最后竟是这个结果，哭丧着脸不愿意配合，还一直恋恋不舍地看着那幅画，直到看到安浔和那个戴口罩的男人把画拿上车她才猛然发现：那不就是画中人？那双眼睛绝对不会错。

后来警察把画廊附近的监控都调了出来准备回去仔细查，安浔向他们道了谢，和司羽相携离开。

徒留伤心落泪的老板娘，钱没赚到还赔了四千块。等警察都走后，她泪眼婆娑地拿出手机发了条微博：画是赃物，据说是被小偷偷出来的，警察带着原作者和画中人来店里把画没收了。原作者是个年轻的女孩，看印章应该是叫安浔；画中的帅哥来时戴了黑色口罩，全程几乎没说话；最后，终于知道那幅画的名字——《丝雨》。还有，晚上直播照常，我家还有别的画。

老板娘还配了一张偷拍的照片，照片中左右两侧能看到警察的影子，但最中间两人还是比较显眼的，他们背对着镜头正向门外走去。男人身形修长，女人长裙黑发，两人都气质不凡。

结果就是，留言再次爆了。

一部分人甩百科链接嘲笑老板娘一卖画的竟然不知道新晋油画家安浔，一部分人跪求老板娘放正面照，一部分人越挫越勇地继续挖男主信息。

当然，这些司羽和安浔都没有再去关注。回程路上，安浔回了几个电话，窦苗那儿要说明一下，安非也气吼吼地打电话来问画作者是不是安浔，为什么还作者不详，他感到很生气。

司羽也没少接电话。大川的越洋电话打了十多分钟，乱吼乱叫地说爱上了司羽，又崇拜起安浔，后悔自己当初没要个签名，还傻笑着说原来在汀南那会儿他们成宿成宿地待在画室是真的在画画，最后悄悄问司羽是不是都脱光了。司羽没说话，大川贼兮兮地又问都脱光了难道没干点什么？司羽直接挂了电话。结果又有别人打来询问，他终于不耐烦地关了机。

安浔对失而复得的《丝雨》宝贝得不行，回程全程抱着。司羽却有些心不在焉，只想着，又来汀南了，这个认识她的地方。

庭院椰子树下的椅子还在，落满了灰尘和枯叶。安浔和司羽准备一起打扫别墅，他第一件事就是先把椅子擦干净，然后坐到上面，长腿搭在旁边的石台上，像以前一样的姿势，看向拿着笤帚扫落叶的安浔。想着那天也是这样，他因为失眠，前一晚几乎没睡，好不容易有些困意时，她突然出现在眼前，轻轻地对他笑。

"喂，你不干活吗？"安浔不满他竟然悠闲地坐在椅子上看她独自劳动。

他向她伸手，示意她过去。安浔放下笤帚，走过去便被他捞进怀里。庭院安安静静的，只有风的声音。不知道从哪飞来一片叶子飘荡着落到安浔海蓝色的裙子上，点缀着裙上的花纹。

司羽用鼻尖、用唇轻轻地蹭着安浔的脸颊、下巴、嘴唇，良久，声音微哑："接吻吗？"

安浔没说话，微微仰头，他顺势低头。

渐渐，似乎风都静止了，树叶的哗哗声也远去，只能感觉到，他微颤的睫毛，平缓的气息。

不远处沙滩上小孩子的嬉闹声伴着若有若无的海浪声传来，大门突然吱呀一声，她才慢慢找回些思绪，下意识地和司羽分开来。

阿伦推开大门走了进来："安浔，我来借梯子。"

说着，他见那两个人挤坐在椅子上，安浔垂着眸子不看他，司羽皱眉瞥向他。阿伦眨眨眼，觉得氛围不对，赶紧自顾自地走去后院，边走边说："那啥……我自己拿了啊。"

司羽无奈地看着安浔，对阿伦破坏氛围的行为十分不爽。安浔忍不住笑："是你没锁门。"

阿伦举着梯子目不斜视地从他们面前走过，开门出去，随即外面传来响动。安浔说："我去看看他要干吗。"

阿伦带了个人在大门口给别墅装监视器。他说："小偷要是再来，拍他个无所遁形。"

"你觉得小偷还会来吗？"安浔挑眉问他。

阿伦挠挠头，嘟囔着："有总比没有强。"

那位工作人员里里外外地扯线，调角度，试验，阿伦拉着安浔下载 App，联网注册，好半天才弄完，时间已经接近黄昏。阿伦送走那个人后，乐呵呵地跑到安浔身边："不请我吃饭吗？"

安浔特别自然地将墙边拖把递给他："把地拖了。"

"啊？我是客人啊！"

安浔没理他，而是拿出手机给他看了一条微博留言。

那是安浔工作室最后一条微博中的热门评论：这应该是一场双赢的炒作。那个画模成功出道，只用了两个契机就红得发紫，堪比顶流，接下来就是接商务、开直播。而安浔，在国内的知名度又高了一个层次，作品价格也会随之上涨，我们拭目以待。

因为怀疑的理由也算合理，所以这条评论被顶到了最上方。

"司羽要出道？"阿伦啧啧两声，"我要有那身价，买飞机买游艇不好吗？谁去娱乐圈混啊。"

安浔瞥了他一眼，也不怪他找不到重点，反问："我们用得着炒作吗？"

阿伦看着她傲娇的样子，使劲摇头："不需要，这帮人不懂艺术，也不了解司羽。"

安浔满意地走了。

司羽正在院子里浇那些花草树木。她走过去，站在散尾葵旁，歪着头看他："想吃你做的菜了。"

司羽拿了院墙上挂的篮子挎到她的手臂上，瞄了瞄她的模样，笑道："还挺搭。跟我去摘菜吧，小村姑。"

阿伦正拖着客厅的地，听到敲玻璃声，是安浔在外面示意他过去。他将拖把放到一边，心想为什么她让自己往东就不敢往西呢？明明安浔也没有多厉害，在司羽面前像只小绵羊。

安浔对阿伦说她还要报案，丢的东西除了画还有菜。

长生伯种的蒜苗、大葱都被人拔走了，还有豆角和青椒，摘得一个都不剩，只留一根蔫黄瓜。

安浔拿着空空的篮子站在司羽身旁，有点生气："他……连我家小菜地都不放过？"

司羽摸摸安浔的头以示安慰，然后对阿伦说："阿伦，这小偷可能是附近的人。"

"还是个十分顾家的人。"阿伦也觉得这有点过分了，欺负安浔家没人啊！那是他爸辛辛苦苦种的呢。

后来，三人只能去外面吃。

阿伦本来还挺生气，但意识到家常菜变成了高级餐厅的美食后，立刻乐了，心里盘算着如果把梅子母子俩都叫来会不会显得他脸皮太厚了。

谁知这顿饭终究是没吃上。

阿伦还没给梅子打电话，她倒是先打来了。阿伦本想调侃她电话打得及时，谁知她在电话里哭得上气不接下气。阿伦让她慢慢说，结果他听了半天也只听清"天宝"两个字。

"应该是天宝出事了。"阿伦忙收起电话，对司羽说，"可以送我去梅子家吗？很急。"

　　因为之前送过梅子母子回过家，司羽还记得路。车子刚开到厂房附近的路边，他们就看到救护车闪着刺眼的光停在胡同口，在黑夜的衬托下，让人十分不安。

　　三人进了违建房区，胡同窄小漆黑，有医护人员打着手电照路。司羽牵过安浔，让她紧跟着自己。不长的一段路却走得艰难，安浔和司羽总是莫名碰到瓶瓶罐罐，动静极大，很是尴尬。

　　当他们走到梅子家门口的时候，天宝正被人用担架抬出。在手电微弱的光亮下，他脸色惨白，似乎晕了过去，但身体还在不停地抽动着。

　　梅子跟在后面出来，几次差点摔倒，阿伦忙跟上去扶着她一起坐上救护车离开。

　　等一切归于沉寂后，安浔才想起来问："那孩子怎么了？"

　　司羽摇摇头："很多病都会导致昏厥。"

　　众人离开后，看热闹的人也回到了自己家，胡同突然变得又黑又静。安浔有点害怕，伸手抓住司羽的手，尽量让声音显得自然："我们也走吧。"

　　"多待一会儿吧。"他丝毫没有离开的意思，只笑道，"你难得这么主动握我这么紧。"

　　安浔气得使劲捏了他几下。

　　阿伦打电话来的时候，他们正商量着怎么把梅子家的门锁上。屋子很小，地上扔满蔬菜、旧书本和报纸等杂物，显得有些凌乱，安浔在矮柜上找到几把锁头却发现都是坏的。

　　"不用锁，关上就行，不会有人去偷东西。"阿伦这样说完，支支吾吾地又对安浔说道，"安浔……你能不能来一趟医院？我们……没钱交押金。"

　　前些日子天宝刚做完一次手术，梅子四处借钱，阿伦帮衬了些，凑足了几万块手术费，本以为一切将会好转，偏偏一切变得更糟糕。

　　安浔和司羽到医院的时候，天宝的主治医生刚从病房出来。梅子的情绪本已稳定了很多，见到医生不免又有些激动。

司羽过去询问了一下情况，这才知道天宝是先天性心脏病患者，这次昏厥是突发呼吸障碍引起的。医生说随着孩子年龄的增长，他的心脏负荷越来越重，要马上去医疗水平更高的医院治疗。梅子绝望地摇头，泪流满面，阿伦的眼圈也硬生生憋得通红。医生叹息着要走，安浔和司羽一起出声拦住了他。

两人对视一眼，立刻知道对方在想什么。

安浔有些感动，为他们的心有灵犀，为他们的力所能及。

"现在能办理转院吗？"司羽问医生。

医生上下打量了一下他，说："可以是可以，不过他们家这个情况……你要换哪个医院？"

"圣诺顿心外科医院。"

医生听到这个名字愣了愣，说："如果真能去那儿，天宝这个病就有救了。但那可是私立医院，每位医生都是专家级的，没个百八十万……"医生看了眼梅子，止住了到嘴边的话。

司羽也顺着他的视线看过去，看着阿伦和梅子，见两人都是一副难以置信却重拾希望的表情，而安浔闪着大眼睛紧紧地盯着自己，那么期待，期待自己救这个孩子。

司羽说："不需要钱。"

梅子半晌没反应过来，阿伦先高兴起来，对她说："天宝有救了，你听到了吗？"

"怎么……怎么会不需要钱？"梅子不敢相信。

"司羽是那家医院的医生，他说不需要就肯定不需要，可能从他工资里扣吧。"阿伦见梅子不放心，赶紧随便扯了个理由安慰她。

安浔笑起来，看向司羽，突然有种说不出的感觉。感动，或者心动。

司羽打了很多电话帮他们联系医院，春江那边接到通知连夜准备着接收天宝的工作。安浔陪着梅子在这边医院办理了相关手续。梅子对他们非常感激，还有些莫名的愧疚，总是欲言又止却又遮掩着假装无事。

阿伦虽又变回笑嘻嘻的，但看向安浔时还是多了丝认真："谢谢你啊，安浔。"

他通常都是一副死皮赖脸的样子，这么正式地向自己道谢，安浔倒是意外了："我们在帮梅子，又没帮你。"

安浔和司羽从医院出来时已经是后半夜了，正在下小雨，淅淅沥沥的，雨丝和着风吹过来，带着些许凉意。司羽护着安浔进了副驾驶座。她搓了搓肩膀，转头看从另一边坐进来的司羽，不满地说："沈司羽，你让我穿裙子就为一己私欲，我要感冒了，第一个传染给你。"

司羽总能抓住意想不到的点，淡笑着问："你要怎么传染给我？"

其实安浔本没多想，但他的话总是那么容易地让人浮想联翩。安浔恍然想起那天的凌晨，他着凉了，抱着她亲吻，说要传染给她。安浔脑中的画面旖旎，她顺着他的意说："亲你。"

司羽意外地看向她，她回视，突然一本正经地说："司羽你真的是个很好的人。"

他挑眉："这不是分手台词吗？"

"嗯？"

"下一句通常是，可是我们真的不合适之类的。"

安浔笑道："我是想用来表白的。"

司羽把刚发动起来的车子熄了火，一手搭在方向盘上转过身子看她，又认真又郑重地说："你继续说。"

安浔倒是被他弄得有点害羞，看向前方，随意道："也没什么要说的了，就想说我挺喜欢。"

"喜欢什么？"

"……你。"

回程路上，安浔发现司羽的嘴角一直微微翘着，很不明显，他似乎是在——暗爽。

安浔觉得虽然平时他对人总是礼貌疏离又少言寡语，其实他真的非常好哄。

"司羽，你去医院工作后会不会每个月都要往外搭钱？"安浔想到他们明天要带去春江的天宝，保不齐以后有王天宝、张天宝。

司羽"唔"了一声点头道："也不是不可能，以后可能需要你养了。"说着，扭头看向她。

安浔也点头："也不是不可以，只是你得多脱几次衣服。"她说完才发现这句话有歧义，想改口，可司羽脸上的表情已经变得玩味。

安浔硬着头皮又假装镇定自若地解释："我指的是画模。"

他慢悠悠地"哦"了一声："我也没想……别的。"才怪！没想的话，最后两个字加什么重音。

到家的时候雨大了些，司羽本想拿伞来接她，她却直接跟着下车，提着裙子跑到门廊下面，道："你先进去帮我看看里面有没有小偷。"

司羽见她说得认真，心下好笑，弯腰抱起她就向庭院走去："小偷没有，狼倒是有一匹。"

安浔犹豫了一下，小声说："困。"确实是又累又困，他们从意大利连夜回来，白天又忙了一天，都没时间倒时差。

司羽抱着安浔直接上楼，去了她的卧室，把她放在椅子上："你别动。"

然后他去衣柜帮安浔准备换洗的衣物，又去浴室调好水温。安浔静静地坐在椅子上看着司羽，他发梢上凝着水珠，他一动，水珠就颤颤巍巍地滴落下来，砸在地板上开出一朵小花，如她心中的涟漪。

"这么贴心？"安浔慵懒地靠在椅子上，看着他忙碌。

"困就瘫着。"他说。

洗澡时，安浔想，她会被他惯得懒散的。

整理好自己出去后，在书房找到了忙碌的沈司羽，安浔问他："怎么不休息？"

"准备做点有意义的事。"

下了一夜雨后的汀南，天是透蓝透蓝的，海水和泥土的味道充斥在空气中，清新宜人。安浔下楼的时候司羽已经在厨房了。他见安浔醒了，走到一旁拿了个小碗，说："煮了燕麦粥，还有煎蛋，只能这么凑合。"

"好。"安浔走到他身边，看着他盛粥，"你一夜没睡吗？"

他看起来心情很好，见她神色担忧，安慰说："不是失眠，别担心。"

安浔有点好奇他说的"有意义的事"是什么了。

吃完早餐，司羽递给安浔一沓纸，眼神中闪着光亮："昨晚上草草做的，你觉得怎么样？"

《先天性心脏病儿童救助基金策划案》？

安浔没有立刻看那策划案的内容，仰头看着司羽，良久，低声感叹道："沈司羽，你这么美好，我怕自己要配不上你了。"

"说什么呢，圣诺顿医院的成立本来就是为了治病救人，而沈洲刚好有这个财力和物力帮助更多的人。"司羽摸摸安浔的头发，"你看一下给我些意见。"

安浔认真地把每一页每个字都看了一遍后，眼眸深深地看向他，问："天宝是第一位接受救助的人？"

他点头。

"因为司南？"她看到他把司南在沈洲的股份都捐了出来。

他眸子沉了沉，只说："我不希望本来可以治好的人却因为其他原因放弃生命。"

司南有最好的医疗团队和设施，但他没能活下来，而能活下来的人却因为金钱要放弃。

安浔发现，和他在一起后总是容易被感动，明明他又不是个煽情的人。她走过去抱住他，脑袋蹭着他的胸膛："我也捐几幅画。"

"你的画留着吧。"

"嗯？"

"还得养我呢。"

手续办完要回春江那天，阿伦送他们去机场。天宝病情稳定了些，坐在轮椅上被梅子推着。

"拿着，飞机上吃。"阿伦别别扭扭地递给安浔一盒曲奇。

安浔奇怪地看了他一眼，直截了当地拒绝："不要。"

阿伦又往前推了推："你不吃给司羽吃。"

司羽瞥了一眼："我也不要。"

阿伦觉得快被他们俩气死了，把盒子放到天宝腿上，对他说："天宝，到飞机上给那个姐姐吃，不要忘了。"

　　小孩子把这件事当成必须完成的任务，使劲点了点头。登机后他紧盯着安浔，一等她坐好，立刻把饼干盒递到她眼前。安浔无奈地轻笑，伸手接过，问身旁的司羽："天宝可以吃吗？"

　　"可以。"

　　安浔本想给天宝拿一块，谁知道一开盒盖便发现垫纸上放了张银行卡，她左右翻了翻，笑道："李佳伦也够逗的。"

　　趁飞机还未起飞，安浔给阿伦打了个电话。他还没出机场，听到安浔说看到银行卡了，似乎还有点不好意思。

　　"卡里有几百万？"安浔问。

　　"……也就几十块钱吧。"没等安浔说话，他立刻又说，"我的工资卡，给你了，直到还完天宝的医疗费你再给我，就是要等好多年，你们别算我的利息就行。"

　　安浔不再逗他，说："阿伦，司羽会想办法。"

　　"那干吗呀，你们跟梅子非亲非故的。"他呵呵一笑，故作轻松道，"你别和梅子说，不然她总觉得欠我的。"

　　安浔看了眼不远处的梅子，压低声音："阿伦，你和梅子也非亲非故的。"说完，她竟觉得有点心酸。

　　阿伦半晌没说话。

　　他们的关系仅仅是民警和抢劫犯的妻子，他却为她做尽了一切。

　　汀南飞到春江，不过三个小时。

　　安浔出了通道就看到了安非，有些意外："你怎么知道我回来？"

　　安非接过她的行李，冲司羽摆着手打招呼，说："姐夫告诉我的啊。"他叫"姐夫"叫得还挺顺口。

　　安浔对司羽说："我想和你们去医院。"

　　"医院有我，你回家好好休息。我会抽出空去找你，好不好？"司羽还没说完，电话就响起来，是医院派了车子来接人。见司羽忙着安排天宝，安浔便乖乖地和安非走了。

　　安非想，要是有朝一日安浔能这么听他的话，那该是一种什么样的人生体验？

车子有圣诺顿的标志很容易找到，司羽戴了鸭舌帽和口罩，派来接人的主任不敢确认，小心地问："是沈司羽先生吗？"

司羽点头。

两个刚毕业的小护士一直盯着司羽瞧，十分想窥得庐山真面目。

很早之前她们就听说医院要来个实习医生，听说实习医生是东京大学医学系的高才生，听说东京大学医学系的高才生是圣诺顿老板的儿子，据见过他的老资历护士说，小老板十分帅。

可是她们左盼右盼就是没等来他，该报到的日子也没见到人，于是从期望到失望，到最后大家都认为他是只想来混实习报告的不上进的富家子弟，谁知道突然说来就来了。只是他为什么要遮脸？长得好看不就是为了给人看吗？

后来坐进车里，两个小护士眼睁睁看着他摘掉了口罩。两人在主任面前不敢太放肆，硬生生将内心的惊呼声憋住，兴奋得差点要晕倒了。

《丝雨》的男主角啊！

沈司羽就是《丝雨》的男主角啊！

她们好像知道了不得了的秘密。

其实安浔非常想看司羽穿白大褂的样子，但是她要调乱七八糟的时差；要和窦苗商量公告的事，毕竟网上寻找《丝雨》男主角的呼声实在太高；还要被安妈妈追着问司羽什么时候来家里。几天时间，安妈妈已经成了司羽的脑残粉。

安浔被烦透了，对安教授说："爸，您也不管管妈？"

"老树开花，我强行折了岂不是太狠心？"安教授推了推眼镜，继续看财经杂志。

"爸，您的语言造诣到达了一个我无法企及的高度。"安浔恨恨地"夸赞"。

再次见到司羽是在回来后的第三天傍晚，安浔刚好完成一幅画作。

司羽等在小区门口，保安小哥还记得他，远远地冲他打招呼，还对他做了个守口如瓶的手势。司羽明白了他的意思后，笑了笑，觉得连安浔家门口的保安都挺可爱的。

安浔走出来坐进车里，问："你们俩聊什么呢？"

"他认出了我，并表示决不和别人说。"司羽两天没见她，挺想的，想亲她却看到保安伸长了脖子向车里看，他发动车子，"宝宝，你又忘了系安全带。"

司羽不常这样叫她，故意逗她时或者情到浓时才如此。安浔心里泛起涟漪，面上却镇定自若地系好安全带，问："我们去哪儿？"

"先去吃饭，一会儿我回医院看看，明天天宝就要做手术了。"

"我跟你一起去看看他。"

闻名不如见面，安浔第一次来圣诺顿，不禁感叹着这里真的太大了。大楼也不似传统的医院，简约的欧式建筑和装修风格。放眼望去，来来往往的医生护士身上都透着一股子专业认真的劲儿。安浔想，怪不得那么多医学生和护士挤破脑袋也想来这里。她牵着司羽的手，跟着他等在电梯门口，看着进出的医生护士，问他："你会穿白大褂吗？"

他看她："想看？"

安浔点头。

"以后回家穿给你看。"他说着带她进入电梯。见电梯里有人，他便凑到她耳边悄悄地说："你穿护士服。"

安浔反应过来时，电梯已经到了四楼，她想甩开他的手，他却握得更紧了。安浔小声道："沈司羽，你刚才是不是又要流氓了？"

电梯门外刚想进来的小护士惊讶地瞪大了眼睛，自己刚才听到了什么？小老板要流氓了？电梯门缓缓打开，紧接着，小护士看到小老板牵着一个女孩走出来，女孩脸上带着极淡的羞赧神色，正嗔怪地看着小老板，而小老板，同样也在笑着，眉目都沾染着温柔的笑意。他轻声说："安浔你可以说得再大声点。"

"可以吗？"

"你试试。"

小护士第一次看到小老板如此神情，愣愣地连电梯都忘了进了。司羽说话间看了她一眼，问道："天宝吃药了吗？"

小护士是专门负责天宝的护工，听到小老板提到天宝，才意识到他在和自己说话，忙回答："吃了，小老……沈医生。"

司羽"嗯"了一声，牵着安浔便要走。

小护士忙问："沈医生您不是下班了吗？"

"我来看看。"

"您是要看天宝吗？他病房里有客人。"小护士说话间一直偷偷瞄着安浔，男神的女朋友，一定要看仔细。

就在小护士愣神的间隙，两人已经转身离去，只有轻微的说话声传来。

"沈医生，她最开始想叫你什么？"女孩的声音非常好听，似水般柔软，悦耳动听。

"你觉得呢？"

"小老……头。"

随即是小老板的笑声，那么开心，只听他说："安浔，这一点儿都不好笑。"

"那你在干吗？"

小护士生无可恋，唔……这么甜蜜好虐人！

看着两人越走越远的背影，她觉得受打击的不能只有自己，忙拿出手机打给同事："我失恋了，你也失恋了。对，小老板来了，带着他女朋友……我怎么知道是他女朋友？他一直对那女孩笑啊，他们十指紧扣啊，他们站一起好配啊。你知道他女朋友是谁吗？就是《丝雨》的作者，那个画家安浔。对，本人超美。我怎么知道的？小老板叫她名字了，就是安浔，我听得一清二楚，好想上网去说，但又不敢……"

小护士说着走进了电梯，电梯关门的时候，她看到对面楼梯间的大门被人从里至外推开。那人匆匆走了进去，她忙喊："喂，那个天宝家的朋友，电梯在这边。"

那人头都没回地走进昏暗的楼梯间。小护士一脸奇怪地按了电梯的关门键，对电话那边抱怨道："奇奇怪怪的人，有电梯不坐……不知道长什么样，一直戴着连衣帽低着头。"

安浔随着司羽进了天宝的病房，房间里除了他们母子并没有别人。

梅子见到两人像是非常意外，慌乱地站起来招呼他们坐。天宝坐在病床上看书，见到安浔，特别乖地叫了声"姐姐"。

"你有没有哪里不舒服？"司羽走到他身边，摸着他的脑袋。

"没有不舒服，医生哥哥。"他合上书，特别期盼地看着司羽，"明天的手术会不会疼？"

司羽摇头，肯定地告诉他："不会疼，有个哥哥告诉我，轻松得就像睡觉一样。"

安浔看向司羽，感到悲伤。

天宝眼中满是惊喜，追问："真的吗？那个哥哥好了吗？"

司羽本想开抽屉拿听诊器，听到他的问话，生生顿住，半天没说话。安浔察觉到他的失态，牵住了他的另一只手。她的手很暖，很安心，司羽回握了一下她的手，似乎在表示不用担心。

他对天宝说："是啊，他再也不会疼了。"

天宝特别高兴，梅子也跟着他笑起来，随即她从另一个床上的枕头下拿出一个信封，犹犹豫豫地说："沈医生，这些钱……也没多少，先给你……"

司羽蹙眉，没接，抬头看她："刚才护士说，你这儿有客人。你在春江有认识的人？"

梅子脸色一白，紧张地道："是……一个老乡，正好在春江就来看看天宝。"

司羽一直没接那个钱，梅子尴尬地把钱放到柜子上。司羽给天宝检查完，又说了些注意事项，带着安浔离开。

电梯里，安浔说："我以为是阿伦来了。"

司羽侧头看她，轻声说道："是天宝的爸爸。"

安浔一愣，那个抢劫潜逃的人？她惊讶道："你怎么知道？"

他说："猜的。"

安浔瞪着一双黑白分明的大眼睛看着司羽："那我们要报警吗？"

似乎被她的表情逗笑，他低笑一声："别担心，不是什么危险的人，等明天做完手术再说吧。"

两人说着走出了医院大楼，司羽下意识地摸向衣兜，顿了一下又空手抽出来。

安浔注意到了他的小动作，知道他避讳自己，于是，她停住脚步，转身站到他前面，伸手掏向他的兜里，拿出一盒烟，还是那个外国牌子。她抽出一支含到嘴里，抬眼看他："想抽吗？"

司羽眸色深深地看着她，看她又掏向他的衣兜，拿出那个银色的打火机，点燃那支烟。司羽的眼神更深邃了。她不知道她做这些动作有多诱人吗？或许她知道，她就是故意的。

"喂，那位小姐，医院不能抽烟。"有人从不远处出声阻止。

两人循声看去，说话的是一位年轻护士，她身边站着的正是之前在电梯口碰到的那位天宝的护工。她们也注意到抽烟的这两人是沈医生和安浔，忙红着脸打招呼。安浔用拇指和食指掐着烟从自己嘴里抽出来塞到司羽嘴里，笑着对两个护士说："是你们沈医生抽的。"

两个护士看着他们，不知说什么才好。

"医院门口也不可以吗？"司羽将烟拿在手里，笑得温和，"我下次会注意。"

两个护士脸颊更红了，忙小跑离去。

安浔瞥了他一眼，率先下了楼梯朝着车子走去，撇着嘴道："你们医院的护士姐姐被你迷得七荤八素的。"

司羽把烟叼进嘴里："吃醋？"

安浔不理他，开门坐进副驾驶座。司羽跟着坐进车里，俯身压住她，渡了口烟给她，缓缓道："我又不会对她们这样。"

安浔把烟吐出来，瞪他："沈司羽！你怎么……时好时坏。"

刚才在病房里，她看着他温柔的样子，心动、爱慕；结果出来还没一会儿，他又变得这么坏。

司羽挑眉，似乎在思考她的形容，半晌轻笑："司南才是这样的人。"

当一个人开始和你谈论那件让他讳莫如深的事时，说明他的伤口开始愈合了。

"他吗？看起来是个很有修养的人。"安浔想了下，觉得沈司南像她刚认识时的司羽一样，张弛有度，礼貌温柔。

"只是表面，有时候他坏起来真的特别讨厌。"司羽似乎想到什么，吸了口烟，吐着烟雾，"他曾对我说，他之所以生病，是因为在母亲肚子里的时候我霸占了所有营养，他身体才有缺陷，这一切都怪我。"

安浔愣住，司南竟说过这样的话？

她替司羽难过："你一定很伤心……"

司羽不置可否，又道："可能我就是那个时候想当医生的，想把他的病治好，不然他总是怪我。后来大了些，有次抢救后，他对我说，幸好生病的不是你，真的太疼了，你肯定受不了。"

外面有救护车的叫声，有进出忙碌的护士医生，车内却突然安静下来。他将烟掐了摁进烟灰缸，扭头看安浔，笑道："你这表情是想哭吗？"

安浔扭头看向前方，声音低低的："没啊……"

他伸手将她的脸转过来，又俯过身吻她，在她唇间轻轻说着："过去很久了，别为我难过。"

第二天是小年，安妈妈一早就把全家人叫起来打扫卫生。安浔说要去医院陪梅子，穿上棉服就要离开。安非说陪她一起去，却被安妈妈拽回来，怒道："你姐姐的朋友，你去凑什么热闹？"

"这可是我姐夫的第一台手术，多有意义啊，我得去加油打气。"和打扫卫生比起来，安非宁可去医院闻消毒水味儿。

"他又不是主刀医生，不用加油。"安浔说完，潇洒地关门离去，留下欲哭无泪的安非。路上接到阿伦打来的电话，他仔细地询问着天宝的病情和手术安排，安浔犹豫了几次最终还是没把天宝父亲出现在医院的事告诉他。

安浔到医院的时候，手术基本上已经准备好。她本来以为能看到司羽穿白大褂，结果去了才发现他已经换上了蓝色的手术服。来晚了。

梅子有点紧张，安浔一直陪着她。

从清晨到黄昏，十个多小时手术室的灯才灭掉。

主刀医生最先走出来，司羽跟在他身后。安浔见司羽的脸色有点白，额头还有细细的汗，知道这一站十个多小时有多辛苦。她走过去轻声问："很累吗？"

　　他摇头，看着她，嗓子有点干哑地说："很想抱抱你，可是你得等我换完衣服。"

　　主刀医生对梅子说"手术很成功"。

　　梅子激动得眼泪哗哗流，悬着的一口气舒出来后，人都站不稳了。安浔伸手要去扶她之际，另一边突然伸出一只有力的手猛地抓住了梅子的胳膊。

　　梅子坐到椅子上才发现扶着自己的不是安浔。她瞪大眼睛紧张地看着那人，颤抖着嘴唇半晌说不出话。

　　安浔看着突然出现的男人，回头看向司羽，两人都大概猜出了是谁。

　　见梅子没事，医生陆续离开。司羽走过去将安浔挡在身后，对那个男人说："如果你想见天宝，还要等一会儿。"

　　坐在长椅上的梅子猛地抬头，惊讶地看着司羽："你……知道？"

　　司羽又看了一眼那个男人，继续说："看完天宝，希望你做出正确的选择。"

　　那人一直低着头，半晌才发出十分轻微的一声"嗯"，后又沉沉地说了声："谢谢。"

　　司羽牵着安浔准备离开，又听他说道："安小姐、沈医生，对不起。"

　　安浔奇怪地看着他，问："为什么要道歉？"

　　他终于抬头看向他们，是个挺年轻的男人，长得很周正，只是眼中满是沧桑。

　　他说："对不起，偷了你们的东西。"这话说完，坐在他后面的梅子捂住了脸。

　　一切都是为了天宝的医药费，抢劫、偷东西都是为此。

　　之前，他听到阿伦跟梅子的对话，知道阿伦的父亲生病住院，便大胆地去了一次别墅。他偷了几个包，把值钱的东西卖了，包和证件都扔了。梅子听说他偷了别墅里的东西，哭着找到他扔的东西，把证件送了回去。

　　她说那些人里有个人请她和儿子吃过饭，是个很好的人。后来，他无意中又知道了别墅的女主人是个画家，她的画很值钱。走投无路时他又去了一次别墅，把所有的画都偷了出来。

在天宝抢救的那天，他躲在小屋的床下，看到这对温柔的年轻男女帮着关灯、锁门，听着他们和阿伦打电话说要去医院帮天宝交押金。后来，梅子说那男人是个医生，帮着联系了医院，免费给天宝治疗，他就偷偷跟了来。

"我不知道那画会对你们造成这么大的困扰，对不起。"他在网上看到了一些报道，给沈医生添了麻烦，又让安浔被怀疑这些是炒作。他鞠躬致歉，惭愧道："我会找机会说明情况。"

安浔好半晌没反应过来，直到她注意到梅子无地自容的样子后，才相信这一切都是真的。而司羽，似乎早就料到，并没有任何的惊讶。

天宝的父亲看向病房，坦言："我不会为自己狡辩，不管犯罪的理由是什么，犯罪就是犯罪。"他走到长椅上抱了抱梅子："等天宝醒了，我看他一眼就去自首。"

安浔独自回了家，天宝手术后她再没去过医院。安浔也不是怪他们，只是怕梅子尴尬，梅子应该很难面对自己。司羽说，天宝醒来后梅子和她的丈夫就一起离开了，梅子在乡下的父母会来医院照顾孩子。

晚上阿伦打电话来问手术的情况，安浔觉得阿伦应该知道些什么，不然这些事他应该去问梅子才对。

"阿伦，梅子有老公有孩子，你这又是何必呢？"安浔说。

阿伦语塞，须臾，轻咳道："开始就是看他们可怜，后来觉得梅子坚强，帮上了也不能帮人帮半截……我也没想从她那儿得到什么。"

阿伦没交过女朋友，一天到晚大大咧咧的，有着一副热心肠，说话经常不过大脑，为了别人的事能放下男人的尊严没脸没皮地求人，而梅子……

阿伦知道梅子不喜欢自己，也知道梅子有时候挺自私挺坏的，利用自己的感情，但是想想她做这一切都是为了救孩子又心软原谅她了。

他还知道梅子和她老公一直有联系，只是他并没找到证据。

后来，安浔再听到梅子他们的消息是在网上。江南那边警方的官方微博发布了偷《丝雨》的嫌疑人自首的消息，说是一对年轻夫妻。当时这条新闻没有引起多大的关注，但是过了几天，有记者采访了这对嫌疑人后发了一条长微博，讲述了他们的故事。

这篇文章中，记者详细描述了这对夫妻几次偷盗的经历，特别提到了汀南的那处别墅和《丝雨》，沈司羽不计前嫌，还帮他们免费治疗。记者感叹，看到了人性的光辉。

这条微博被顶上热门第一，有人唏嘘这家人的遭遇，有人批评他们利用小民警的感情，有人愤怒他们的行为，而更多的人因为知道了《丝雨》画模的信息而沸腾。

沈司羽的微博被找了出来，上面只发布了一张照片，没有只言片语。

照片中，他站在富士山下回头看着镜头，富士山恢宏雄壮，山下透绿的湖泊倒映着蓝天白云和他，板桥上的他温柔地笑着。

不管是背景还是他，都美得惊人。

他只关注了一个微博，安浔工作室。

于是有人开始猜测他与安浔的关系。

其实早在《丝雨》流传的时候就已经有人质疑过两人是不是恋人，因为男主角看过来的眼神实在太让人心动，你觉得他是在看你，但稍微思考一下就会知道，他当时在看的人——是画画的人。当然也有人说这可能是安浔的要求，就要这种深情满满的眼神。这种讨论后来不了了之，大家更关心的是这个人到底是谁。

一夕之间，沈司羽的微博粉丝涨了几十万。

安浔本来在自己的房间画画，安妈妈敲门进来说她的手机一直在闪，她接过去一看，上次在意大利无聊时注册的账号，竟被网友发现了。似乎这种时候她再说账号的主人不是司羽也不会有人相信，毕竟有相片为证。

安浔看着噌噌上涨的粉丝数，有点嫉妒，她的工作室的账号注册了两年，而司羽只用了几天，就有赶超她的势头。

安浔看了看时间，已经下午了，想着自己冒充他注册账号的事还是要和他说一下的。找到见他的理由，安浔穿上衣服向安非借了车钥匙便出门了。因为还没到下班高峰期，路上车不多，她很快就到了医院。

很巧，她在电梯里碰到了上次阻止她抽烟的护士。护士很热情地打招呼："安小姐，找沈医生呀？"

安浔"嗯"了一声，问："他在吗？"

护士使劲儿点头："在的，在的，只是他那里人比较多。"

护士说的"比较多"还是比较含蓄的，因为安浔出了电梯刚拐过弯就看到走廊里站了两长排的小姑娘，个个年轻漂亮，青春洋溢。

"这是在干什么？"安浔皱眉。

"天宝父亲不是接受采访了吗？他透露了沈医生的信息，结果……"

安浔了然："她们这是打着看病的旗号来看司羽是吗？"

护士撇嘴点头："沈医生一上午都冷着一张脸，估计也是挺不高兴的，带他的主任也要哭了。"

安浔从排队的人群中间走过去，还没到门口，后面立刻发出一阵不满的抱怨声："没看到我们都在排队吗？"

安浔说："我不看病。"

"我们也不看病啊，都是来看人的。"

"请到后面排队。"

安浔皱了眉头，还没说话便听到有人低声讨论她是不是安浔。

她们认出了她，虽然安浔的工作室微博从没发过她的照片，但是网上还是能搜到的，毕竟她也算是小有名气的画家。安浔不打算再让她们盯着自己评头论足，转身准备敲门之际，却突然听到屋里传来一阵娇娇柔柔的像能掐出水来的声音："沈医生，我胸口真的疼，真的不是心脏的问题？"

安浔僵住，只听里面传来淡淡的声音："不是，你的心脏没问题。"

"姑娘，你的心脏真没问题。"带司羽实习的主任语气还算和蔼，但看起来已经无奈了。

"可是我不舒服啊。要不要拍个片子什么的？需要脱衣服吗，沈医生？"

安浔放下准备敲门的手，忍住想翻白眼的冲动，他倒是艳福不浅。安浔再看向等在门口的两排小姑娘，心里十分不痛快。

她也不管别人的目光，原路返回。

因为小区离医院很近，所以安浔到家也很快。安非接过车钥匙的时候还惊讶了一下："你干吗去了？开车围着咱家楼绕一圈就回来了？"

安浔看都没看他："嗯。"

"谁又惹你了？瞧你那小样儿。"安非撇嘴道，"在沈司羽面前软萌，跟我就会傲娇。"

安浔瞪他一眼，冷冷地说："别提他。"

安非挑眉，意外地道："哟，跟姐夫生气啦？他在哪儿呢？没追来哄？"说着，他还趴到窗台向下看去。

"你真无聊。"安浔觉得安非有时候真的太八卦了。

安非坐回沙发，一副非常懂的样子，看着她说："怎么，因为别的女生？"

因为成千上万的女生，安浔在心里回答着。她换了鞋子准备回房间，手里的电话这时候响了起来。安非看安浔的表情就猜到是谁打来的，他故意说："有能耐你就别接。"

安浔开门进屋之前，给安非一个"我就接，你管得着吗"的表情，滑动手机屏幕接通电话："喂？"

司羽那边很吵，他低低的声音伴着周围的嘈杂声从听筒中传来，他说："安浔，你来找我了？"

"没啊。"

他轻笑一声："狡辩，我闻到你的味道了。"

"骗人，你们医院只有消毒水味儿。"安浔躺到床上，心想他多会说甜言蜜语啊，怪不得招女孩喜欢。

"怎么走了？"

安浔手指下意识地绕着自己铺陈在床上的发丝，一圈一圈的，噘着嘴："说了没去。"

"很多人看到你了。"

"看错了。"

"怎么会？哪里还有这么漂亮的女孩。"

他可真会，什么好听的话都说得出来。

安浔的内心早已经一波一波荡漾起了涟漪，完全做不到以正常的心态和他继续聊下去。这人，平时不是挺少言寡语的吗？

安浔尽量让自己的声音显得无所谓些，说："沈医生你诊疗室门口不都是漂亮女孩吗？"

他声音中的笑意更浓了："有吗？在我眼中都是病人。"

他回答得这么完美，她好像确实不应该和他生气。而就在这时，听筒里突然传来一声娇俏的声音："沈医生，轮到我了，我进去啦？"

烦死了！安浔气呼呼地说了句"去画画了"，便挂断了电话。

冬日的太阳落山早，没到五六点钟天就大黑了，月亮似乎也被冻得不想出来，夜色中只有昏暗的路灯静静伫立着。

大概快八点的时候，安浔画累了站起身去喝水，突然听到阳台的门响了一下，以为是什么东西倒了，她没在意，谁知道接着又传来轻轻的敲玻璃声。她顺着玻璃门看出去，发现司羽正站在阳台昏黄的灯光下冲她轻笑着。

安浔惊讶，开了门让他进来："你怎么上来的？"

司羽看着她，不甚在意地用下巴指了指阳台旁边的大树："又不是第一次为你爬树了。"

这栋小楼住了三户人家，一楼是车库，安浔家是二楼，三楼四楼有两户，都是退休老干部。

好在是二楼，并不高。

"沈司羽，你……真行。"安浔都不知道怎么说他好了，现在他竟然连绅士风度都懒得维持了。

司羽走到她面前，把她额前的碎发别到耳后，问道："怎么不接电话？"

"唔……没听到。"安浔画画的时候不太喜欢被打扰，所以手机通常都是关机的，这次她只是静了音塞到了枕头下面。

司羽也知道她的习惯，并未再说，将脱掉的外套挂到窗边的衣架上，回身看她时，神情似笑非笑："宝宝，你最近吃醋吃得挺频繁呀。"

"有吗？"

他肯定地说："有。"

说着他看了眼窗边的沙发，揉了揉眉心："我坐会儿好吗？"

安浔察觉到他的疲惫，拿了椅子上的抱枕帮他摆到沙发上垫着，关切地问："忙到现在吗？"

他坐进沙发里靠在柔软的抱枕上，慢慢舒了口气，有些无奈："那些……女孩子，不太好应付，赵主任都要崩溃了。"

带他的主任是五十多岁的大叔，哪见过这阵仗，也应付不来现在的女孩子，十分头大。

安浔也很无奈。

"要一直这样，我还是去沈洲上班的好，这样父亲也不用总是和我生气了。"他说着，对站在一边的安浔抬起手臂，示意她，"过来，抱会儿。"

安浔就势坐过去，搂着他的腰钻进他的怀里，建议道："要不……发个声明吧。"

安浔觉得自己挺聪明的，就这样把之前用他名字注册账号的事说了出来，还显得自己非常有先见之明。她枕在他的手臂上，将那个以他名字命名的账号调出来，说："以后把密码给你，要说什么就用这个。"

"嗯。"司羽把手机接了过去，刚按了两下，突然伸长手臂摆出拍照状态，"要不要配个图，告诉那些女孩我已经心有所属了？"

"不行。"安浔想也不想地拒绝，"我不喜欢被人评头论足，这会影响心情。"

于是，这晚八点钟，那个大家以为从此要成为僵尸号的账号突然发了一条微博："有些人的行为已经影响到真正需要看病的人，请自重。"

言简意赅的一句话。

没多久，微博下方立刻有上千条评论。

安浔啧啧称奇。

司羽闭目养神，安浔靠在他怀里玩着手机，无意中翻到了梅子丈夫的那篇专访，想到之前的疑问，问道："司羽，你怎么知道偷东西的是梅子的老公？"

他手指抚在她的耳垂上，轻轻揉捏把玩，说："猜的。"

安浔对这个回答不是很满意，将手机扔到一边，下巴垫在他胸前看着他："猜测也要依据的。"

司羽见她好奇，便耐心解释给她听："第一次丢东西后，梅子来送证件，她说她在路边捡的。她家离你家的别墅那么远，怎么会捡到？"

安浔问："你那时候就怀疑了？"

"没有，当时就是觉得奇怪。还记得长生伯种的菜吗？"

被偷得只剩一根蔫了的黄瓜，安浔当然记得。她点着头，一脸期待他说下去的神情。

"天宝被抢救的那天，我们进房间找锁头，地上堆了很多菜，记得吗？"他一点点地引导。

安浔明白了他的意思，问："你怎么确定那是咱家丢的？"

司羽眼眸微微一闪，很喜欢她用的这个词——咱家。见他不说话，安浔着急地推了推他的胳膊："怎么确定的？"

他收了思绪，道："你觉得梅子生活这么困难，会一次买很多的菜回家吗？还有那些菜，都是咱家丢的那几个品种。"咱家——这词说起来感觉也不错。

安浔不是一个容易被说服的人，但如果对方是沈司羽，那就另当别论了。她眨着眼问："观察力也和智商挂钩吗？"

司羽轻笑着伸手摸了摸她的脸颊，继续说道："还有梅子家里那些坏掉的锁头，各种类型，应该都是用来练习开锁的，不过之前只是怀疑，后来在医院，梅子给我钱的时候才确认。"

安浔坐直身子，看向他的眼神多了丝崇拜，说："沈司羽你不当医生可以去当刑警。"

司羽挑眉看她，随后轻轻道："如果不当医生，我更想当个画家。"

"画家？"

他坐直身子，手指挑住安浔衣领处的纽扣，凝视着她："这样，我也有光明正大的理由让你脱衣服了。"

安浔低声轻嗔:"我才不给你当模特。"

他钩动手指挑开那颗纽扣，凑过去亲吻她透着粉色的脸，说着:"到时候可由不得你。"

安浔向后撒开些，伸手系上那个扣子，瞥他一眼:"沈医生你可还不是画家。"

他轻笑着说:"我现在是医生。"

"显而易见。"

他将她拽过来些:"那……医生给你检查身体好不好?"

衣冠禽兽、无耻之徒，这种词可能就是给沈司羽发明的! 安浔在心里骂了他几句，转头见他还等着自己回答，微红了脸伸手去掐他腰间的肉，说:"沈医生现在就想检查吗? 我爸妈和安非可都在家。"

他抬起手摩挲着她的唇:"所以，你要和我预约个时间吗?"

安浔嘴上说着"好啊"，却伸出手指掐算，嘴里念叨着:"明天要同学聚会，后天要和窦苗看书画展，还要去秋枫山写生，去郊外看祖父母……哎呀，好忙啊。"

安浔刚说完话司羽放在外套里的手机就响了起来，安浔连忙催促:"好大声，你快接。"

这太容易引来安非了，安非正在放寒假，安教授不允许他出去和那帮狐朋狗友闹腾，他每天闷在家无聊极了。

果然，很快房门被敲响，安非的声音响起:"安浔，你换手机铃声了? 什么曲子? 推荐听听。"

安浔忙压低声音问司羽:"叫什么?"

"*Brave Heart* 原声带。"司羽说着便走到衣架处掏出衣兜里的手机按了接听。

安浔把安非打发走了，回头看向司羽时，发现他眉头紧皱，似乎接了个让人头疼的电话。

他挂了电话看着安浔，已不似之前调笑轻快的神色。他说:"我父亲打来的电话，他说郑希瑞在我家，要见司南。"

"她……不知道吗?"沈家虽没大范围公开沈司南病逝的消息，但他们圈内在董事会后，几乎都已经知道了。

"司南不让说，再加上之前父亲封锁消息……"司羽眉头越皱越紧，觉得郑希瑞有点难办。

董事会后郑希瑞的父亲虽有些怒意，但也不敢真的与沈家撕破脸，只说郑希瑞那边他亲自去说，看来他还没说。

"她很喜欢司南吗？"安浔觉得这话并没有问的必要，因为郑希瑞表现得非常明显，但是她还是想从司羽那里确定一下。

司羽点头，很头疼："司南这些年对她并不是很好，忽冷忽热的，但郑希瑞从没怪过他分毫，也没想过要离开。"

"这样啊，可是……如果她喜欢司南，又怎么会分不清你们呢？"安浔说完有点心惊，已经控制不住思绪要去怀疑那个可能性了。

郑希瑞怎么会分不清司羽和司南？就像安浔，她从来没将他和司南认错过，一眼就认出了他，即使认识很多年的人都做不到。

司羽将安浔拉进怀里："安浔，告诉我，你是怎么一眼认出我的？"

安浔觉得这并不困难，那天见到他时，他手指勾着领带轻轻扯了一下，那是他习惯性的动作："你迷人的小动作呀，总是喜欢用手指勾东西，我发现好多次了。"

他倒是从没注意过自己有什么小动作，翘起嘴角低头看怀里的人："迷人吗？"

安浔直接忽略他的问话，仰头看着他继续说："所以……如果郑希瑞非常喜欢司南，她也能很容易认出司南和司羽，不仅动作、语气、气质、感觉，你就是你，不会是别人。"

"嗯，她应该从一开始就知道。"司羽看了看时间，考虑着现在是否应该回去见见她。

安浔看着他，不说话。

察觉到安浔的情绪，司羽立刻意识到什么，笑道："你以为别人也像你一样喜欢我吗？"

"喜欢你很难吗？"安浔反问。

阳台外夜色深深，几颗星若隐若现。司羽站在玻璃门前，在黑夜的衬托下，眸色也深了几许，说："安浔，你再这么说话我今天可走不了了。"

安浔越过他去开了阳台的门，然后回身昂头看他："先去解决你的烂摊子好吗？"

司羽回去的时候，郑希瑞已经离去了，但是郑世强却在司羽父亲书房闲谈。

"谁也不忍心告诉那孩子司南的事。"沈母坐在沙发上喝茶，见到司羽回来摆手让他坐过去，"郑董事昨天与你父亲谈了很久，我看他的意思是……"

"不可能。"司羽看母亲的神色便知道那两人打的什么主意，不等她说完立刻出声拒绝。

沈母叹了口气："希瑞被郑董事保护得太好了，没经历过任何风雨。郑董事不舍得女儿伤心一分一毫，他说既然哥哥弟弟长得一样，他不在乎女儿嫁的是谁，只要她高兴。"

司羽简直要气笑了："我在乎。"

沈母喝了口茶，抬头看向司羽，慢悠悠地问道："因为那个画家？"

他走过去端了紫砂壶帮沈母添水："找机会带她过来见见你们，希望母亲会喜欢她。"

正说着，便见郑董事和沈父从楼上走了下来。沈父冷着一张脸："你还敢说，那画在网上传疯了……成何体统！你怎么会答应画那种画？"

沈父应该是气坏了，提起这事音量也不自觉地提高了。

家里收藏的画有很多比那个更甚，但如果主角是自家儿子，他就又另当别论了。司羽想说那画又没露什么，让父亲不要以世俗的眼光看待，但见到郑董在，话音一转，直言不讳道："为了追到她。"

"什么？"沈父一愣。

"为了追到安浔。"司羽笑笑，"虽然那幅画惹了些麻烦，好在我成功了，不是吗？"

沈母很少见司羽情绪这么外露，想来司羽应该是真心喜欢那个姑娘。她放下茶杯，也没管正发怒的沈父，似是妥协地低叹："你从来都是有主见的，我们从来也都做不了你的主。"

"你到底还要叛逆到什么时候？"沈父怒道。

"在爸爸您眼中，选择自己的爱人就是叛逆吗？"司羽不卑不亢地问道。

"在我眼中，不知道孰轻孰重，迷失在男欢女爱中就是叛逆。"沈父伸手拍着墙上挂的油画，"那个小画家哪里好，值得你如此，我不赞同你继续与她来往。"

司羽沉了眸子，像是强忍着怒意："难道您希望我像您一样，娶一个自己并不喜欢的女人，完成生儿育女的任务后与她相敬如宾地生活一辈子吗？"

"司羽！"怒斥他的是沈母。

司羽顿了一下，立刻低下头："对不起，妈妈，我……口无遮拦了。"

沈父气到脸色铁青，沈母什么话也没说，起身走上了楼。

"郑董，让你见笑了。"沈父没忘身旁站着的郑世强，扯出一丝笑，"司羽和希瑞的婚事还有转圜余地，我再做做这臭小子的思想工作。"

"行，沈总，咱们两家联姻，百益而无一害，而且司南应该更希望司羽来照顾希瑞，你们再商量一下吧。"

郑世强说完，看了眼司羽，拍了拍他的肩膀便离开了。

用人送郑世强出去。门刚一关上，司羽立刻说："我不会同意，也别把司南搬出来，他从不强迫我做任何事。"

司羽再次和安浔联系是第二天的黄昏。她倒是比他还沉得住气，也不知道忙什么，一直没个动静。

司羽在和父亲冲突后，突然做了个决定。他问安浔："除夕去哪儿过？"

"城郊祖父家。你呢？"安浔问他。

"我要回英国，沈家的人都要回去。"

"那你什么时候回来？"安浔脱口而出，她已经不习惯他要去远方了。

"很快。"

安浔想问他很快是多快，又怕他着急回来惹得家里不高兴，只说了句"好"。

"也可以慢点，不过……"他似乎还想说什么。安非远远喊了安浔一声，让她快点，她应着。

司羽没继续说下去，转而问："下什么去？"

"高中同学会，每年都要聚一次。"安浔提起来就有点头疼，"前几年在国外没去就已经被说要大牌了，这次在国内，安非硬拉着我去。"

"安非和你是高中同学？"司羽有点羡慕。

"从十多岁到大学之前我们一直同一个班级。"

"他真是……"暴殄天物？司羽想，若是自己能这么早认识安浔，早就娶回家了吧，好在安非又傻又笨，眼光也不好。

见安浔还慢悠悠地讲着电话，安非等不及了跑回来扯着安浔向门外走，抱怨道："谁的电话你舍不得挂？"说完他就反应过来了，除了沈司羽还能有谁？他坏笑一声，冲着安浔放在耳边的电话大声说："姐夫，今天同学会会来很多追过我姐的男同学，最长的追了她六年呢！"

安浔立刻踢向安非。

听到这话，电话那边的司羽眉头蹙起，六年？似乎……不太舒服。

他忘了别人可不像安非这样又傻又笨眼光也不好。

安浔解释说："都是小时候闹着玩的。"

"那你有没有被人追到过？"话一问出口，司羽就有点鄙视自己了，翻旧账吗这是。

安浔沉吟了一下，说道："是有过一次。"

然后是沉默，两人都沉默了。

还是司羽沉不住气先开口："是吗？"

"嗯。"

"谁？"

"沈司羽啊。"安浔说这话的语气有点小得意。

司羽低沉的笑声从听筒里传来："安浔你真无聊。"

一旁的安非嘟囔了句："安浔你真幼稚。"

司羽又问了同学会的地点，说结束了要去找她。

外面天已经开始黑了，刚下过雨，路非常滑，安浔坐在车上看着又滑又堵的路，发信息给沈司羽："安非开车，我和他一起去一起回，你不用来接了，放心。"

司羽很快回："睡前想见见你。"

聚会地点定在了一个比较有名的饭庄，包厢也足够大，同学来了近二十人。安非和安浔进去之前，众人的焦点在高高帅帅的林特身上，而他正是安非嘴里那个追了安浔六年的人。

林特早知道安浔今天会来，也早做好了心理准备，但当看到安非带着安浔推门进来的时候，他还是有些失态，一时间忘了回答旁边女生的问话。

安浔穿着一件驼色大衣，头发比以前长了很多，看到大家也只是浅浅地笑笑，一如当年一样，对什么都是如此态度。

她褪去了青涩，多了些韵味，美得依旧让人心动。

"多少年了，你怎么看到她还移不开眼？"旁边的汪琪不满地拽了拽林特，"接着说啊。"安非和安浔进来之前，几个女生正围着林特问沈司羽的事。

"我和他真的不熟。"林特在沈洲地产做设计总监，司羽在沈洲上班的时候他见过很多次。提到他，林特有点佩服："说实话，沈司羽话不多，但是挺有手段。"

"他有没有女朋友？是不是超级帅？他的腿有几米？"汪琪似乎不准备和别人叙旧了，一直缠着林特说沈司羽的事，其他女生也都十分好奇，个个竖着耳朵听着。

林特无奈，她们这些问题他不知道如何作答，余光瞥见安浔和安非落座，心绪突地一动，说："你们似乎问错人了，难道大家忘了安浔和沈司羽应该更熟吗？"

是啊，安浔那幅名扬四海的《丝雨》，主角就是沈司羽。

汪琪犹豫了一下，开口问道："安浔，你和沈司羽很熟吗？"

安浔点头："应该算熟。"

安非笑，应该？矫情。

有女同学凑过去问安浔："那幅画，就那幅《丝雨》，天哪！你怎么让他答应给你做模特的？"想想就脸红，简直不能更诱人。

因为女同学的表情实在可爱，安浔被逗笑："那天……画什么都没感觉，就去找他了。"

"他就答应了？"

安浔点头："答应了，不过我当时没告诉他要脱衣服。"

包括安非在内，每个人都很讶异。有人惊讶安浔的胆大，有人笑说安浔学坏了，有人接着问："后来呢后来呢？"

"后来，你们都见到了。"安浔笑得像个得逞的小狐狸，"就有了《丝雨》那幅画。"

"全裸吗？"汪琪忍不住问了一句。

包厢里突然安静了。

安浔冲她笑笑，没承认也没否认。

"你那画画了多久？"安非也加入了"质问"环节。

安浔以为他怕众人纠缠上个问题，故意岔开，替自己解围，便立刻回道："两天。"

"所以你对着沈司羽的裸体两天？"安非惊讶地捂住嘴，夸张的演技气得安浔在桌下掐他胳膊。

林特看着安浔，神色复杂难辨。有男同学和林特关系好，见他如此，想着再帮着制造下机会，问道："安浔你还需要模特吗？我们林特也不错啊。"

安浔看向林特，这似乎是今晚她第一次看他。当年那些男生一个一个来，又一个一个放弃，只有林特，着魔一般，坚持到她出国，坚持到不得不放下。

他以为他放下了。

林特有一瞬间的紧张，呼吸都要屏住了。他没想到多年过去，再见到安浔还是会心动，还是会抱有幻想，觉得如今也算功成名就的自己，是否多了一丝希望？

只见安浔轻轻摇了下头："画完沈司羽后，画谁都没感觉了。"

没想到她还是这么狠，一如当年拒绝他，不留丝毫情面。林特忙假装不甚在意地笑着说："如果让我脱光，我还是有心理障碍的。"

他给自己找了个台阶下，大家也都很给面子地调笑过去。

服务生敲门送菜进来，包厢的气氛又重新活跃起来。因为正面临大四毕业，不免多谈了几句找工作的事，话题自然而然又落到了林特身上。他大二的时候就获得了设计大奖，没拿毕业证便被沈洲挖走，破格提拔，如今已晋升为设计总监，人生也是一个大写的牛。说到这里大家不免羡慕一番，他们的工作还没头绪，他却已经称霸职场了。

"咱们班出了林特和安浔两位，班主任可乐坏了。上次我回去看她，她还在办公室吹你俩呢。"班长小胖端着酒站起来，"一个画画，一个画图，才貌双全，你俩真是天生绝配，我敬两位天才。"

林特爱听这话，笑着端起酒喝了一口，下去了大半杯。

安浔不想喝，扯了扯安非的衣角想让他救自己。可安非被安浔欺压惯了，关键时候胳膊肘向外拐，咧嘴笑着："爸妈说了，让咱好好玩，喝点没事。"

听安非这么一说，其他人全都附和起来，不许她扫兴。安浔拿起酒杯喝了一口，辣得眼泪都快出来了。

安非在一旁笑，凑在安浔旁边小声问："安浔，你喝多了会不会耍酒疯？最好也吐咱爸那翡翠白菜上。"

安浔咬牙切齿："你等着。"

安浔话音还没落，一旁又站起来一位："安浔，你可是我认识的第一个名人，说什么我也要和你喝点。"

安浔端起酒杯又喝了一口。

后来又有人说安浔之前都没来参加同学会，一年要罚一杯，就这样一杯一杯的，大家准备离开的时候，安浔已经喝得脸颊泛红、眼神迷离了……

安浔变得特别安静，挽着安非的胳膊跟在他旁边走着，低着头，走得认真又仔细，似乎所有的注意力都放在了走路上。安非故意不走直线，她也亦步亦趋地跟着，乖得不行。安非见她如此乖巧的样子，心里别提有多得意了。

众人陆续走出饭庄。林特站在门边等着落在最后的安非和安浔，待他们走近，问安非："安浔喝多了？"

安非点头，笑道："她好像知道自己喝多了，所以才不说话，做什么都集中所有的注意力，太逗了。"

"她可能怕自己失态。"林特也觉得这样的安浔挺可爱，忍不住夸赞，"自制力真好。"

说着三人一起走了出去。

外面的冷空气扑面而来，安浔朝安非那边缩了缩。林特注意到，将脖子上的围巾拿下来给安浔围上。安浔慢半拍地意识到后，抬头冲他甜甜一笑。

林特感觉自己似乎被电流击中了，半天动弹不得，安浔何曾这么冲自己笑过啊！有人看到林特那模样，大声调侃道："林特，我看你这辈子就栽在安浔手里了。"

林特让他们说得有点不好意思，假意怒道："说什么呢，我这不是看安浔喝多了关心一下嘛。"

别人还想跟着起哄，突听旁边一个女生惊呼一声："那不是沈司羽吗？"

众人随着她指的方向看去，只见马路对面的便利店里走出一个人，清俊高挑的男人，黑底白图的棒球棉服，黑色长裤，休闲又时尚的打扮。他手里拿了瓶水走到一辆轿车旁，开了车门将水扔进车里，随即关门转头看向饭庄的方向。

汪琪猛地抓住身旁的人："我的天！真的是他！"

司羽一眼就看到了安浔。他将烟掐了扔进一旁的垃圾桶，走了过来。

别人以为他要进饭庄，没想到他却直直地站到了安非面前。安浔并未察觉他的靠近，头抵在安非肩膀上一动不动。

司羽皱眉问安非："怎么了？"

"喝得有点多。"安非动了动肩膀，似乎想让安浔清醒一下。

听到这话，司羽抬眼看了下安非。安非有点心虚，轻咳着扭头看风景。司羽没细问，伸手将安浔揽进怀里，问："还能走吗？"

他这话其实问的是安非，但安浔听到他的声音，眯着眼睛抬头，一脸认真的表情："能啊。"

"能的，姐夫。"安非也给出肯定的回答。

安浔说完才发现安非变成了司羽，眨了眨眼睛："沈司羽……"

"还认人呢？没断片儿？"司羽轻笑。

安浔确认了人是司羽后，伸手抱住他的腰将脸埋进他的胸膛，特别委屈："司羽，我好像喝多了。他们一直让我喝，那酒特别辣。安非也不帮我，他想让我吐我爸那翡翠白菜上，他想让我爸骂我……"

让安浔从一句话不说到变成话痨，只需要一个沈司羽。

司羽伸手环住她，摸了摸她的头发，再次瞥向安非。安非不敢与他对视，眼神飘忽地悄悄挪动步子藏到一旁的林特身后。

于是，司羽的目光就随着安非转移到林特身上。林特见司羽看自己，微微躬身："沈总。"

司羽认出了他，轻点下头，随即视线又回到安浔身上，问："走吗？"

安浔点头，松开他就往前走，一步一步走得倒是挺直的。司羽忍不住笑起来，这人喝多了怎么这样？

他对安非和林特示意了一下，转身跟上安浔，牵住她的手带着她过了马路，扶着她坐进副驾驶座，还仔细地帮她扣好安全带。安浔全程都十分听话地任他摆弄。

司羽坐进车里，启动车子，调头过来停到他们一旁，降下车窗对安非摆摆手："安非，过来。"

安非有点不想过去，他挺怕司羽的，尤其是他纵容别人灌了安浔酒之后更怕，但又不敢不过去。安非磨磨蹭蹭地走到车边，做好了被教训的准备，谁知司羽突然塞给他一条围巾。还没等他反应过来，车已扬长而去。

安非拿着围巾又回到了饭庄门口，将围巾递给林特，说："沈司羽没给扔垃圾桶应该算是给面子了。"

林特接过去，神色复杂："安浔和沈司羽……"

班长小胖拍了拍林特，安慰道："没听安非都叫姐夫了吗？天涯何处无芳草！"

安浔坐在车里一直瞪着大眼睛看着前方，不睡觉也不说话。车里很快就盈满了安浔呼出的酒气，还有她身上的香气，混合在一起竟然出奇的……好闻。

　　司羽问她："困吗？困就睡会儿。"

　　安浔摇摇头，过了很久后，又慢悠悠地说："不困。"

　　"喝点水。"司羽将手边的水递给她，声音里满是笑意："安浔我现在很想咬你一口。"

　　安浔咕咚咕咚喝了很多水后才转头看他："为什么？"

　　"因为很可爱。"

　　她似懂非懂，好半晌恍然大悟似的说："怪不得你总咬我。"

　　司羽又笑，喝醉了的安浔纯真和性感并存，上次在画室也是这般——勾人。

　　他心里盘算着，以后可以给她多喝点酒。

　　因为保安早就认识了司羽，他的车停到小区门口的时候，保安直接升起了栏杆让他进去，还热情地摆着手："不用登记啦，只要不过夜就行。"

　　司羽将车子停到那棵他曾经攀爬过的树下。安浔没有立刻下车，看了看后座，问："呀？安非呢？我爸说了，年前这几天不许晚归。"

　　提到过年，司羽才想起今天要和她商量的事："安浔。"

　　安浔发现车里确实没有安非才停止寻找，半晌，像想起什么似的扭头看向司羽："嗯？"

　　司羽无奈地笑着，反应怎么会慢成这样。

　　"过年和我一起去英国好吗？"他边说着边细细地看着她，期待着醉酒后的安浔比较好哄些。

　　安浔慢半拍地反应过来，慢半拍地认真地思考了一下，说："可是我要去爷爷奶奶家过年啊，我们有一年没有见了。"

　　"怎么这么久没见？"司羽确实没怎么听她提起过这两位老人。

　　"因为他们在环游世界，这几天刚从澳大利亚大堡礁看完珊瑚回来，过完年还要去新西兰玛塔玛塔镇游览《魔戒》拍摄地。"安浔说，"他们是世界上最幸福的一对老头儿老太太。"

　　来之前准备好哄她的话都用不上了，司羽放弃劝说，摸了摸她的头发："是挺幸福。"

安浔看着他，突然说："其实挺想让他们见见你的，也挺想和你一起过年的。"

清醒的安浔不会提这样的要求，喝多的她会毫不遮掩地说出内心最真实的想法。司羽不想让她失望分毫，稍一沉吟，说："也好，不过过完年待两天后，你得跟我去英国。"

安浔没想到司羽会这么痛快答应，她也痛快点头："可以啊。"

"同意了？"司羽愣住，还以为她会想几天呢。

"同意。"安浔继续点头。

司羽伸手揉她的头发，想着她明天酒醒后别不认账就行。

安浔似乎被摸舒服了，像小猫一样眯了眯眼睛，就着他的手将脸颊埋到他手心慢慢蹭着。细腻又热烫的脸颊磨蹭在他掌心中，他有点受不了她这样，被勾得心痒难耐，手从抚摸改为固定住她的脸不让她再动，同时另一只手"啪嗒"一声解开自己的安全带，反身将她压到座椅上，拇指揉搓着她的唇瓣："宝宝……"

"嗯？"

"很想把你拐走。"

她轻勾嘴角冲他笑着："好啊，司羽，把我拐哪儿去都行。"

因为酒精的缘故，安浔的眼神迷离又妩媚，柔柔似一汪水。司羽低头深吻上她，从轻柔摩挲唇瓣到撬开牙齿搅动香软舌尖。她乖乖地配合，还会慢慢给出回应……她舌尖上的酒香刺激着他所有的感官，他酒量一向好，奈何安浔这樽美酒，太浓，让他不知不觉就醉了。

安非回来得早，开车入库的时候，从司羽和安浔的面前驶过。车库的灯光太亮，两人被迫分开。安非停好车没直接上楼，而是从车库大门走出来，笑嘻嘻地看着司羽车子的方向，冲车里的两人挥着手："我以为你们今天不回来呢。"

司羽看了看时间，八点，思考着带她走然后再送回来的可能性。

安浔降下车窗歪头看着安非："我也以为你今天不回来呢。"

安非坏笑着，冲司羽眨眨眼睛，在表达着只有他们男人才懂的意思，说："我上楼了，你们继续。不回家的话给我报个信，我帮你圆谎。"

"回啊。"安浔听他这么一说，忙开门下去，几步走到安非那儿，后又想起司羽，转身走了回来。

司羽靠在开着的车门后，瞥她："还知道回来呢？"

安浔拉拉他的手："我回家睡觉了，我的头好晕。"

他拿她没办法，伸手将她的发丝捋顺别到耳后："明天给我打电话，别忘了你答应我的事。"

"要把我拐走那事吗？"她问。

"是。"

安浔"哦"了一声："记住了。"

司羽心下感叹，喝醉酒的安浔可真乖啊。

第二天醒来，安浔回忆起昨晚，先在安教授那里告了安非的状，然后又给司羽发了信息："我醒了，我记得。"

惹得司羽发来一个大笑的表情包。难得他用表情包，还是如此亲民的表情。

又过了几天，窦苗整天打电话来催安浔，说画已经卖没了，最近经常有一些土豪来买画，即使那些人可能压根不懂画，但他们就喜欢以此来彰显自己的艺术修养。

安浔被窦苗烦透了，翻了翻城市宣传片，选定了秋枫山作为写生地，说走就走。

天气预报说春江有小雪，早上安浔出门的时候天空还是晴朗的。

秋枫山在春江的近郊，经常有人去徒步爬山，初春踏青，深秋赏叶。不过这个季节倒是没有很多人，偶有开车去看日出的，也早早地回去了。山上有几处农户，门前有良田，院里有鸡鸭，看起来日子过得也是逍遥自在。

安浔很向往这次写生的地方。安非不太情愿地把车子借给她，抱怨她把自己的车子扔在汀南不开回来，这一定是和安教授商量好的，用这种方式阻止他出去玩。

安妈妈拿了一个厚毛毯放到车里，叮嘱安浔："画画的时候盖在腿上，别冻坏了。"

"谢谢妈。"安浔发动车子，驶到小区门口时，还能从后视镜里看到家里那三人冲自己摆手。

安妈妈喊着："早去早回，晚上等你吃饭。"

自从发了那条微博后，司羽便清静了不少，诊疗室门口再没像那天如菜场般叽叽喳喳乱成一团。他早上给安浔打电话时她正在路上，他提醒她天气冷在外面写生多穿些衣服，她说这话他爸妈已经念了一早上了，嫌他啰唆。

他无奈地轻笑，也觉得自己好像对她太过不放心，想着便收起了接下来的嘱咐。

这天下午主任有一台手术，他跟着观摩，出来时已经到了下班时间。他本想换了衣服去找安浔，办公室里却来了一个不速之客。

"郑小姐。"司羽、司南和郑希瑞三人曾经是同学，司羽以前都是直接叫她名字，也不知道什么时候，开始叫郑小姐，生疏又极有距离。

郑希瑞站在办公室门口，静静地看着他，须臾，才慢慢开口："司羽啊……为什么不骗骗我呢？"

司羽拿了外套穿上，走到她面前不远处站定，有些歉意地说："对不起，之前不得已没有和你明说。"

郑希瑞摇头，她的神情有着说不出的凄婉悲凉，看起来状态非常不好。似是下了什么决心，她向前一步，伸手拽着司羽的袖子，语气竟满是恳求："不用对不起，不用觉得抱歉，我……有个不情之请，你……你可不可以继续……"

"不可以。"司羽将衣袖从她手中拽开，向门外走去，"郑小姐，你这不是不情之请，而是强人所难。"

所以，司羽说安浔担心的问题是不成立的。郑希瑞一直知道他是司羽却还不说破，不是因为她喜欢沈司羽，而是因为她太爱沈司南了，所以假装沈司南还在。

"对不起。"郑希瑞抬脚跟上，慌忙说道，"我知道很过分，可是……我真的不能失去司南。"

司羽边走边将衣服的拉链拉上。电梯正好停在这一层，他走进去，也没看她，只是很平静地说："司南已经不在了，你要接受这个事实。"

这是很多个夜晚，他睁眼到天亮时，不停对自己说的话，一遍一遍告诉自己，一遍一遍往心里捅着"刀"。

郑希瑞扶住电梯内的把手，好半晌，才颤抖着嗓音说："你怎么能这么说？"

司羽侧头看她，见她神情凄然，脸色苍白，稍稍缓了下语气："我不是沈司南，我叫沈司羽，我们不一样。郑希瑞，你……好好生活。"

电梯停在了负一层，他拿出车钥匙走了出去。郑希瑞像是没听到一样，依旧亦步亦趋地跟着他，坚定地说："你和他一模一样。"

司羽见她如此执迷不悟，有些头疼，不打算再与她在这个问题上纠缠。他打开了车门，看她还站在电梯门口一副泫然泪下的模样，问道："你没开车？"

她摇头。

"上车。"司羽觉得有必要和她好好谈谈。

郑希瑞踩着高跟鞋"啪嗒啪嗒"地走到他车边，没立刻上车，而是小心翼翼地问："你改变主意了吗？"

"永远不会。"司羽肯定地说。

车子从地下停车场开出去后司羽才注意到外面的大雪。天空昏沉沉的，大雪纷纷扬扬地下着，地上已经厚厚一层，看样子完全没有停的迹象。

"什么时候开始下的？"他突然问。

郑希瑞看着窗外，下意识地回答："下午。本来是小雪，后来越下越大。"

雪天的能见度非常低，放眼望去整个世界都是茫茫一片，私家车不多，公交车行得缓慢。司羽将车停在医院院墙边，翻出手机打给安浔。

那边提示拨打的电话不在服务区——最不想听到的声音。

司羽又打了安非的电话，第一遍的时候没人接，紧接着又打一遍，这次倒是接了，不过那边风声非常大，还有乱糟糟的人声。

司羽心下一紧，预感很不好，忙问："安非，你姐呢？"

"喂？姐夫，我在秋枫山下呢，有个信号塔倒了拦了路过不去，安浔在山上还没下来。"外面的风雪非常大，安非说话几乎是用喊的。

"我马上过去。"司羽说完，启动车子便调转了车头。行驶了一段路才想起郑希瑞，他说："你从前面……"

他还没说完，郑希瑞突然开口打断："我不下车，这种天气根本打不到车。"

司羽脸色冷硬，面对她最后的那点耐心也没了："我要上山，你也要跟着？"

"你上山干什么？多危险啊。"郑希瑞说完便猜到了，"找安浔？"她记得安非这个名字，上次司羽找不到安浔也是打的他的电话。

"对。"

并不意外他的回答，郑希瑞再次看向窗外，看着一闪而逝的霓虹灯，好半天才又开口轻声问道："司南说你总是抢他喜欢的东西。"

司羽挑眉："你什么意思？"

"司南……喜欢安浔吗？"

他有些诧异，又有些不耐烦："你这种想法哪儿来的？"

"所以你不是因为司南喜欢安浔才和她在一起的？"郑希瑞似乎极其在意这件事。

"司南喜不喜欢我不知道，我是很喜欢。"司羽说完，心软地加了句，"你应该有司南是喜欢你的这个自信。"

"不，没有了，我的自信早在他总是突然的失踪中消磨殆尽了。"郑希瑞在车玻璃上哈了口气，用手指写了司南的名字，半晌，喃喃道，"我应该是生病了，我怎么能去怀疑司南呢……"

司羽虽很想和郑希瑞谈谈，但显然此刻不是好时机。他心系安浔，想要加快车速，可天气根本不允许，即使天还没全黑，去近郊的车也不多，但风雪太大。

路，像是没有尽头，一直向前延伸着……

那座山，明明雄壮地挺立在天地间，怎么就突然看不到了？

司羽说不上的焦躁，只知道朝那个方向行驶。也不知道开了多久，当看到标有"秋枫山"名字的路牌时，他觉得像是过了一年之久。

秋枫山下堵了很多过路的车子，路上有棵大树倒了，只有一排车道能通车，司羽跟在抢险的吊车后面过去。因为回程的车子排成了长队占了去程的车道，吊车越过大树后就怎么都过不去了，司羽的车子擦着马路护栏将将挤过去。郑希瑞看得心惊胆战，大声提醒："你的车子快要被剐烂了。"

司羽却浑然不在意，直到看到那个倒下的信号塔才停了车。

上山的路完全被封死，山下有抢险车闪着灯，抢险车旁边停了一辆黑色的商务车。司羽过去的时候，安教授和安非正站在车子不远处焦急地和抢险人员沟通。

司羽停好车子大步走过去。安非见到他，讶异道："姐夫，你怎么过来的？不是说那边堵死了吗？"

"挤过来的。"司羽说着便见安教授看向自己，微微躬身礼貌地说，"叔叔您好，我是沈司羽。"

安教授点点头，说了句"你好"，随即不动声色地打量了他一番：十分精神帅气的男生，举止得体，张弛有度，心下想着安浔会喜欢他，不奇怪。

虽说这是两人第一次见面，但这种情况也省下了不少寒暄。

信号塔整个横到了路上，马路被拦腰砸烂，一边是陡崖，一边是山坡上随着信号塔滑下的乱石，上山是不可能了。

司羽走近才发现信号塔下还有一辆后半部被压扁的车子，安非说司机是个年轻男人，伤势不重，已经送医院了。司羽问抢险人员什么时候能把路清理出来，抢险人员说吊车被堵在大树那里过不来，若是进来，清理碎石再扶起铁塔怎么都要到后半夜了。

安教授紧张着急地蹙眉踱步，儒雅学者在这种情况下也难免失了原有的风度。安非嘟嘟囔囔地一直让他们催吊车，又打电话给交通局让交警来。

"吊车现在在清理那棵大树，等路通了它才能过来。"抢险人员挂了电话，来安慰这边的三个男人。

安非忙说："那你快去帮忙啊，别在这儿站着。"

司羽看着秋枫山的方向，突然沉声说："最快也要到后半夜是吗？"

安教授看着这个年轻人，他不像安非一样急躁不安，来了之后几乎没说几句话，只沉着一双眸子让人猜不透他在想什么。

司羽突然看向安教授，声音低沉坚定："叔叔，我去找安浔。"

安教授一愣，还没说话，便见他已经抬脚走向信号塔方向。

安非也愣住："他要干什么？他要从山石上爬过去？"两人反应过来后忙去阻拦他。

安非急道："姐夫，这样太危险了。"

安教授语气焦急："沈先生，你不能这样做。"

一直坐在车子上的郑希瑞似乎也察觉到他的意图，从车子上跑过去，担心道："你干什么？你不要命了？"

司羽没理会郑希瑞，拉开安非拦着自己的手："安非，我得去找她。"

"山这么大，雪这么大，你没有车子怎么找？"安教授十分不赞同，这么上山，很容易出事。

"我知道她在哪儿！"司羽知道去哪里找她，她说过她喜欢那几户农家。

"姐夫，你……"安非还想再劝，却被司羽打断。

他说："安非，你姐姐胆子小，她一个人在山上会害怕。"

安教授觉得自己活了大半辈子，早看淡了很多事，没想到现在却被这个年轻人的一句话感动到眼睛泛酸。

司羽做的决定通常很难改变。他走到信号塔倒下处，撑着最下面的大石头，利落上去，然后继续向上。

抢险人员注意到这边的情况，冲过来再阻拦已经为时已晚。几个人在下面喊道："那位先生，你这样十分危险。这些石头不稳，而且山上很有可能会继续有巨石滚下来。请你下来。"

司羽像没听到似的，越上越高，直到越过信号塔，他们再也看不到他。

安浔的车子停在农庄不远处的一个草棚下，这里看起来是山民夏天纳凉的地方。外面的雪没完没了地下，完全没有停的意思，而且天色也越来越黑，她盖着毯子坐在车里，听着四周的动静。

她不敢开灯，也不敢开手机，总觉得要是外面有野兽或者坏人，顺着亮光一眼就能看到车子里的她。

雪下大时她是准备下山的，当她走到山下路口处时，眼睁睁看着那座信号塔倒下来。山石滚落，整条路都被堵住了，也不知道前面的车子有没有被掩埋。怕山体继续落石，她不敢再待在那里，调转了车头开到山上，又回到这里。

从下午到夜晚，只有白茫茫一片的雪和呼啸的风。每次风声从林间刮来，风鸣刺耳，她都会非常害怕。

安浔把脸埋在毯子中，堵住耳朵，怕风的声音再传来。时间慢得仿佛静止了一般，这恐怖的感觉，也仿佛没有尽头。不知何时，恍惚间听到有人叫她的名字，那声音那么熟悉又那么遥远，似乎下一秒就要随风飘走，然后又是一声，伴随着敲玻璃的声音，"咚咚"两下，就像那晚司羽敲响阳台玻璃门时一样的动静。

安浔猛然抬头，在雪光的反射下，看到车头挡风玻璃外，一个人站在那里。虽然他的头发被雪打得全白了，但还是熟悉的身形，熟悉的笑容。

安浔一再确认不是梦，不是幻觉，外面的人是他，真实的他，几乎一瞬间，所有的情绪涌了出来。她捂住嘴："我的天！老天！司羽，怎么会……"

司羽张嘴说了什么，安浔却一个字也没听清。她慌乱地摸着车门锁，打开了车门。因为着急，跳下车时她差点摔倒，一侧立刻有一双有力的手撑住她的胳膊。

安浔抬头，看清了他的脸——除了头发，他的眉毛睫毛也都白了，脸颊有些不正常的红晕。

他对她笑着，即使在风雪的呼号中，他的声音也是那么温柔温暖。他说："不抱抱我吗？"

安浔伸手搂住他的脖子，脸颊贴在他冰凉的衣领上，其余的话全说不出来，只一遍一遍叫他的名字。安浔本来觉得自己挺坚强的，但见到他的这一刻，眼泪不受控制地流了出来，噩梦结束了。

当意识到自己弄湿了他的衬衫领子时，安浔用手偷偷擦了下。她不擅长在别人那里扮演一个弱者，即使面对司羽也不例外。于是，她侧过脸在他衣服上蹭了蹭，低声嘟囔："我没哭，这是雪。"

司羽抱紧她，笑着说："好，你怎么说都行。"

从山下到这儿，一路上，司羽脑子里不能控制地想着各种可能，想着她有没有害怕得哭起来，想着她会不会被山石砸到，想着她肚子会不会饿，想着这么晚了万一遇到坏人怎么办，想着路这么滑万一不小心把车子开到陡崖下怎么办……总之，他越想越是心惊，所以当看到她的车子时，他几乎是跑过来的，用尽最后的力气。

车里的人抱着毯子藏着脑袋，似乎还捂着耳朵……好在，她还是那个完好无损的她！

安浔不敢去农户借住，但是现在司羽来了。

他们找了最近的一户农家，这家的主人是一对夫妇，看起来有五十多岁。两人过去敲门时他们已经睡下了。对于打扰到他们休息，司羽和安浔十分抱歉。

老夫妇很热情，利落地帮两人收拾出了厅堂西侧的屋子，那是他们在市区工作的儿子的房间。因为大雪，山上的电从下午的时候已经断了，老夫妇找了一根蜡烛给他们点上，又生了炉子，叮嘱了两人几句便回了房间。

刚烧起来的炉子除了有点呛人，并不温暖。安浔摸着司羽的头发，把上面的雪清理下来，发丝湿乎乎地贴在他的额头上，让他显得很乖很奶。

安浔伸手拉开他棉服的拉链，钻进他怀里，手臂抱住他的腰，难得地撒娇道："司羽，我已经离不开你了。"

司羽双手搂住她，吻她的发："那我就放心了。"

她感觉他身上一直冒着凉气，搓着他的手，问："你走了多久？"

"一个多小时吧，感觉要冻僵了。"他说着松了胳膊放开她，将棉衣脱了下来。他鞋子里也灌进去了雪，脚冰透了，全身也跟着冷。

安浔偏又凑过去要抱抱，特别黏他。司羽无奈地看着往怀里钻的人："我身上凉，会冷到你。"

"我给你暖暖。"她搂住他的腰，在他怀里蹭啊蹭的，觉得他像个冰块，叹了口气说道，"沈司羽你真会让人心疼。"

反倒是自己的不是了？司羽失笑，拍拍她的后背，说："你这样抱着什么时候能暖和？去被窝里躺着，乖。"

小炉子里的火渐渐旺了，昏暗的小房间内开始升温。安浔将老夫妇拿出的两套新棉被的其中一套铺床上，又把从车里带来的毯子铺到棉被上当临时床单。

蜡烛的光忽明忽暗的，安浔的影子印在背后的墙上，影影绰绰。司羽站在一旁看着，竟生出已经与她这样一生一世的错觉。

"安浔，以后别离我太远。"他突然说，声音在小房间里清晰入耳。

安浔将枕巾盖到枕头上，扭头看他，柔柔一笑："过段时间我可是要回学校的，给你揣兜里带着？"

"可以。"他很认真地回道。

外面的雪还在下着，风倒没那么大了，天气也渐渐让人安心。

两人脱了外衣钻进被窝。司羽身上不再冰冷，却也不热，安浔一直挤着他："沈司羽你为什么还不变暖呢？"

她有点着急，怕他冻坏又向他怀里钻了钻，说话时热气喷在他的脖颈处，痒得司羽将她抱紧了些。他哑着嗓子说："抱会儿就好了。"

安浔摩挲着他的背，碎碎念着："我大不了在车里坐一宿，你这么跑上来万一找不到我呢？还穿得这么少，鞋子也不温暖，也不戴帽子，耳朵冻坏了……"

她喋喋不休的嘴被司羽吻住，安浔立刻收声。他带着笑意抬起头看她："安浔你怎么变成了一个唠叨婆？"

安浔闭紧了嘴不再说话，司羽见她神情可爱，轻笑着低头再次吻了上去。安浔也不知道怎么想的，在他吻自己的时候手下意识地就钻进了他的毛衣下。于是，两个互相取暖的人，开始有些不一样了。

他的呼吸越来越重，人也慢慢压了上来。也没过多久，安浔就觉得手下的那片肌肤变得温暖，然后又慢慢变得热烫……

他终于暖了起来，似乎更甚，像要烫到她似的。

不远处的陈旧矮柜上的蜡烛扑扑晃了两下，好像棉绳过长了，蜡烛的火苗小了很多，小屋也跟着更加昏暗。

安浔觉得热，心想刚才就不应该让那对夫妇点炉子，炉子里的火烧得太旺，热得人喘不上气。

司羽俯视她，额头有细密的汗，清俊的脸庞上少了些平时的冷静自持，多了丝隐忍。他嗓音暗哑低沉："可以吗，安浔？"

安浔伸手抱住他，将他压向自己，轻道："可以的，司羽。"

然后，他又附在她耳边："对不起，没有措施。"

外面的雪没完没了地下着，棉被被掀开踢到了脚下，安浔也不怕冷了，只觉得自己一会儿在水里游荡一会儿在火里焦灼，从不适到沉沦，最后精疲力竭。

毯子不能再用了，好在是自己带的，不然明天见到老夫妇该有多尴尬。安浔将脸埋在枕头里不去看他。司羽镇定自若地将毯子叠好放到矮柜前的椅子上，提醒道："明天走的时候别忘了拿。"

安浔拉高了被子，盖住自己半个脸，闷声闷气地说："安非的毯子，你赔他个新的。"

司羽拉开被子钻进去，问道："怎么是我赔？我自己一个人弄的？"

安浔用棉被捂他的嘴："沈司羽你不许说话。"

蜡烛已经燃烧到底，终于在两人的窃窃私语中悄悄灭掉了，房间里陷入黑暗，两人的说话声也渐渐小了。

第二天早上安浔是被院子里扫雪的声音吵醒的。老夫妇两人扫着雪聊着天，虽是家长里短，但听起来安然幸福。

炉子不知道什么时候灭了，昨夜的火热消散后房间又变得冷起来。司羽在她身后搂着她，睡得沉沉的。衣服都被扔到床的另一边，安浔伸出胳膊去够，够不到，嫌冷不愿意起身，便又躺回去。司羽被她折腾醒，睁开眼就想亲她，却被她推开。

她嗔怪地看着他，命令道："帮我拿衣服。"

司羽注意到安浔身上的痕迹，夜晚蜡烛太暗看不清，清晨光亮下，竟发现如此明显，也觉得异常满足，趁她不备在她唇上啄了一下才坐起身去拿衣服。

他把所有的衣服抱成一团塞进被子中，然后两人在被子中翻找，就那样躺着穿衣服，一件一件的。穿到毛衣时，两人终于都因为彼此狼狈又滑稽的动作忍不住笑起来。

下过雪后的山里，安静得像是与世隔绝一般。两人收拾妥当，打开房门出去发现外面亮得晃眼，再细看，除了白色竟找不到任何一丝其他的色彩。

阳光正足，照在雪地里闪闪发光。

安浔伸开双臂，感受着冰冷的空气和雪的味道。司羽走过去从背后搂着她，下巴搁在她肩上，静谧的二人世界，仿佛时间也在这一刻静止了。

安教授和安非开车上山的时候本以为要费劲寻找一番的，没想拐上来便见到另一座高峰的山脚下有几户农家院落，白色的房顶，白色的院墙，静静地立在山下，像是被繁华城市遗忘的一角。

安非开着司羽扔在山下的那辆轿车，载着那个被他扔下的郑希瑞朝着村落驶去，安教授驾驶着自己那辆低调的商务车跟在后面。

"爸，你看那是不是我的车？"安非眼尖，远远地看到了自己的车子，车边还有两个人。

安教授敞开车窗，推着眼镜仔细看了看："那不是司羽和安浔吗？这孩子，真让他找到了。"悬了一宿的心终于放了下来。

司羽正拿着老夫妇扫院子的扫帚将车子棚顶的雪扫下来。安浔拿的是扫地的小扫把，一下一下扫着车前盖。

司羽没控制好力道，扬了安浔一脸雪。安浔呸呸两口："沈司羽你故意的吧？"

司羽见她眉毛睫毛上都是雪，一脸的不悦，竟然笑了起来。安浔见他毫无悔改之意，生气地将手里的扫把扔过去。司羽接住，对她说："我来扫，你进车里暖和一会儿。"

他打开车门想让安浔坐进去的时候，才发现不远处驶来的两辆车子。

安浔将脸上的雪清理干净："司羽，你果然是得到了我就不珍惜了，看我满脸雪竟然还笑得出来。"

司羽整理着她的头发，小声提醒道："别乱说，你爸爸来了。"他可不想上来就被岳父揍。

安浔忙回头看去，发现两辆车子正驶到她身后不远处，安非和安教授从车子上下来。

安浔本以为他们会又心疼又担心地过来嘘寒问暖，没想安非下车后的第一句话就是："姐、姐夫，你们拿的什么扫我的车！"

说着，安非便看清了沈司羽手中的扫把，吓得差点大叫起来，嘴刚张了一半便被安浔无声的眼神镇压了下来。安非为自己不敢反抗安浔而懊恼，气得鼓着腮帮请求安教授帮忙。

安教授假装没看到，询问了安浔情况，便带着安非进屋去向老夫妇表示感谢。司羽跟着进去，准备将扫把送进院子。

郑希瑞从轿车上下来，看着站在雪中的安浔，说："除了司南，我从来没见过司羽为谁那么着急。"

安浔见她下车，很惊讶。

"我也没见过他笑得这么开心。"郑希瑞的脸色很差，带着疲惫，但她还是微微笑着，温温柔柔的，一如安浔第一次见她。

"对不起，我太自私了。"郑希瑞自顾自地说着，垂下了眼眸，觉得有些无地自容，"我失去了爱人会伤心，却忘了司羽也失去了哥哥，现在又想让你们失去彼此……我也不知道自己怎么变成了这样，司南一定对我很失望。"

说完，便发现司羽站在了院子门口，郑希瑞没太敢看他，似乎还想说些什么，犹豫了半天也没说出来。

安非和安教授在房门口与出来相送的老夫妇寒暄着。司羽走到安浔身边，将她的连衣帽戴到头上，因为他发现她的耳朵冻红了。

与老夫妇道别后，安非怀里还抱着那条毯子跑过来，不满地说："姐，你把我的毯子忘在人家椅子上了，我给拿出来了。"

安浔只觉自己的脸颊轰地一热，也顾不得别人了，伸手把毯子抢回来抱进怀里，一脸防备地看着安非。

安非有些错愕，不明白一条毯子为什么能让安浔反应那么大。安浔在白雪映照下的白皙面庞突生出莫名其妙的红晕，怕被发现，她抱着毛毯扭头看向别处，生硬地说："这雪好白。"

毯子是安非一个朋友从新西兰带回来送他的，纯白色的雪驼毛毯，又柔软又温暖，昨天她妈拿给安浔是怕她冻到，谁知才一宿就不给了。

安非看向司羽，见他低头轻笑。安非眼睛滴溜溜地转着，看看安浔又看看司羽，在情场徜徉已久的他猜到些许。他扯嘴一笑："你喜欢就给你呀，不过你知道这个价钱的。一手交钱一手交货，给我一幅画就行。"

能欺负到安浔的时候可真不多，安非抓住了机会。

"司羽会再送你一条毛毯。"安浔在安非面前嚣张惯了，这种威胁她不会轻易让他得逞。

安教授走了出来，听到几人说话，问道："毛毯怎么了？"

"爸，安浔……"

"好，安非。"安非刚一开口，安浔立刻打断他。

听她这么说，安非得意地笑起来。安浔瞪他，似在说"有种你别落在我手里"。安教授不懂他们年轻人"眉来眼去"的意思，只是目光温和地看着安浔，问："昨晚上哭了吗？"他还是挺了解女儿的，胆小、怕黑。

安浔立刻摇头，回答非常坚定："没有，爸爸。"

司羽心下好笑，也不揭穿她。

她怎么会没哭？哭了两次呢。

安教授说本来他们是能早点来的，但那些碎石比想象中的难清理，到早上才能正常通车。安浔忙说："没关系爸爸，我没害怕。"

三辆车回去的时候工作人员还没走，看到安教授下来远远地打招呼，问他是否找到女儿。安教授指了指后面的车子，说找到了，顺便又感谢了他们一番。

有个抢险人员看到轿车里的司羽，认出了他，有些生气地走过去，语气甚是不快地说："你昨天就那么爬上去简直不要命，叫你也不下来，要是出什么事谁也负不起责任。"

司羽向他道歉，说事发突然自己没考虑太多。司羽似乎是心情好，话也多说了几句。

见他态度温和，那人也不太好意思继续责备，只说以后千万别这样了。

"谢谢你，他保证以后再也不会了。"安浔稍稍凑上前一些，对车窗外那热情的人保证。

那人摆手："你们都没事就好。"

车子继续向下行驶，司羽慢悠悠地说："我可不保证。"

安浔歪头看着他，皱眉说道："虽然我很高兴你上山找我……"

司羽打断她："那就够了，不需要说但是。安浔，如果这样的事还有下一次，我还是会上山，但是我不会再让下一次发生。"

安浔笑道："沈司羽，你追女孩一追一个准吧？"

郑希瑞本是坐在车子后座闭目养神，听到这话突然对安浔说："司南说司羽没追过女孩。你不知道上学那会儿他有多心高气傲。"

安浔觉得自己可没有这么好骗，回头问郑希瑞："你信吗？"

"司南说的什么我都信。"她说。

一个盲目的女人。

刚进到市区郑希瑞便要求下车，司羽说送她回去，没想到她立刻拒绝了。

下车前，郑希瑞对司羽说："抱歉最近对你造成了困扰，我竟然还以为你是因为司南才和安浔在一起的。"

司羽说："很高兴你又恢复了理智。"

郑希瑞再不是昨天那个冥顽不灵又缠人的女人了。

她努力地扯出一丝笑意，低声说了句："沈司羽，你这人一直挺讨厌的。"说完她冲安浔笑了一下转身离开，安浔和她说再见。

司羽发动了车子，安浔伸手关掉车内放的轻音乐，看向他问道："为什么郑小姐在？"

"她昨天去医院找我，顺道跟着我来秋枫山了。"

安浔挑眉："那她一宿没回去？"

司羽看向后视镜中郑希瑞越走越远的身影："可能因为担心我吧，毕竟，我是沈司南的弟弟。"

安浔也回头看郑希瑞："还有个问题。"她回身，看着司羽，疑惑地问："为什么她会觉得你和我在一起是因为司南？"

司羽揉揉眉心，觉得那女人真会给自己找麻烦："我确实因为司南多注意了你一下，不然在江南遇到的那次，可能当天我们就搬走了。"

住什么民宿，出行用餐都不方便，还没服务生打扫。

现在想想，一念之差，可能错过她，那就没有接下来的一切了，司羽觉得这事简直不敢想象。

与他颇有渊源的房主；司南喜欢的画家；喜欢光着脚到处走，也不在意别人的眼光，看着冷冷淡淡却又很爱笑的漂亮女孩；有着文艺的气质，有时又会很性感，还有点小傲娇的让人着迷的女人……

也就是认识安浔的第二天早上，他看到她在院子里浇花。阳光下的她美得像一幅画，他当时就突生出一个念头——必须要追她。过程非常美好，他喜欢看她脸红又装作若无其事的样子，惊叹于她的才华，心动于她偶尔的骄纵。

"安浔，和你在一起是因为我为你着迷。"司羽转头看向她，发现她那水润润的大眼睛正看着自己，忍不住又笑了一下，"快为你神魂颠倒了。"

安浔还是那样看着他，耳根最先红起来，然后慢慢蔓延到脸颊，突然低头："没人和我说过这样的话。"

"因为没有人像我这样喜欢你。"

司羽将安浔送到小区门口，安教授邀请他上楼坐坐，说安妈妈十分想见他。司羽有些为难，他觉得去安浔家拜访，应该郑重些，现在他没带礼物不说，刚从山上下来他甚至都没换件衣服，可是安爸爸的邀请又不太好拒绝。

安浔适时地开口："爸您得让司羽回去洗个澡。"本是一句寻常的话，说完她却有点脸红。

司羽离开了，说会正式登门拜访。

待司羽一走，安非便不怕死地凑到安浔面前，故意调侃："毯子呢？姐夫带走了？"

安浔踢他："安非你还要不要画了？小心我送你一幅小鸡吃米图。"

"爸，我跟你说……"安非抓到安浔的把柄后就有种可以无法无天的感觉。

"我——开——玩——笑——的！"安浔咬牙切齿地拽住蠢蠢欲动的安非。

第八章

双城故事

农历十二月二十九这天又下雪了，上次的大雪还没完全化掉，一场中雪又在大地上覆盖了一层。安浔不太清楚中国农历的算法，以为三十才是大年夜。安教授告诉她，今年的二十九过完，第二天就是新一年的大年初一。

这天一早她和安妈妈一起烤了些点心，安教授拿了两瓶酒，安非将年货搬到了车上，一家人开着车子驶向近郊。

安浔的爷爷奶奶都是七十出头，身体健康，精神矍铄。他们住在近郊。以前那里还是一片荒地，后来城市外扩，渐渐建起了房子。爷爷在那儿盖了栋中式二层小楼，围楼搭了个庭院，夏天葡萄架上的叶子爬满庭院上空，躺在下面睡觉别有一番滋味。

安浔的车子先到门口。奶奶正在扫门前的雪，见到安浔从车子上下来，立刻放下扫把牵起她的手："我们家小安浔来了，不是说下午才来吗？奶奶都没给你准备好吃的。"

安浔晃了晃手里的点心盒，笑道："我们带啦。"

她拎着东西随着奶奶走进院子，安非搬着年货跟进来。爷爷正在晨练，见到两人后立刻笑弯了眼睛，见到安浔手里的酒，眼睛弯得更厉害了。

司羽在这一天正式上门拜访。他是十一点钟过来的，给每个人都带了礼物，除了安浔。

安妈妈从厨房出来，见到司羽，表现得热情大方，没有安浔以为的脑残粉见偶像的情形。但是她转身进厨房后，立刻抱紧了择菜的安非激动地道："为什么我没有这么帅的儿子？！"

安非立刻不乐意了，把菜一扔，气呼呼地道："妈，你的丑儿子不干了！"

安浔的爷爷奶奶待司羽来才知道安浔已经有了男朋友，二老见司羽一表人才，彬彬有礼，立刻喜上眉梢，像是了了一桩大心事。

爷爷还开玩笑道："这次订婚不会跑了吧？"

安浔脸红："爷爷！"

司羽想顺势说什么，安浔忙说："不许接话。"

然后他就被安浔拉进房间。安浔手掌摊开伸到他面前，噘着嘴说："我爸、我妈、我奶奶的碧玺、翡翠、玉镯，安非的平衡车还有爷爷的好酒，我的呢？"

"我整个人都是你的。"

"少来。"

他笑："安浔，你父母接受你早婚吗？"

"司羽你现在要是拿出戒指我会……我也不知道我会怎么样。"安浔举着的手慢慢放下，怔怔地看着他，有些慌，又满是触动，明明他还没做什么。

司羽凝视着她，眉目温柔，那只一直插在大衣兜里的手拿了出来，指尖上挂了一条链子，银白色的，闪闪发光，链子尾端吊了一枚戒指，很简单的样式，上面镶了一圈碎钻。

司羽转到她身后，将项链戴到她脖子上，说："先预备着，等你再大些就拿下来戴手上。"

安浔摸着那枚戒指："再大些是多大？"

司羽扶着她的肩膀，低头吻她细白的脖颈，那晚他留下的痕迹已经很浅了，但她皮肤太白，还是能看到星星点点。他轻轻用嘴唇摩挲着那些印记："等你毕业。"

"也就四个多月。"

"已经足够久了。"

司羽这次拿来的东西都太过贵重，安教授说当聘礼都够了，研究了半天回礼的事，最后觉得，他们家最值钱的也就他父亲的画了。不过安浔爷爷封笔很久了，许多人来求画都是空手而归，安教授也没把握求来，于是他将安浔推了出去。

安浔刚哄了几句好话，安爷爷便满脸宠溺地说："那你得给我磨墨。"

"当然。"

"也就是小安浔能让这老头子再画画。"安奶奶笑着说。

安教授摘下眼镜擦了擦，叹息着说："儿子不是亲的，孙女才是啊。"

安石溪的淡彩山水画自成一派，笔墨神韵，意境悠远。他的画工早已经到了提笔就来的境界，一幅画很快就完成了，随即盖上大印。他拿起画轴让安浔挂好，晾晒墨迹。

安浔接过去小心翼翼地挂好。

安爷爷见状，问道："丫头，这画你要来是送给谁的？"

"送给姐夫家的呗。"一旁的安非帮她回答。

安爷爷一听，确实也觉得司羽拿给他的酒太过贵重，又听说是他父亲的私藏，有些过意不去："是该回礼。那我再写幅字吧，我这里还有一株红珊瑚不知道他们家喜不喜欢。"

见他搜罗着家里值钱的东西，安浔无奈："嫁妆都没你们这么夸张……"

"哟！我们家小安浔已经开始想着嫁妆了啊！"安爷爷笑着说。

"爷爷！"

吃完饭，安爷爷又喊着司羽下棋，不舍得放他去睡觉。直到客厅那座落地钟钟声响起，两人才知道已经到了十二点。坐在沙发上看春晚的安非已经睡了过去，安教授喝了些酒，安妈妈早早带他回房间睡觉，安奶奶给两人沏了茶后也上楼休息了，整个客厅除了钟声还有外面传来的鞭炮声。安非被吵醒，揉了揉眼睛嘟囔句什么也起身走了。

"安爷爷，新春快乐。"司羽说。

"同乐。"安爷爷站起身，笑道，"我要去找你安奶奶了，你也憋不住了吧！"

羽轻笑："是有点。"

憋不住想去找安浔。

他将安爷爷送到卧室门口后转身往回走，此时安浔的房门突然被打开。她正准备出去，司羽几步走过去将她拽进房间。安浔看清来人，立刻说:"小沈先生,过年好。"

然后手就伸到他面前了。

"红包?"司羽挑眉。

"不然呢?"

"微信给你发红包。"他立刻拿出了手机。

安浔收回手,撇嘴道:"想要真红包。"

"红包太大,现金装不下。"

安浔轻笑:"难道你要把你的身家都装进去吗?"

"如果可以。"说着他便将安浔压在了门后的墙上,"安浔……"

"嗯?"安浔看他的姿态和神情就知道他想干什么。

"我很高兴能到你家来,这是个开心的春节。"沈家也是过春节的,却只是全家都回到英国一起吃顿严肃而又无趣的饭而已。

"唔……怎么突然这么客气。"安浔话还没说完就被他吻住。外面的鞭炮声小了很多,安浔被他困在狭小的空间里。或许是气氛太好,他的手从她的睡衣下摆钻进去,她也没阻止。

只是不速之客过于讨厌。

卧室的门没有关紧,安非探头探脑地进来,见到门后的两人,夸张地捂住眼睛:"你们继续,我去门口放哨。"说着"咣当"一声关上门,跑了出去。

安浔在司羽怀里低低地笑着。司羽无奈地帮她整理好了衣衫,说:"安浔,你说得对,有时候真的很想揍安非一顿。"

大年初一的早上,不到六点钟家里人就全都起床了。安浔下楼的时候,司羽正在帮着安奶奶包饺子。虽然看起来他的动作有点笨拙,但是他包的饺子形状还是可以的。

"这么贤惠?"安浔站到司羽身边。

司羽笑道:"没办法,有人曾说画家的手可金贵了,怎么能用来干这些粗活儿呢?只能我来了。"

安奶奶在一旁笑:"和她爷爷一样,她爷爷以前常说'我这是画画的手,可得小心护着'。"

安家大年初一的活动是多少年不变的搓麻将，司羽不会，安爷爷不喜欢，于是两个人跑去河边钓鱼。司羽很喜欢安浔的爷爷，觉得他是一个很有意思的老人，与他在一起总能想起自己的祖父。

司羽拿了冰镐、水桶和钓竿随着安爷爷去了附近的河边。他负责凿洞，安爷爷垂钓。因为没有小杂鱼闹窝，一上午也算收获颇丰，直到太阳偏西他们才被安浔哄回家来。

安爷爷心情看起来很好，对安浔说："能静下心来陪我钓这么久鱼的年轻人真不多了。"

安浔分别摸了摸两人的手，发觉都是冰凉的，有点心疼："这么冷的天钓什么鱼呀，在屋里下棋多好。"

安爷爷喜欢下棋，司羽也什么棋都会些，正好可以陪他玩，可是老头儿偏偏要跑出去钓鱼。

"很难找到棋逢对手的人，懒得下了。"安爷爷倒是生出一种独孤求败的感慨。

安浔说："我啊。"

"你？"安爷爷挑眉，"你顶多算是初级水平。"

"我经常赢您呢。"

"那是我让着你，逗你玩。"安爷爷哈哈笑着，说道，"等你赢了司羽再来挑战我。"

司羽看着安浔，眼中满是暖意，说："她要赢我也是挺容易的。"

安爷爷听出他话中的意思，欣慰地笑笑："安浔，去英国的事司羽和我说了。去吧去吧，陪我两天够了。"

安浔本想初二随司羽离开，可是早饭结束时易白带了礼物来拜年，安教授便说让他们初三再走，毕竟是同龄人还都认识，总是要招待一下的。

安非对易白说："我爸真逗，还让他们俩招待你，这不是添堵吗？"

易白看了看不远处打情骂俏的两人，只说："挺好的。"

安非摇头叹息："你欠虐啊。"

司羽倒了杯茶水递给易白。其实易白刚来的时候见到沈司羽挺惊讶的，毕竟在他看来，安浔和沈司羽应该没到见家长的地步。

可是沈司羽确实在，大年初二，在安家，与所有人相处融洽。

今天本是他父母准备过来的，可易白拦住了他们，他自己也觉得莫名其妙，同时也探寻不得心中的想法。当他能正常思考时，他已经到了这里。

安浔还是那个样子，清清淡淡的，但似乎又不一样了，他也说不出来。沈司羽一如在汀南见到时的样子，礼貌疏离，只是看起来对安浔的占有欲强了些，总是要让她在自己视线内。

易白计划中是不应该留下吃午饭的，但不经劝，留了下来。

午餐前安非约着几个人一起去河边钓鱼。年前春江的那场雪实在太大了，以至于现在放眼河道还是白茫茫的一片。

司羽牵着安浔走在前面，悠闲自在，偶尔低声闲聊。安非一只手扶着扛在肩上的冰镐，另一只手拎着水桶。易白走在安非旁边。易白是话少的人，但今天也过于沉默了，与安非聊天也是有一句没一句地搭着话，没有多大兴致的样子。

他们穿过临河公路后从桥头一侧楼梯走下去。平时修葺平整的河堤上有很多遛弯的人，还有一些人在河边玩冰车滑冰刀，今天却没什么人，只有几个孩子在玩。

"以前凿冰窟窿总怕给河上滑冰的人凿水里去，人少就是好。"安非说着就走下了河堤上了河道，找了个位置开始凿冰。他凿得非常卖力，又是冰镐砸又是用脚踩，安浔都怕他一不小心掉进去。

他自己一个人干得火热，岸边的气氛却冰冷，直到司羽突然开口说道："易先生，听说你给我的那个基金捐了不少钱。"

易白侧头，越过安浔看向司羽，点了下头，说："正好看到了，了解了一下后觉得有必要出一份力。"

这是安浔不知道的，而且她还有些意外。

在她眼中，易白就是个只对女人和金钱感兴趣的资本家，那些纨绔子弟喜欢的东西他一样也不落下，唯一的不同是作为易和企业的副总他还是有些能力的。

易白见安浔看自己，冲她一笑："觉得我还有可取之处？"

被看穿了……

这时，安非突然在河那边冲他们摆手大叫："姐夫……姐夫……鱼线是不是在你那儿？"

司羽掏了下衣兜，确实有一卷线，走的时候安爷爷拿给他的。他举手向安非示意了一下，然后对安浔说："我给他送过去。"

河堤一旁种了一排柳树，柳树下面有休息的长椅，易白对安浔说："去那边坐会儿？"

安浔走在易白旁边，微低着头看着路面，反而没注意伸出来的柳条。易白眼疾手快地将安浔拽到自己身侧，笑道："地上有钱吗？看得这么专心。"

安浔侧头看了一下枝条，对他说："谢谢。"

"其实我们不需要这么客气不是吗？"易白突然说。

安浔怔了怔，心想：可是真的不熟啊。

帮安非弄鱼线的司羽看了眼岸边的两人，扭头对安非说："把你姐叫过来。"

"嗯？"安非没反应过来，"我叫？"

"对。"

安非看到岸边两人的状态就懂了。

易白低着头在和安浔说着什么，安浔站在他身侧，对他微微笑着，从这个角度看，他俩的姿态有些亲密。

安非又瞄了瞄司羽的脸色，心下好笑，面上却扯开嗓门喊道："安浔，你过来。"

结果，安浔和易白一起走了过来。

冰面上非常滑，安浔走得很慢。易白刚开始还礼貌地与她保持着距离，后来干脆走过去将胳膊递过去。

安非又看向司羽，表面上他看不出什么，依旧是往常的样子，只是整个人的气场有些不一样了，少了点温和，多了丝凌厉。

司羽对旁边滑冰的一个小男孩说："可以把你的冰车借给我吗？"

小男孩点头。

冰车就是一个椅子下面垫个木板，木板下面又镶了两条冰刀，简易又结实。司羽推着车子到安浔面前，问她："想玩吗？"

安浔点点头，眼眸发亮，随即抬腿坐了上去，说："慢点，我会怕。"

"好。"他应着，刚要走，安浔便出声拦住。她将手腕上的皮筋递给他："帮我把头发绑上。"

之前他也没少帮她绑头发，她换衣服的时候，洗脸的时候，准备画画的时候。司羽觉得自己已经是个绑头发的老手了。他接过皮筋，几下帮她绑了个马尾，询问道："要绾起来吗？"

安浔回头看他，晃了晃脑袋，说："你觉得这样好看吗？"

司羽点头。

"那就这样。"

然后他推着冰车，慢慢地走远。易白没有跟上去，而是低着头看着脚上的皮鞋，似乎这才感觉到凉意。他转身往回走，不打算再去安非那儿。

他们已经绕了很大一圈了，司羽也只是稳稳地推着冰车，异常沉默。安浔踢了踢脚边的碎冰块，问他："司羽你怎么不说话？"

司羽避开一个坐着冰车滑过来的小姑娘，半晌才回答安浔的问题："在思考以什么心态面对女朋友的前未婚夫。"

安浔没想到他会这么诚实，笑道："平常心态。"

"似乎不可能。"他立刻说。

安浔疑惑地回头，见他神色，犹豫地问："司羽你在吃醋吗？"

他也不看她，半晌才回答："虽然不太想承认，但是安浔，我好像是吃醋了。"

安浔也不安慰他，反而笑了起来，为他偶尔的孩子气。

"你可以不用笑得这么开心……安浔你不应该解释一下吗……好了安浔……别笑了……"司羽无奈的声音在河道上轻轻地飘散开。

安非并没有安爷爷的那两下子，一上午的时间只钓了几条小鱼，好在他心态好。

易白是吃了午饭后离开的。他刚走安教授就给安浔布置任务："你抽空去易家拜个年。"

安浔不太情愿地"哦"了一声。

后来回房间，司羽直接威胁道："安浔你最好找个理由推了去易家的事。"

安浔意识到司羽还在因为易白吃醋，说："司羽你不讲道理。"

"嗯。"他还承认。

安浔不和他计较，只是有点为难，问："可是什么理由比较让人信服？"

她在易家已经是有"前科"的人了。

司羽想了想，走过去将她抱起朝床走去，说："就说怀孕了！不宜出门。"

安浔捶他："别闹，家里人都在。"

"不干什么，亲会儿。"

农历初三的早上，安非开车送司羽和安浔到机场。

"我感觉这个寒假我什么都没干，就一直跑机场接你送你了。"安非将两人的行李箱搬下来，不免抱怨。

"我刚才还想回来的时候给你带什么礼物呢。"安浔说。

"其实我非常喜欢接送你，比在家有意思多了。"安非的脸上立刻爬满笑容。

司羽在一旁轻笑道："你真是能屈能伸。"

机场的人比平时多了一倍。司羽戴了鸭舌帽和口罩，一手拖着行李一手牵着安浔。换了登机牌后还要很长时间才开始登机，安浔不想去休息室，拉着司羽找了相对僻静的一处咖啡厅坐下来喝着咖啡刷着手机。

候机大厅的大屏幕上正直播一场国外的颁奖典礼：中国的一位女演员获得了提名，她走下红毯后电视上插播了国内媒体对她的采访，千篇一律的问题，她的回答也很官方，并无新意。直到记者问到她最想合作的男明星是谁时，她突然娇娇一笑，对着镜头说："沈司羽喽，我挺喜欢他的。"

记者也没想到会得到这样的回答。想到最近沈司羽红得发紫，他们像是抓到大新闻似的，忙问："请问您说的喜欢是指的哪种喜欢？你们私下里有接触过吗？"

女演员笑得意味深长，不正面回答问题，给出的答案也模棱两可，留下了足够的想象空间，说："就是喜欢呗。"

安浔透过咖啡厅玻璃看完这段让人窝火的采访，很不高兴，转头对司羽说："换台！"

司羽只露一双眼睛在外，眼角上挑："你以为你在家看电视呢？"

他或许早就习惯，并没觉得如何，安浔却十分不爽，冷着脸站起身朝安检那里走去。司羽起身跟上，看她气呼呼的样子，伸手搂住她的肩膀，说："公开吧？"

安浔没回答他的话，只是将手机和拎包递给安检人员，回头问司羽："你认识那个女明星吗？"

他环胸站在她身后，笑着说："我该怎么回答你才会高兴呢？"

安浔站上安检台接受检查，微扬着下巴说："这就是你的事了。"

有工作人员示意司羽摘掉口罩，他配合地伸手摘了下来。工作人员是个年轻女孩，就这么毫无防备地近距离地看到司羽。她猛地愣了下，立刻又低头去看护照——沈司羽。

真的是他！

工作人员再抬头看过去，盯着他瞧，直到司羽开口问道："怎么了？"

护照上的照片十分清晰，根本用不着辨认这么长时间。

"没……对不起。"女孩忙把护照和机票还给他，"祝您旅途愉快。"

"谢谢。"

安浔下了安检台，回头看他，轻声说："司羽你要是丑点就好了。"

司羽低低地笑。那女孩又看了几眼，后面有人把证件和登机牌递给她，说了句"你好"，她才收回视线，有点不好意思。

很快也有路人认出摘掉口罩的司羽，有人拿手机拍照。

司羽察觉到，抬头看向安浔。安浔回视轻笑，没有闪避。两人心照不宣，他走过去牵起她的手走进通道。

"我们被拍了，你要怎么解释？"司羽捏捏她的手，问道。

"就说机场偶遇。"安浔说。

"呵，装。"司羽笑道，"牵手了呢？"

"就说你耍流氓呗。"

司羽再次笑起来，伸手揉了揉她的头发，顺势搂住她的肩膀："可以。"

两人出了通道走到停机坪，准备登机之际，司羽突然说："我会保护好你。"

恋情曝光后一定会有对她评头论足的人，或许不是每个人都带有善意，安浔觉得自己还太年轻，做不到以平常心对待那些或好或坏的言论。

可她的这份不安，却被他一句话轻易化解。

从春江飞到曼彻斯特需要十个小时，时差八小时。两人到曼城下机时，也还是上午，沈家派了车子来接，司机是老一号的郭秘书，司羽叫他郭管家。

郭管家是郭秘书的父亲，完全不需要怀疑，因为他们长得太像了。

安浔只顾看曼城的风景，并不知道此时网上关于她和司羽的恋情已经火速传开。车子经过老特拉福德球场时，郭管家突然伤感起来。他回忆往昔，满脸感触："以前我总是送两位少爷来这里看曼联的比赛，帮你们买队服、要签名，明明这一切还像昨天似的……"

他似乎还想说下去，后又觉得不应该提起，叹了口气转过头不再看球场方向。

司羽突然就不说话了，闲聊的兴致全无。安浔抓着他的手捏着玩，不想让他多想，主动挑起话题："你不是喜欢看西甲吗？"

"从小就是曼联的球迷，后来喜欢的球员都去了皇马，就改看西甲了，不过英超也会看几场的。"他修长的手指绕着她的指尖一圈圈转着，耐心详细地回答着她的问题。

"最近有比赛吗，我陪你来看好不好？"安浔问。她想让他直面过去的点点滴滴。

那些都是美好的回忆，不应该用伤感的情绪去想起。

司羽深深地看着她，点头。

沈家老宅在约克郡，从机场到那里约两个小时车程。随着路程越来越近，安浔稍微有些紧张："你的家人都在吗？"

"嗯，直到过完元宵节才会离开。"

"你们家规矩多吗？会不会像《唐顿庄园》一样，特别讲究礼仪。"

"他们不会对你要求太多。"

"我穿的这套衣服合适吗？"

"合适。"

"你祖母严肃吗？"

"她很……知性。"

"他们说英文还是中文？"

"都会说。"

……

司羽早就找到让她噤声的方法了，十分管用，就是在她喋喋不休时吻住她。安浔被他突如其来的亲吻吓了一跳，好半晌，只听他说："只需要跟着我。"

安浔从没听司羽说过他们家住在古堡里。越过一座不太大的矮平山丘，那座看起来并不陈旧的城堡突然就闯入视线。

她以为他们只是路过，却发现郭管家将车子径直地开向它。她问："到了？"

司羽点头："希望你不会被一些电影影响。"

"什么电影？"

"古堡里都住着吸血鬼之类的那种电影。"

安浔笑起来："你提醒了我，你家好像中世纪电影场景。"

两人到家的时候正是晌午过后，家里人都在午休。用人说老夫人正在午睡，暂时没办法见面。

"我们等祖母醒了再去看他。"司羽说完，让用人带安浔去了她的房间。

安浔拉着他："你跟我去。"

三楼楼梯口拐角的第一间是给安浔安排的房间，典型的欧式装潢，有着精致浮雕的墙顶，墨绿色的墙壁上挂着极其讲究的油画，白色的壁炉，大马士革的地毯。

安浔对那些画比较感兴趣。司羽见她第一件事就是研究画，便靠在门边静静地陪着她。直到用人提醒道："羽少爷，您的房间也已经打扫好了。"

安浔进来后见到了四五个用人，全都是典型的亚洲人长相，说着流利的汉语，不过……她拉住司羽，问道："你的房间在哪儿？"

"在楼下。"三楼是客房，二楼是他们小辈的住所，一楼是长辈的房间。

"所以我要自己住这么大的房间？"安浔微微瞪大了眼睛。司羽明白她的意思，他知道她非常胆小怕黑，不熟悉的地方不敢自己一个人住。

司羽看了用人一眼，说道："我当然会和你一起睡。"

安浔放心了，继续看画。直到司羽离开，她才后知后觉地发现他刚刚那句话是用意大利语说的。也不知道他什么时候学的，发音、语法竟然都是对的。

这个季节，英国非常湿冷，常年生活在干燥的北方的安浔不太适应，用人帮她点燃了壁炉她才感觉好些。

司羽让她睡会儿，说晚上再去见祖母。安浔一觉睡到黄昏，司羽来找她时，她正睡眼惺忪地赖床。司羽附在她耳边说："睡美人，需要王子吻醒吗？"

安浔意识到自己在哪儿后猛地坐起，问："我睡了很久？"

"虽然不舍得叫你起来，但快要用晚餐了，我们现在得过去见见祖母。"司羽拿了她的毛衣帮她套上，扯着袖子示意她伸胳膊。

刚进来的用人见此情形忙走上去："羽少爷，我来吧。"

"不用。"司羽想也不想地拒绝，说着他又拿了床边安浔的鞋子，认真地帮她一只一只穿上。

路过的郭管家看得目瞪口呆。从小被他们伺候大的羽少爷竟然也伺候起人来了，而那位安浔小姐却丝毫不觉得这有多荣幸，竟一副理所当然的样子……

郭管家摇头叹息着准备下楼时，正碰到欲上楼的 Cora 和司羽的堂姐司琴。Cora 是司羽大伯家的孙女，刚满十八岁。两人听说司羽带了女朋友来，好奇地要上来见见，毕竟沈司羽这种眼睛长在头顶的人，能看上哪个女人还是挺稀奇的。

"郭管家，小叔叔的女朋友漂亮吗？"Cora 问。

郭管家嘀咕道："漂亮倒是漂亮，就是……羽少爷太惯着她了，亲自给她穿衣服、鞋子……"

"真的假的？沈司羽给她穿鞋子？"沈司琴最知道沈司羽是什么调调，虽说现在会做表面功夫装一装了，但始终改不了骨子里的高傲劲儿。

"千真万确，喊她起床都耐心地哄了好半天。"郭管家啧啧称奇，"说是要去拜访老夫人才把她叫起来。"

司琴眼睛一亮，看了眼 Cora，说道："想不想帮你小叔叔治治他未来的老婆？"

Cora 虽不知道她打的什么主意，但见她的表情就知道有好玩的了，立刻点头。

司羽带安浔到祖母门口的时候,Cora 正从里面出来。她叫了声"小叔叔"，随即将视线放到安浔身上，上下将她打量一番后说道："太奶奶还在休息，不过应该快醒了，小叔叔你在门口等着，我带……嗯，我带小婶婶进去吧。"

祖母向来喜静，这些年深居简出，司羽并未察觉到不妥。他对安浔说："进去吧，陪祖母说会儿话。"

安浔点点头跟着 Cora 走了进去。

房间是套间，一个大的客厅，里间是卧室，安浔透过纱帘见到卧室床上躺了个人。Cora 示意安浔坐到沙发上，然后就进了里间。

卧室里传来低低的说话声，后来 Cora 就拿了两本厚厚的线装书走了出来。她将书放到安浔面前的茶几上，说："太奶奶说要进沈家的门，首先要抄写一遍沈家家规和《礼记》，用毛笔。"

安浔诧异地看了眼那两本书，二十一世纪，还是在欧洲，竟还有这种规矩！虽然觉得离谱，但安浔还是拿起书，说："好。"

安浔一走，Cora 立刻嘻嘻笑着扑到床上。司琴掀开被子问她："她没生气？"

"没有，是个话不太多的姐姐，笑起来很好看。"Cora 对安浔的第一印象还不错。

"等她写完再做评判。我们快去书房接祖母下楼,要吃饭了。"

司羽没想到安浔会这么快出来,见她脸色有点不太自然,问:"怎么了?"

安浔晃了晃怀里抱着的书,说:"我没见到祖母,她还没起床。她让 Cora 给了我两本书,说进沈家门都要先抄写沈家家规和《礼记》。"

"是吗?我倒是不知道还有这规矩。"司羽翻了翻那两本书,密密麻麻的字,皱起了眉头,这要抄到什么时候,"可以代写吗?"

安浔将书拿回来,摇头道:"当然不行,你别打歪主意。"

沈家四个儿子两个女儿,司羽父亲是最小的,上面的那些兄姐除了过世的大伯,几乎全都在,还有一些旁支,人确实很多。

好在城堡的餐厅大得像教堂一样,餐桌有五六米长。

祖母已经八十多岁了,被人搀扶着出来,看到司羽差点哭起来。别人不敢说话,只有司羽过去安慰。大家知道,她是想起司南了。

司南的事,前些日子才告诉她,好在医生一直住在家里调养着她的身体,她才没有什么大碍。

待祖母情绪稳定了些后,司羽将安浔叫到身边,正式介绍:"祖母,这是安浔,我的女朋友。"

祖母抬眼看了看安浔,慢悠悠地"嗯"了一声,然后再就没了动静,让人十分尴尬。

安浔眸子沉了沉,不太明白问题出在哪儿。

司羽微微皱了下眉头,随即拉着安浔的手说:"安浔,叫祖母。"

安浔弯了弯嘴角,似是没察觉到祖母的不满,轻道:"祖母您好,我是安浔。"

满厅的沈家人都看到老太太对司羽这个女朋友的冷漠,她却丝毫没有窘迫,落落大方地低头行礼。

祖母依旧是似有若无地"嗯"了一声,随即微微侧身吩咐管家上菜。沈家人都有自己的位置,包括今天刚到的司羽,但是安浔,没人过来给她加椅子。祖母不开口,也没人敢提醒,包括司羽的父母。他们像是没看到一样，事不关己地坐下，镇定自若地拿起餐巾铺到腿上。

Cora 小声对司琴说："真尴尬啊，要知道太奶奶这个态度，我们就不应该整她，好可怜。"

"嘘，小点声。"司琴瞪了她一眼。

司羽皱眉，不满地看了眼郭管家，刚想说话，只听身旁的安浔说："司羽我刚才在飞机上吃多了，想先回房间休息。"

"我陪你回去。"司羽说着牵着安浔的手便要走。

安浔将手抽出来，一直面带微笑，声音轻轻柔柔的很悦耳，说："你陪祖母吃饭吧，不是很久没见了吗？而且我找得到路的。"说完她礼貌地对着众人微微弯了下腰，看了眼司羽后转身离开。

从餐桌走到餐厅大门有一段很长的距离，她走得不疾不徐，高跟鞋踩在地砖上的声音丝毫不见慌乱。用人帮她打开大门，她抬脚迈出时还不忘对用人颔首道别。

"这要是我，早哭着跑出去了。"Cora 摇头叹气。

"看起来并不像郭管家说的是骄纵任性的人。"司琴说。

司羽目送安浔出去后，回身替祖母布了筷子，说："祖母您对安浔是否有什么不满？"

祖母瞥他一眼，半晌，哼了一声："我对给男孩画裸画的女孩会有什么不满？我又没见过她。"

司羽了然，知道她是听到了什么风言风语，想着她让安浔抄《礼记》也是这个原因，于是笑着说："祖母您可不是保守的老太太，而且，我们家那种画还少吗？"

"但是你去当那……那什么模特，还闹得全世界都知道了，真是成何体统！沈家的颜面呢！"

司羽起身盛了碗汤放到她面前，将羹匙摆好位置，这才再次开口道："除了这件事呢，她还有哪里做得不好？"

祖母喝了口汤，没说话。司羽坐到她身边，问："唯一的错是她的职业？"

祖母看了眼司羽，有些恨铁不成钢的意思："画那种画的女孩，我看不出哪里好。"说完她抬眼看了看饭桌，菜已经全部上齐："都吃吧。"

　　所有人都拿起了筷子，司羽顿了顿，刚想再说什么，沈父适时打断了他："司羽，回座位吃饭，别打扰你祖母用餐。"

　　司羽站起身："我也不吃了，飞机上吃了不少，祝大家用餐愉快。"

　　说着，他抬脚离去。

　　见他走得也是不紧不慢的，Cora 嘀咕道："就应该第一时间追出去嘛，小叔叔怎么不着急啊？"

　　一旁的司琴无奈地轻笑："说你傻你还来劲了。你小叔叔心眼儿多多啊，他当时要是跟着出去只会惹祖母更迁怒安浔。"

　　"电视里男主都会为了保护女主和家里大闹一场。"Cora 说。

　　"那是最蠢的，而且你让你小叔叔和祖母闹一场？她都八十多岁了。你是不是看热闹不嫌事大，再乱说告诉你妈妈。"

　　司羽到三楼的时候，发现安浔正站在她房间的门口，轻靠在门框上，双臂环胸，微低着头不知道在想什么。

　　走廊的地毯很厚，人走在上面很难发出声音。安浔想得入神，待他靠近才发现。司羽走到她身边，没说话，直接伸手将她搂进怀里，温声问："怎么在门口站着？"

　　"没钥匙。"安浔说完这句话，就伸手打他，想将他推开又推不开，捶他的胸膛他的肩。司羽也不躲，越抱越紧。

　　安浔气坏了，一边打一边说："沈司羽，你欺负我。"

　　"是，我的错。"司羽说。

　　"你走开。"

　　"我不走。"

　　安浔挣脱不得，索性随他去了。司羽将脸埋在她的脖颈处，一连说了好几句是他的错。

　　不知道过了多久，有用人经过，司羽示意她把门打开："怎么锁了？"

　　用人忙道歉："对不起羽少爷，这个门锁有点问题。"

　　用人把门打开便离去。进房间后，司羽发现安浔眼圈有点红。他停住脚步："哭了？"

　　"没啊。"她回答得倒是痛快。

司羽皱着眉头，一双漆黑眼眸似有海浪翻滚。须臾，他沉着声音说："让你哭是我人生最大的失败。"

安浔回身抱他："没事的，沈司羽。"

是夜，整个古堡静悄悄的，安浔开了吊灯又开了壁灯，室内灯火通明，她围了毯子坐在壁炉前抄书。

白天睡多了的结果就是，连用人都睡了，她却毫无睡意。

本是新春佳节，国内一片歌舞升平，欢天喜地，而这里，静得像是在另一个星球。壁炉里的火越烧越小，噼里啪啦的响声在静谧的夜晚显得十分清脆。

"咚咚"的敲门声传来时，安浔手中的笔差点没吓掉。她稳了稳心神，压低声音问："谁？"

"我。"

安浔将毯子放到沙发上起身去开门，见司羽站在门口冲自己笑着。他问："你以为是谁？古堡幽灵？"

安浔倒抽一口气，轻声斥道："沈司羽！"

胆小成这样？说都不行。

司羽轻笑一声："别怕，我陪着你。"

"去哪儿了？"安浔转身往回走。

"去母亲那儿了。"

"因为我的事吗？你祖母……"

"别想太多，她只是不了解你。安浔，你给我点时间。"司羽摸着她的头发，看她就站在眼前这才稍稍放心了些。

他了解的安浔，随心所欲，自由自在，不会受任何委屈也不会因为任何人难为自己。晚饭的时候，他真的有一瞬间以为她会冷脸离开，可偏偏，她只是委屈地和自己闹个小别扭。这样的安浔，让他觉得愧疚，让他心疼，让他喜欢到极致。

司羽陪着安浔去抄写家规，见她已经抄了一小沓。他一张一张地看下去，字很漂亮，而且工整。他伸手将她脸颊边的发丝别到耳侧，商量着说："安浔，不写了好吗？"

他见不得她受丝毫的委屈。

安浔冲他笑笑，说："司羽……她是你的亲人，我想，努力得到她的喜欢是我应该做的。"

想想，她好像从不曾为他做过什么。

"很想带你回国。"他并没有预料到此次到英国会是这种局面。他以为，他们都会喜欢安浔，就像他一样。

"不要，古堡我还没住够。"写字的安浔头都没抬，"你别打扰我，写错了还要整篇重写。"

司羽敛去眼中的动容，俯身轻轻亲吻她的侧脸，那么小心翼翼。

"烦人，写错了！"

司羽见她嘟嘴，笑起来。想着刚才在母亲房间，他请母亲帮忙，母亲说："安浔看着是个不错的女孩，你的眼光向来不错。"

是啊，她看着就讨人喜欢，所以他请母亲求情："祖母对她有些成见，您帮我说说好话，祖母很听您的。"

"她是听你爸爸提起过一次，你爸爸对那画十分不满，你祖母宠他，也以为是什么上不了台面的，所以才对安浔有所不满。"沈母拍了拍司羽的手，"放心吧，她不是什么固执的老太太，很好劝的。"

在约克郡的第一个清晨，司羽去安浔房间找她，见她正窝在沙发上睡得香甜。桌子上纸笔都没收拾，抄完的纸有厚厚一摞，被工整地摆在一边。

昨晚他勒令她去睡觉的时候还没有这么多，猜想应该是自己离开以后她又爬起来抄的。用人敲门进来询问需不需要打扫房间，司羽对她做了嘘的手势，示意她出去。

安浔真的学坏了，知道怎么让他心疼。

早餐的时候，安浔和司羽依旧没有出席。餐厅除了碗筷的声音也没人开口说话，大家静静地吃着自己的食物，饭后，众人没有散去，围坐在沙发上聊天。

郭管家走过来低头问沈老夫人："老夫人，最近天气多雨，安小姐拿来的字画容易受潮，您看，放在哪里合适？"

"随便放。"沈老夫人说。

郭管家一脸为难地道："老先生生前都是小心珍藏安石溪先生的画

的，这随便放……"

沈老夫人端茶杯的手一顿："你说谁的画？"

"安石溪先生。"

郭管家说完，坐在一旁的沈母立刻接道："安石溪封笔十多年了，别是赝品。你去拿来给母亲看看。"

郭管家来去都很快，似是早就准备好了。沈父见此，看了眼身旁的妻子，想说什么，终是什么也没说。

那幅画沈老夫人看了很久，也看得很仔细。半晌，她摘掉老花镜，将画递给郭管家，吩咐他好好保存，随即看向沈母，说道："竟然是安石溪最近画的，这孩子有心了。"

"能请动安石溪，想来他们画家之间会有些交情，其实安浔的画也是不错的，司南……我家司南在的时候，收藏了许多她的画。"沈母的话一出，众人都是一愣。

沈司南都搬了出来。

最近，这个名字是这个家的禁忌，众人深恐一不小心提起被祖母听到惹她伤心。果然，提到司南，祖母神色便立刻哀戚起来。

沈父不满地看了眼妻子，说道："郭管家，母亲爱吃的点心怎么还没上，你去催催。"

沈母叹了口气，准备的话再没机会接着说下去。

来英国前，司羽想了很多好玩的地方要带安浔去。可现在，安浔已经在房间待了整整三天，家规早已抄写完成，《礼记》也到了尾声，司羽也跟着当了三天的磨墨书童。

这天早餐的时候，司羽和安浔再次出现在餐厅，安浔拿了两沓纸来，Cora见状立刻紧张地拽了拽司琴的衣服。司琴倒是镇定，用眼神示意Cora少安毋躁，小声对她说："一会儿你小叔叔还得谢我们呢。"

司羽站定在祖母身边，将手抄纸放到她面前微躬身对她说道："祖母，您让安浔抄写的家规和《礼记》已经写完了。"

沈老夫人看了眼安浔手里的纸，诧异道："我什么时候让她抄家规和《礼记》了？"

司羽诧异，见祖母确实不知情的样子，又看向安浔。安浔倒是神色未变，轻轻瞥了一眼 Cora，只说："可能是我误会了，当练字了也好。"

司羽几乎是同一时间看向 Cora。他沉了脸，不怒自威："Cora，你解释一下怎么回事？"

Cora 紧张地站起来，样子快要吓哭了。小叔叔平时挺温和的，但是一沉脸就特别吓人。司琴也跟着站起来，看向安浔，开口便致歉："对不起啊，安浔，这是我和 Cora 的恶作剧。我们之前误会你画的画……不正经，所以想为难你一下。不过我和 Cora 后来看到了，你画得真的太好了，比我们家墙上挂的都好。"

堂姐说完，偷瞄了一下祖母，见她若有所思的样子，得意地朝司羽眨了下眼睛。

一直误会安浔的画不正经的其实只有沈老夫人一人，司琴这话说得漂亮，司羽挑眉看她，了然，随即假意怒道："安浔以为是祖母的吩咐，在房间抄了三天两夜，结果你告诉我这是你们的恶作剧？"

"对不起。"司琴和 Cora 异口同声地说道。

沈老夫人翻看了几张安浔写的字，抬头看她，慢慢道："现在会写毛笔字的人不多了，字很不错。"说完，沈老夫人不满地看了眼司琴和 Cora："你们有些过分了，回去后，也一人抄一份家规和《礼记》吧。"

"啊？"Cora 瞪大了眼睛，"太奶奶……"

"祖……祖母……"司琴也一脸不情愿，忙提醒，"两本书呢！"

"别人三天就写完了，我给你们五天时间。"

司羽嘴角轻轻翘起，正被司琴捕捉到，她狠瞪了他一眼。司羽装作没看到，说："祖母，我带安浔回去休息了，她这两天几乎没合眼。"

随即，两人微微欠身，然后一同离去。

刚出餐厅大门，司羽便拽住安浔，不满地看着她问道："你早知道？"

刚刚的她，并没有任何的惊讶。如果不是 Cora 紧张成那样，他都要以为是这三个女人串通好的苦肉计。安浔点了点头，她当然知道。那天她进了祖母房间，虽看不清床上的人，床边可是放了双细高跟鞋，差不多有十几厘米，怎么可能是祖母？

司羽简直要被她气笑了。他掐了掐她的脸蛋："那你还这么卖力，你傻吗？"

"效果不错，"安浔眉梢一挑，笑得很得意，"你才傻。"

"就你心眼儿多，傻子。"

餐厅又恢复了安静，沈老夫人将手抄纸递给了郭管家。须臾，她对沈母说："以前倒是听司南提起过，说有个小画家很不错，应该就是她吧。"

"是，安浔是司南的朋友，两人关系很不错。"沈母说。

沈老夫人"嗯"了一声，半晌，又问司琴："你说她的画比我们家挂的还好？"

司琴轻笑："确实挺好，我不懂鉴赏，就说直观感受。"

沈母也不避讳了，在场的人谁都看得出她是司羽的说客。既然话题聊到这，她立刻吩咐道："郭管家，你找找安浔的画拿来给母亲看看。"

Cora 拿出自己放在椅背的平板电脑，说道："我这儿就有。"

沈老夫人看了眼沈母，说："看来你是挺满意这个儿媳妇？"

"我和您一样，也是第一次见她，觉得面善，看着挺舒服。"沈母说。

"什么面善，长得俊俏罢了。现在的年轻人，只看皮相，司羽也不例外。"沈老夫人刚说完，便见 Cora 递给自己一台平板电脑，顿时一愣，"这是做什么？"

"太奶奶，这就是网上传的那张您说成何体统的画，我小叔叔简直要把人迷死了。"Cora 将电脑斜放到她面前的桌子上，夸张的模样还真让沈老夫人产生了一丝好奇。

"那女孩子的家里是做什么的？"沈老夫人一边戴老花镜一边问。

沈母轻轻一笑，知道这是有希望了，至少老太太开始想了解安浔了。她说："听说父母都是学者，也算出身书香世家。"

沈老夫人看不习惯这电子的东西，不过她还是看了好半天。后来她摘了老花镜，揉着眼睛问道："这真是安浔画的？"

"是啊，母亲。"沈母说。

沈老夫人示意郭管家将电脑拿走。郭管家走上前，只听她突然问：

"这幅画的原稿在哪儿？我想看看。"

"应该在安小姐的手里。"郭管家说。

"你去和她说一下，如果方便，能不能借我瞧瞧。"

沈母压下嘴角的笑意，看了眼不太高兴的沈父，低声提醒道："你可就这一个儿子了。"

沈父也看出他母亲的妥协，先拿出安石溪的画，又搬出司南，还手抄《礼记》，现在又看她的画，老太太不心软都难。

他放下筷子，哼了一声："随你们。"

后来，郭管家将餐厅的事告知了司羽和安浔。司羽轻轻一笑，只说了句："谢谢，老郭。"

安浔瞪大了眼睛看着他："沈司羽你找了多少人帮忙？"

"安浔，是因为你足够好。"

午餐的时候，安浔被请到了餐厅，她的椅子摆在司羽的旁边。沈老夫人入座后，看到她，竟然寒暄了一句："睡得怎么样？"

安浔并没有别人以为的那样受宠若惊，她点点头，回答道："挺好的。"

沈老夫人也点了下头，随即又问司羽："安石溪是你祖父最喜欢的画家，当年托人请他画一幅画，他以封笔为由拒绝了，丝毫不给面子，你们是怎么办到的？"

司羽轻笑着说道："自家孙女请爷爷画画，应该不会有爷爷会拒绝吧。"

沈老夫人惊讶地看向安浔，问："你爷爷是安石溪？"

安浔"嗯"了一声，看了看司羽，说道："祖父很喜欢司羽，他知道我要拜访沈家，说什么都要让我带一幅画。"

"来，你坐我旁边来，你的毛笔字也是他教的吗？"沈老夫人摆手让安浔过去。

这晚，安浔心情极好，司羽赖在她房间不走她都没撵人。

安浔坐在沙发里，随意翻着司羽拿来的书，说道："司羽，你奶奶挺好哄的。"

司羽坐在她身旁，看着在看书的她："是啊。"

"她看着严肃，其实特别慈祥。"翻了一页，她继续说。

"嗯。"

"你们家其他人也都很友好。"她继续翻页。

"对。"

"你父亲今天还主动和我说话了。"说到这儿，她从书中抬头，轻笑一下，"问我房间冷不冷。"

"真不容易。"

"还有……"安浔重新将视线放到书上，刚想继续说，司羽伸手一把抱起她："安浔，你一晚上都在说别人。"

她惊呼着被他压到床上。司羽用食指点着她的唇，小声说："嘘——虽然我的家人生活在英国快一个世纪了，但他们依旧很传统很保守。"

"那你快放开我。"安浔下意识地压低了声音。

司羽笑，低头吻住她："休想。"

这个房间似乎并不常住人，床是复古的铁质床，很会晃动，也会嘎吱作响。即使司羽说隔音效果好，安浔还是觉得心惊胆战。

司羽却不管不顾，压在她身上，轻轻地说："从秋枫山下来，我每晚都在想你。"

安浔脸皮薄，听不得这种话，扭头看向一边。

因为用人睡了，没人再管壁炉，安浔又不太会弄，她就这样眼睁睁地看着炉子一点点熄灭。房间的灯光太亮，晃动中她感觉光影在自己眼前形成了一束一束白光，到后来，眼睛都有点花了。她将视线移到上方的男人身上，他的眼神，那么肆无忌惮。安浔后悔自己开了所有的灯，灯火通明的房间里，自己无所遁形。

后来的后来，筋疲力尽，但司羽似乎还不知餍足，缠着她亲吻、拥抱。

睡时已到后半夜，他拿了热毛巾帮她擦身。安浔迷迷糊糊记得，他握着自己的脚腕轻柔地亲吻，声音性感得一塌糊涂。他说："第一次见你的时候，这里戴了条细细的链子，你走路时它会随着晃动，闪闪发光，特别美。"

在约克郡的第四个清晨，安浔的感觉并不美好：一是因为壁炉的火熄灭了，房间太冷她不想出被窝；二是因为远处矮桌上的手机一直在响，她需要出被窝去拿手机。

司羽的手臂搭在她的腰间，从她身后搂着她。安浔被铃声吵得心烦，刚准备扯开他的手下床时却发觉反而被他搂得更紧了。

"我去接电话。"她侧了侧头，对他说。

司羽蹭着她的颈间，用那属于清晨特有的沙哑嗓音说："别管。"

谁知电话那边的人不知疲倦地挂断又打了一遍，安浔转过身，推了推司羽："你去接。"

他不动，只说："冷。"

"那我去。"安浔作势又要下床。

司羽按住她，不满地在她肩头轻轻咬了一口后掀了被子出去。他钻进被窝的时候带了一股凉气，安浔冷得打了个哆嗦。他依旧从后面搂住她，将手机放到她耳边，告诉她："窦苗。"

窦苗朝气蓬勃的声音让这座看起来沉稳又严肃的城堡多了丝生气，她在电话那头兴奋地大喊大叫着。司羽皱了皱眉头，说道："让她镇定些再说话。"

窦苗突然噤声，随即问道："谁在说话？"

安浔与司羽的姿势亲密，他可以将窦苗的话听得一清二楚，所以他说话窦苗也完全听得见。

"我啊。"安浔说。

"你别骗我，是男人。"窦苗无比肯定，"是沈司羽！"

安浔沉默了，心想她怎么知道的，不过是前些天在机场被人拍了两张照片，她看了评论，挺多人说他们可能只是关系比较好而已。

"安浔，我以为沈司羽就是你的模特啊。你从来没跟我提过他啊，怎么突然就见家长了？"窦苗无比激动，"我早上起来看那么多的留言和艾特差点吓到，我忍了一上午掐着时间给你打的电话，没打扰你睡觉吧？还有，下次再这样能不能先知会我一声，让我有个心理准备。"

安浔想要挂断电话，因为她困，而且完全不知道窦苗在哇啦哇啦讲什么。

司羽见她迷迷糊糊的样子，伸手将电话拿走，对窦苗说："是我发的，她不知道。"

电话里聒噪的声音终于消停了，甚至是鸦雀无声。安浔曾试过多种方式让窦苗闭嘴都以失败告终，而司羽，只随便说了一句话……

安浔回身看他，莫名有点崇拜地看着他。

司羽见窦苗半晌没说话，伸手按了挂断键，低头问安浔："要接着睡吗？"

安浔将手机拿回来，狐疑地看了眼司羽，随即打开了微博："你做了什么好事让窦苗发疯了？"

"只是宣布了一下我的归属权。"他浅浅笑着。

安浔很容易就找到他发的微博，因为不管他说什么都会攻占热门。

一张配图，是昨晚在餐厅吃晚餐的照片，长桌周围坐满了人，个个端庄肃穆，看起来家风严谨，主位上是司羽的祖母，安浔和司羽坐在她左侧下首。照片中的安浔，正托着下巴乖巧认真地听着祖母与自己说话，而司羽，正歪头目光灼灼地看着安浔。

配图上方只有三个字：见家人。@安浔工作室

这是他一贯的风格。

因为他艾特的那个微博账号，一直是窦苗在打理的。上万的转发量，窦苗有点承受不住，所以窦苗疯了。

"什么时候发的？"安浔看了照片角度，应该是郭管家照的，这说明司羽蓄谋已久。

他抵着她的额头，回答道："昨晚你睡了之后。"

司羽很少在上面发东西，除非非常必要，比如澄清一些莫名其妙的绯闻。

他本以为自己只是一个现象，过去了便不会再有人提起，毕竟自己不是明星，没有新闻了也就没了关注度，但他发现，事情似乎不像他想得那么简单，他没有新闻别人却会用他来制造新闻。

安浔翻看评论，发现司羽竟然还回复了一条留言。

有人问他关于之前那个女演员的事，他回答：不认识。

随后安浔又看到一条被顶到热门的评论：恋情公布都已经六七个小时了，安浔那边丝毫没有动静。安大画家有点高冷啊，心疼沈医生。

安浔看了眼那边默默穿衣服的司羽，心生愧疚。

司羽见她看自己，一边扣着衬衫纽扣一边说："你知道的，要让他们发现我昨晚是在你这儿睡的，免不了要被教育一番，所以我得回去装装样子。宝宝，我不能陪你了。"

安浔笑，想象不出他低着头被长辈教育的样子。

司羽将安浔的手机没收："不许看了，洗洗下楼吃早餐。"

安浔躲在被子里伸着手要手机，说："要看，给我。"

司羽见她嘟嘴撒娇，过去亲了一口把手机给了她，随后将她的衣服收集起来放到床上，知道她害羞也不说破，只道："一会儿来找你。"

郭管家起得早，正在三楼走廊检查卫生情况，司琴来唤安浔吃饭。司羽开门出去时，三人猝不及防地打了个照面，俱是一愣。

郭管家立刻明白过来，羽少爷这是准备逃离"作案现场"！

司琴见司羽拿着衣服趿着拖鞋一副刚起床的样子，惊讶得瞪大了眼睛。这要是让家里那些保守派知道免不了要轮番轰炸。

司羽浅浅一笑，对两人做了个噤声的手势。

郭管家表示自己会守口如瓶。司琴耸耸肩，说道："我什么都没看到。"

早餐到的人并不多，就连沈老夫人都没下楼来，所以餐桌上的氛围相对要轻松些。

司羽牵着安浔出现的时候，Cora举着手机对两人笑："我看到了，不过把我拍得有点丑。"

司羽看向了郭管家。

Cora立刻明白了他的意思，也顺着他的目光看去："郭管家你要多练习一下拍照技术。"

郭管家尴尬一笑，心道：羽少爷你这样对我还想让我帮你保守秘密吗？！发觉Cora的目光依旧在自己身上，郭管家轻咳道："羽少爷只要求我把安小姐拍得漂亮些，他的意思是，别人都是陪衬。"

　　在座的人全都扭头看向安浔和司羽。司羽抬眼看了下郭管家，郭管家假装很忙的样子。安浔一只手捋了捋头发，另一只手偷偷在桌下掐着司羽的胳膊。

　　二月中旬的英国已经过了最冷的那个时期，但潮湿多雨，难见太阳的这种日子并不好过。吃过早饭司羽就吩咐郭管家把安浔房间的壁炉点燃，安浔却说："不用，我想出去转转。"

　　"今天有小雨。"天太阴冷了，下了雨后或许还会结冰，司羽担心她会被冻感冒。

　　"司羽，约克郡太美了，而且我想看看你从小生活的地方，想知道你在哪个小学上过课，在哪个草地踢过球，在哪个咖啡馆对女孩表过白。"

　　郭管家继续默默地站在一旁，心想：这个安浔小姐有点厉害啊，说话动听，音调婉转，再配上那熠熠生辉的眼眸……

　　果然，羽少爷神色瞬间柔软得一塌糊涂，只听他说："郭管家，你安排一辆车子，不用司机。"

　　司羽说："约克郡这个季节总是阴雨连绵的，几乎没有晴天。"

　　安浔坐在副驾驶座鼓捣着手机，随意地说着："没关系啊。"

　　司羽看她一眼，有点不太满意自己被冷落："网瘾少女。"

　　安浔收了手机，对他说："有人说我高冷，一直都不表个态，还说要不是看到你发照片，他们都要以为沈医生在单恋了。"

　　"所以你在研究发什么吗？"他问。

　　安浔点头："秀恩爱还挺难的。"

　　司羽将车子停到路口前，拿了她的手机，调到摄像头，长臂一伸，她还没反应过来，他侧头便吻住了她的唇，"咔嚓"一声，瞬间定格。

　　他看了看手机上的照片，满意地递给她："有什么难的，发吧。"

　　安浔看了眼照片，光影效果竟然不错，意外的唯美。但是，她才不发呢，她把照片保存到了相册。

　　到首府约克的时候是早上八点多，英国冬天白天的时长非常短，这个时间了天才蒙蒙亮，车外面已经开始下起毛毛细雨。司羽将车子停在一条街前的路边，细心地给安浔缠好了围巾才撑伞让她出来。

虽然天气寒冷，但这种雨中漫步在类似中世纪古城的机会非常难得——与爱的人自由自在地走着，偶尔与当地人擦肩而过，会有一个善意的眼神，甚至会热情地打招呼，笑着说一句"这讨人厌的天气"。

绅士的英国人，儒雅迷人，安浔突然就明白了司羽性格形成的原因。

司羽带安浔走进一条小巷子，却依旧不放弃准备说服她："宝宝，这种天气就应该在家里睡觉。"

她挑眉："睡觉？"

司羽笑："对，单纯地睡觉。"

"信你才怪。"说着她突然发现他带自己走的街道非常熟悉，窄小的巷子，向中间倾斜的房子，还有脚下的鹅卵石，"对角巷？"

"它的名字其实叫肉脯街。"《哈利·波特》中的对角巷，他没想到安浔一下就认了出来。

这是一条常年见不到阳光的街道，也是约克郡最著名的商业街。在古约克城的众多街道中，肉脯街是历史最悠久的一条，就算放在全欧洲，这里也是保存最完整的中世纪街道。

"我可不喜欢吃肉脯。"安浔说。

司羽笑："你会发现这里的趣味的。"

因为巷子狭窄，如果对面有人打伞过来免不了剐蹭，司羽干脆收起了雨伞，拉着安浔进了一旁一间灯火通明的小店。

店里的老板是位中年女人，她笑着说："早上好，先生女士，你们是我的首位客人，尽情看吧，我会便宜的。"

精致的手工艺小商品店，满是牛津风格的物品——陶器娃娃、木制的帆船、国际象棋、红酒瓶塞……眼花缭乱的东西堆满了不大的小店。

安浔一个一个看着，司羽却一反常态地流连在首饰摊。但凡与纯手工沾上边的东西，都会贵得有些离谱，但司羽挑的一条细脚链和那些金碧辉煌的珠宝店里的比起来，还是便宜很多。

"这三颗南红玛瑙是我丈夫在非洲淘来的，我从没见过颜色这么纯正的玛瑙，你的眼光不错。"店主似乎太过多愁善感，不舍地看了看那条链子，"我快对它有感情了。"

细细的白金链子上只坠了小小的三颗红玛瑙，正如店主所说，非常纯正的红色。司羽将链子搭在手心细细地看着，然后回头看安浔，似乎已经看到这条链子戴到她脚腕上的样子。不知道是她雪白的肌肤衬得玛瑙更红，还是嫣红的玛瑙会衬得她肤色更加雪白。

安浔看向司羽，又看了看他手中的红玛瑙，用中文说："送我的？"

"喜欢吗？"他伸出手指，让她看挂在他手上的细链子。

安浔点头。

司羽弯腰蹲下，仔细地帮她系在脚踝上。安浔看着昏黄灯光下司羽的侧脸，心中隐隐生出说不出的感触，这个男人啊！

安浔发现，这条街卖肉脯的很少，倒是有很多卖糖果的。透明的玻璃瓶里面装着花花绿绿的糖果，看起来美味又诱人。可惜家里没有小孩子，安非也已经过了吃糖果的年纪。

司羽带她去了一个可以做手工巧克力的糖果店，告诉安浔，巧克力可以现做出来趁热吃。

"你不要骗我，巧克力也有趁热吃一说？"

"当然，比超市里卖的香很多倍。"司羽说着招呼服务生过来。店主从里间走出来见到他，立刻过来打招呼，问他为什么很久没来了。

店主是一位三十多岁的英国男人，留着络腮胡，看着挺亲切。

司羽说自己搬去了中国，还介绍了安浔，他说的是未婚妻。安浔没看他，其实偷偷因他擅作主张的称呼而高兴。

店主很热情，称赞了几句美丽的东方小姐便开心地去给他们做巧克力了。

安浔选了一些糖果，虽然她不太喜欢吃甜食，但架不住这些东西太可爱。女人有时候买东西确实不太理智，再加上有一个宠她的男友，就更加肆无忌惮了。

那服务生帮他们把东西装好，又与司羽寒暄了两句。安浔这才发现，竟然连服务生都认得他。

"其实你上课的小学玩耍的街道踢球的草地我都可以不看，但是你要告诉我，这满是少女心的巧克力店你为什么经常来？"安浔并不是兴师问罪，而只是好奇，或者是最近太幸福了，她有点想自虐，"你在这里对女孩表白过吗？"

司羽浅浅笑着。店主像掐准了时间，适时地端上来了很多巧克力，各种形状，颜色也很多，香气四溢。安浔鼓了鼓腮帮："我预感自己要胖了，而且这些根本吃不下。"

"这还不是全部。"店主对她眨眨眼睛便又消失了。

店主再回来时，又端上满满一盘。很快她的面前摆满了各式各样的巧克力，竟没有一个重样的。

"司羽……"安浔无奈地轻笑道，"你包下了整个店吗？"

司羽拿了一块巧克力咬了一口，他不像安浔，含在嘴里等着它慢慢融化，而是慢慢咀嚼着咽下。再抬眼看向她时，眼中多了丝认真，他说："安浔，英国有很多教堂，我也已经二十七岁了。"

安浔举着巧克力，愣愣地看着他。

"本来觉得你还小，我可以再等等的，可是我发现我比想象中的要着急。"他垂了眼眸轻笑一下，再抬眼时又是那深情的神色，"等你毕业好吗？毕业后就嫁给我。"

安浔没有丝毫的心理准备，没想到司羽会突然求婚，因为他今天本是不想出门的。瞬间的惊讶过后，她的眼眶开始微热，他们认识并不久，可就是觉得已经在一起很久很久了。

她吸了吸鼻子："沈司羽你怎么这么小气，拿一堆巧克力向我求婚。"

司羽顿了顿，随即站起身走到她身后，将她脖子上的项链解下来。指环从链子一端滑下落入他的手心，修长的手指抚摸着带有她温度的戒指。

"我只在这里对女孩表白过一次。"他认真地看着她，然后慢慢地单膝跪地，"就是现在，我要向你求婚。安浔，原谅我临时起意，只有这些巧克力和我爱你。"

安浔还记得初次相见时他坐在椰子树下的样子，那样随意安然，当时自己有没有心动已不可考，但她确实半晌没移开眼。画画久了，她习惯观察一切美好的事物和景色，或许是看得太细微，到现在那个场景依旧记忆犹新：他的发丝在额角的形态，睫毛的长度以及那副耳机的颜色……

那夜，他在凌晨为自己做饭，那是那些天来她吃的第一顿像样的饭菜。然后他又帮她爬树，让她随意许愿，还给她当画……不管她提什么样的要求，他都能满足她。

后来日本、春江、意大利、英国，都留下了他们的足迹。

幸福吗？答案似乎显而易见。

也许过几年、十几年，甚至几十年，今天的这个场景她也不会忘记。

外面天气冰冷阴沉，淅淅沥沥地下着细雨。她坐在一家糖果店里，周围是五颜六色的糖果罐子，面前堆满了各种各样的巧克力。小店明亮温暖，空气中有巧克力酱的香甜气息。而沈司羽，目光坚定而温柔，手里拿着那枚戒指单膝跪地。他说他比想象中着急，他说等她毕业就结婚，他说他爱她。

她在去年年末决定嫁到易家，她以为这是逝去的母亲的意愿，可是后来她后悔了。

现在，她在春节初始，决定嫁给沈司羽。这是她自己的意愿，她想自己不会后悔，信自己，也信沈司羽。

眼睛越来越模糊不清，她努力眨了眨，想对他笑却又有些紧张，也许他也在紧张。她伸出手，他握住，将还有余温的戒指顺着她的中指指尖套进去。

他没有立刻起身，而是低头轻吻她的手指，再抬头时，眼中满是动容。

安浔不是一个喜欢说情话的人，她性格中有东方人的内敛，但这种时刻，这种氛围下，这种话就自然而然地说出来了。

她说："沈司羽，我也爱你。"

外面的雨渐渐变成了雪，几片雪花晃悠悠地落下贴到玻璃窗上，是清透又干净的白色。行人收了雨伞欢呼着伸开双臂，情侣在雪花中合影留念……

甜品店内，暖黄色的灯光倾泻而下，安浔周身一片暖色。

　　她对他笑着，一切都那么美好。

　　司羽搂住她，低头轻轻亲吻。

　　昏暗的小巷因为飘洒的雪花变成明亮的白色。

番外一

春江日暖

"你想去中国吗？"沈司南问沈司羽。

司羽耸了下肩，很无所谓地说："随便。"

"我想去，我喜欢东方女孩，听说她们内敛又害羞。"司南指了指墙上挂的一幅有些年头的水墨画："像这样的。"

司羽抬头看了一眼，笑了下，看起来并没什么兴致。

一

二十一世纪的头几年，因为中国大陆经济持续飞跃，沈家将投资重心从欧美转移到中国。

这年秋天，沈司南和沈司羽随着父母离开了生活十六年的英国约克郡，来到中国春江，一个经济发达的沿海城市。

沈先生原想给他们找一所教学优秀的私立高中，可那时候的春江，私立高中乌烟瘴气，权威的还属公立学校。

两人第一次去学校那天，是十月中旬，一场雨后，天气骤然变冷。沈家派了车子将两人送到门口，郭秘书紧张兮兮地拿了围巾给司南，司南一脸抗拒，觉得他太夸张。

司羽接过去给司南围上，警告似的看了他一眼，仿佛在说——你敢拿下来试试。

每到这种时候，司南总想叫他哥，你才是我哥！

因为正值上学高峰期，大门口学生很多，沈家的车子不算低调，两人刚走下车就引来众人驻足。个子高高模样俊俏的年轻男孩，还是两个，长得一模一样，出现在这样一个严肃认真又无聊的学校里，是不小的轰动。

　　司羽环顾一周，扭头看向司南，说："有个成语……"

　　司南扯嘴轻笑："鹤立鸡群。"

　　他的话音一落，旁边走过的一个女孩突然顿住。她慢慢地回头，一张素白小脸，清秀干净，嘴唇紧抿着看着司南，脸颊鼓鼓的像是在生气。她问："你说谁是鸡？"

　　她的表情虽气呼呼的，但声音还是软软绵绵，十分悦耳。

　　说完后她好像意识到什么，脸颊慢慢变成粉红，一双水汪汪的眼睛瞪得更大了，越发生气了。

　　从小生活在国外的兄弟俩虽然接受过传统文化的熏陶，但是这话外音却是无法理解，也不懂她为何生气。司羽完全没有要搭理女孩的意思，司南却饶有兴致地看着眼前涨红脸的小姑娘，心想：果然如传闻一样，容易害羞。

　　然后，他弯起嘴角，冲女孩露出一个友好的笑容。

　　司羽拍了拍司南的肩膀，像是在说祝你好运，然后自顾自地走向校园。

　　司南打量着女孩——扎着简单的马尾，穿着宽大的校服。这样的东方女孩，好像和自己想象的不太一样。为什么没有裙子？

　　"我也要穿吗？你这种衣服。"司南皱眉指了指她的校服。

　　女孩奇怪地看了他一眼："当然。"

　　"可以不穿吗？"很丑……

　　"可以。"她不准备和这个奇怪的男孩继续聊下去，边转身边说，"然后教导主任每天都会抓到你。"

　　"教导主任是什么？"司南两步追上她，十分好奇。

　　女孩再次停住脚步，疑惑地看着他。

　　"他为什么要抓我？"

　　女孩终于察觉到什么，问道："你从哪里来的？"

　　"英国。"

　　她了然地点点头，思忖着该怎么和他解释教导主任这种让人敬畏又讨厌的存在。

半晌，女孩说："教导主任就像是霍格沃茨的斯内普教授。"她想，每个英国人都应该看过《哈利·波特》。

司南立刻就懂了："好凶啊……那就穿吧。"

女孩被他一本正经害怕的样子逗笑，刚刚还在生气的眼睛立刻笑弯成了月牙。

这是沈司南和郑希瑞的第一次遇见，很普通的开篇，很普通的聊天，很普通的关系。

二

英国的课程和国内的相差很大，尤其是数学，司羽学起来都有些吃力，就别说不学无术的司南了。在中国上学的第二天，沈司南就交不上作业，来收作业的正是班长兼数学课代表的郑希瑞。

"不交作业会怎么样？"他问郑希瑞。

郑希瑞认真想了一下："老师会找家长吧。"

"那还好。爸爸妈妈谁来都可以吗？"司南舒了一口气。

郑希瑞从来没见过听说找家长还能这么轻松的，很多学生把找家长当作奇耻大辱。她犹豫了一下，问道："你是不会写吗？"

司南点头："这些题太难了，昨天司羽都写到后半夜。"

郑希瑞看了眼司羽的作业本，又看了看不远处正奋笔疾书抄作业的几个男同学，奇怪道："沈司南你为什么不抄你弟弟的作业？"

司南皱眉："抄？我不会做这种事。"

郑希瑞深深地看了他一眼，收了司羽的作业本后转身离开了。

那天数学老师并没有找司南的家长，还在课堂上夸奖了沈司南，夸赞的理由是——诚实。

然后，老师让他放学后留下，并让郑希瑞负责给他补课。

"你是认真的吗？"沈司南拿着书包准备放学回家，却被郑希瑞拦在门口，很诧异。

"老师让我负责你的数学成绩。"郑希瑞张开双手拦着他，一字一句地强调。

沈司羽不准备陪沈司南一起补习，垂眸瞥郑希瑞一眼，冷冷淡淡地说："让让，我要出去。"

郑希瑞抓住沈司南，让开地方让沈司羽离开。

沈司南："……"

他是怎么被这个女同学盯上的？

"喂，司羽。"

司羽头也没回地说："好好跟你的东方女孩补课，晚点让司机来接你。"

叛徒！

那天，郑希瑞像个老师一样拉着司南恶补数学，沈司南非常不配合。他鼓捣着游戏机，完全把郑希瑞晾在一边，直到郑希瑞突然不再试图和他说话，他才抬头看她。

郑希瑞鼓着腮帮眼含泪花瞪着他，像是极其委屈……

沈司南紧张了，他从未见过这么爱哭的女生："喂，喂，sorry 啊，别哭，我学。"

结果，她不仅没把眼泪收回去，竟然噼里啪啦掉了下来。沈司南慌了，不知道怎么办，手忙脚乱地去找纸巾。

"我都没吃饭我帮你补习我好饿啊你还不理我……"郑希瑞边哭边说，虽咬字含糊，但沈司南还是听懂了，自己真是混蛋啊。

司羽不知道什么时候来的，靠在教室门边，双手插兜："沈司南，回家了啊。"

"司羽，你看她怎么哭了啊？"司南见到他，忙说，"我搞不定，你过来。"

司羽不耐烦地看了眼郑希瑞："妈说你再不回家吃饭她要亲自来了，而且她打电话给老师了，以后你都不需要留堂补习。"

郑希瑞擦了把眼泪，拿着课本书包，边抽泣边冲出了教室，走到门口时，还不忘对沈司羽说："我讨厌你们俩，尤其讨厌沈司南。"

沈司南："……"

沈司羽似笑非笑地问他："这就是你说的东方女孩？"

"是，可爱吗？"

"呵。"

三

司南再次和郑希瑞说话是在周五的一节体育课上。

那天，郑希瑞坐在看台上看着从队列中走出来的司南，他双手插兜悠闲地走上看台，坐到她的身边。

"你怎么不上体育课？"司南歪头看她。

郑希瑞不想理他，但见他微微笑着，十分友好的样子，脸突然一红，低头盯着脚尖，没说话。

"那天对不起，我太不尊重你了，而且很没礼貌。"他真诚道歉，说话时，好看的眉眼弯弯地凝视着她，极具耐心地等她回答。

她匆匆瞥他一眼，随即继续盯着脚尖，轻轻说："没关系。"

司南舒了口气，还好，挺好哄。

"你呢？为什么不上体育课？"郑希瑞问他。

他耸了下肩："我不能做剧烈运动。"

"啊，我也是。"郑希瑞下意识地接了一句。

司南眸子一深，眉头皱了起来，盯着郑希瑞，压低声音，问："为什么？"

郑希瑞有点尴尬，支吾道："你又是为什么？"

"因为我有心脏病。"他说。

司南说这话的时候，用一种非常平常的语气，似乎他也早已习惯。

郑希瑞瞪大眼睛看了他半晌才想起来问："很严重吗？"

"你们都没发现，看起来不严重。"他的语气轻松自然，这让郑希瑞在心里偷偷舒了口气。

"你呢？"

"我？"她转转眼珠，觉得有点难为情，好半晌才嘀咕，"就肚子疼啊……"

司南愣了一下，又干咳一声，随即笑了起来。他伸手拍了拍她的头："吓我一跳，还以为你和我一样，幸好啊。"

他会微笑，会轻笑，但很少笑得这么灿烂。深秋的阳光很刺眼，却不及他此刻的笑容，郑希瑞看着他开心的样子，觉得腹痛都减轻了不少。

那是郑希瑞第一次感受到沈司南内心的善良，他是那么美好的一个少年。

那天，很多人看到沈司南和郑希瑞相谈甚欢。

于是，从那以后，给司南的情书，突然都转送到了郑希瑞手上。刚开始郑希瑞给他送情书的时候还有些难为情，后来给的次数多了也就习惯了。每次司南都会接过去，然后对郑希瑞说"谢谢"，但是她从来没收到过他对那些信的回复。

四

这一年初雪那天，放学的时候天已经黑了下来，司南和司羽准备上车时，听到郑希瑞的声音。

她从学校门口跑过来，雪地靴嘎吱嘎吱踩在厚厚的雪地上，毛线帽子随着跑动歪到一边，显得笨拙又可爱。她停在司南面前，伸手递给他一封信："十三班一个女生给你的。"

司南接过去，看了眼喘着粗气整理帽子的郑希瑞，有点不满："你对别人的事都这么积极吗？"

"嗯？"郑希瑞不明所以地看向他。沈司南随手将信扔进车座椅上，冷冰冰道："以后少管这闲事。"

郑希瑞眨了眨眼睛，见沈司南面色不悦，小脸一垮，低头"哦"了一声，转身便走。

司羽开门上车，喊道："沈司南，进来。"

外面很冷，他不希望司南感冒。

司南没动，看着郑希瑞的背影，见她越走越远，忙蹲地上团了个雪团扔了过去。郑希瑞被打中肩膀，咬着嘴唇回头，眼圈竟然又是红的。

真爱哭啊。

司南再次有点慌，却还强作镇定地扯着嘴角，故意调侃道："郑希瑞你刚才这么着急我还以为是你写的。"

郑希瑞瞪大了眼睛，脸颊早已经被冻红，却依旧能看出她的脸色又红了几分。她说："想得美！"

"沈司南，我再说一句，坐进车里去！"司羽的声音又不满了几分。

司南没再犹豫地上了车。他怀疑如果再耽误下去沈司羽会直接动手将他塞进去，这会让他在郑希瑞面前很丢面子。

他坐进后座，看了眼那个情书，随手塞到座椅口袋中，问司羽："你喜欢什么样的女生？"

"漂亮的。"

"你觉得郑希瑞漂亮吗？"

"没注意，"司羽说完，继续道，"不漂亮。"

"你不是没注意吗？"

"所以不漂亮啊，因为我都没注意。"

沈司南却不认同，哼了一声："真应该带你去看看眼睛。"

"呵，你先自己去看看吧。"

五

平安夜这天，学校取消了晚自习，提前放学。

几个同学喊着郑希瑞去玩。她见到从教室走出来的沈家两兄弟，问道："沈司南，晚上我们要去步行街，你和沈司羽一起去吗？"

司南见郑希瑞一脸期待地看着自己，眼眸一暗，什么也没说。

郑希瑞差点以为自己说错了什么话惹这位少爷不高兴了。

"不去。"司羽在后面替他回答。

"哦。"郑希瑞又满脸期待地看向司南，"司南，你去吗？"

她以为司羽说的是他自己不去。

司羽再次说了一遍："不去。"

郑希瑞满脸失望。

司南和司羽是同卵双生，有时候父母都很难分清他们两人。司南在那天才突然意识到，从认识郑希瑞开始，她从没把他和司羽认错过，他说："我想去。"

说完，司南看向司羽，又说了一遍："我想去。"

那天，架不住司南好奇，司羽陪着他跟着班里几个同学去了步行街，参加音乐集会，吃路边摊小吃，买没有用却设计独特的小商品，摆着各种造型拍照片……

这些都是他们不曾有过的体验。

那晚，他们进了一家酒吧。几个同学说过节要有气氛，抱着新奇的态度，想点瓶酒尝尝味道。

点单的服务生见他们都还只是学生，出言劝阻，却架不住这群孩子说要向店长说理——哪有人点单不给下单的。

服务生只好给他们推荐了一款低酒精的水果酒。

酒端上来，服务生打开瓶盖，将摆好的酒杯一一斟上。司南和郑希瑞，还有那几个同学全程紧盯着，一脸跃跃欲试的表情。

司羽防备地看着司南。当司南将手伸向酒杯时，他几乎是第一时间抢先一步将酒杯没收。

司南很生气："沈司羽，你比医生还讨人厌。"

"随你怎么说。"说着司羽将两杯水果酒喝掉，还挑衅地看着他。

郑希瑞见司南不高兴，小声抱怨："给他尝尝嘛，你干吗两杯都喝掉！"

沈司羽像没听到一样。

司南反而安慰她："没事，不喝就不喝呗，咱们不理他。"

郑希瑞替他委屈，半晌，突然端着酒杯从座椅上走下来，看着司南说："沈司南你陪我去下洗手间好吗？"

司南挑眉，还以为自己听错了："我？陪你去洗手间？"

郑希瑞肯定地点头。

不知道哪个同学吹了声口哨，郑希瑞抿了抿唇，眼神飘忽不定。好在司南没再问什么，抬脚陪她朝洗手间方向走去。

六

两人走到拐角处，郑希瑞躲到一棵大盆栽后面，伸出藏在袖子里的手，那白嫩的小手里握着一个小酒杯。

她小心翼翼地看了眼外面，见司羽没跟来，压低声音说："喝我的，快，别让沈司羽发现。"

司南诧异地看向她，半晌，问道："你让我喝酒？"

"不可以吗？一点点应该没问题吧？"她瞪着大眼睛，求证似的看着他。

"你说得对，一点点没问题。"司南说着，将杯子接过去。他晃了晃里面的蓝绿色液体，抬头看向郑希瑞，发现她像做贼一样，转着眼珠盯着外面，不自觉地低笑一声，微仰头喝了一口。

郑希瑞立刻问："好喝吗？"

司南点头，把杯子里的酒全喝了。

那是他第一次喝酒，甜中带涩，辣，还有刺激。

然后两人相视而笑，越笑越开心，因为他们偷偷地做了坏事却没人发现，有点小得意，有点小骄傲。

郑希瑞将酒杯藏到盆栽里，怕司羽找过来，两人不敢多待。刚准备走时，司南扯住郑希瑞："等会儿，你闻闻我有没有酒味？"

郑希瑞回头，便见司南将脸凑过来。她脑袋"嗡"的一声，整个人愣在那里。司南停在离她很近的地方，轻轻冲她哈了一口气，眼睛亮晶晶地看着她，询问道："有吗？"

郑希瑞仿佛被点了穴道，一动不动地看着他，渐渐的脸开始变得燥热。好半天，她无措地说："有……"

"班长，你们在这儿干什么？"司南还没说话，身后就有人叫他们，是一起来的同班同学。

司南看了眼郑希瑞，一本正经地说："在讨论喝酒会不会脸红的问题。"

"会吗？"同学天真地问。

"会啊，你看她。"司南指了指郑希瑞，然后轻笑着走了。

七

那天，司南和司羽回到家已经过了十二点，司南还带着酒气。

沈父大发雷霆，让郭秘书拿来了鞭子，指着司羽，怒道："你们都干什么去了？你怎么能让司南喝酒？"

司羽直直地站在那里，不说话。

沈父让郭秘书把司南送进房间，司南不走，郭秘书让人强行将他带走。司南第一次激烈地反抗，愤怒喊道："为什么不说我？街是我要逛的，酒是我要喝的，不关司羽的事！"

"你别生气，我只是和你弟弟谈谈。"沈父见沈司南脸涨得通红，忙将鞭子递给郭秘书，"收起来了，我不打司羽。"

那晚，沈母看着司南入睡才离开。

司南见她离开，披了衣服也开门走了出去，停在父亲的书房门口。他本想帮司羽说些好话，可听到房间的对话后，便生生顿住开门的手。

那晚，他不知道自己站在门口多久，直到楼下大厅的时钟报时他才意识到已经夜里两点了。他拢了拢衣服回到房间，一夜无眠。

第二天早上，雪又下了起来。

因为司南前一天喝了酒，沈父怕他身体出现问题，叫了医生来家里给他检查，司羽独自去了学校。

司南站在大大的落地窗前，看着外面窸窸窣窣的雪花，问坐在沙发上看报纸的父亲："您觉得我和司羽谁更聪明？"

沈父头也不抬地回答："都很聪明。"

"那您觉得我能管理好沈洲集团吗？"

沈父一愣，放下手里的报纸，半晌，语重心长地说："司南，你只需要开心地生活就好。"

"不，我要当沈洲的总裁。"

那年，他说这话的时候，将满十七岁。

八

司南到学校的时候，第二节课已经开始，有值周生在学校门口抓上课迟到的学生。司南在大门口下车，刚要走进去，却被人拽住。

郑希瑞头发有些凌乱，背着大书包气喘吁吁地说："被抓住要在门口罚站的。"

乖乖女竟也会迟到？司南好笑地看着她："罚站吗？可以。"

郑希瑞嘟嘟嘴："我……不要。"

她可是班长，可丢不起这人。

"那怎么办？"司南打量她，发现她竟然是一副刚睡醒的样子。

"跟我来。"郑希瑞带他走到学校操场另一侧，指了指领操台，"从这里能爬到领操台上。"

司南挑眉："你让我爬栏杆？"

他从小到大，走快一点儿都会有人来提醒他小心，如今，这个女孩，却让他爬这么高的领操台。很好，他喜欢被鼓励做这种危险的事，就像她昨天偷偷给他喝酒，非常新鲜的体验。

刺激！

他一米八几的个子绝不是白长的，抬腿便能碰到横栏，踩上去抓住领操台的栏杆，稍一用力就踩到水泥板上了。他回身将手伸给郑希瑞："上来。"

郑希瑞虽然不矮，但是很瘦，司南没用多大力气就将她拽了上来。她的手很小，冰凉，司南握了握，东方女孩的手，滑腻，柔若无骨。

郑希瑞想抽回来，却发现他握得更用力了。

"沈司南……"

郑希瑞动不动就脸红这个毛病，让司南觉得很有意思。

"坐会儿。"司南将书包垫到地上，转身坐到上面。

他见郑希瑞还站在那里，伸手拽了拽她："聊会儿天，这里多安静。"

操场上一个人都没有，天地一个颜色，白茫茫一片。郑希瑞坐到他身边，觉得整个世界除了身侧这个人的呼吸声，什么都听不到。

"聊……什么？"她受不了两人之间太安静。

"聊聊司羽。"

"我不了解他，他很少主动说话，感觉很有距离。"郑希瑞觉得，司羽和司南虽然长得一模一样，但是司羽总是高高在上。

司南很赞同，因为司羽太优秀，所以年少的司羽难免有些心高气傲。

"昨天父亲对司羽说，他是要继承家业的人，他和我不一样，他被寄予了厚望。"

"……那你呢？"

"我？我是被放弃的那一个。"他原以为自己是最受宠的那一个，不会挨骂也不会挨打，甚至因为司羽被严厉对待而沾沾自喜过，也可怜过心疼过这个弟弟。

"父亲说，司羽是他最优秀的儿子。"

司南伸手接了几片雪花，雪花在他手心里慢慢化成水珠，又变成一汪水，从手上凉到心里，一如昨晚那一抹凉意。

原来，可怜的是自己，从未被父母期望过的自己。

"那你争取做最优秀的不就好了吗？"郑希瑞说。

"我？"司南眉头微皱。

"很难吗？你们是双胞胎啊，司羽能做到你也可以啊。"

司南眉头渐渐舒展，是啊，原来不是父亲看轻他，一直以来他自己都没相信过自己。身体不好，他还有脑子。

司南站起身，将郑希瑞也拽了起来，趁她不明所以时将她搂住。

九

郑希瑞僵在他怀里，还没做任何反应，突然传来的声音让两人都吓了一跳。广播里教导主任气急败坏的声音响彻天空——领操台上搂搂抱抱的那对男女同学，你们是哪个班的？太嚣张了！你们怎么不上天啊！

两个人被叫去了办公室谈话。

司南说："是我强抱了郑希瑞。"教导主任把刚喝进去的茶水全喷了出来。

郑希瑞忙解释说："他说的是拥抱的抱，不是……不是那个……强……暴……"

那天，郑希瑞写了五千字的检讨，沈司南被找了家长，来的却是郭秘书。在教导主任唾沫横飞讲了半个小时后，郭秘书轻描淡写地说："先生说南少爷只要不是太过分就请您睁一只眼闭一只眼。"

教导主任生平第一次感受到了挫败。

寒假转眼即逝，司南的改变全家有目共睹，司羽看的书上的课他全都不落下分毫。沈父沈母担心他的身体，劝阻不得，只能缩减司羽的课程。

司羽倒是没见得多感激，只是奇怪："沈司南，你犯什么病？"

"我要变得优秀啊。"

司羽皱眉："你开心快乐就好，优秀很累。"

再开学，沈司南和郑希瑞的流言蜚语丝毫没有收敛。似乎也是从被抓那天开始，郑希瑞不再在人前和沈司南说话了。

司南有点烦。

郑希瑞越是不理他，他越是不停地找她说话。

"东方女孩果然内敛又害羞。"司南在一次借笔记没得到回应后感慨道。

司羽看了他一眼："你不是说你喜欢东方女孩的内敛羞涩吗？"

"接触后才发现，很头疼。"

"所以我喜欢内心强大的女生，那种淡定又骄傲的。"司羽说。

司南随口祝福："希望你能遇到。"

十

　　高三下学期第四次模拟考试，沈司南从年级四百考进年级前三十，成为学校有史以来最强逆袭。

　　这一年，发生了许多大事——地震、毒奶粉、奥运，同时也流行了一些莫名其妙的东西。

　　也不知道谁第一个吃辣椒味雪糕的，那年，在学校风靡一时，有次一个同学分给了司南一根。司南还没伸手接就接收到沈司羽的眼神警告，双胞胎的心有灵犀让司南解读到，沈司羽在说沈司南你不要吃奇奇怪怪的东西。

　　司南撇嘴，虽不满自己被弟弟时刻管着，但也没要那根雪糕。

　　午休时，郑希瑞从外面回来，在门口探头探脑，终于引得司南看向她。她眨着眼睛示意他出来。

　　郑希瑞靠在走廊窗边，背着光，双手背在身后，神神秘秘的样子。

　　司南走出教室，站定到她跟前，伸手："给我吧。"

　　"什么？"郑希瑞假装不懂。

　　"辣椒味的雪糕啊。我还不知道你？"司南扯嘴笑。他每次这么笑，郑希瑞的心都不自觉地怦怦跳。

　　没有惊喜，都被他猜到了，郑希瑞将雪糕递到他手里："快吃，别让司羽发现。"

　　沈司南笑得像个小孩，故意搂住郑希瑞的肩膀："你不是不和我说话吗？"

　　郑希瑞满脸通红地推开他："你是不是还想让我写检讨啊！"

　　司南却好奇地看着她："你这脸是什么材质的，说红就红呢？"

　　郑希瑞的脸更红了，佯怒道："你吃不吃，不吃没收了啊。"

　　临近高考，天气渐渐炎热起来，雪糕本是降温的，结果因为太辣，司南一边低低笑着，一边辣得满头是汗。他说："郑希瑞，你看着老实，但我跟你在一起怎么总这么刺激。"

十一

高考结束后，春江持续高温。

学校填报志愿的前一天，沈司南打电话把郑希瑞叫了出来。

那天春江的室外温度达到了三十八摄氏度。

郑希瑞没有把头发绑起来，黑发柔顺地披在肩膀上。她终于脱掉了校服，穿了一套白色连衣裙，手里打了把蕾丝的遮阳伞。司南等在游乐场门口，蹭着旁边卖冰阿姨的大伞。郑希瑞出现在他眼前的时候，他着实愣了半晌。

是他喜欢的东方女孩的样子。

柔软，清秀，害羞。

穿着好看的裙子，站在阳伞下，青涩地对他笑。

因为那天太热，两人早早结束了游乐场之行。一下午的时间，他们都坐在冷饮店，点了一桌子冰激凌球、圣代和雪糕。郑希瑞把每种口味都吃了一遍。她吃，他点餐。

傍晚要回家时，司南问她："你要报哪里的学校？"

郑希瑞犹豫半晌，回答："我爸让我去麻省理工学金融。"

司南眸光一暗，抿紧了唇没说话。

"你呢？"郑希瑞问。

司南回答："留在春江，去财经大学。"

他的父母不允许他离开太远，他的身体也不允许他独自去国外留学。

后来两人各自有心事，没再说什么，默默地分道扬镳。

当晚，沈司南回到沈宅便要求去麻省理工上学。经过一晚上的讨论，沈父松口，同意司羽和司南一起去麻省理工，跟去的还有一个医疗团队。

拿到录取通知书的时候已经快八月了，郑希瑞拿了财经大学的通知书，沈司南看到后，差点没把她的通知书撕了。他第一次对郑希瑞发脾气："你是不是傻啊你，你不是要去麻省理工吗？"

郑希瑞不明所以，红着眼睛咬着唇小声说："突然不想去了。"

当晚，沈司南回到沈宅，说什么都不去麻省理工了。沈父难得对他动了怒气："你已经不是小孩子了，要对自己的决定负责，也要为自己的未来负责。沈司南，如果你这么儿戏，你永远不会是让我骄傲的儿子！"

同年九月，沈司南和沈司羽一起去了麻省理工，郑希瑞留在了春江。

走的那天，沈司南给郑希瑞打电话，一再强调："你别来送我。"

郑希瑞委委屈屈地"哦"了一声。

十二

大学并不比高中轻松到哪去，尤其是金融系。司南不顾身体，一年修了别人两年的课程。

那一年，几次检查中司南的心脏状况都不是很稳定，沈父勒令他退学回春江不成，差点亲自去美国抓人。

那一年，沈司南没回一次春江，没见一次郑希瑞。

大一下学期期末，郑希瑞给沈司南发了个邮件，内容很简单，只有一句话：我要订婚了。

沈司南第一时间打电话过去："谁？"

"不知道啊，没见过。我父亲生意上往来的伙伴的儿子，家境殷实，郎才女貌，门当户对。"

除了这些，郑希瑞对对方一概不知。

沈司南都要怀疑这只是她的一个玩笑，但她并不是乱开玩笑的人。

沈司南躺在病床上，一只手握着电话，一只手攥着雪白的床单。那手白得几乎要和床单融为一体，只有那骨节分明的手指能让人分辨出来。

那天，在越洋电话里，沈司南给郑希瑞讲了一个自己小时候听到的一则传说：

很久以前，有一个猎人，他因为太爱自己的妻子，每次打猎出走之前都把妻子留在密封的房子里以免她被伤害。有次他迷路了，离开了很久很久，等到他再回去时，怀孕的妻子已经饿死了。猎人伤心欲绝，与妻子绑在一起点燃了房子。后来两人变成了一对犀鸟，比翼双飞，形影不离。但是变成雄犀鸟的猎人仍旧不改，在雌鸟孕育儿女之时，还是将她留在封死的树洞中……

"要我做阅读理解吗？"郑希瑞奇怪地问。

"这是我母亲给我讲的故事，她讲的时候，神色是羡慕向往的。"

"啊？"郑希瑞惊讶，一个凄惨的故事，怎么会有人向往。

"我父母就是家族联姻，没有爱情，相敬如宾，互不关心，除了必要的正事，几乎从不交流。她已经没有选择的机会了，可是你有。"

司南挂掉电话的时候，很是落寞。他想快点回去，想回到她身边。

可是他连自己会不会有未来都不知道，怎么敢许她未来！

十三

那年八月，沈司南和沈司羽一起回到了春江。

沈司羽被告知，自己将要和威马控股董事长的独生女订婚。

"我拒绝。"司羽直截了当。

沈父更直截了当："沈司羽你没有话语权，而且，你无法估量和威马控股联姻后，沈家在亚太区的实力将会如何强大。"

"关我什么事？"沈司羽虽然被寄予厚望，但他却有着自己的打算，从不屈服。

沈父气到刚要喊郭秘书拿鞭子，沈司南突然问："威马控股董事长的独生女叫什么？"

"郑希瑞。"沈父奇怪地看着他。

司南听到那个名字的瞬间便怒到踢翻脚边的红木矮凳："为什么是沈司羽？沈司羽根本就不喜欢她！"

"对，所以我拒绝！"司羽看着沈父，完全不可商量的样子。

"你们俩是要造反吗？"沈父拍向桌子，"你没有权利拒绝！郭秘书，把司南送到房间去。”

又是这样，司南绝望地看着他的父亲和弟弟，情绪到了暴怒的边缘："沈司羽，为什么什么都会是你的？在母亲肚子里的时候，营养都被你抢走了，结果我的身体是如今这个样子！现在又是郑希瑞……"

司羽诧异地看向他，半晌，沉了眸子，锁了眉头，冷声道："沈司南，你知道你在说什么吗？我给你一次机会，把刚才的话收回。"

"我不收回。"司南急红了眼睛。

后来司羽沉默良久，才沉声道："沈司南，你这样会后悔的，以后一定会后悔说这样的话的。"

他不是在威胁司南，而是在叙述一个事实，像大人看着不懂事的小孩一样。

其实司羽说得很对，这话说完司南几乎是立刻就后悔了。但他却没有道歉，而是抬头对父亲说："父亲，您安排手术吧！"

司羽闻言一惊，不敢置信地看着司南。司南一直没有手术，是因为司南还没到非手术不可的地步，而且，手术风险太大，沈家人不愿意冒险，害怕司南在手术台上就此沉眠。

沈父沉默良久，半晌才道："你真的要做吗？"

"是的，父亲，我一定会活下来的，因为我要成为沈洲的继承人。"司南与沈父对视，毫不退缩。

沈父看着司南：他的个子已经很高了，剑眉星目，除了一丝病态的苍白，几乎和正常的孩子没有分别。沈父像是今天才认识自己的儿子，思忖许久，说："好，我去安排。你自己去和你母亲说，手术的事不要告诉你祖母。"

十四

司南的手术很成功，经过大半年的调养，身体恢复得非常好。他强大的求生意志，让医生都很惊讶。

而自从上次的冲突之后，司羽毅然从麻省理工退学，不顾父亲反对跑去日本学医。

司南对父亲说，他要去沈洲上班，他会把不与郑家联姻的损失一点点补回来。

不到一年的时间，沈司南的商业天赋便展现得淋漓尽致。在年末的董事会上，沈司南正式成为沈洲集团亚太区总裁。

正式上任会议后，沈司南走出集团大楼，直接让司机送他去了财经大学。因为正是午休时间，司南在寝室楼下等了郑希瑞一个小时才见她出来。

郑希瑞见到他，惊喜到半晌才说出一句话："司南，你怎么来了？"

虽然两人都在春江，但自从沈司南手术后，他们才见过两次，平时都只是邮件和电话联系。

"郑希瑞，我把你的订婚搅黄了，赔你一个男朋友吧。"司南西装革履靠在豪车旁，装得特别云淡风轻的样子，其实内心已经紧张到翻起滔天大浪。

为了能对郑希瑞说出这句话，两年的时光，无论是身体，还是事业，他每一步都走在刀尖上，提心吊胆，害怕自己陷入万劫不复之地！

还好，上天是眷顾他的！

郑希瑞毫无心理准备，好半晌才反应过来，红着眼睛说："我以为还要等你很久。"

司南拥她入怀，摸了摸她的头发，眉目温柔："太久了，希瑞，你已经等我太久了。"

十五

沈司南的心脏出现问题是在司羽考上研究生那年。

那年欧洲杯决赛西班牙4：0完胜意大利，司南和司羽去了现场。司南本不是意大利的粉，可赛事结束后，还没走出体育场他便毫无征兆地晕倒了。有意大利球迷以为他因为输球受了刺激，感动得为他祷告，司羽却吓到脸色惨白。

检查的结果并不如人意，司南没告诉郑希瑞，只说在国外出差，工程浩大，归国无期。好在郑希瑞很懂事，懂事得让人心疼。

司南很久以前就决定，如果自己的病情恶化便顺其自然，不接受手术，因为手术成功率低，身心会同时受到摧残，家人同样要承受压力，或许还会经历大喜大悲。

他曾说过，如果有那一天，请直面我的离去，我来过这个世上，已经是幸运。

后来有了郑希瑞，他很想多给两人些时间，越多越好，他不能接受自己还没开始宠爱她就要离开她。

司南再次接受手术。可天不遂人愿，第一次手术失败了，准备第二次手术期间，他回国见了一次郑希瑞。

他坐在车子副驾驶座上，降下车窗对站在路边等他的郑希瑞说："我要回英国了，我们分手吧，希瑞，祝你幸福。"

他说得云淡风轻，像是谈论天气一样的语气，一如他表白那天，但眼中却没有那天的深情。

车子直行离开，在一个交通岗拐了弯，隐匿在车流中。郑希瑞站在路边，看着来来往往的车辆行人，一动没动。

司南让车子绕了个圈又拐了回来，停在离郑希瑞很远的地方。他坐在车里，看着马路对面呆呆站着的郑希瑞，觉得自己心脏疼得像是要让人窒息，像是有火焰在燃烧，像是要炸开。

他原本想再最后拥抱她一次，可他连站起来的力气都没有。

那天，从中午到黄昏，郑希瑞一直在那儿站着，司南便在车中陪着。他想，但凡他能走一步，都会控制不住双腿过去找她。

十六

司南在国外做第二次手术期间，沈母打电话给他，说："郑希瑞每天都来，不是陪我插花就是跟着我学习茶道。我们很聊得来，她什么都说，却独独避开了一个话题——沈司南。"

"希瑞很聪明，她应该是猜到什么，但是她不敢问，却又忍不住来我这儿。"

分手后的第十个月，沈司南回到春江，回到沈宅。

第二次手术是成功的，恢复期一过，他立刻回了国。

沈母说："她通常下午两点到。"

沈司南坐在客厅看文件，越是临近两点越是焦躁，后来干脆把文件扔到一边，站到院子中。

他很紧张，紧张到不停地在院子里踱步。

郑希瑞很准时，两点整，门铃响起。

司南深呼吸一口气，走过去给她开门。

郑希瑞见到他，恍惚地站在门口，半天没向前迈一步。沈司南深呼吸一口气，拍了拍她的头，对她扯嘴一笑，还没说话便感觉她猛地扑进怀里。

她不曾问一句话，只是在他怀里轻轻抽泣着，眼泪啪嗒啪嗒地掉落在他的衣袖上。

到后来，司南才听她断断续续地说了句："分手可以，只要你好好的。"

司南用脸颊蹭着她的头发："分手也不可以。"

那年，伟大的曼德拉先生去世，沈司南和郑希瑞和好。

十七

自从几年前那一场小冲突后，沈司羽开始用行动告诉司南，什么叫抢他的东西。他看好的限量款手表、马场的骏马，甚至是他要送给郑希瑞的礼物，沈司羽全部能先他一步得到。

有次司南实在受不了了，对他咆哮道："你又没有女朋友！"

"知道什么叫跟你抢了吧？这才是。"沈司羽绝对是个记仇的家伙。

"知道了。"司南服软，"司羽我们和好怎么样？"

"亲爱的哥哥，我们……来日方长。"

他的"来日方长"很快就到来了。

那天，司南在一家国外的拍卖网站上看到一幅画，名字就叫《犀鸟》，画上的犀鸟比他收集的犀鸟图片上的任何一只都漂亮。

结果，那幅画被他和另一个人拍到了二十万欧元，而另一个人，就是他隔壁的亲弟弟。

司南气急败坏，去母亲那告了一状才让沈司羽收敛了一些。

"这个安浔是谁？"司羽问他。

"一个画家。"

"废话。"

"我也不认识，就觉得她的画很美呀。"

"可能是个阿姨。"

画最后被司南买了下来。他打听到画上这只犀鸟就生活在中国，在中国最南方的汀南市。

司南心血来潮，对司羽说："我们去南方看看犀鸟吧，看雄犀鸟怎么把雌犀鸟关起来的。"

司羽说："干什么要看它把它关起来？"

"好奇。"

"无聊！"

"陪我去。"

"不。"

"我想看！"

"求我。"

司南："……"

后来司羽同意陪他去了，但医生不同意，医生不建议司南在没必要的情况下去坐飞机。司南说去看犀鸟真的很必要，司羽说他有囚禁的特殊癖好。

那一年，沈家大当家沈老爷子因病在英国约克郡逝世。

沈家二伯和司南的父亲都想掌管沈家的商业帝国，那段时日，两方闹得不可开交。沈老太太利落决断，越过两人将沈洲总裁的位置交给了沈司南。

他的商业天赋与能力，大家有目共睹。

那年，郑希瑞的父亲准备为司南和希瑞举行婚礼，因为祖父去世不宜嫁娶，结婚改为订婚。

订婚宴上，司南带着希瑞翩翩起舞，白色的纱裙随着舞步飞扬，他耳边萦绕着希瑞的欢笑声、亲朋的祝福声。

司南看着笑颜如花的希瑞，他想，这辈子能遇到她，真的是太好了，真的是太好了！

婚宴后，司南对司羽说："我邀请了安浔，可是她没来。"

"安浔是谁？"

"我喜欢的那个画家。本来想介绍给你们认识，我觉得你会喜欢她。"

司羽不以为意："你别乱操心了，你知道我的眼光的。"

"说不定人家还看不上你呢。"

"呵。"

那年，郑希瑞缠着沈司南要为他生个孩子，司南拒绝了。他近乎偏执地做着安全措施，不管她怎么撒娇要赖。

气得郑希瑞好几天没理他，他哄了好久："你等我身体再好点。"

其实，他们都知道，他怕他的身体突然不好。

十八

订婚第二年，股市暴跌，沈司南力挽狂澜，将股市对沈洲集团的冲击降到最低。只是那一年，他的心脏，再次出现问题。

他从医院醒来的时候，用仅有的力气说："离开春江，到希瑞找不到的地方。"

沈司南后悔了，非常后悔自己给希瑞承诺了未来。他以为他可以，却发现，无论他怎么努力，都无能为力。

他不应该对希瑞、对自己抱有奢望，而让她一次次承受原本不应该承受的痛苦。

"司羽，你说希瑞遇到我，是不是很可怜？"

"……挺幸运的。"

生命中曾有一个人这么爱她，她应该觉得很幸运吧。

很早很早以前，早到司南刚刚懂事那会儿，他就准备好了会随时离开这个世界。

那时他无牵无挂，可现在偏偏多了一个她。

离开春江的路上，司南意识模糊，朦胧中他想起年少时的约克郡，终日阴雨连绵；想起和司羽一起踢球，回家被父亲斥责；想起这辈子第一次说那么肉麻的情话。

那是上次手术成功后回来，他对她说："你不在的时候我很想你，我会把 Siri 叫出来和我聊天，可是她很无聊，没有和你聊天愉快。"

当时他的女孩，抱着他又哭又笑，因为激动，小脸涨成了粉红色，泪珠挂在鼻尖，在他身上蹭啊蹭的……

不过，他最清晰的记忆竟然是在学校门口第一次见到郑希瑞——她穿着宽大的校服，甩着马尾，瞪大了眼睛看着他，问他："你说谁是鸡？"

那年深秋，天气很冷，她很温暖。

尾声

那天后，沈司南彻底从郑希瑞的世界消失，连一个像样的道别都没有，就那样毫无征兆地、悄无声息地离开了。

郑希瑞早已习惯他突然地离开、突然地出现。

她还像往常一样，静静地等在春江，认真生活，怀抱希望。

直到，沈司南再次回到沈洲集团。

她开心地等在会议室门口，等他出来，想听他说："我回来了，亲爱的，你久等了。"

门打开，身材高挑西装革履的男人被簇拥着走出来。他看到她，面无表情地一瞥，并没有预想中的温暖的微笑。

她愣住，一瞬间，天崩地裂。

　　良久，她惨白的脸上扯出一个艰难的微笑，哑着嗓子，轻轻叫了声——

　　司南。

番外二

安非记事

认识易白是在易家的一次酒会，那时候我和安浔刚考上大学，正在放暑假。

易白大学毕业回国，他母亲为他张罗了一场欢迎会。我当时觉得他家挺无聊的，不知道的还以为他取得了什么傲人成绩，结果仅仅就是他拿了个毕业证。

本来安教授是让安浔跟他去的，但安浔心眼太多，得到消息后一早就跑出去写生了，安教授临走抓了我这个"壮丁"。

听说安浔生母和易白的母亲是同学，以前关系挺好，后来安浔母亲生病去世后联系就少了。安教授哄安浔跟他去酒会时说："你三岁的时候去易家玩，扯着人家易白的小手怎么都不松开，后来还咬了他的脸蛋，已经小学一年级的易白哭到喘不上气……"

结果就是，安浔更不愿意去了。

我觉得，我家安教授的智商，在线时特别高，下线时特别低。

去时我妈非让我穿西装打领带，后来到易家发现只有那些老家伙们才西装革履在别墅一楼碰着红酒杯寒暄着，易白和他的那些朋友都在别墅后院烤肉。

我这种装扮过去果然惹得他们嘲笑，尤其那个叫向阳的，他告诉我我走错了地方。后来我当着他们一众人的面就把西装外套和衬衫都脱了，只剩一件背心，西裤也挽成了九分。

然后向阳就走过来，给了我一个鸡翅，我就这样认识了他们。

后来的几年，我跟他们学会了上夜店、飙车、喝酒还有泡妞。易白总是最受女孩欢迎的那个，可能因为他长得高高帅帅还出手大方。

他眼光挺高，一般女孩都看不上。他虽然挑剔，但不专一。

公子哥的圈子，灯红酒绿，诱惑太多，男欢女爱今天合明天分之类的事情都太过正常，没有人像那些小女生一样相信什么一生一世一双人的爱情童话，包括我。

可是安浔不一样，她就是那种小女孩，我当她的面称之为爱情洁癖，私下里都叫她小矫情。而且我不止一次劝她别把姿态放太高，那么多喜欢她的男孩，选一个顺眼的也不枉青春一场。

当时安浔瞥我一眼，慢悠悠地说："暂时还没人配得上我。"

中学时候的安浔，骄傲得像一只孔雀，年少轻狂，不可一世，最喜欢拿鼻尖看人，大学后才慢慢收敛了些。用安教授的话说，安浔这是见了世面，知道了人外有人天外有天。

虽然她变得低调又友善，但在我的女朋友换了一个又一个的时候，她依旧单身。

直到一次假期，易白母亲见到安浔后喜欢得不得了，立刻回家翻出了当年和安浔母亲的书信，说安浔和易白是有婚约在身的。

我当时觉得特别好笑，安浔也当个玩笑，可是看完书信，她的态度就不一样了。

后来我才知道，一涉及她亲生母亲的事，她就会失去判断力。

她的决定让我们都大吃一惊——竟然同意与易白的订婚。她给出的理由是，这是她母亲希望的。

易白完全不以为意，照样换着女朋友，订婚的事不闻不问，只保证到时候到场。有次他带着新认识的一个漂亮女孩出现在我们面前时，我是真的忍不住发火了。

我跟他说："安浔是我姐，你们不认识没感情我知道，但请做到最基本的尊重！"

易白拍了拍我的肩膀，告诉我："别太认真，这场婚姻大家都心知肚明，安浔为了我家的钱，我为了给家里一个交代。"

要不是当时向阳拦着我，我想我会和他打一架。我气到不管不顾地冲他大吼："易白你少自大了，安浔一幅画的价格比你一个月的工资都高。她为了你家的钱？我呸！"

显然，易白知道安浔是个画家，却从来没去主动了解过她，竟然觉得她是个贪慕虚荣的拜金女。易白似乎也有些意外，皱了皱眉头，半晌才疑惑道："那是为什么？我们并没有见过。"

我懒得再理他。我准备走的时候，他跟我说："安非，你帮我约一下安浔。"

"你不会连她的电话号码都没有吧？"我问出这句话的那一刻，想的是如果安浔真和易白订婚，我就去抢亲，被我爸打死我也得去。

虽然安浔经常让我抓狂，但我姐被人如此对待，我怎么能咽得下这口气？

易白耸耸肩表示自己确实没有安浔的电话。他旁边的女孩见他如此态度，"扑哧"一下笑了出来，一脸挑衅地看着我，样子很骄傲很嚣张，像中学时代的安浔，不过安浔不像她这样讨人厌。

这女孩叫陈音儿。我认真地记住了她的名字，然后对她笑了笑，说："安浔比你漂亮。"

我知道女孩最在意这种话。

她微微变了脸，随即又控制了下情绪，故作镇定地说："是吗？"

我不再理她，将安浔的电话号码给了易白，让他自己去约。我想，或许安浔见到他会改变与他订婚的主意，因为易白这种风流成性的花花公子是她最看不上的。可显然我失策了，我忘了易白也是风度翩翩的贵公子，他像模像样的时候还挺能迷惑人的。

第二天上午安浔就接到了易白的电话，那时候她正在画画。我不知道易白说了什么，安浔脱了满是油彩的围裙，套了个大衣就出门了。真够随意的。

那时候我就在想，我怪易白不够重视安浔的时候，其实安浔也从没主动去了解过易白。就算是两人第一次的正式见面，安浔都这么不在意，甚至都没用粉擦一下脸。

易白其实也挺可怜的。

安浔下午就回来了，看不出什么情绪。我假装随意地问她："干吗去了？"

她倒是丝毫不隐瞒："和易白吃了个午餐。"

"哟，见未婚夫去了。感觉怎么样？"

"不讨厌。"典型的安浔语气。

过了几天后我见到易白，那个陈音儿还在他身边。照他以前的速度该换女友了，于是我问陈音儿："你还没被淘汰呢？"

她有点生气又有点骄傲，可能生气更多，于是大声呛回来："你姐被淘汰，我都不会被淘汰。"

一圈人都安静了一下。向阳可能怕我动手打女人，立刻塞我手里一杯酒，还大声岔开话题："安非小朋友，来晚了不自罚一杯？"

我压下怒火看向易白，他坐在沙发上手里把玩着色子，看不出什么情绪。我一口把酒喝干，对他说："哥，一直觉得你挑女人的眼光不错，现在看来也不过如此。"

他不以为意地耸耸肩："总有失误的时候。"

陈音儿脸色大变，娇娇俏俏地叫他："易白……"

易白像是没听到一般，对我说："我见了安浔。"

"我知道。"

"我没见过她这样的女孩。"

"对你不屑一顾的？"

易白不否认也不承认，只是笑了笑，沉思一下说："如此超凡脱俗的。"

大家都笑起来，以为他这是贬义词。易白摆摆手："你们不理解。"

"那你倒是说说怎么个超凡脱俗法？"有人问。

当时易白想了下，将色子扔到桌上，瞥了眼那个陈音儿，说："不张扬，不高调，不炫耀，不虚荣，偏偏……这些资本她都有。对了，她对我的评价如何？"

我说："不讨厌。"

那天陈音儿缠着易白让他送她回家，易白视而不见，自己离开了。

之后的日子，我再也没见过那个陈音儿出现在易白身边，也再没见过易白身边有女人。

易白开始关心安浔，在我们聊天时话里话外总是提及她，还会主动问起安浔以前的事，会认真看安浔的每一幅作品，会在路过商场的时候心血来潮买下橱窗里的漂亮衣服送她，会和酒店负责人讨论订婚宴的细节……

　　而安浔，依旧是不冷不热的态度。我开始考虑订婚典礼上，我抢婚的目标要不要变成易白，毕竟他也是我的朋友，我不能眼睁睁看着他的婚姻不幸。

　　可是终究没等到订婚。

　　典礼前一天晚上我和安浔外出吃饭，在一个西餐厅碰到了那个我快忘了名字的陈音儿。

　　她见到我当然也不会有什么好脸色，见到安浔，脸色更差。我不知道她怎么认出安浔的。这女孩除了长得漂亮，真是一点儿优点都没有。

　　陈音儿像我妈喜欢看的狗血剧里的女二号一样，直接跟安浔说她怀了易白的孩子，让安浔成全。我都差点笑出声。安浔当然也不以为意，她只好悻悻地走了。

　　后来婚庆公司的人给安浔打电话，让她去试试修改好的鞋子合不合脚。

　　去的路上，安浔问起那个陈音儿。我也不隐瞒她，告诉她那是易白的前女友。

　　我也帮易白说了些好话，比如他身边已经很久没有女人出现了；我还跟安浔说，缘分这东西很奇妙，两个陌生人有可能很快就变成此生挚爱，让她勇敢地去追求，不要退缩和害怕。

　　我觉得我说得挺好的，但不知道哪句话说错了，安浔把我扔在婚庆公司，就这么失踪了……

　　我成了众矢之的。为了平息众怒，我把陈音儿供了出来，说她找过安浔。

　　易白那天是真的发火了，掐着陈音儿的脖子，问她对安浔说了什么。陈音儿也是个吃软不吃硬的，呼吸都困难了还一脸倔强地说："易白你不是最不屑什么男女情爱的吗？你不是鄙视爱情吗？你不是说爱情是小女孩才相信的东西吗？你现在在干什么？"

　　易白脸色铁青地让陈音儿滚，陈音儿走的时候还诅咒易白这辈子得不到安浔。

　　后来，我偷偷把安浔在汀南的事告诉了易白，即使安浔威胁我不能说。因为我发现，易白是真的挺喜欢她的，可能不仅仅是喜欢了。

易白说要去汀南找安浔。他不是要兴师问罪就是要表白，我觉得后者的可能性比较大，就自告奋勇地要跟去，当然还有向阳那个家伙。我们连夜赶到，结果……

那是我第一次见到沈司羽。

虽然当时安浔和他没有丝毫的亲密，甚至像和其他人一样，泛泛之交，甚少交流，但他们之间的气氛很暧昧。再加上后来警察的问话，我才知道，何止是暧昧，安浔真的开窍了。

沈司羽似乎对安浔也是势在必得，因为他看她的眼神，比易白的更直白更温柔。而安浔，应该也是喜欢他的，因为她有时候不自觉流露出来的小女人神态我是从没见过的。

从汀南回来后，易白消沉了一段时间。

沈司羽表现出的强势让向阳吃了大亏，我觉得这也是给易白的一个下马威。他身后的沈家谁也不敢去惹，再加上安教授尊重女儿的选择，和易家商量解除婚约，这些都让易白无能为力。

安浔和沈司羽还是两个不消停的主，三天两头地闹出大动静，那段时间的易白脆弱得让人心疼。

过年的时候，安浔带沈司羽去了祖父母家，来拜年的易白碰到了他们。

易白似乎已经调整好了自己的感情，也可能是故作不在意。

那天我们从河边回来，易白对我说：“安非，我要是早点认识安浔就好了。”

我知道他的意思。订婚之前的那段时间太短了，还不足以让安浔喜欢他，反而因为订婚吓跑了她。

我说：“哥，你认识她比沈司羽早。”

易白顿了半晌才笑了笑，岔开话题：“安非你从来没叫过我姐夫，却在刚认识沈司羽的时候就这样叫他。”

我有点尴尬地挠挠头，在心里组织了半天语言，想着该怎么说。

易白却慢悠悠道：“我知道，我懂。”

那天的最后，我和他讲了雪夜沈司羽上山找安浔的事，我问他，要是他，他会不会上去。

　　易白想了一下，说不会。

　　说完后，他便笑得非常释怀，走的时候还拍了拍我的肩膀，对我说"谢谢"，说了两遍。

番外三

关于生气

因为习惯了司南时好时坏的臭脾气，司羽的性格早就磨得波澜不惊了。他对待人和事物从来都是从容不迫的，没什么人、什么事能让他大发雷霆。但是，那天他真的生气了，硕士论文答辩后，刚出了答辩室，在电话中他就和安浔发了火。

论文答辩很成功，司羽心情不错，出去的时候教授对他说让他晚些日子回去，因为还有很多后续的事，比如发表刊物的选择、实验数据整理等。

陆欣然送司羽走出大门，叫了下一名同学进去后才有机会和司羽说话："听大川说你要结婚了？"

司羽点头，想到安浔，勾唇一笑："今年八月举行婚礼。有时间吗？"

"如果是你的婚礼，我想教授是会给我假的。"陆欣然说完，抬头深深地看了他一眼，微微压了下声音，"没想到你是第一个，总觉得你会挑剔到三四十岁。"

"我也没想到。"司羽说完，笑意更大，"现在发现，结婚早晚取决于我遇到安浔的时间。"

陆欣然微愣，随即落寞一笑："真的不继续读了吗？对你来说，很可惜。"

司羽有点心不在焉，也不知道听没听到，只是示意她自己要打电话，陆欣然让他随意。

司羽在走廊焦躁踱步，因为安浔的电话打不通。陆欣然想说，安浔不接电话可能在忙，但见他如此着急，转而说："要不要问问认识的人？"

司羽这时已经拨通了安非电话："你姐呢？"

"不知道啊。"安非回答得非常痛快。

"想好了再回答。"

"……姐夫，您答辩顺利吗？"

"去哪儿了？"

"我在家呀。"

"问你了？"

"……祖宗，你们都是我祖宗。"

"去哪儿了？"语气已经变得冰凉。

安非吭吭唧唧，说了句"埃及"后便立刻挂了电话。

司羽铁青着脸挂了电话，紧接着安浔的电话就打了进来。她语气轻松："沈司羽你找我？我画画呢，手机静音了。"

"在哪儿画呢？"

"家啊。"安浔说起谎来也是很有欺骗性的。如果不是安非出卖了她，司羽真要被她蒙蔽过去。

"安浔，你最好立刻把跟你一起去埃及的人的名字一一报上来，还有，现在回酒店把地址发给我，直到我过去找你。"司羽沉了脸冷了语气，一副不可商量的口吻。

安浔沉默，一边生气一边想对策。

"说话。"司羽又说。

"沈司羽你凶我。"这就是她想好的对策，"沈司羽你竟然凶我！"

沈司羽："……"

无语半天，但还是要说，司羽稍稍缓了语气："安浔你知道你去的什么地方吗？非洲！还有，你们那些人你每个都了解吗？"

本来缓和的语气，结果他越说越气，音量也不自觉提高了："把你掐死得了。"

省得他天天担惊受怕。

安浔那边许久没说话，他喊了一声："安浔。"

"安浔？"他又叫了一声。

"安浔，立刻说话。"

"……沈司羽，你这样我害怕。"安浔这句话说得，满腹委屈，强忍泪意。司羽几乎立刻就反了，"对不起"三个字差点脱口而出。

"你哭什么？"这句话还稍稍有点生硬。

"别哭了……"司羽软了些语气。

"我没凶你，只是着急……"语气变得温柔起来了。

"对不起。"

走廊里等着答辩的人简直都目瞪口呆了，包括陪考的大川和陆欣然。路过的有听不懂中文的同学询问大川沈司羽这是怎么了，大川惊奇地说："你信吗？沈司羽气急败坏、发火、认怂、道歉、哄人就发生在这两分钟内。"

司羽瞥他一眼，拿着手机走向隐蔽的楼梯间，关门前，他们听到的最后一句话是"宝宝，我错了"。

出了医学部大楼沈司羽便订了当天晚上飞埃及的机票。教授听说沈司羽要走，感叹："沈司羽是我见过最恋家的学生了。"

大川表示，恋家倒是没有，他那是恋爱，也不知道这热恋期什么时候能过去。

第二天风和日丽，安浔和几个朋友以及朋友的朋友一行人刚到孟菲斯花园，毫无征兆的，在拉美西斯二世的雕像下面看到了走过来的沈司羽。她以为自己眼花了，毕竟从日本到埃及并不是一段很近的距离。

有人惊喜竟然在这里遇到了这么漂亮的东方男人，而这个东方男人直接越过前面的几人，走到安浔面前站定。

安浔惊讶过后，将视线从他身上移开，装作若无其事地……低着头盯着脚尖。

司羽轻笑："你要给人家埃及的地盯出一个洞了。"

安浔终于抬头看他，扬着下巴，露出脖子："沈先生笑什么，不动手吗？"

司羽感到头大，女人真记仇。他扯着安浔走向没人的另一边，笑问："你还来劲儿了是吗？"

安浔看着他不说话。

司羽伸手抚摸着她的脖颈："我可舍不得掐一下。"

随即，他低头在她锁骨上方轻轻印下一吻。

安浔终究心软了，看在他道歉又求和的分上，伸手回抱他："以后别凶我了。"

"我要是说没凶你，你信吗？"司羽该怎么解释那是因为着急没控制好语气。

"不信。"

司羽："……"

"还有，以后你也别生我的气。"

司羽心下叹口气，算了，不解释了，回答好就完事了。

安浔最喜欢听他说好，仰头吻了他一下。

后来有一天，聪明的沈先生突然想到一件事，说："不管你生气还是我生气，似乎哄人的都是我。安浔你真够欺负人的。"

番外四

关于婚礼

八月的婚礼，近在眼前。看着要准备的东西———一套一套的婚纱、鞋子以及各种饰品，听着管家一遍一遍重复着需要注意的礼仪，安浔告诉沈司羽："我想逃婚。"

司羽点头："可以。"

安浔挑眉看他。他接着说："逃跑时带着我就行。"

管家立刻去告状。沈家把古堡后门都锁上了，还时刻派人盯着两人，如临大敌。

安浔几次表示她只是说说，大家配合地笑了笑，然后接着盯着他们。

虽说是西式婚礼，但是婚礼前一天，沈司羽被家里勒令搬离安浔的卧室。沈司羽还奇怪，自己都是半夜偷偷去，家里人怎么知道？

大家给他一个无语的眼神。多少人多少次一大早都看到你睡眼惺忪地从三楼客房下来，不是睡安浔那儿，难道睡安非或者安浔父母房间？

司羽这晚乖乖睡在了自己房间，不知是因为旁边没有安浔，还是因为第二天要娶安浔了，反正就是失眠了。

下半夜两点多，实在是难熬，司羽开门看了看，走廊没人，直接走上三楼，拿了钥匙开门。安浔倒是睡得很香。司羽掀开被子，轻轻钻进去，将安浔搂在怀里，安浔迷迷糊糊中往他怀里钻了钻。

一夜到天亮。

结果，第二天两人被敲门声惊醒，安浔这才发现沈司羽又跑来了。两人大眼瞪小眼，有种被捉奸在床的感觉。

安浔以在洗澡为由，打发走了众人，包括造型师、化妆师等人。

"你什么时候来的？"安浔问他。

"快三点。睡不着。"

司羽正准备出去，安浔走过去拉住他："又失眠了？"

他的失眠症一直让她很担心。

司羽摇头："已经好很多了。"

那时候，司南突然离开，虽然他早已经做好了心理准备，准备了很多很多年，但还是心空了一大块。他们从出生就在一起，司南仿佛就是他的一部分，司南离开了，他也就不完整了。

他白天还好，夜晚一来临，空虚、孤独的感觉无时无刻不围绕着他。即使父母朋友都还在，他却有种无依无靠的感觉，难过焦虑得睡不着，直到他有了安浔，他心里那一块空地，再次被填满。

孤独的感觉很少光顾他了，即使每每思念起司南，还是心痛难过。

安浔怜爱地吻了他一下。

司羽听外面没动静，开门出去，没想到管家带着工作人员等在门口，还有要来找安浔的安浔父母。好样的，被抓了个正着。司羽淡定地指了指门内："她洗澡不快，大家去休息室等吧。"

说完，他和安浔父母问了早安，又吩咐人带他们去用早餐，这才又假装忙碌地离开。

安教授想说成何体统，被安妈妈拦住，告诉他大喜日子，别说孩子，安教授憋了回去。

郭管家也懒得告状，习惯了。

兵荒马乱的一上午，安浔不用动脑子，只出体力，机器人一样按照指令行动；沈司羽倒是比她闲多了，还抽空去院子里用弹弓打了会儿无人机。

是的，闻风而来的记者，放的无人机。

沈老夫人透过窗户看到院子里射无人机的沈司羽，看着看着就哭了："好多年没见司羽这么孩子气了。"

二十年了吧，沈司羽和沈司南在院子里踢球，被他们爸爸抓回去狠狠批评了一顿，那以后再也没见过两个孩子在院子里玩耍打闹了。

用人说："羽少爷很开心。"

肉眼可见的高兴。

沈老夫人点点头，擦了下眼泪，又让用人拿了翡翠、玉镯、钻石加到给安浔的新婚礼物中。

安浔那边，饿得不行，司羽拿了蛋糕过来，一小块一小块揪给她吃。怕蹭掉口红，两人都小心翼翼。安非没眼看："你俩注意一下，这么多人呢。"

安浔不以为意，沈司羽像没听到。

宾客都是两家亲戚和比较亲密的朋友，人不少，但在刻意控制下，也不是很多，可能还没门口的记者多。

热闹但不吵闹。

安浔回答"I do"后，安教授和安妈妈一起掩面而泣。安非无语，把纸巾递给他们，自己也吸了吸鼻子，假装若无其事。

沈司羽亲吻安浔，眼眶微红。安浔笑着看着他，小声说："沈司羽，我会对你好的。"

沈司羽失笑："别抢我台词。"

安浔扔捧花之际，司羽侧头，将那滴将落未落的泪珠擦掉。

这晚，沈司羽发了微博，四个字——此生不负。

配图是他牵着安浔的手，两人站在牧师面前的一张背影图。

安浔也发了微博，和司羽画风完全不同。

她说：今天被我老公打坏的媒体的无人机可以报销。

沈洲集团官微立刻转发，留下财务部邮箱。

这晚，安浔搬到了二楼沈司羽的房间。司羽不知餍足地折腾她，她撒娇求饶后他才放过她。两人大汗淋漓地躺在床上。安浔迷迷糊糊睡着之际，司羽却凑到她耳边唤她："安浔。"

安浔有气无力地哼一声。

司羽轻轻说："我爱你呀。"

番外五

鲟鱼夫妇日常

安浔最喜欢的季节是秋天，不是因为天很蓝，也不是因为空气清爽，只因为她对秋天黄叶落地的萧瑟荒凉有种莫名的喜爱，可能这种自然现象更能触发她某个文艺细胞从而很有创作灵感。

她还喜欢深秋的街上凉风吹来，人们瑟瑟发抖地将围巾绕好将长风衣拢紧，然后低头快走的样子。

所以秋天是她画作的高产期。

新婚住所附近的公交站旁边种了几株银杏树，这个季节，它们美得不可方物。安浔刚发现时高兴地捡了很多叶子回去做成书签，后来不满足，尤其想画画时，总会到公交站旁的长椅上坐会儿。这个公交车站乘客通常不多，她几乎没被人认出过。这天，或许因为她坐在那里把玩着掉落的叶子太闲适，两个等车的女孩多看了两眼，从而认出了她。

在确认她是安浔后，一个女孩开口便问："安老师，听说您要在沈洲酒店开画展了是吗？"

安浔意外，抬头看那个女孩。自从她和沈司羽扯上关系后，或许可以说，自从她和沈司羽的关系公之于众后，很多见到她的人都是先询问关于他的事情，似乎已经很久没人问过她画作的事了。

心里还是很开心的，安浔对她和善地笑笑，说："这周六。"

"啊，太好了！"女孩立刻开心起来。安浔瞧她和另一个女孩高兴的样子，猜想她们或许是美术生。她刚想询问，只听那女孩接着问道："画展展出的画还有没有沈医生？像《丝雨》那种，哦……不用那么惊艳的也行，他生活中的样子之类的，有吗？"

安浔渐渐敛了笑容，好样的，又是被她老公美色迷惑了的无知女孩……好心情顿时没了，她耸了下肩膀，兴致缺缺地说："没有。"

女孩们似乎很失望，两人推搡着刚想问为什么，后面突然响起短短的一声汽车鸣笛声，回头看去，只见一辆轿车不知何时停在路边，车窗大敞着，那个足以让两个女孩尖叫的人正坐在驾驶座扭头看着长椅上的安浔，眉目含笑地问："妞儿，搭顺风车吗？"

安浔看着这个罪魁祸首，有点哀怨……

沈司羽挑了下眉梢，注意到她旁边两个兴奋的女孩后，意识到了问题所在，有点无辜，心想这一切还不是因为她当初画的那幅画……

安浔起身走向副驾驶座的位置，见他两个车窗都大敞着："怎么不关窗户？你会感冒的。"

天气已经很冷了。

她永远没有系安全带的好习惯，司羽也不再提醒，而是亲力亲为地帮她系好安全带，顺便告诉她："给你买了榴莲酥。"

"怪不得这么香。"安浔高兴地说。

"再不开窗，我会晕在车里。"他说。

他非常讨厌这个味道，偏偏安浔喜欢，所以他又要经常买。

车子绝尘而去，站牌下的两个女孩目送到车子拐弯才恋恋不舍地收回视线。一个女孩说："我也想吃榴莲酥了。"

"不觉得臭吗？"

"不会，是甜的啊，恋爱的味道。"

当晚，社交网络上，关于安浔这次画展不会有沈司羽画作的消息便被传开了，据知情人士透露，这是安浔亲口承认的。

很多人去给安浔工作室留言，请她再多加考虑，但也很多人赞同，更甚有权威人士赞扬她，赞扬她没有利用和沈司羽的关系炒作，没有利用这个大家都关心的话题来制造噱头，就是单纯地用实力说话，大气。

安浔看到后，高兴地哼着曲子溜达到书房，坐进沈医生怀里。沈医生放下书，抓过她的手，问道："什么事这么高兴？"

"可以吻你吗？"她问。

"当然。"

"我刚吃了榴莲酥也可以吗？"她又问。

"……也不是不可以。"

良久……

"……你继续看书吧。"安浔说。

"可能吗？"司羽眯了眯眼。

"……那回卧室。"

再良久良久……

"明天再买些榴莲酥吧。"把玩着怀里人一缕长发的男人说。

"不吃了，天天吃会腻。"昏昏欲睡的女人说。

"我吃。榴莲酥似乎不像想象中那么难吃……"

番外六

时光未央

一

有一天，在窦苗陪同下，安浔出去写生，去了邻市好些天，导致沈司羽闹情绪。

安浔回到家是傍晚，陪家人吃过晚饭，给沈医生发微信："能去你那儿洗个澡吗？"

等了很久沈医生也没回信息，安浔接着又发了一条："我的床坏了，能去你那儿睡觉吗？"

上个月，沈司羽在安浔家附近买了套公寓，他搬出来时，对父母说，那里离医院近。大家心知肚明，哪里是离医院近，明明是离安浔近。不过大家也不点破，当他是房产投资了。

这次他倒是回了，但是安浔却没看懂。

沈司羽：楼下西走一百米有个便利店。

安浔：然后呢？

沈司羽：来时带盒套。

二

某天，回意大利办理毕业相关事宜的安浔终于回国了，沈医生再次因为她离开太久闹情绪。

医院里，有人在闹事，病患家属打翻了护士的推车，药水碘酒之类的洒了路过的安浔一身。小护士带她去换了一套护士服，还热情地把她的衣服拿走准备洗干净烘干。

三楼办公室中，护士小姐对准备下班的沈司羽说："沈医生，今天专家会诊还有一位病人。"

"预约的不是都已经看完了？"沈司羽有些不满，这位护士向来知道分寸，"安排到明天。"

小护士低着头，努力压着嘴角的笑意："可是她说她的病情紧急，而且全院只有沈医生您能治。"

沈司羽停下脱白大褂的动作，奇怪地看了眼护士："他得了什么病？"

话音一落，门外便走进一人，窄腰细腿，巧笑嫣然："相思病啊。"

沈医生微愣，半响，目光灼灼地看着来人："谁让你这么穿的？"

安浔踩着高跟鞋走到他面前，轻靠在他的办公桌上，仰着头问："不好看吗？"说着安浔又拽了拽衣服下摆："确实不太合身，扣子勉强扣上。"

沈医生低头看了一眼她说的那勉强扣上的纽扣，立即又不动声色敛去眼中火苗，压低声音威胁道："今天晚上，你等着。"

三

婚后某天，沈医生终于辞去了医院的工作，回沈洲集团当总裁去了。这天董事会会议结束回到家，他发现，安浔竟然破天荒地做了一桌子菜。

见他回来，安浔忙凑上前，安慰道："从沈医生变成沈总有没有不开心？要不然以后我没事感冒让你过过手瘾吧？"

沈司羽扯了扯领带，眼皮都没抬地说："沈太太，你又忘了我是心外科医生？"说完又加了"专家"二字。

"哦，这样啊。"安浔拖长了音调，修长嫩白的手指慢悠悠地开始解衬衫扣子，"我心里堵得慌，医生您给看看？"

沈司羽眼眸幽深地看着她一颗一颗地解开扣子……

然后，门铃就响了。

安浔狡黠一笑，又一颗一颗地系上了扣子，边走边说："我喊了安非过来吃饭。"

沈司羽长腿一迈，跟着过去，按住她要开门的手，对门外的人说："安非，你两个小时后再来。"

四

安浔发现最近自己完成一幅画作的效率非常低，归根结底还是要怪沈总太缠人。

这天吃过晚饭，她主动邀请："要和我一起画画吗？"

沈司羽笑："安老师教我吗？"

"好啊，"安浔见鱼儿上钩，"你喜欢什么我们就画什么。"

"喜欢你啊。"沈司羽回答得理所当然。

后来，安浔大致画了自己的肖像轮廓，又轻轻握住他拿画笔的手说："先教沈同学上色，眉是黛色的，唇是红色的……"

安浔软软热热的气息喷洒在他耳边，带着似有若无的香气。她微微低头，发丝便轻垂下来钻进他的领口，瘙痒着他的肌肤。她假装无所觉地在他耳边说着话，红唇轻轻擦蹭着他的耳郭，也就画了几笔，他便心猿意马起来……

早在他准备反手将她捞进怀里之前，安浔已灵巧地笑着跑开："不画完不许动。"

于是，安浔安心去画室画画去了。

空气中还留有她的清香，沈司羽心痒难耐地意识到，自己应该是被沈太太撩了。

五

两人的儿子出生后第三年的一天晚上，沈晏弛小朋友拿着童话书敲门进入沈司羽的书房，说："爸爸，妈妈刚才给我讲了睡美人的故事。你喜欢睡美人吗？"

完全没有童趣的某人看了儿子一眼："爸爸不喜欢。"

沈晏弛小朋友"哦"了一声，迈着小胖腿走了。

没想到不一会儿，他再次回来："爸爸，妈妈说她是美人。"

司羽微顿，随即放下手中的企划案轻笑起来："你告诉妈妈，爸爸非常喜欢睡美人。"

"你刚才说不喜欢。"沈晏弛小朋友奇怪地看着他，不是很理解大人为什么这么善变。

司羽走过去摸了摸儿子的头："你去叫妈妈过来。"

沈晏弛小朋友应着离开了，不过最终还是他独自回来："妈妈说她今天要和我在儿童房睡。"

司羽挑眉，伸手拿了书桌上的手机，拨通了一个电话："安非，你来我家把沈晏弛接走。"

番外七

要个女孩儿

大儿子沈晏弛上幼儿园后，安浔见到幼儿园的漂亮的小女孩，喜欢得不得了，回家就问沈司羽：“司羽，你喜欢女孩子吗？”

沈司羽疑惑，不知道怎么回答，怕是送命题，说：“不喜欢女孩子，但是喜欢安浔。”很惜命了。

他觉得自己答得挺好，安浔这次反而不吃这一套：“我是说你想要个女儿吗？”司羽愣了一下，问：“你……有了？”

安浔眨眨眼，发现他误会了，失笑：“没有，只是觉得，似乎可以再给沈晏弛生个软乎乎的可可爱爱的妹妹。”

司羽没意见：“你想要我们就生。”

她很想要，但是她又担心：“那万一是个男孩怎么办？那就没办法给他穿漂亮裙子梳漂亮辫子了，我也没有贴心小棉袄了。”

司羽试探问：“那就再试一次？”

安浔瞪他：“万一还是男孩呢？”三个男孩子凑一起不会拆家吗？

司羽无奈轻笑：“那说明你命里缺女儿。”

安浔噘嘴：“可能是你命里缺，连累了我。”

司羽走过去抱起安浔：“不试试怎么知道不是女孩。”

安浔：“……”

这么行动派的吗？

阿姨做好了晚饭，沈晏弛来喊他们吃晚饭，敲了敲卧室门：“爸爸妈妈，你们在做什么，吃饭啦。”

门内传来沈司羽的声音：“给你要个妹妹。”

沈晏弛回到餐厅，懂事地自己坐上餐椅吃饭，告诉阿姨：“爸爸妈妈应该在缝布娃娃，我们先吃吧。”

阿姨不是很懂沈先生沈太太的爱好，还挺有童心。

番外八

幼儿园风波

安浔在大儿子沈晏弛四岁的时候生了沈晏翟，一个粉雕玉琢的小女孩，可爱得每个人见到都想捏一捏。但是这仅仅是表面，沈晏翟两三岁的时候，女王属性就已经初露端倪，到四岁的时候已经控制不住了。

这天，安非接到幼儿园的电话。

老师先是跟他道歉，说他儿子在学校里被别的孩子欺负了，一直哭个不停，他们怕安黎哭脱水了，希望家里人赶紧过来瞧一瞧。

"欺负人的孩子呢？这种孩子就应该关在家里好好教训一顿，这种孩子就没有上学的资格。你让他别走，我跟他好好聊聊。"安非一听儿子受欺负了，气火攻心，口无遮拦。

"人家……是女孩子。"老师有点担心这家长会来闹事。

"女孩？女孩把我儿子欺负哭了？你通知这孩子的家长，让他们来，我要看看什么样的父母教育出这种小恶魔。"安非更生气了，安黎竟然被女孩子欺负，还欺负哭了？

老师尴尬得不知道说什么好。

自从沈晏翟上幼儿园的这一个月，安浔已经第四次接到幼儿园老师的告状电话了。她有点头疼，为什么该惹祸的大儿子沈晏弛乖巧懂事，该乖巧的小女孩却无法无天呢？说好的软乎乎的可可爱爱的贴心小棉袄呢？

安浔给司羽打电话："你陪我去幼儿园，我们一起接受老师的批评好不好？"

"晏翟又惹祸了？"司羽说话的声音竟然还带着一丝笑意。

见他如此态度，安浔生气："沈司羽，你家女儿都是你惯坏的！"

他不以为耻，反以为荣："女儿不就是用来宠的吗？"就像老婆一样。

两人到幼儿园的时候，正碰到安非从车子上下来，三人一见面立刻明白了怎么回事。

这时候老师也走了出来，左手牵着沈晏翟，右手牵着安黎。沈晏翟微扬着下巴面无表情，安黎哭得鼻涕泡吹得老大。

安非气得不行，指着安浔："你们俩欺负我还不够，还指使你家小恶魔欺负我家安黎！"

"还不去哄哄安黎？瞧哭得那可怜样。"安浔说。

安黎一看自己爸爸来了，哭声更响了。

安非跑过去，用纸巾给安黎擦了擦脸，空出另一只手，点了点沈晏翟的脑门："小恶魔，小恶魔，和你妈妈小时候一样，就会欺负人。"

老师尴尬地看向安浔和司羽，觉得安黎爸爸太不靠谱了，当着人家父母面就说人家女儿，还说人家妈妈？

沈晏翟脑袋一歪，斜眼看向安非："小舅舅，你洗手了吗？"

安非伸出手掌在沈晏翟脸上一抹："没有！"

"幼稚。"安浔对安非十分无语。

老师这才知道两家的关系，立刻舒了口气，还好还好，不会打起来。

司羽走过去将嫌弃地擦脸的沈晏翟抱起来："怎么又欺负安黎哥哥了？"

沈晏翟看了眼哭得上气不接下气的安黎，有点疑惑："我要枕他腿上睡觉，他偏偏动。让他把大白玩偶给我拿来他也不去，让他帮我脱鞋子他也不会脱，这么笨我就咬了他一下。他为什么会哭呢？"

就在老师另一侧的安黎一边哭一边用小胖手指着自己的脸颊，意思是咬那里了。

"小恶魔，你咬他，他当然会哭啊。"安非说。

"可是妈妈咬爸爸的时候爸爸是笑的啊。"

"咳……"司羽轻咳一声。

"沈晏翟！"安浔压低声音对女儿说，"那啥……别乱说。"

安非叹气："家庭教育是多么重要，你俩真是烦死了。"

安浔瞪他一眼，对沈晏翟说："沈晏翟，你让安黎别哭了，他嗓子都哑了。"

沈晏翟在司羽怀里，居高临下地看向安黎，说道："安黎，别哭了。"

安黎像是被按了停止开关，立刻收声，只是还在抽抽搭搭的。安非见状，更加生气了，自己哄了那么半天没一点儿用，结果小恶魔一句话……他抱起安黎："这日子没法过了。安浔我要和你断交，你们家爱欺负人的属性代代相传啊！"

安浔看着气呼呼离开的安非，觉得沈晏翟的教育问题要重视起来了，总欺负人怎么行？安浔蹙眉看着司羽："司羽，回去咱们好好和晏翟谈谈。"

"用不着，她这都是跟你学的，我觉得挺好的。"

老师："……"

好神奇的一家人。

图书在版编目（CIP）数据

汀南丝雨 / 狄戈著 . —— 北京：台海出版社，
2022.1（2024.1 ）
ISBN 978-7-5168-0950-1

Ⅰ.①汀… Ⅱ.①狄… Ⅲ.①长篇小说－中国－当代
Ⅳ.① I247.5

中国版本图书馆 CIP 数据核字 (2021) 第 232831 号

汀南丝雨

著　　者：狄　戈

出版人：蔡　旭　　　　　　　　责任编辑：俞滟荣

出版发行：台海出版社
地　　址：北京市东城区景山东街 20 号　　邮政编码：100009
电　　话：010-64041652（发行，邮购）
传　　真：010-84045799（总编室）
网　　址：www.taimeng.org.cn/thcbs/default.htm
E - mail：thcbs@126.com

经　　销：全国各地新华书店
印　　刷：天津旭丰源印刷有限公司
本书如有破损、缺页、装订错误，请与本社联系调换

开　　本：880 毫米 × 1230 毫米　　1/32
字　　数：320 千字　　　　　　　　印　　张：10.75
版　　次：2022 年 1 月第 1 版　　　印　　次：2024 年 1 月第 3 次印刷
书　　号：ISBN 978-7-5168-0950-1

定　　价：42.80 元